光文社古典新訳文庫

白痴 4

ドストエフスキー

亀山郁夫訳

kobunsha classics

光文社

Title : ИДИОТ
1868

Author : Ф.М.Достоевский

目次

白痴

4

第四部

1

　わたしたちのこの物語に登場するふたりの主人公が例の緑のベンチで会ってから、約一週間が経過した。ある晴れた朝の十時半ごろ、さる知りあいを訪問したプチーツィンの妻ワルワーラが、ひどく沈みこんだ様子で帰宅した。

　世の中には、端的に、かつ余すところなく、それもきわめて典型的、特徴的なかたちでは言いあらわしにくい人々がいるものである。それが通常は「ふつうの人間」とか、「大半の人間」と呼ばれている人たちで、彼らは現実に、どのような社会にあっても大多数をかたちづくっている。作家はたいてい、大小それぞれの小説において社会の種々のタイプを描き、それをいきいきと芸術的に再現しようと努めるものだ――

種々のタイプといっても、現実にそれと寸分たがわぬ姿でお目にかかることはきわめてまれであるにもかかわらず、現実そのものよりもほとんど現実的である。ゴーゴリの戯曲に出てくるポドコリョーシンは、一個の典型としてみればおそらく誇張されているとみることができるだろうが、だからといって架空の人物というわけではけっしてない。ゴーゴリをとおしてポドコリョーシンを知ったとたん、きわめて多くの知的な人々はたちまち、何十人、何百人という善良な知人や友人たちが怖《おそ》ろしいほどポドコリョーシンに似ていることに気づきはじめた。彼らはゴーゴリを知る前から、これらの友人がポドコリョーシンに似ていることを知ってはいたのだが、ただほかならぬポドコリョーシンという名前で呼ばれていることは知らなかった。じっさい、結婚式の直前に窓から飛びだして逃げるなどといった花婿《はなむこ》は、ごくごくまれである。なぜならそれは、ほかのことはどうあろうと、いささか具合の悪い行いだからである。しかしながら、尊敬に値する賢い連中もふくめ、いったいどれだけの数の花婿たちが、結婚まぎわに、自分もまたポドコリョーシンのひとりであることを良心の奥深くで認める気になったことか。それでも、同じくまたすべての夫がことあるごとに「Tu l'as voulu, George Dandin!（自分の撒《ま》いた種よ、ジョルジュ・ダンダン！）」と嘆いているわけでもない。だが、ああ、蜜月《ハネムーン》を終えたあとのこの叫びは、全世界の夫たちによって何百万回、いや何十億回とくり返されてきたのである。いや、ことによるとその叫びは、結婚式の翌日にすでにはじまっているかもしれないのだ。

というわけで、これ以上まじめな説明にわたるのは避けて、ここでは次の点だけを述べておこう。すなわち、現実において人物の典型性というのは水で薄められているようなところがあり、ジョルジュ・ダンダンにしろポドコリョーシンにしろ現実に存在し、毎日、目の前を行ったり来たりしているものの、その存在感はいささか希薄な感じがするということである。最後に、説明をより完璧なものとするため、モリエールが生みだしたジョルジュ・ダンダンと完全にうり二つの人間も、まれではあるが現実に見受けられるということをひとことお断りし、いささか雑誌の評論めいてきたこの考察にけりをつけることにする。そうはいうものの、わたしたちの前に、依然として一つの疑問が残ってしまう。作家は凡庸な人間、ごく「ふつうの人間」をどう扱ったらよいか、またそのような人間をいささかなりとも興味深い人間に仕立てるために、読者にどう提示すべきかという問題である。物語のなかで、そうした連中を完全に素通りしてしまうわけには絶対にいかない。そもそも凡庸な人間はどこにでもいて、たいていのばあい、日常生活のさまざまな出来事との関連でつねに欠かせない要《かなめ》の役割を果たしているからである。かりに彼らを素通りしてしまえば、物語の真実味が損なわれてしまう。小説を、一つのタイプの人間や、あるいはたんに奇をてらって、奇怪きてれつな人物ばかりで埋めつくすとしたら、それこそ真実味のない、しかもおそらくはつまらない話になってしまうだろう。わたしたちの見立てによれば、作家は凡庸な人間のなかにさえ、面白くてためになるようなニュアンスをかぎ分ける努力が不可欠である。たとえばある種の平凡な人間の本質が、ほかでもない、彼らのつね変わらぬ凡庸さにあるというようなばあい、あるいは良い例として、平凡な暮らしやルーティーンの轍《わだち》をなんとか脱出しようと懸命な努力をかさねたあげく、同じ恒久不変のルーティーンのなかにとり残されたまま終わるといったようなばあい、そういう人物はむしろ一種独特ともいえる典型性さえかち得ることになる。それはちょうど、凡庸な人間が現にあるがままの自分に留《とど》まりたくないとしゃにむに願って、彼自身、自立した人間たるいささかの資質ももたないながら、それでも必死にオリジナルでかつ自立した人間であろうと望むのに似ている。

「ふつうの人間」ないし「凡庸な人間」の部類に、これまで（正直のところ）読者のみなさんへの十分な説明を怠ってきた、この物語の何人かの登場人物も属している。ほかでもない、ワルワーラ・プチーツィナと、その夫プチーツィン氏、そして彼女の兄にあたるガヴリーラ・イヴォルギンである。

じっさい、何にもまして腹立たしいのは、たとえば金持ちで家柄もよく外見もなかなか立派で、それなりに教養もあり、頭も悪くはなく性格も善良でありながら、何の才能も特徴も、奇癖さえなく、自分の考えというものをいっさいもたず、完全に「十人並み」であることである。財産はあってもロスチャイルドほどではなく、家柄は立派であってもこれまでいちどとして顕彰されたためしはなく、外見はなかなかのものながらいたって表情にとぼしく、受けた教育もかなりのものなのにその使い道がわからず、頭はよくても自分の考えがなく、ハートはあっても寛大さに欠ける、などなど、すべてがこの調子である。このような人間はこの世のなかにはありあまるほどいるし、一般に想像されているよりはるかに多い。彼らは、ありとあらゆる人々と同じく、二つの大きなカテゴリーに類別される。すなわち、いっぽうに偏狭な人間たちがおり、他方に「はるかに賢い」人間たちがいる。前者は後者より幸せである。偏狭な「ふつうの」人間は、自分が他に抜きんでたオリジナルな人間であると空想し、なんのためらいもなくその空想に甘んじることができるからである。この国のある種の令嬢たちは、髪を短くしてサングラスをかけニヒリストを名乗るだけで、そのメガネをかけたとたん、自分がまるで自分の「信念」までもつにいたったかのように確信してしまう。またある者は、何かしら全人類的な、善良な感情のひとしずくを心のうちに感じただけで、自分くらい物ごとを深く感じている人間はいない、自分は社会発展の先頭に立っていると、たちまち確信する。さらにある者は、何がしかの思想を鵜呑《うの》みにしたり、何かの本の数ページを、始めも終わりもはしょって読んだだけで、これこそは「自分の考え」であり、自分の頭に宿ったものとたちまち信じこんでしまう。語弊はあろうが、こういう純真な厚かましさは、このばあい驚くべきレベルに達してしまう。こうしたことは一見ありうべからざるようだが、そのじつ、しょっちゅう出くわす現象である。この純真な厚かましさ、愚かな人間の、自分と自分の才能に対する盲信ぶりは、ゴーゴリがピロゴーフ中尉という驚くべき人物像のなかにみごとに描きだしたものである。ピロゴーフは、自分が天才で、どんな天才よりも格が上と信じて疑わない。いや、そう固く信じるあまり、この問題についていちどたりと自問したためしがない。もっともこの男にしてみれば、問題そのものが存在していないのである。大作家ゴーゴリは、愛する読者の傷ついた道義心を癒《い》やすべく、ついにはこの男にこっぴどい仕置きを加えざるをえなくなるが、その後、この大人物がぶるりとひとつ身震いをしたきり、拷問で失った体力を取りもどそうと薄焼きのピロシキをぺろりと平らげるのを見て茫然《ぼうぜん》自失し、ただただ両手を左右に広げたまま読者を放りだしてしまった。わたしはつねづね、ゴーゴリがこの偉大なピロゴーフをこんな低レベルの姿で描きあげてしまったことを残念に思っていた。というのも、ピロゴーフはどこまでも自己満足のつよい男であって、年齢をかさね「昇進をかさねる」につれて、肩章《けんしょう》はしだいに厚みをまし、縫いとりもふえて、ついにはたとえば特命の司令官となったわが身を空想することなどいとも容易だからである。いや、空想するばかりではない、たんに疑うことを知らないだけである。つまり、将軍に任じられた以上、司令官になれない理由などどこにあるのか？ そしてこういう連中のじつに多くが、のちに戦場に臨《のぞ》んで、どれほど恐ろしい失敗をおかしていることか？ さらには、わが国の文学者、学者、宣伝家たちのあいだには、どれだけ多くのピロゴーフもどきがいたことだろう？ わたしはいま、「いた」と過去形で言ったが、むろん、現在もなおいる。

この物語の登場人物のひとりガヴリーラ・イヴォルギンは、これとは別のカテゴリーに属していた。彼もまた、頭のてっぺんから足のつま先まで、丸ごとオリジナル願望にとりつかれていたが、彼が属していたのは、「はるかに賢い」人間のカテゴリーである。しかし、先にも述べたように、このカテゴリーに属する人間は、第一のカテゴリーと比べてずっと不幸である。要は、「ふつうの」賢い人間は、何かの拍子に（ひょっとすると一生涯にわたるかもしれないが）自分を天才的で、このうえなくオリジナルな人間だと空想することがあるにせよ、それでもやはり自分の心のどこかに疑心暗鬼が潜んでいるため、それが行きつくところ、賢い人間はどうかすると絶望のどん底に突き落とされてしまう。いや、かりにその夢を諦めるとしても、そのときにはすでに、胸の奥まで蝕《むしば》んだ虚栄心にすっかり毒されているのである。もっとも、これはたんに極端な例を取りあげただけのことで、この賢いカテゴリーに属する人間の大多数において、事態はさほど悲劇的なものとはならず、せいぜい死にぎわになって肝臓にガタのくるぐらいが関の山である。ただしそうはいっても、屈服しおとなしくなるまで、これらの人間はやはり青春時代から諦めの年齢になるまでのかなり長い期間、延々とばかをやらかし続けることになる。それもこれも、オリジナル願望のなせる業《わざ》である。なかには奇妙なケースもあって、たとえばそうした願望のせいで、誠実な人間があえて卑しい事業に手を出す。あるいは、こんなふうな例もある。すなわち、こうした不幸な連中のある者は、たんに誠実であるばかりか善良でさえあり、一家の鑑《かがみ》であり、みずからの稼ぎで自分の家族はおろか他人の家族まで支え、養ったりしながら、どうしたことか一生涯、心の休まるひまがない！　彼にとっては、人間としての務めをこれだけ立派に果たしたと考えたところで、少しも心が安らぐこともなければ、慰めを得ることもない。いや、逆に、こんなふうな考えがかえって心をいらだたせる。《ほらみろ、おれはこんなことで一生を棒にふってしまった、こんなことに手足を縛られ、こんなことに邪魔されて火薬の発見もできなかった！　こんなことさえなければ、きっと火薬か、アメリカでも発見できただろうに——そのどちらなのか確実なところはわからないが、でもかならずや何かを発見していたはずだ！》。こうした連中の最大の特徴は、自分たちがいったい何を発見すべきなのか、自分たちが一生をかけていったい何を発見する心づもりでいるのか——火薬か、アメリカか——を、それこそ一生かけてもはっきりと知ることができずにいる点にある。ただし、彼らの苦悩と発見されるべき対象への思いは、事実、コロンブスやガリレオのそれに劣らない。

ガヴリーラ・イヴォルギンも、まさにこれに類したスタートを切ったわけだが、しかし彼はまだスタートして日も浅かった。この先しばらくは、ばかをやらかす運命にあった。自分には才能がないという、深く絶えることのない自覚と、同時にまた自分がだれより自立した人間であると信じたいという抑えがたき欲求が、ほとんどまだ少年であったころから彼の心を深く傷つけてきた。もともと嫉妬心がつよく、突発的な欲望を抱えた青年であり、かつまた生まれつき苛立《いらだ》ちやすい神経の持ち主でもあった。突発的に生じる欲望を、彼は欲望の強さのあかしと受けとめていた。自分だけが際立《きわだ》ちたいという熱烈な思いにかられるあまり、ともするとおそろしく無鉄砲なふるまいもためらわない覚悟だった。ところが、いざその無鉄砲なふるまいに及ぶとなると、わたしたちの主人公はいつも、あまりに賢すぎるせいでつい決心が鈍ってしまうのだ。そのことに彼はひどく打ちのめされた。かりにもし彼が夢見ている対象のごく一部でも手に入れることができるなら、時と場合によっては腹をきめ、どんなに低劣な卑しい行為にもあえて踏みきれたかもしれない。しかし、いざ最後の一線が近づいてくると、まるで誂《あつら》えたように、彼は自分がそうしたひどく卑劣な行為に踏みきるにはあまりに誠実すぎることを知るのである（もっともその卑劣さがかりにとるに足らぬものであれば、いつもそれに応じるかまえだった）。自分の家の貧しさや落魄《らくはく》ぶりを、彼は嫌悪と憎しみの目で眺めていた。母親にたいしてさえ、いかにも見くだすような侮蔑的な態度をとっていた。とはいえ彼自身、自分の母親の評判と人柄が、さしあたり自分の将来の出世にとって大事な支えであることは重々心得ていた。エパンチン家に就職するにさいし、彼はただちにこう肝に銘じた。《卑劣なことをやらかす気なら とことん卑劣にやれ、とにかく勝ち組になりさえすればいい》。が、しかし、彼がとことん卑劣にやりおおせたことは、ほぼいちどとしてなかった。それにしても、彼はなぜ自分がかならずや卑劣な行為に走らざるをえなくなる、などと思いこんだのだろうか？　あの当時、アグラーヤの件では、すっかり度胆《どぎも》を抜かれてしまったが、彼女との関係を完全に断ちきったわけではなく、万が一を考えてずるずる先延ばしにしておいた。といっても、彼女が自分のところにまで降りてこようなど、いちどとしてまともに信じたことはなかった。その後、ナスターシヤとの結婚話が持ちあがったとき、彼はふと、金さえあればすべてはものにできると空想した。《卑劣なことをやらかす気ならとことん卑劣にやれ》——当時、彼は内心、得意になって、しかもいくらかは恐怖の念も覚えながら、毎日こう念じていたものである。《どうせ卑劣なまねをするなら、そのまま頂上まで駆けあがれ》——彼はたえずそう自分を励ましてきた——《ことなかれ主義の連中なら、ここでびびるだろうが、おれはびびらない!》。

アグラーヤを失い、さまざまな事情に押しつぶされた彼は、すっかり意気消沈したまま、じっさい例の現金を公爵のもとに返しにいった。あのときあのくるった女が、あんたにといって投げあたえてくれた金、つまり同じくくるった男がその女のために携えてきた例の金である。公爵にあの金を返したことを、彼はあとになって、いっぽうではたえず自慢の種としつつ、じっさいは何べんとなく後悔したものだった。事実、公爵が当時ペテルブルグに残っていた三日間、彼はずっと泣きっぱなしだったが、その三日のあいだに、彼は早くも公爵にたいし憎悪の念を抱くようになっていた。というのは、あれだけの金を返すということじたい、《だれにでもそうやすやすと決断できるはずのない》行いであるはずなのに、公爵が自分をあまりに同情的な目で見ていたからだ。だが、このやりきれない思いも、絶えず傷つけられている虚栄心の一種にすぎないという高尚な自覚に、彼は恐ろしいほど苦しめられていた。それから長い時間が経過し、あれこれ吟味した末に、彼はこう確信するにいたった。すなわち、アグラーヤのように純真でいっぷう変わった娘が相手なら、話のもっていきようではいくらでもまともな展開が可能だったと。後悔の念にむしばまれた彼は仕事をやめ、哀しみと孤独に沈むいっぽうだった。彼は、父母ともどもプチーツィン家に居候《いそうろう》しながら、当のプチーツィンのことはあからさまに見くだしていた。といっても、同時に彼のアドバイスにはすなおに耳を傾けていたし、また、彼自身十分に思慮に富んでいたので、事あるごとに彼にアドバイスを求めていた。ガヴリーラが腹を立てることといえば、たとえば、プチーツィンがロスチャイルドになるといった野心をもたず、そういう目標を立てることもしない点にあった。「いやしくも高利貸しなら、とことんその道をきわめて、人々を搾《しぼ》りつくして金をまきあげ、大いに気骨を示してユダヤの王になれ！」というわけだ。プチーツィンは控えめでもの静かな性格だったので、ただにやにやしているだけだったが、あるときガーニャと真剣に話しあう必要があると宣言し、ある種の威厳をもってこれを実行に移した。彼はガーニャに向かって、自分は何も後ろめたいことはしていないのだから、ユダヤ人呼ばわりされるいわれはない、かりに金がそれほど貴重なものだろうとそれは自分のあずかり知らぬことで、自分としては嘘《うそ》いつわりなく、誠実に商売っ気なく働き、自分は「この方面」の仕事のエージェントをしているだけである。そして最後は、自分の仕事が正確だということで超一流の方々にも知られ、たいへんな評価を得ているし、事業も拡大しつつあると述べ、「ロスチャイルドになる気はないですし、なってもしようがありません」。そして彼は笑いながらこう言い添えた。「ただ、リテイナヤ通りに一軒、ビルをもつことになりそうです、ひょっとすると二軒になるかもしれません、でも、それでおしまいです」。《ひょっとして三軒になるかもしれない!》と内心で思ったが、けっしてその夢を口には出さず、胸のうちにそっと隠しておいた。自然はこういう人物を好み、愛《め》でるものなので、プチーツィンには三軒といわず四軒のビルを恵むにちがいない。それはほかでもない、彼がまだほんの子どものころから、自分がけっしてロスチャイルドにはならないことを知っていたためである。しかしそのかわり、プチーツィンに五軒以上のビルを恵むことはけっしてないし、彼の立身も、これでもってピリオドが打たれることになる。

ガヴリーラの妹は、まったくべつのタイプの人間だった。彼女もまた強い欲望をいだいていたが、それは突発的というよりも、むしろ執拗《しつよう》というべき欲望だった。事態がいよいよ大づめに近づいていくときなど、彼女はもちまえの思慮分別を大いに発揮してみせ、土壇場にいたるまでそれが失われることはなかった。事実、彼女も、オリジナルであることを夢みる「ふつうの人間」の仲間にはちがいなかったが、そのかわり彼女は、自分にはひとかけらのオリジナリティもないことを早々に自覚することができたし、さしてそれを苦にすることもなかった。ことによると、それは一種のプライドのなせる業《わざ》だったかもしれない。プチーツィン氏と結婚するにあたって、彼女はたいへんな決断力をもって、最初のプラクティカルな一歩を踏みだした。だが結婚のさいにも、彼女は自分に《卑劣なことをやらかす気ならとことん卑劣にやれ、とにかく勝ち組になりさえすればいい!》などと言い聞かせることはしなかった。こんなばあい、ガヴリーラなら、こういうひとことなしではけっしてすまなかったろう（じっさい、彼は兄として妹の決心を励ましたさい、当人のまえであやうく同じ文句を口にするところだった）。しかし、話はまるでうらはらだった。すなわちワルワーラは、未来の夫が控えめで感じもよく、そこそこ教養もあって、大それた卑劣な行為など金輪際しそうもないということをしっかり確かめたうえで結婚に踏みきったのである。そう些細な卑劣行為については、ワルワーラも些細なこととしてとりあわなかった。

した些細な卑劣行為など、世のいたるところにあるではないか！　そう理想ばかり追求してはいられない！　おまけに彼女は、自分がお嫁に行けば、父母兄弟にも居どころを作ってやれると踏んでいた。兄の不幸を見るに忍びず、彼女はそれまでの家庭内での誤解を水に流して、兄を助けたくなった。プチーツィンはときおり、ガーニャにたいして、むろん友人としてだが、仕事に就《つ》くことを勧めた。「きみはそうやって、将軍連中だの将軍階級だのを軽蔑しているけれど」と彼は、どうかすると冗談めかして言った。「でも、ちゃんと見るといい、そういう『連中』にしたって最後には順番が回ってきて将軍になるのさ。長生きすればわかるよ」。《おれが将軍連中や将軍階級を軽蔑しているなんて、いったいどこから嗅ぎだした？》ガーニャは胸のうちで吐《は》き出すように自問した。

　兄を助けるために、ワルワーラは自分の行動範囲を広げようと決心し、エパンチン家にうまくもぐりこむことができたが、これには子ども時代の思い出がおおいに役立った。彼女も兄のガーニャも、まだ子どものころ、エパンチン家の子どもたちといっしょに遊んだ仲だったのである。ここでひとこと述べておくと、もしもワーリャが、何かしら突拍子もない夢を追いかけてエパンチン家に出入りしているとしたら、まさに彼女はそのひとつでもって、おそらくは自分がこうと思いさだめた人間のカテゴリーからただちにはみ出ることになっただろう。しかし彼女が追いかけていたのは、夢ではなかった。そこには彼女なりの、かなり根拠のある計算が働いていた。彼女がその計算のよりどころとしたのは、エパンチン一家の性格である。まず、アグラーヤの性格を倦《う》むことなく研究していた。そして兄とアグラーヤを、またがいに向きあわせるという課題を立てた。もしかすると、彼女はじっさい何らかの成果を上げたかもしれない。あるいは、まかりまちがっても応《こた》えてくれそうにない多くのことを当てにし、期待するというミスにおちいっていたかもしれない。いずれにせよ、エパンチン家で彼女はかなり巧妙に立ちまわった。何週間にもわたって兄のことは口に出さず、つねにたいそう正直かつ真摯《しんし》にふるまい、飾り気もなく堂々とした態度をとりつづけた。良心の奥はどうだったかといえば、彼女はそこをのぞき込むことを恐れず、何ごとにつけても自分をとがめるようなことはなかった。まさにこのことで彼女は勇気づけられた。ひとつだけ、ときとして内々に気づくことがあった。それは彼女もおそらく、自分がいやというほどのプライドや、ほとんどつぶれかけた虚栄心をかかえていることに腹を立てているという事実である。彼女がとくにそれに気づかされるのは、たいてい毎回、エパンチン家からの帰り道だった。

というわけで、すでに述べた通り、ワーリャはいまひどく沈みこんだ様子でエパンチン家から帰宅するところだった。その悲しげな表情には、何かしら苦々《にがにが》しい自嘲めいたものも顔をのぞかせていた。プチーツィンが住んでいたのは、パーヴロフスクの埃《ほこり》っぽい通りに面して立つ、外見は不体裁ながらも広々とした木造の家で、もう少しで彼の完全な所有物になる手はずだった。しかし彼はすでにこの家を、次のステップとしてだれかに売却する算段にかかっていた。玄関口の階段を昇りかけたところで、ワーリャはただならぬ二階の物音を聞きつけ、兄と父親のわめき声を聞きわけた。広間に入り、部屋の前後を走りまわって怒りで真っ青になり、ほとんど髪をかきむしらんばかりでいるガーニャの姿をみとめると、彼女は眉間にしわを寄せ、帽子もとらず、いかにも疲れきった様子でソファにどっかと腰をおとした。これから自分がたとえ一分でも口をつぐんだまま、どうしてそう走りまわっているのかと兄に尋ねてやらなかったら、兄はきっと腹を立てるにちがいないとわかっていた。そこでワーリャは急遽、こんなふうな質問のかたちでようやく声を発したのだ。

「すべていつもどおりってわけ?」

「なんだ、いつもどおりって!」ガーニャは叫んだ。「何がいつもどおりなもんか! いや、いま、起こっているのは前代未聞のことで、いつもどおりなもんか! あの老人、もう発狂状態まできている……母さんは吼《ほ》えてるよ。いいか、ワーリャ、よけりゃ、あの老人をこの家からおん出してやる、さもなきゃ……さもなきゃ、こっちが出ていく」他人の家から人を追いだすわけにはいかないことに気づいたのか、彼はそう言い足した。

「大目に見てあげなくちゃ」ワーリャがつぶやくように言った。

「どうして大目に見る？　だれを？」ガーリャは真っ赤な顔をして言った。「やつの下劣なやり方をか？　だめだ、おまえがどう思おうが、そういうわけにはいかん！　だめだ、だめだ、だめだ！　それにあの態度はなんだ。悪いのは、あいつなんだぞ、そのくせますます威張りくさって。『門は通らん、垣根を壊せ！……』とでも言わんばかりじゃないか。おまえ、なんでそこに座りこんでる？　顔が真っ青だぞ！」

「顔なんてどうでもいいわよ」いかにも不満そうにワーリャは応えた。

ガーニャは妹の顔をさらにじっと見つめた。

「あそこに行ってきたのか？」ガーニャがふいに尋ねた。

「そうよ」

「ちょっとまて、またどなってやがる！　なんて恥っさらしだ、しかもこんな時間に！」

ガーニャはワーニャの顔をじっくり見つめた。

「で、何か探りだせたのか？」彼は尋ねた。

「意外なことなんて何もないわ、知りえたかぎりはね。でも、何もかもほんとうだとわかった。夫のほうが、わたしたちふたりよりも目が確かだったってことよ。けっきょく、あの人の予言どおり、そもそもの初めから。あの人はどこ？」

「外に出ている。で、けっきょく、どうなった？」

「公爵が正式のお婿さんってこと、本決まりね。上のふたりが教えてくれたの。アグラーヤさんも同意してるらしくて、もう隠すこともしていない（だって、あの家じゃこれまでずっと秘密主義だったでしょう）。アデライーダさんの結婚は、またしても延期ってわけ、そのかわり、二つの結婚式をいっぺんにやるらしい、同じ日にね——けっこうすてきでしょう！　まるでおとぎ話みたい。結婚のお祝いに何か詩でも書いて贈ってあげたらいいのに、そんな部屋のなかをむだに走りまわっていないで。今晩、ベロコンスカヤさんが家に来るんですってよ。いいタイミングで到着したらしいわ。ほかにもお客さんたちが集まるらしい。公爵をベロコンスカヤさんに紹介するのね。ただ、ベロコンスカヤさんとはすでに面識もあるのに。どうも、公けの披露みたい。ただ、みんな心配しているの。あの人がお客のいる部屋に入ってくるとき、何か物を落として壊したり、自分が急に倒れたりするんじゃないかとか。たしかにあの人なら、起こりかねないもの」

ガーニャは最後までたいそう注意深く話を聞いていたが、妹がひとつ驚いたのは、兄からするとショッキングなはずのこの知らせが、何やらそのような作用を与えてはいないらしいことだった。

「まあ、いいさ、どうせわかってたことだし」少し思案してから、彼は言った。「これで幕、ってことさ！」何やら奇妙な薄笑いを浮かべ、妹の顔を悪戯《いたずら》っぽくのぞきこみながら彼はそう言い添えた。彼は、あいかわらず部屋のなかを行きつ戻りつしていたが、それでもさっきよりははるかに穏やかな足どりだった。

「でも、よかった、兄さんがそうして哲学者みたいに冷静に受けとめてくれて。わたし、ほんとうにほっとしたわ」ワーリャは言った。

「ああ、これで肩の荷が下りたな。すくなくともおまえは」

「わたしね、兄さんには心の底から仕えてきたような気がする。とやかく言ったり、うるさくしたりせずに。だって、しつこく聞いたりしなかったでしょう、アグラーヤさんからどんな幸せを望んでるのか、なんて」

「ああ、でも、ほんとうに……アグラーヤに幸福なんて求めていたのかな？」

「お願いだから、哲学はいいかげんにして！　むろんそうに決まっているわ。むろん、わたしたちにしたってもうたくさん。ふたりとも、ばかを見たってわけ。正直言うとね、わたし、いちどだって今回のことまじめには受けとれなかったの。ただ、『万が一』を考えて、とりかかったわけ、彼女のおかしな性格をあてにしてよ。でも、何よりも兄さんを慰めるためだった。九分どおり、だめとわかってても。わたし、いまもって自分でわからないの。兄さんがいったい何を得ようとしていたのか」

「これから、おまえたち夫婦は、おれを追いたてて勤めに出そうとかかるんだろうな。石の上にも三年だの、意志力がだいじだの、どんな小さなこともないがしろにするなだの、いろいろと説教する気でいるんだろう、でもな、そんなのはもうぜんぶ頭に入っている」そう言って、ガーニャが大声で笑いだした。

《この人、何か新しいことをたくらんでいる！》ワーリャはそう思った。

「で、あそこはどうなんだ、喜んでいるのか、親たちは？」ガーニャがふいに尋ねた。

「それがどうも、そうでもないみたい。でも、そんなこと、兄さんにだってわかるでしょう。父親のエパンチン将軍は喜んでいる。でも、母親は心配している。前だって、娘の婿《むこ》として見るのをいやがっていたもの。知ってのとおり」

「そんなこと、どうでもいい。婿だなんて不可能だし、考えるほうがまちがっている、それはもうわかりきったことだ。おれが訊《き》いているのは、いまの状態だよ。いま、あの家はどうなっている？　正式にオーケーしたのか？」

「アグラーヤさんは、まだ『ノー』とは言っていない――それだけ。でも、彼女としては、ほかにどうしようもなかったのね。だって知ってるでしょう、あの娘《こ》、いままで、がつくくらい、内気で恥ずかしがり屋だったの。子どものころ、お客の前に出ていきたくないばっかりに、戸棚にもぐりこんで二、三時間もそこでじっとしていたことがあったじゃない。体だけは大きくなったけれど、中身は昔とまったく同じ。あのね、わたしなぜか、あの家にほんとうに深刻なことが起こっているような気がしてならないの。それもあの娘のことで。で、あの娘はね、朝から晩までもう懸命になって公爵のことをからかっているんですって。自分の気持ちを表に出したくないのね。でも、もう毎日、彼にふたことみこと、そっと教えてあげるぐらいのことはできるはずよ。だって、彼のほうはまるで天にも昇る心地で、きらきら顔が輝いているもの……もう、おかしいったらないそう。あの人たちから聞いたんだけど。でも、わたし、面と向かってからかわれているような気もしたわ、あの上のふたりから」

　ガーニャの顔がとうとう曇りはじめた。ひょっとするとワーリャは、兄の本音を探りだそうとして、わざとこの話題に深入りしてみせたのかもしれない。ところが、そこでまた二階からどなり声がひびいてきた。

「やつを追いだしてやる！」怒りをぶちまけられるのがうれしいとでもいわんばかりに、ガーニャが吠《ほ》えた。

「そんなことしたら、父さん、またあちこち出向いていって、わたしたちに恥をかかせるわ、昨日みたいにね」

「どういうこと、昨日、何があった？　いったいどういうことなんだ、昨日みたいにって？　それじゃ、ほんとうに……」ガーニャは急にひどく怯《おび》えだした。

「ああ、もう、兄さんったら、ほんとうに知らないの？」ワーリャははっとわれに返って言った。

「まさか……それじゃ、あいつがあそこに行ったたっていうのはほんとうなのか？」恥ずかしさと怒りのあまり、ガーニャは真っ赤になって叫んだ。「ああ、そういえば、おまえもあそこへ行ったんだった！　で、あそこで何か聞いたのか？　あそこに親父は行ったのか？　行ったのか、行かなかったのか？」

　そう言いながら、ガーニャはドアのほうに駆けだしていった。ワーリャは彼に抱きつき、両手で彼を引きとめた。

「どうしようっていうのよ？　いったいどこへ行くっていうの？」彼女は言った。

「いま父さんを追いだしたりしたら、もっとひどいことをやらかすわ、あっちこっちまわってね！……」

「あいつ、あそこで何をしでかした？　何を言ったんだ？」

「いえ、あの人たちもうまく説明できなかったわ、何を言っているかわからなかったのね。ただ、みんなを驚かせただけ。エパンチンさんのところに行ったのよ――でも、いなかった。で、エリザヴェータ夫人を呼んでくれって要求したわけ。最初、あの人に何か仕事を頼みこんだの、仕事に就かせてくれってね、それから、わたしたちのことで愚痴をこぼしだしたわ、わたしのことや夫のこと、そしてとくに兄さんの愚痴をね……ともかくありとあらゆる愚痴、こぼしまくったみたい」

「でも、どういう内容かは知らないわけだ」まるでヒステリーの発作にかられたように、ガーニャは震えだした。

「とうぜんでしょ！　本人だって、何をしゃべったかほとんどわかってないし、ひょっとしてあの人たちも、わたしにぜんぶ教えてくれたわけじゃないかもしれないし」

ガーニャは頭をかかえ、窓のほうに駆け寄った。ワーリャはべつの窓のほうに腰をおろした。

「アグラーヤさんって、ほんとうにおかしいの」彼女はふいに注釈を加えるように言った。「わたしを呼びとめて、こんなこと言うのよ。『ご両親に伝えてくださいね、あなたのご両親を個人的にとても尊敬していますって。わたし、きっと数日中に機会を見つけて、あなたのお父さまにお会いするわ』だって。それも、ほんとうにまじめな顔して言うのよ。とっても変だったわ……」

「たんにからかっただけだろう？　からかった……」

「それが、そうじゃないの、だから変なのよ」

「親父のこと、彼女、知っているか、知らないか、おまえ、どっちだと思う？」

「あの人たちの家では知られていない、その点、わたしにとっても疑いの余地はないわ。でも、兄さんに聞かれて、はっと思った。アグラーヤさん、ひょっとして知っているかもね。彼女だけ知っているかもしれない。だって彼女、ものすごくまじめな調子で、父さんによろしくって言っていたので、上の姉たちもびっくりしていたくらいだもの。いったいどんな理由があって、わざわざ父さんだけによろしくなんて言う？　もし知っているとしたら、公爵が彼女に教えたのね！」

「だれが教えたかなんて、べつにたいしたことじゃない！　何といったって泥棒だぞ！　ここまできてもまだ気がすまんってわけだ。その泥棒がわが家から出た、それがなんと『一家の主《あるじ》』ときた！」

「何をばかなこと言って！」ワーリャがすっかり腹を立てて叫んだ。「お酒のうえの話、それだけのことよ。それに、だれがこんなこと思いついたわけ？　レーベジェフ、公爵……あの人たちこそご立派。それこそ、たいへんなお利口さんってわけね。でもわたし、そんな話、まるで気にしていないわ」

「うちの親父は、泥棒で酔っぱらいときた」いまいましげにガーニャはつづけた。「そしておれは素寒貧《すかんぴん》で、妹の旦那は高利貸し──アグラーヤにすりゃ、願ったり叶ったり！　文句のつけようがない、まったくご立派だよ！」

「その妹の旦那で高利貸しが、兄さんを……」

「養っている、ってか？　そうさ、べつに遠慮することないだろう」

「何をそういらついているの？」ワーリャは、そこではっと気づいた。「何もわかってないのね、まるで小学生みたい。ああいうことがあって、それがアグラーヤさんにたいして自分の評価を落としたと思っているわけね？　兄さんはあの子の性格がわかっていないの。あの子はね、選《よ》りに選った求婚者だって振りきって、どっかの大学生のもとに喜びいさんで駆けつけていく、それぐらいのことはする、屋根裏部屋で飢え死にするのも覚悟でね──それがあの子の夢なんだから！──兄さんにはまったくわかってなかった。もしもよ、兄さんがもっとプライドをもって、しっかりといまの境遇を耐えることができたら、あの子の目にだってなかなか奥の深い人って映ったかもしれないってことが。公爵があの子を射止めたのは、ひとつにはあの子を射止めようなんて気、さらさらなかったから、それにもうひとつは、彼がだれの目から見てもおバカさんだったから。あの子、公爵のことで家族のみんなをめちゃくちゃにしてしまったけど、それだけでもう愉快で仕方ないの。ああ、兄さんたら、ほんとうに何もわかってないんだから!」

「なあに、いまにわかるさ。わかっているか、わかっていないか」ガーニャは謎めいた口調でつぶやいた。「ただな、おれとしては、やっぱりあの老人のことは知られたくなかった。公爵もそこは堪《こら》えて、しゃべらないってにらんでいたんだが。だって、公爵はレーベジェフにまで口止めしたんだぞ。おれがいくらしつこく聞いても、ぜんぶはしゃべろうとしなかった……」

「それじゃ、兄さんだってわかっているわけじゃない。公爵のことはおいといても、もうぜんぶ知れわたっている話なのよ。それに、兄さんはこれからどうしたいってわけ? 何を望んでるわけ? もし、まだ望みがあるとしたら、あの子の目に何か受難者みたいな感じに映るってことぐらいかしら」

「いや、いくらロマンチストだといったって、スキャンダルとなればさすがの彼女だってひるむさ。何ごとにも限界ってものがあるし、だれにだって限界はある。おまえたち女はみんなそうだ」

「アグラーヤさんがひるむですって？」ワーリャはかっとなって叫ぶと、見下すような目で兄をにらみつけた。「それにしても、兄さんの心ってほんとうにあさましいわ！　ほんとうになんの値打ちもない。あの子はね、たしかに滑稽だし、変人だけど、でもそのかわり、気持ちの気高さときたら、わたしたちがみんな束になってもぜったいにかなわないくらいなの」

「まあ、いいよ、いいよ、そうカッカするな」ガーニャは、また得意そうな口調でつぶやいた。

「わたしはね、ただ母さんがかわいそうなだけ」ワーリャは話をつづけた。「母さんの耳にも、さっきの父さんの話が届いてるんじゃないかって心配、ああ、ほんとうに心配だわ！」

「確実に届いてるね」ガーニャが言った。

ワーリャは、母親のニーナのいる二階に向かおうとして立ち上がりかけたが、そのまま思いとどまってしげしげと兄の顔を見やった。

「だれがいったい告げ口したのかしら？」

「イッポリートさ、きっと。ここに引っ越してくるとすぐ、母さんに報告したんだと思うな。みやげ話のつもりで、得々とな」

「でも、どうしてあの子が知っているのよ、ちゃんと教えてくれない？　公爵とレーベジェフはだれにも言わないって約束していたわけだし、コーリャだって何も知らないはずよ」

「で、イッポリート、ってわけだな？　自分で嗅《か》ぎつけたのさ。あいつがどれくらいずる賢いやつか、おまえには想像もつかんだろうよ。あいつはとんでもないゴシップ屋でさ、鼻がすさまじくきくもんだから、悪いことはなんでも臭いで嗅ぎつけるんだ、スキャンダルもなにもな。まあ、本気にするかどうかわからんが、おれは確信している、あいつはアグラーヤも丸めこんでいるってな！　いまは、かりに丸めこめてないとしても、いずれ丸めこむ。ロゴージンもやつと手を組んだ。それを公爵が気づかないはずがない！　それにあいつはいま、このおれをどんなに陥れたがっているか！　あいつは、このおれを目の敵《かたき》にしているが、そのことはおれも前々から感づいていた。どうしてなんだ、何が関係している、死にかかってるくせに——おれには理解できんよ！　だがな、おれはやつに一杯食わせてやる。いいか、やつがおれを、じゃない、こっちがやつを陥れてやるんだ」

「そんなに憎らしいんなら、どうして家に引っぱりこんだのよ？　そもそも、あの子を陥れる価値なんてあるの？」

「おまえがやつをうちに呼べってすすめたんじゃないか」

「いや、わたし、あの子が役に立つって思ったのよ。でも、知ってる？　あの子ね、いまはアグラーヤさんに首ったけで、手紙まで書いてるの。わたし、根ほり葉ほり聞かれたわ……エリザヴェータ奥さまにまで手紙を書きそうだったから」

「まあ、その点は危険じゃないな！」ガーニャは、底意地が悪い笑みを浮かべて言った。「そうはいっても、たしかに何かおかしなことになっている。やつが首ったけっていうのは、大いにありそうなことだ。何せ、まだ青ガキだし！　でも……やつは、あんなばあさんに匿名の手紙を書くようなことはしない。やつは、底意地が悪くてろくでなしで、独《ひと》りよがりのぼんくらだから！……おれはね、確信しているんだ、というか確実にわかっていることがある。つまり、やつはあのばあさんにたいして、このおれのことを陰謀家のように見せかけた。それがそもそものはじまりさ。正直言うと、はじめおれは、本当にばかみたいにいろいろあいつにぶちまけた。公爵に復讐したい一心から、きっとおれの役に立ってくれるとにらんだんだ。それくらいずる賢いやつだとさ！　ああ、でもいまじゃ、もうやつの正体はすっかり見ぬいている。で、あの窃盗事件については、自分の母親から、つまり大尉夫人から聞いたんだな。親父があんなことをしでかす気になるとすりゃ、そりゃ大尉夫人のためだ。あいつめ、藪《やぶ》から棒に、とつぜんおれにこう言いやがった。『将軍』が自分の母親に四百ルーブル渡すと約束しました、とな。それも、ほんとうに藪から棒にさ、遠慮なんていっさいなしだ。そこですべてわかったよ。で、そんなこと言いながら、おれの目をじろっとのぞきこむのさ。それも、なんだかやけに嬉《うれ》しそうに。きっと母さんにも同じことを告げ口したんだな。それも、相手の胸を思うぞんぶん引き裂いてやりたい一心でさ。それにしても、あいつ、どうして死なないのかね、よかったら教えてくれないか？三週間後には死ぬはずだったろう、それがここに来て、妙にふっくらしてきたじゃないか！　咳《せき》も止《や》んでるし、昨日の夜なんか、これでもう二日、喀血《かっけつ》がないって言ってた」

「もう追いだしたら」

「おれはべつにやつを憎んでるわけじゃない、軽蔑しているだけだ」ガーニャは傲然と言いはなった。「いや、そう、そのとおり、憎んでたっていいんだ、べつにな！」彼はひどく激高して急に声を荒らげた。「おれもこのこと、面と向かってやつに言ってやるさ、やつが自分の家の枕で、いまにも死のうってときに！　やつの書いた告白を読んだらわかるが、それがもう、とんでもなく厚かましい無邪気さなんだ！　あれこそまさしくピロゴーフ中尉、っていうか、ノズドリョーフの悲劇版、まあ、要するに青ガキってことよ！　あのとき、やつを思いきり鞭《むち》で引っぱたけたら、どんなに気持ちよかったかね、それも、ただただ、やつの度胆をぬいてやるためにさ。やつはいま、あのとき失敗したのを恨んでみんなに復讐しているんだ……。おや、あれはなんだ？　また騒いでるな！　いったいぜんたい、何がどうなっている？　こいつはもうがまんならん。プチーツィン！」折よく部屋に入ってきたプチーツィンに向かって、彼は叫んだ。「どういうことだ、いったいどこまで行きゃ気がすむんだ？　これじゃもう……これじゃあ……」

ところが騒ぎはにわかに近づいてきて、とつぜんドアが開いたかと思うと、ショックのあまりわれを忘れたイヴォルギン老人が、怒りで顔を赤紫にさせながら、同じようにプチーツィンに飛びかかっていった。老人のあとからニーナ夫人が、コーリャが、そして最後にイッポリートが入ってきた。

2

イッポリートがプチーツィン家に引っ越してきて、すでに五日が過ぎていた。これは、イッポリートと公爵とのあいだで、なんら特別の話し合いも軋轢《あつれき》もなく、自然に生じた事態であった。ふたりは喧嘩するどころか、むしろ見るからに友だち同士のように和《なご》やかに別れを告げたのだった。あの日の晩、イッポリートにあれほど敵対的だったガヴリーラも、自分のほうから見舞いにやってきた。もっともあの事件から三日目のことであったが、おそらくは何か急な思いつきにうながされたのだろう。どういうわけか、ロゴージンまでが病人の見舞いに来るようになった。はじめのうちは公爵も、この『あわれな少年』には自分の別荘からよそに引っ越したほうがむしろよいような気がしていた。だが、いよいよ引っ越しの段となって、イッポリートは「たいへん親切にも宿を貸してくれる」プチーツィンの家に移る考えを表明しながら、何かふくむところがあるのか、ガーニャのところに移るとはいちども言いださなかった。そのじつ、自分の家に彼を引きとることを主張したのは、ほかならぬガーニャだったのである。そのことに気づいたガーニャは、腹立たしさをこらえて、それを胸の奥にしまいこんだ。

ガーニャが、妹に向かって病人がふっくらしてきたと言ったのは正しかった。たしかに、イッポリートは前よりもいくぶんよくなって、ひと目見ただけでそれとわかるほどだった。彼は一同のあとから、人を嘲《あざけ》るような、いやみな笑いを浮かべながら慌てずゆっくりと部屋に入ってきた。ニーナ夫人は、ひどく怖気《おじけ》づいた様子で入ってきた（夫人はこの半年でひどく顔が変わり、すっかり痩せこけてしまった。娘を嫁にやり、娘の家に移り住むようになってから、表向き夫人は子どもたちのことにほとんど口を出さなくなった）。コーリャは心配そうな、なにやら怪訝《けげん》そうな表情をしていた。彼は、イヴォルギン家での新しいごたごたの根本原因が何であるか知らなかったので、自分が使った《将軍の狂気》の内実については、わからないことばかりだった。しかし、父親が行く先々でもう絶え間なくバカ騒ぎを起こし、顔つきもがらりと変わって、以前とはまるで別人のようになってしまったことは彼にもはっきりわかっていた。また、老人がこの三日間、ふっつりと酒を断ってしまったことも心配の種だった。彼は、父がレーベジェフや公爵と仲たがいし、言いあいになったことも知っていた。コーリャは、自分の小遣いで買ったウオッカの小瓶をもって帰宅したばかりだった。

「ほんとうは、母さん」まだ二階にいるうちに、彼はそう言って母親のニーナの説得にかかった。「ほんとうは飲ませたほうがいいんだ。手を出さなくなって、もう三日だよね。だから鬱《うつ》がはじまったんだもの。ほんとうにそのほうがいい。債務監獄にいるときだって、持っていってあげたくらいだもの」

将軍はドアを大きく開け放ち、怒りに体を震わせんばかりに敷居の上に立っていた。

「いいかね、きみ!」とどろくような声で、プチーツィンに向かって叫んだ。「きみが本気で、この青二才の無神論者のために、かつては皇帝陛下に仕《つか》え功績をあげたこともある、この尊敬すべき、きみの父親たる老人、ということはつまり、きみの細君の舅《しゅうと》であるこの老人を、犠牲にすると決断したのだとすれば、わしはもう今すぐ、この家に足を踏み入れることは遠慮させてもらう。さあ、選びたまえ、きみ、どちらかを即刻選びたまえ。わしをとるか、それともこの男……つまりネジ釘をとるか!そう、こいつはネジ釘だとも! わしはいま何気なしに言ったが、こいつは、ネジ釘だとも! なぜかといえば、この男はネジ釘でもって、わしの心をぐりぐりと抉《えぐ》るからな、尊敬の念などいっさいなく……そのネジ釘で!」

「栓抜きじゃないのかい?」イッポリートが口をはさんだ。

「いや、栓抜きなどではない、なぜかといえば、わしはきさまの前では将軍でこそあれ、酒瓶ではないからな。わしは勲章をもっておる、勲章をな……きさまは何ももっとらんだろう。この男か、わしか！　さあ、決めたまえ、ご主人、いますぐ、い、ま、すぐ！」将軍はまたもやはげしく興奮しながら、プチーツィンに向かって叫んだ。そこでコーリャが将軍に椅子を勧めると、将軍はほとんど憔悴《しょうすい》しきった状態でどっかと腰を沈めた。

「ほんとうに、ひと眠りなさったほうが……よろしいんじゃないかと」肝をつぶしたプチーツィンがつぶやくように言った。

「あいつ、まだ脅してる！」ガーニャが小声で妹にささやいた。

「ひと眠りするだと！」将軍が叫んだ。「きみ、わしは酔っておらん、なのにこのわしを侮辱なさる。いや、承知しておりますとも」将軍はまた、立ちあがりながら話をつづけた。「承知しておる、ここではなにもかもわしに反対だ。なにもかも、ひとりのこらずな。もう結構！　わしは出ていく……だが、よいか、ご主人、よいか……」

将軍は最後まで話をさせてもらえず、ふたたび椅子に座らされた。どうか落ちついてほしいと、一同は懇願しはじめた。ガーニャは憤然として部屋の隅に引っ込んでしまった。ニーナ夫人は体を震わせながら泣いていた。

「いったいぼくが何をしたっていうんだ？　なに、ぶつぶつ言っているんだ！」イッポリートは歯をむき出して叫んだ。

「ほんとうに何もなさらなかったっていうの？」ニーナ夫人がふいに注意をうながした。「あんな年寄りをいじめるなんて、あなた、ほんとうに恥ずかしくないんですか、それに、ひどいことなさいましたよね……しかも、その立場で」

「まず、お聞きしますけど、その立場って、いったいなんです、奥さま？　ぼくはあなたのことをとても尊敬しています、ほかのだれでもなく、あなたを、個人的に、ですが……」

「そいつはネジ釘だ！」将軍が叫んだ。「そいつは、わしの胸と心をぐりぐり抉る！　そいつは、このわしに無神論を信じこませようとしておる！　いいか、このガキ、きさまがまだ生まれる前から、このわしはもう、数えきれぬくらいの名誉を授かっておったんだぞ。ところがきさまときたら、焼きもち焼きの虫けらにすぎん、それも二つにちょん切られ、咳ばかししよって……恨みと不信にさいなまれながら死んでいく……そもそもガヴリーラは、どうしてきさまをここに連れてきたのか？　みんながみんな、このわしを、よその人間から実の息子まで！」

「いいかげんにしてくれよ、そういう芝居がかったまね！」ガーニャが叫んだ。「おれたちの顔に泥を塗って、町じゅうふれまわるのだけは止めてくれ、やめてくれたらどんなに助かるか！」

「なに、このガキ、このわしがおまえの顔に泥を塗っているだと！　おまえの顔に？　わしにできるのはもっぱら名誉を授けることでな、泥など塗っておりゃせん！」

将軍はひょいと立ちあがった。もはや彼を押さえつけておくことはできなかった。だがガーニャのほうも、どうやら完全に切れてしまったらしかった。

「名誉が聞いてあきれる！」恨めしげに彼は叫んだ。

「なんて言った？」将軍は青ざめてどなると、一歩彼のほうに踏みだした。

「なら、はっきり言ってやろうか、そうすりゃ……」ガーニャは急に声を荒らげたが、そのまま口をつぐんでしまった。ふたりとも、はかり知れずショックを受けている様子で――とくにガーニャがそうだった――、顔を突きあわせたまま立っていた。

「ガーニャ、おまえ、何を言うの！」ニーナ夫人がひと声叫び、息子を制止しようと走り寄った。

「何もかも、ほんとうにくだらないったらない！」怒り心頭に発したワーリャが、吐《は》き捨てるように言った。「もういいのよ、母さん」ワーリャが母親を制止した。

「ここは、母さんひとりに免じて、だまっておく」芝居がかった悲愴《ひそう》な口ぶりでガーニャが言った。

「言え！」将軍は、すっかり逆上して吠《ほ》えたてた。「言うんだ、父親の呪いが怖《こわ》いか……さあ言え！」

「冗談じゃない、あんたの呪いなどだれが怖がるもんか！　それに、だれのせいだっていうんだ、あんたがこの一週間、まるで狂ったみたいだったのは？　今日で八日目、いいか、こっちは日にちまで覚えてるんだ……いいか、おれをぎりぎりまで追いつめるなよ、でないとぜんぶぶちまけてやるからな……あんたは昨日、どうしてエパンチン家に出かけていった？　いい年こいて、髪も白くなった一家の主がさ！　立派なもんさ！」

「およしよ、兄さん！」コーリャが叫んだ。「およしったら、バカ！」

「いったいどうしてぼくが、ぼくの何が、あの人を侮辱したっていうんです？」イッポリートはしつこく言いはっていたが、その口ぶりにはやはり何か嘲るようなひびきがあった。「どうしてぼくを、ネジ釘とか呼ぶんです、聞いたでしょう？　自分からしつこくつきまとってきたんですよ。さっきも、ぼくのところに来るといきなり、エロペーゴフ大尉とかの話なんかはじめたんです。ぼくはね、将軍、あなたのお仲間に入る気なんてこれっぽっちもないんです。前だってあなたを避けていたことは、ご存じでしょう。エロペーゴフ大尉なんて、ぼくにはなんの関係もないんですよ、それはおわかりですよね？　ぼくは何も、エロペーゴフ大尉の話を聞くためにここに移ってきたわけじゃない。ぼくはただこの人に、自分の考えを声に出して言ってやっただけなんです。エロペーゴフ大尉なんて、この世のどこにも存在していませんよ、ってね。そしたらこの人、いきなり騒ぎだして」

「そのとおり、存在しない！」ガーニャが断ちきるように言った。

だが将軍は、呆然《ぼうぜん》としてそこに佇《たたず》んだまま、意味もなくじろりとまわりに目を走らせただけだった。息子が放った言葉のあまりの露骨さにショックを受けたのだ。最初の瞬間、彼は言うべき言葉も見つからなかった。ガーニャの答えを聞いたイッポリートが、大笑いして「ほらね、聞いたでしょう、ご自分の息子さんもおっしゃってますよ、エロペーゴフ大尉なんて人物はまるで存在していないとね」と叫ぶや、老人はしどろもどろの状態でやっとのことこうつぶやいた。

「わしが言っているのは、カピトーン・エロペーゴフのことで、カピターンつまり大尉のことじゃない……カピトーンだ……すでに退役しておる中佐……カピトーン」

「そのカピトーンとかいう人物だって、いませんよ」憤懣《ふんまん》やる方なくガーニャは叫んだ。

「な……なぜ、いないと言える？」将軍はそうつぶやくと、その顔がたちまち赤く染まった。

「もう、いいでしょう？」プチーツィンとワーリャがなだめにかかった。

「もう、およしよ、兄さん！」コーリャがまた叫んだ。

だが、こうしてなだめられたことで、将軍はにわかに正気を取りもどしたかのようだった。

「どうしていなかったなどと？　なぜ、存在しなかったなどと言える？」将軍はいかにも脅しつけるような調子で、息子に食ってかかった。

「いないものはいないからさ。いなかった、それだけの話。そもそも、そんな人間、いるはずがない！　そういうことです。さあ、どいて」

「これでも息子か……これでも、血を分けた息子か、わしが……情けない！　エロペーゴフ、エローシカ・エロペーゴフがいなかったなどと！」

「ほうらね、エローシカと言ったり、カピトーシカと言ったり」イッポリートが口をはさんだ。

「カピトーシカだ、きみ、カピトーシカ、エローシカじゃない！　カピトーン、カピターン・アレクセーヴィチ、ええと、そう、カピトーン……中佐で……すでに退役しておる……マリヤ……マリヤ・ペトローヴナ・ス……わが友にして同志……下士官時代からのな……ストゥーゴワと結婚した。やつのためにわしは血まで流した……やつをかばってやったが……戦死した。そのカピトーシカ・エロペーゴフがいなかったとは！　存在しなかったとは！」

将軍はすっかり熱くなって叫んでいたが、どうやらそこで問題となっていることと、叫んでいる中身は、まるで別方向を向いているような観があった。たしかにこれがべつの機会であったなら、将軍はむろん、カピトーン・エロペーゴフなる人物がこの世にまるきり存在しなかった、などというニュースより、はるかに屈辱的な話題にも耐えることができたろう。たとえ大声を張りあげたり、騒ぎを起こしたり、正気を失うようなことはあっても、けっきょくのところは、二階の部屋に引きあげてそのまま眠りについてしまったことだろう。ところが今回は、これまた人間心理の奇妙奇天烈《きてれつ》さというものか、エロペーゴフの存否をめぐって疑いを差しはさまれるという、その程度の屈辱が、いっきょに盃《さかずき》の酒を溢《あふ》れださせる結果となってしまった。老人は顔を真っ赤にさせ、両手を振りあげて叫んだ。

「もういい！　わしの呪いを受けるがいい……この家ともおさらばだ！　おい、コーリャ、わしの旅行鞄《かばん》を持ってくるんだ、わしは出ていく……おさらばだ！」

将軍はすさまじい怒りにかられ、急ぎ足で部屋から出ていった。彼のあとからニーナ夫人、コーリャ、そしてプチーツィンが飛びだしていった。

「まったく、兄さんったら、またとんでもないことしてくれて！」ワーリャは兄に向かって言った。「父さんはね、きっとまたあそこに出かけていくの。ほんとうに、恥っさらしもいいとこじゃない！」

「なら、泥棒なんかするなっていうんだ！」怒りでほとんど息を切らしながら、ガーニャは叫んだ。そこでふいにイッポリートと目があった。ガーニャは身震いしそうになった。「で、きみは」と彼は叫んだ。「あくまで他人の家にいるってこと、忘れないことだな……他人の好意にあまえるだけにして、親父を怒らせるようなまねはするなよ、どう見たってやつは、頭がイカれているんだから……」

イッポリートもまた震えがきたかにみえたが、とっさに自分を抑えた。

「あなたのお父さまが狂っているというお考え、ぼくはかならずしも同意しません」落ち着きはらって彼は答えた。「ぼくにはむしろ、最近、お父さまの知恵が増してきたようにも思えるぐらいです、ほんとうに。そう思いませんか？　ひじょうに用心深くなり、疑い深くなって、どんなことにも探りを入れて、ひとことひとことを秤《はかり》にかけながら話している……さっきのカピトーシカの話をぼくにしたのだって、ちゃんと目算があってのことです。いいですか、お父さまはぼくに吹きこもうとしていたのですよ、その……」

「いや、あいつがきみに何を吹きこもうと、おれの知ったことじゃない！　お願いだから、おれ相手に策をめぐらしたり、ごまかしたりしないでくれ、いいな！」ガーニャは甲高い声で叫んだ。「親父がなぜああいう状態にあるのか、そのほんとうの原因をきみも知っているなら（この五日間、きみはここでたっぷりスパイ活動できたのだから、きっと知っているはずだ）、あの哀れな老人をああして怒らせたり、ことを荒だてて、ああまでお袋を苦しめる必要なんて、まるきりなかったんだよ。なにしろ、事件全体がナンセンスで、酒の上での話にすぎないんだし、しかもそれを裏づけるものも何ひとつないくらいで、そもそもおれは、あんな話に意味があるなんて考えちゃいない……ところが、きみって男は、相手に毒づいたりスパイしたりせずにはいられない、なぜかといえばきみは……きみってやつは……」

「ネジ釘」イッポリートは、そう言ってにやりとした。

「いや、きみってやつは、クズだからさ。連中を脅かしてやろうっていうんで、あんな、弾もこめてないピストルで自殺するとかいってみんなを脅すつもりが、恥も外聞もなくああしてちぢみあがって、このろくでなしの死にぞこないが、二本脚の……癇《かん》癪《しゃく》男さ。こっちが客扱いしてやったおかげで、なにやらふっくらしてきたし、咳もしなくなった、きみこそちゃんと恩返しを……」

「ひとこと言わせてください、お願いです。ぼくは、ワルワーラさんの家に厄介《やっかい》になっているのであって、あなたの家じゃない。べつに、あなたに客扱いしてもらった覚えはないし、あなたのほうこそ、プチーツィンさんから客扱いを受けておられる身でしょう。四日前ですか、ぼくは母に頼んだんですよ。ぼくのためにパーヴロフスクに一室を探し、自分もそこへ引っ越してくるようにとね。なぜかといえば、ここにいるとほんとうに体調がよくなるからです。だからって、べつに体重が増えたわけでもなく、あいかわらず咳もしていますがね。昨日の晩、部屋の準備ができたと母が知らせてきました。で、さっそく、あなたにお伝えしておきますが、あなたのお母さまと妹さんにご挨拶申しあげたうえ、今日じゅうにそちらに引っ越すつもりです。これはもう、昨日の晩に決めていたことです。失礼、そういえば、お話の途中でしたね。きっと言いたいことがたくさんおありだったんでしょう」

「ああ、そういうことなら……」ガーニャは声を震わせた。

「それじゃ、座らせていただきますね」イッポリートはそう言いたし、将軍が腰をかけていた椅子に悠然と腰をおろした。「なんだかんだいっても、やっぱり体調が悪いもので。さてと、これであなたのお話を聞く準備ができました。なにしろ、これがぼ

くたちの最後のやりとり、いや、ひょっとして、最後の対面になるかもしれません
し」
　ガーニャはにわかに気がとがめてきた。
「いいかな、こっちとしてはきみと始末をつけるほど落ちぶれたくなくてね」彼は
言った。「だから、もしきみが……」
「そうお高くとまろうったってむだです」イッポリートがさえぎった。「ぼくはぼく
で、こちらに移った最初の日に、誓ったんです。ぼくたちふたりが別れるときは、あ
なたにあらいざらい、それも完全に腹を割って、きっぱりと、心ゆくまで話そうって。
ぼくはいま、まさにそれを実行する気でいます。もちろん、あなたの話が済んでから
ですが」
「きみには、この部屋を引きあげてもらいたい」
「話したほうがいいです、だってこの先、後悔しますよ、あのとき、話しておけばよ
かったって」
「やめて、イッポリート、それって、ほんとうに恥ずかしいことよ。お願いだから、
やめて！」ワーリャが言った。
「ここはご婦人の手前」イッポリートはそう言って笑いだし、立ちあがった。「結構

です、ワルワーラさん、あなたのためにあえて話をはしょります、でも、少し切りつめるだけですよ。なぜかって、ぼくとあなたのお兄さまは、ある種の話しあいが絶対に欠かせないからで、ぼくとしてもこうして誤解を残したまま、ここから引きあげる気にはとてもなれませんから」

「要するに、きみはただのゴシップ屋ってことさ」ガーニャが叫んだ。「なもんだから、ゴシップなしに、ここを引きあげる決心がつかないのさ」

「ほら、ごらんなさい」イッポリートは平然と言いのけた。「あなたはもう、抑えがきかなくなっている。嘘じゃない、このさき後悔しますよ、あのとき、話しておけばよかったってね。もういちど、あなたに発言権を譲ります。ぼくは待つのは得意ですから」

ガーニャは口をつぐんだまま、侮蔑的な表情で相手を見つめていた。

「話したくないんですね。なんとしても、我をとおすおつもりなんだ——それならそれで結構。では、ぼくのほうはできるだけ切りつめて。今日、ぼくは二、三度、あれだけしてやったのに、という非難を耳にしました。これは不当です。ぼくをご自宅に招くことで、あなたはぼくを罠《わな》にかけたからです。あなたは、ぼくが公爵に復讐したがっていると見こんでいた。あなたはしかも、アグラーヤさんがぼくに同情を示し、ぼくの告白を読んだということを聞きつけていた。すると、どういうわけか、ぼくがすっかりあなたの言うようになるとにらんで、もしかするとぼくを手足として使えるかもしれないと期待した。これ以上、細かい説明はしません！　あなたにたいして、告白も承認も求めようとは思いません。ぼくとしては、あなたをあなたの良心にゆだね、いまはもう立派に理解しあったということだけで十分ですから」

「それにしても、まあ、そんなありふれたことから、よくそんな突飛な話が思いつけるものだわ！」ワルワーラが声を上げた。

「だから言ったじゃないか。ゴシップ屋の青ガキだって」ガーニャが吐き出すように言った。

「いいですか、ワルワーラさん、話を続けますよ。ぼくはむろん、公爵を好きになることも尊敬することもできません。でも、あの人は、文句なしに善良です、もっとも……ちょっとおかしなところもありますがね。でも、あの人を憎む理由などぼくにはぜんぜんないんです。あなたのお兄さまが、公爵に抵抗するようぼくを唆《そそのか》したときも、ぼくはそのそぶりは見せませんでした。ぼくの腹づもりは、ほかでもありません、いよいよという段階に来たら、笑って嘲《あざけ》ってやることです。わかってましたよ。あなたのお兄さまはぼくに口を滑らせたり、とんでもないヘマをやらかすにちがいないってね。そして、事実、そのとおりになった……いま、ぼくは、お兄さまを大目にみてあげようと思っていますが、それはワルワーラさん、あなたを心から尊敬すればこそです。でも、このぼくはそうはかんたんに釣り上げられない、ということを説明しましたから、こんどはどうしてぼくが、面と向かってあなたのお兄さまをああまでばかにしようとしてきたか、そのわけをお話ししますね。いいですか、ぼくがこれを実行したのは、率直に打ちあけますが、憎しみのゆえです。こうして死をまぢかにして（だって、あなたがたがおっしゃるように、多少ふっくらしてきたからって、やっぱり死ぬ身ですからね）、そう、死に臨んで、ぼくはこう感じたのです。もしも、これまで一生をとおしてぼくを迫害し、ぼくが一生をとおして憎みぬいてきたタイプの無数の人間から、その代表格を、せめてひとりでも愚弄しつくすことができたら、もうどんなに安らかな気持ちで天国に行けるか、って。そういうタイプの、絵に描いたような人物が、そう、尊敬するあなたのお兄さまなのですよ。ぼくはあなたを憎んでいます、ガヴリーラさん、そのわけはひとつ――あなたからすると意外に思えるでしょうが――そのわけはただひとつ、そう、あなたがすさまじく厚顔で、すさまじく独りよがりで、すさまじく俗っぽくて、すさまじくいまわしい凡庸さの典型であり、具現であり、権化《ごんげ》であり、頂点だからですよ！　あなたは、凡庸さそのものだ、疑うことを知らず、オリュンポスの神々みたいに泰然自若としている、凡庸さそのもの。あなたは、ルーティーン中のルーティーン！　自分の思想なんて、あなたの頭にも、胸のうちにも、いちどとして実を結んだことがない、これっぽちもね。ところが、あなたときたら、果てしなく嫉妬深い。あなたは、自分が大天才だと固く信じてらっしゃるけれど、それでもどうかしてうまくいかないときは、やっぱり疑いが首をもたげるものだから、じりじりしたり、人を羨《うらや》んだりする。そう、あなたの行く手には、まだ黒い点が見えかくれしている。その点が消えてなくなるのは、あなたが完全にばかになりきったときで、それも遠い話じゃない。しかし、それでもあなたの前には、長くて変化に富んだ道が続いている。とうてい愉快とはいえない道で、それがぼくには愉快なんですよ。まず第一に、あなたに予言しておきますが、例のお嬢さん、あなたはものにできません……」

「いや、もう聞いてられない！」ワーリャが声を張りあげた。「なんて嫌味な子、話はこれでおしまいね？」

ガーニャは真っ青になり、体はふるえ、口をつぐんでいた。イッポリートは話をやめ、いかにも満足そうにじっと相手をにらんでから、その視線をワーリャに移し、にやりとして一礼すると、そのままひとことも付けたすことなく部屋から出ていった。

ガーニャが、かりにみずからの運命や失敗を嘆いたとしても、それは正当だったろう。しばらくのあいだワーリャは兄に話しかけることもはばかられ、兄が大股で脇《わき》を歩みすぎていくときも、そちらを振りかえろうとさえしなかった。兄はやがて窓際まで行くと、彼女に背を向けて立った。ワーリャはそのとき、「どんな杖《つえ》にも両端はある」というロシアの諺《ことわざ》について考えていた。二階でまた騒々しい物音が聞こえた。

「行くのか?」ガーニャがふいに彼女のほうを振りむいた。彼女が立ちあがる気配を嗅ぎつけたのだ。「ちょっと待て、これを見ろ」

妹のほうに歩み寄ると、彼はその目の前の椅子に、置き手紙のようなかたちに折りたたんだ小さな紙切れを放りなげた。

「ああ!」ワーリャはひと声叫んで、両手を打った。

手紙はきっかり七行あった。

「ガヴリーラ・イヴォルギンさま。

あなたのご好意に甘え、

個人的に重要なある事柄についてあなたに相談に乗っていただく決心をしました。

明日の朝七時ちょうどに、緑色のベンチでお目にかかりたく存じます。

ベンチはわたしどもの別荘のすぐ近くにあるものです。

かならず、ご同行願いたいワルワーラさまが、その場所のことはよくご存じでいらっしゃいます。A・E」

「よくって、こうなった以上は、あの子ときちんと話をつけるのよ」そう言ってワルワーラは両手を広げて見せた。

ガーニャはこのとき、それみろとばかり大風呂敷を広げようとしたが、それでもその誇らしい気持ちを表に出さずにはいられなかった。イッポリートの口からああまで屈辱的な予言を聞かされたあとだけになおさらだった。ガーニャは、あたりはばかることなく満足そうな笑みに顔を輝かせ、ワーリャも喜びのあまりはればれとした笑いを満面に浮かべていた。

「それに明日は、ちょうど、婚約のお披露目のある日じゃない！　いいわね、こうなった以上は、あの子ときちんと話をつけるのよ！」

「おまえ、どう思う？　明日、彼女はなにを話す気でいるんだろう？」ガーニャが尋ねた。

「そんなことどうだっていいじゃない、要はね、六カ月たって、初めて会いたいって言ってきていること。わたしの話、よく聞くのよ、兄さん。あそこで何があろうと、風向きがどう変わろうと、いいわね、これってほんとうに大事なことなの！　大事すぎるくらい！　またいい気になって、またへまをしでかすようなことはしないで、でも、怖《お》けちゃだめ、いいわね！　わたしがなぜこの半年、あそこに出入りしてきたか、あの子が見ぬいていないはずない。それにどう、今日、あの子はおくびにも出さなかったし、そぶりだって見せなかった。あの子たちのところにはこっそり立ち寄ったので、おばあさんはわたしが来てるってこと知らなかったの。知っていたら、きっと追い出されていたわ。兄さんのためにリスク覚悟で行ったの、何がなんでも探りだしてやろうと思って……」

二階からまた、どなり声と騒々しい物音が聞こえた。何人かが階段を下りてきた。

「こうなったらもう、なんと言っても止めさせなくちゃ！」ワーリャが怯えたように慌てて叫んだ。「こういう醜態をまったくゼロにするの！　さあ、行って、謝ってきて！」

だが、一家の父親はもう通りに出ていた。コーリャがそのあとからリュックを引きずっていた。ニーナ夫人は、玄関口に立って泣いていた。彼女もあとを追って駆けだそうとしたが、プチーツィンが引きとめた。

「そんなことなさっても、火に油を注ぐだけです」プチーツィンが彼女に言った。「どこにも行くところなんてないんです、三十分もすれば、また連れもどされます、コーリャ君ともう話がついているんです。しばらく好きにさせておこうって」

「何をいばりくさって、どこに行く気だ?」ガーニャが窓から叫びだした。「行くところなんて、どこにある?」

「父さん、戻ってきて!」ワーリャが叫んだ。「近所の人たち、みんな聞いているのよ」

将軍は立ちどまり、振りむくと、片手を差しのべながら高らかに叫んだ。

「わが家よ、呪われよ!」

「また、おきまりの芝居のせりふだ!」

バタンと窓を閉めながら、ガーニャはつぶやいた。

隣人たちは、事実、耳をそばだてていた。ワーリャは部屋から駆けだして行った。

ワーリャが出ていくと、ガーニャはテーブルの上の手紙を手にとり、これにキスし、ちゅっと舌を鳴らして、アントルシャよろしくひょいと跳躍してみせた。

3

イヴォルギン将軍をめぐるこのばか騒ぎも、これがまるでべつのばあいであったならば、何ごともなく済んでいただろう。以前にも彼の身には、これに類したとつぜんの奇行が生じたからだが、といってもそれはごくまれなケースだった。というのも、将軍は総じておだやかで、性格もほとんど善良といえるぐらいの男だったからである。将軍はここ数年病みつきとなったふしだらとおそらくは何度となく闘ってきた。自分が「一家の主」であることをふいに思いだしては、妻と仲直りし、心から涙を流すこともあった。彼は妻のニーナ夫人を、崇《あが》めたてまつらんばかりに大事に思ってきたが、それは、彼女がじつに多くを黙って許してくれたばかりか、自分の道化がかったあさましい姿までも愛してくれたからである。だが、そうしたふしだらとの我慢づよい闘いも、ふつうはさして長引くことはなかった。将軍もまた彼なりに、いたって「起伏のはげしい」人間だったからである。したがって彼はたいてい、悔い改めてなにもせずに家でじっとしている暮らしに耐えきれず、最後には反乱を起こしてしまうのだった。いったんかっとなると、その瞬間はおそらく自分を責めてはいるものの、抑えがきかなくなった。家族と口げんかしては大言壮語を吐き、自分にたいする途方もない無理な尊敬を要求し、とどのつまりはぷいと家から姿を消して、どうかするとそのまま長いこと留守にするのである。この二年間、彼は自分の家の問題については、ごくおおまかなところを聞きかじるぐらいで、それ以上詳しく立ちいるのは止めてしまった。そういうことは、まるきり自分の役目ではないと感じていたのである。

今回、この《将軍をめぐるばか騒ぎ》には、何かしら尋常ならざる兆候が現われていた。だれもが何かを察知しているようなのだが、だれもそのことを口にするのを恐れているといった按配《あんばい》だった。将軍はつい三日前、「型どおり」家族のもとに、というこことはつまりニーナ夫人のもとに姿を現わしたが、これまでのいつもの「出頭」とはうってかわって、なぜかおとなしく反省の色を浮かべる様子もなく、それとは逆に——異常ともいえるほどの苛立ちをあらわにしていた。口数が多く、落ちつきを欠き、会う人ごとに熱くなっては、食ってかからんばかりの勢いで話をはじめる。しかもその話題というのがてんでばらばらで、突拍子もないものだから、そもそも彼がいま何のことでこれほど気をもんでいるのか、何としても突きとめられない。ときとして陽気になる瞬間もあるにはあるが、たいていのばあいは考えごとにふけっていて、それでいていったい何を考えているのか自分にもわからないのだった。とつぜん、何かの話を切りだしたかと思えば——エパンチン家のことか、公爵、そしてレーベジェフのことか——ふいに話を中断したまま、すっかり口をきかなくなってしまうこともあった。その先、どんな質問を浴びせられても、彼はただあいまいな笑みで応えるばかりなのだが、そのじつ、自分が何を尋ねられているのかもわからず、たんに微笑《ほほえ》んでいるのである。昨夜、彼はしきりにため息をついたり、唸《うな》ったりしてニーナ夫人を苦しめた。夫人は、なぜということもなく彼のためにひと晩じゅう湿布で温めてやった。明け方近く、将軍はふいに眠りに落ちて四時間ほど眠ったが、目を覚ましたとたん、強烈かつ支離滅裂な心気症の発作に襲われ、それがついにイッポリートとの口論や『わが家よ、呪われよ』のひとことに結びついたわけである。この三日間、彼がたえず極端ともいえるほどの名誉欲にとりつかれ、その結果、異常なくらい怒りっぽくなっていることにも、周囲の人々は気づいていた。コーリャは、こうしたことはすべて酒欲しさゆえか、ひょっとすると将軍が最近はあきれるほど親交を深めていたレーベジェフ恋しさのせいだと主張し、母親を説得してかかった。だが、そのじつ将軍は三日前、このレーベジェフととつぜん喧嘩になり、すさまじい怒りにかられて袂《たもと》を分かったばかりか、公爵ともひと悶着《もんちゃく》を起こしていたのである。コーリャは公爵に釈明をもとめたが、最後に彼は、公爵には何か隠しておきたいことがあるらしいと勘ぐるようになった。ガーニャが、これはまちがいないと請けあったように、かりにイッポリートとニーナ夫人とのあいだで何か特別なやりとりがあったとしたら、ガーニャがああもあけすけに「ゴシップ屋」呼ばわりした意地悪坊主が、同じ手口でそれをコーリャにばらしてしまう快楽を見逃したのは奇妙というしかない。イッポリートは、ガーニャが妹とのやりとりで描きだしてみせたような、底意地の悪い「ガキっ子」なんかではなく、底意地といっても別のタイプの底意地だということは、おおいにありうる話である。だからニーナ夫人の『胸をかきむしらせてやる』ため、自分の得たなにがしかの観察を伝えたなど、ありうる話とは思えない。ここで忘れてならないのは、人間の行動の原因というのは、通常、わたしたちがいつもあとになって説明するよりかぎりなく複雑かつ多様であって、線で描くようにきれいに説明できることなどめったにないということである。そんなわけで、語り手としては、ときには事件の経緯のたんなる記述にとどめておくほうがはるかに好都合なときがある。将軍の身に現に起こっている大事件をこれから説明するにあたっても、そうした態度で臨《のぞ》むことにしよう。というのは、この副次的人物にたいして、これまで想定してきたよりいくぶん大きな関心を払い、それなりのスペースを割《さ》かざるをえない必要に迫られるにいたったからである。

事件は、以下のような順序で、次々に生起した。

フェルディシチェンコを探しにペテルブルグまで出かけていったレーベジェフは、その日のうちに将軍を引きつれて戻ってきたが、公爵にたいして、とくにこれというほどのことは何も伝えなかった。このとき、公爵がさほど上の空ではなく、自分にとってだいじな別の印象にかまけていなかったら、それにつづく二日間、レーベジェフがいっさいの説明を怠っているばかりか、自分と顔を合わせることさえなぜか避けるようにしていることにすぐにも気づいたことだろう。ようやくそれに注意を向けることができた公爵は、この二日間、レーベジェフとたまたま顔を合わせるたびに、相手が輝かんばかりに上機嫌で、四六時中と言ってよいほど将軍といっしょだったことを思い起こし、つよい驚きに打たれた。ふたりはともに、一分たりとも離れようとはしなかった。公爵はときおり二階から聞こえてくる、甲高い早口の話し声や、ときおり高笑いのまじる楽しげなやりとりを耳にしていた。あるときなどは、夜もかなり更けてから、思いもかけずふいに響きわたった軍隊式の酒盛りの歌が耳もとまで伝わってきたが、公爵はすぐにそこに将軍のしゃがれた低音を聞きわけることができた。だが、聞こえてきた歌は、歌としてかたちをなさないまま急にふっつりと途切れた。それからさらに一時間ばかり、どう見ても酔っぱらい同士としか思えない、たいそう威勢のいいやりとりが続いた。二階で浮かれ騒いでいる友だち同士が、たがいに体を抱きあい、ついにはそのどちらかが泣きだした様子まで察することができた。それからいきなり、はげしい言いあいがはじまったが、その言いあいもまたすみやかに収まり、ふっつりと止んでしまった。この間、コーリャはずっとなにかしら格別に不安な気分にかられていた。公爵はたいてい家を空けていて、どうかするとひどく遅い時間に帰宅することがあった。そこで公爵はいつも、コーリャが一日じゅう自分を捜すためあちこち尋ねまわったという報告を聞かされるのだった。ところが、いざ顔を合わせてもコーリャは、将軍といまのその行状にものすごく『不満』だという以外、何ひとつ特別なことを口にするでもなかった。『ふたりしてあちこちうろつきまわっては、この先の居酒屋で飲んだくれ、路上で抱きあったり罵りあったり、たがいに挑発しあったりしながら、なんとしても離れられずにいるんですよ』。以前もそれと同じことが、ほとんど毎日のようにくり返されていたと公爵が指摘すると、コーリャはそれにどう答えてよいものかまったくわからず、また、いまの自分の不安がどこに起因しているのかも説明できなかった。

翌朝の十一時ごろ、酒盛りの歌と口論の夜が明け、家を出ようとしている公爵の前に、何やらひどく動揺し、茫然自失といった態《てい》の将軍がふいに姿を現わした。

「ムイシキン公爵さま、かねてご尊顔に浴する光栄と機会を求めておりまして。かねて、前々からであります」おそろしく固く、ほとんど痛みを感じるほど公爵の手を握りしめて将軍はつぶやくように言った。「はるか以前からであります、はるか、以前から」

腰をかけてはどうかと公爵は、言った。

「いや、椅子はけっこう。ただでさえお引きとめしているわけですから。お話は――またべつの機会に。ただ、せっかくお目にかかれたのですから、ひとことお祝いの言葉をと思いまして……その……お心の願いを、ついに叶えることのできたことの」

「お心の願いって、なんです?」

公爵は面食らっていた。彼と同じ立場にある多くの人々がそうであるように、だれにも何も見られていないし、だれにも見ぬかれず、悟られてもいないような気がしていたからである。

「どうかご心配なく、ご心配なく！　あなたのその繊細きわまりないお気持ちをかき乱すようなまねはいたしません。わたくし自身、経験もありますし、よく存じております。赤の他人が……その、なんですか……鼻を……諺にもありますとおり……頼まれもしないことに、突っ込むということがございます。わたしは毎朝、それを経験しておりまして。わたしがここに参ったのは、それとはべつの、きわめて大事な用件にございまして。ひじょうに重要な用件にございまして、公爵」

公爵はあらためて椅子を勧め、自分も腰をおろした。

「ほんのいっときでけっこう……ご忠告を賜《たまわ》りたくここに参りました。わたくしは、むろん、実際的な目的もなく暮らしておりますが、わが身を大事にし……総じて、ロシア人がかくもないがしろにしている、実務的手腕というべきものを尊重し……自分や、女房、そして子どもたちをそれなりの地位に就けてやりたいと念じておりま す……要するに、公爵、わたしは忠告を求めておるわけでして」

公爵は熱くなって相手の心がけを褒めた。

「しかし、そんなのはすべて下らん話でして」と将軍はすばやく相手をさえぎった。「わたしはとにかく、そんな話のために参ったのではなく、べつのこと、大事な用件があって参りました。で、まさしく、ムイシキン公爵、あなたにひとつご説明させていただこうと心した次第でありまして。あなたは、なんといっても、人を受けとめる真摯な態度と、その感情の気高さにたいし、このわたしが絶大な信を置く人間であり、そればかりか……そればかりか……。公爵、あなたはわたくしのこういう言葉に呆《あき》れておいでじゃありませんか?」

公爵はとくに呆れるというほどではないながら、それでも並々ならぬ関心と好奇心でもって客人の様子をうかがっていた。老人はいくらか青ざめ、唇はときおり軽くふるえ、両手は安らぐ場を見つけられずにいる、といったありさまだった。老人が腰を落ちつけていたのはわずか数分ばかりだったが、その間にもすでに二度、なぜか急に椅子から立ちあがってふとまた腰をおろし、明らかに自分のそうしたふるまいに少しも気づいていない様子だった。テーブルには何冊かの本が置いてあった。彼はそのうちの一冊を手にとり、話の最中も見開きになったページをちらりとのぞき、するとまたすぐに閉じてテーブルに戻すと、べつの本を手にとり、こんどはもう開こうともせず、最後までずっと右手にたずさえたまましきりと空中でふり回すのだった。

「いや、けっこう！」彼はふいに叫んだ。「どうやら、たいへんなご迷惑をおかけしたようで」

「いいえ、ちっとも。どうか、ご心配なく、ぼくのほうこそ逆に聞きほれていたくらいで、お話をしっかり理解したい気持ちもありますから……」

「公爵！　わたしは、人から敬われる立場に立ちたいと念じております……自分自身と……自分の権利を……大事にしたいと願っておるのです」

「そういう志を抱いている人は、それだけでも十分な尊敬に値しますよ」

公爵が習字の手本にあるような格言を持ちだしたのは、それがすばらしい効き目をもたらしてくれると固く信じたからだった。彼はなぜか本能的に察知したのである。つまり、何かこれに類した、無内容ながら心地よく耳にひびく格言を折よく発してやれば、将軍のような人間、とくにこうした境遇にある人間の心をとらえ、やさしく宥《なだ》めてやることができるだろう、と。とにもかくにも、こういう客人は、ひとまず気持ちを和らげてから帰してやる必要があった。そこにまた課題もあった。

将軍はこの格言に気持ちをくすぐられ、感激し、大満足だった。ふいにしんみりしたかと思うと、たちまち口調まで変え、熱烈にしてかつ長たらしい弁明に入った。だがどんなに気持ちを集中し、耳を澄まそうとしても、公爵は文字通り、何ひとつ理解できなかった。将軍は十分ほど熱っぽく早口でまくし立てたが、そこにはさながら、群れをなして次々とわき起こる思いをひとつひとつ吐きだす暇もないといった趣が感じられた。話が終わりに近づくころには、目には涙まで浮かべていたが、その話は、頭もなければ尻尾《しっぽ》もないただの文句の羅列であった。突拍子もない言葉、突拍子もない思いが、ぽんぽんと突拍子もなくくり出され、先を争っているだけのことにすぎなかった。

「おおいにけっこう！　あなたに理解していただきました、わたしも、これでひと安心です」将軍はふいに話を締めくくり、立ちあがった。「あなたのような心の持ち主が、苦しめる者の気持ちがわからないわけはない。公爵、あなたは立派なお方だ、理想そのものといってもいい！　あなたと比べて、ほかの連中のなんという体《てい》たらく！　しかし、あなたはお若い、わたしがあなたを祝福してさしあげよう。けっきょくのところ、わたしがここにお邪魔したのは、大事な話しあいのための日時を決めていただくためでして、それがわたしの最大の望みでした。わたしはただただ、友情とお情けにおすがりするばかりです、公爵。わたしのこの心の求めるものを、なんとしても抑えることができなかったのであります」

「でも、どうしていまじゃだめなんです？　お話なら喜んでお聞きしますが……」

「いや、公爵！　それはだめです」将軍は熱くなって相手をさえぎった。「いまはいけません！　いまは夢があります！　これはあまりにも、あまりにも大切なこと、大切すぎることなのです！　われわれが話しあいをもつときこそ、決定的な運命の瞬間となります。それこそ、わたしの刻限であり、かような神聖なる瞬間に、だれか、どこぞの不心得者がひょっくり飛びこんできて、ふたりの話の邪魔をされてはたまりません。しかも、そういう無礼者というのは、けっして珍しくありませんので」将軍は、そこで公爵のほうに急に屈《かが》みこむと、何やら奇妙な、秘密めかした、なかば怯えたような声でささやきかけた。「愛する公爵さま、あなたの足の……踵《かかと》ほどの価値もない不心得者ですよ！　いえいえ、わたしの足の踵ほどの、などとは申しません！　ここでとくにご注意いただきたいのは、わたしがいま自分の足を持ちだささなかったところです。それを平気でわたしが口にできるには、わが身があまりに大事すぎるからでして。もっとも、あなただけはおわかりくださるでしょうが、このばあい、自分の踵を棚上げすることで、わたしはひょっとして、品位ある人間として最大限のプライドを示そうというのかもしれません。あなた以外、だれひとり理解するものはおりませんし、その筆頭にあるのがあの男、ということになります。あの男は何も理解しておらんのです、公爵。まったく、まったく理解する能力がないのです！　理解するには、ハートをもたなくてはいけませんから！」

終わりに近づくころには、公爵もほとんど泡を食らって、将軍には明日の同じ時刻の面会を指定した。そうして大いに励まされ、すっかり落ちつきをとり戻した将軍は、意気揚々たる面持ちで引きあげていった。夕方の六時すぎ、公爵はレーベジェフのところに使いをやり、少しの時間こちらに来てくれるように頼んだ。

レーベジェフは大慌てで姿を現わしたが、入ってくるなりただちに切りだしたひとことが、「たいへん光栄に存じます」だった。彼はこの三日間、姿を消し、公爵と顔を合わせるのを明らかに避けてきたのだが、そんな気配はつゆほども見せなかった。彼は椅子の縁《へり》に腰をかけると、顔をしかめたり、笑みを浮かべてみせたが、その小さな目は、くすぐったそうな笑みの向こうにどこか探るような表情をたたえていた。彼はしきりに両手をこすりあわせていたが、その表情には待望久しい、かねて一同が臆測を重ねてきた重大な知らせか何かを耳にできるという、ひどく素朴な期待がうかがわれた。公爵はまたしても不安にかられた。だれもが自分に、何ごとか期待しはじめており、みなが何かしらお祝いの言葉を口にしたがっているような目で、こちらの顔をうかがい、何やらほのめかしてみせたり、笑みを浮かべたり目配せしていることが、自分の目にもはっきりしてきたからだ。ケーレルもまた、ほんの一瞬ながら、すでに三度ばかり立ち寄ったが、その顔にはいまにもお祝いを口にしたそうな表情がありありと浮かんでいた。立ち寄るたびに夢中になって曖昧な言葉を発し、どの話も中途で放りだしては、早々に姿を消してしまうのである（この数日、彼はどこかで痛飲し、どこかのビリヤード場ではひと暴れしていたという）。コーリャまでが、自分の悩みを忘れて二度ばかり、何ごとか曖昧に口ごもりながら公爵に話しかけてきた。

公爵はそこで、いくぶんいらいらしながら、将軍の最近の状態をどう思うか、将軍はああも落ちつかないのはどういうわけかと、レーベジェフにじかに質問をぶつけてみた。するとレーベジェフは、先日の一幕を手短に話して聞かせた。

「不安はだれにもあるものでございますよ、公爵……とくに昨今のように奇態な、落ちつきのない時代にはそうでございます、はい」レーベジェフは、いくぶんそっけない口ぶりで答えると、期待をひどく裏切られたとでもいわんばかりの態度で腹立たしげにだまりこんだ。

「たいした哲学ですね！」公爵は苦笑した。

「哲学は必要でございます。われらが十九世紀においては、哲学の実際的な応用という点がきわめて必要でございますが、それがないがしろにされているというわけでして、はい。わたしとしては、尊敬する公爵さま、わたしは、あなたもご存じのある点においてあなたのご信頼にあずかってまいりましたが、それもある程度までのことにすぎず、とりわけその一点にかんする事情となるとその先一歩も出ないというのが……このところはわたしもよく心得ておりますので、愚痴などけっしてこぼすつもりはございません」

「レーベジェフ、あなたは何かのことで怒ってらっしゃるみたいですが？」

「まさか、そんなことはすこしもございません、尊敬する高貴な公爵さま、すこしも！」胸に片手を押しあてながら、レーベジェフは有頂天になって叫んだ。「それどころか、いまのいま、わたしははっきりと悟ったのであります。すなわち、世間での地位にしろ、頭と心の発達の程度にしろ、富の蓄積にしろ、これまでの行状にしろ、はたまた知識の点においても——あなたさまのありがたき信頼、わたしの高い期待に欠かせぬあなたさまのご信頼に何ひとつ値しない、ということでございます。かりにもし、何かお役に立てることがございましても、それは奴隷か、もしくは日雇い人夫といったところが関の山でして……けっして怒ったりなどしておりません、ただ、悲しいだけでございます」

「レーベジェフさん、何をおっしゃいます！」

「いや、まさにそのとおりでして！　いまもそのとおり、今回もそのとおりなのであります！　こうしてあなたにお目にかかり、心と頭であなたを観察しながら、わたしは自分にこう言い聞かせておりました。友人として何かをお教えいただく値打ちなど自分にはないが、この家の持ち主ということならば、ことによりますと、しかるべきとき、予測される期日までに、言うなれば、そのご計画を、といいますか、もろもろのご通知をうけたまわることができるのではないか、と。近くさし迫った、いくつかの、その、予想される変化にかんがみまして……」

そう言いながらも、レーベジェフは、驚きの色を浮かべて自分をながめている公爵の顔を、するどく小さな目で食い入るように見つめていた。いまもって彼は、好奇心を満たすという望みを捨ててはいなかったのである。

「なんのことやら、さっぱりわかりません」あやうく怒りださんばかりに公爵は声を張りあげた。「それに……あなたって、とんでもない策略家ですね！」そう言って公爵はとつぜん笑いだした。それは、心の底からの笑いだった。

同時にレーベジェフも笑いだしたが、その晴れやかなまなざしは、自分の望みに光が差し、それがよりいっそう強まったことをものがたっていた。

「で、いいですか、レーベジェフさん、ひとつあなたに言っておきますね。どうか怒らないでほしいんですが。じつは、ぼくはあなたの無邪気さに呆《あき》れているんです、むろん、あなただけじゃありません！　あなたはこのぼくにほんとうに無邪気に何かを期待してらっしゃる、そう、いま、この瞬間にです。ですから、ぼくはあなたにたいして気がとがめるし、恥ずかしいくらいです、だって、あなたを満足させられるようなものは何ひとつもちあわせていないんですから。ともかく、誓って言いますが、断じて何ももちあわせていないんです、それがおわかりになりますか？」

公爵はまた笑いだした。

レーベジェフはそこで大きく胸をはった。たしかに、彼はどうかするとあまりに無邪気に、そして厚かましいと思えるほど好奇心をむき出しにすることがあった。しかし同時に、たいそうずる賢く、屈折したところがあって、どうかするとひどく陰険に黙りこむこともあった。公爵はそんな彼の好奇心をことごとく撥《は》ねつけたおかげで、なかば彼を敵に回すことになった。しかし公爵が撥ねつけたのは、何も彼を蔑んでいたからではなく、自分の好奇心の対象となる話題がいささかデリケートな部分を含んでいたためである。数日前まで、公爵はまだ自分のいくつかの夢をまるで犯罪のようにみなしていたが、レーベジェフはレーベジェフで、公爵が自分を撥ねつけたのはひとえに自分にたいする嫌悪と不信のせいとみなし、気持ちを腐《くさ》らせたまま彼から離れ、公爵のことではコーリャやケーレルばかりか、じつの娘であるヴェーラまで妬ましく感じていた。いまこの瞬間でさえ、真にその気になれば、公爵にとってそうとうに興味深いニュースをひとつ伝えることもできたのだが、しかし彼は陰気に押しだまったまま、何も伝えることはしなかった……。

「いったいどうすればあなたのお役に立てるのでしょうか、公爵さま、と申しますのも、このたびはあなたさまのほうが、このわたしを……お呼びになったわけですから」しばらく沈黙したあとで、彼はようやく口を開いた。

「ええ、たしかにぼくからでした、将軍のことで」同様に、しばしのあいだ物思いにふけっていた公爵は、ぎくりと体をふるわせた。「それに……例の窃盗の件です、いつぞやあなたが教えてくれた……」

「それは、いったいなんのことでございましょう？」

「なにをまた、ぼくが言っていることがわからないみたいに！　ああ、レーベジェフさん、あなたって人は、そうしていつも演技ばかり！　お金ですよ、お金、このまえ、財布ごと失《な》くしたっていう四百ルーブル、あの朝、ペテルブルグに出かけるときに、ここに来て話していったでしょう。これでおわかりでしょう？」

「ああ、あの四百ルーブルのことですか！」いまようやく思いあたったとでも言わんばかりに、レーベジェフは言葉尻を伸ばした。「あなたのご親切なお気づかいに心から感謝いたします、公爵さま。このわたしにはもったいなさすぎるお気持ち、ですが……あれは、すでに見つかっております、それもだいぶまえに」

「見つかった！　ああ、それはよかった！」

「あなたのその温かいお気持ち、何ものにも代えがたく。四百ルーブルと申せば、何人ものみなし児を抱え苦しき労働で細々と暮らす貧乏人にとっては、並たいていの額ではございません……」

「いや、ぼくが言っているのは、そういうことじゃないんです！　むろん、ぼくとしても、お金が出てきたことをうれしく思いますが」公爵は急いで言葉を改めた。「でも……どうやって見つけられたんです？」

「それが、じつにたわいもないことでございまして、フロックコートを掛けておいた椅子の下で見つけたのです。つまり、財布はどうもポケットから床に滑り落ちたらしいんでございます」

「椅子の下ですって？　そんなはずないでしょう。だって、言ってたじゃないですか、部屋じゅう隈《くま》なく探しまわったって。そんな肝心かなめの場所、どうして見落としたんですか？」

「それがその、たしかにちゃんと調べたんでございます！　調べたということは、もう確かすぎるくらい覚えておりまして！　椅子をどけて、四つんばいになって、両手でその場所を触ってみました、目だけじゃ信じられないものですから。なにせその場所は、見たところ何もなくて、空っぽで、たんにつるつるしてるだけでございます、わたしのこの掌《てのひら》みたいに。それでも、触って探しつづけました。何がなんでも探しださなくてはというとき、人間っていつもこういう見苦しいふるまいをくり返すものなんですね……大事なものを失くし、愕然としているときは。何もない、空っぽな場所とわかっていながら、何十回とのぞいて見るもんなんですよ」

「ええ、たしかに。でも、いったいどうしてそんなことが？……ぼくにはやっぱり理解できません」公爵はすっかり混乱してつぶやくように言った。「このまえあなたは、そこにはなかった、その場所は探したとおっしゃっていましたが、それがひょっこり出てきたっていうわけですか？」

「それがひょっこり出てきたのでございます」

公爵は怪訝そうにレーベジェフを見やった。

「で、将軍のほうは？」彼は急に尋ねた。

「とおっしゃいますと、将軍がどうかなさいましたか？」レーベジェフはまた、何もわからないといった顔で尋ねた。

「ああ、またそれですか！　ぼくはね、あなたが椅子の下で財布を見つけたとき、将軍がなんと言ったかを聞いているんです。だって、あのときはいっしょに探されたわけでしょう」

「以前はたしかにいっしょでした。ですが、じつのところ、今回は、何も言わずにおきました。将軍には、自分がひとりで財布を探しだしたことは言わないほうがよいと考えまして」

「ど……どうして？　お金は無事だったのでしょう？」

「財布を開けてみましたが、お金はすべて無事でした、一ルーブルにいたるまで」

「せめて、ぼくには伝えに来てほしかったですね」もの思わしげな表情で公爵は注意した。

「かような私《わたくし》ごとで、よけいなご心配をおかけするのがいやだったんでございます、公爵。なんといっても、あなたご自身、個人的に、おそらくは、たいへんな、言ってみれば、その、感慨にひたっておられるときでございますし、おまけに、このわたし自身、何も見つけていないようなふりを装っていたわけですから。財布を開け、中身をよく調べてから、そのまま閉じて、また椅子の下に置いたのです」

「ええ？　それはまたどうして？」

「べつに、どうということも。このさきどうなるか、という好奇心からでございます」レーベジェフは揉《も》み手しながら、急に卑屈な笑みをもらした。

「それじゃ、財布はいまもそこに置いてあるのですか、一昨日《おととい》から？」

「いえ、まさか。そこに置いておいたのは一昼夜だけです。わたしとしては、そう、将軍が発見してくれれば、という思いもいくらかあったのでございます。と申しますのも、このわたしすら最後には見つけられたのですから、将軍があれに気づかないわけはございません。なにせ、椅子の下からはみだし、おのずと目に入るように置いてあるわけですからね。わたしは、何度かその椅子を持ちあげ、財布がもう丸見えになるよう置きかえたりもしたのですが、将軍はなんとしても気づかず、それが一昼夜つづきました。どうも将軍は、いまぼんやりがひどくて、まったく要領を得ません。おしゃべりしたり、話を披露したり、にこにこしたり、げらげら高笑いしたかと思うと、急にすさまじい剣幕でわたしに腹を立てたりするんですよ。どういう理由か、わたしにはわかりません。ようやく部屋から出る段になって、わたしがわざとドアを開けっぱなしにしておきました。すると、将軍はひどく動揺しだして、何かを言いたそうにしていています。おそらく、あれだけの大金の入った財布をそのまま放っておくのが、心配になったんでしょう。ところがです、すさまじい剣幕で怒りだしたまま、ひとことも口をきかないんでございます。で、通りに出て、二、三歩歩いたところで、将軍はわたしを置き去りにし、さっさと道の反対側に行ってしまいました。晩になってようやく居酒屋で落ちあえましたが」

「でも、けっきょくのところは、やはりあなたが、椅子の下の財布を拾ったわけでしょう?」

「それが、違うんでございます。その夜、椅子の下の財布が消えてしまったんでございます」

「それじゃ、いまどこにあるんです？」

「はい、ここにございます」レーベジェフは急に笑いだすと、椅子からすっくと立ち上がって嬉しそうに公爵の顔を見やった。「気づくと、いきなりここに入っていたんです。わたしのフロックコートの裾《すそ》に。ほら、ご自分の目で確かめてごらんなさい、さわってみてください」

たしかにフロックコートの左裾の、真ん前でよく目立つ部分に、瘤《こぶ》のようなふくらみができていた。軽くさわっただけで、ポケットの破れ目から落ちこんだ革の財布が入っているのがうかがいしれた。

「抜きだして調べてみたのでございますが、全額そのまま、手つかずでございました。で、またポケットに戻し、裾のところに落としこんだまま、昨日の朝から歩きまわっておるのでございます、足にごつんごつんあたりますが」

「でも、あなたは気がつかないわけですね？」

「でも、わたしは気づかないわけでございます、へっへっ！　で、いかがなものでしょう、公爵さま。このフロックコートは、格別にあなたさまの注意に値するほどの代物じゃございませんが、ポケットだけはいつだって無傷でおりました。ところが、一夜にして、とつぜんこのような穴が生じたという次第でして！　そこで、好奇心がてら、よく調べましたところ、どうやらだれかがペンナイフで切り裂いたように見えるんでございますな。ほとんど、信じがたい話じゃございませんか？」

「で……将軍は？」

「一日じゅう、腹を立てておられましてね、昨日も、今日も。おそろしく不機嫌なんでございます。いかにも楽しげに浮かれさわぎ、おべっかまで披露してみせるかと思えば、急に感傷的になって目に涙まで浮かべたり、かと思えば、とつぜんこちらがたじたじとなるくらい怒りだすんでございます。いやはや、もう。なにせ公爵、わたしは軍人じゃございませんから。昨日、居酒屋に腰を据えておりますというと、わたしのこの裾の部分が、たまたまいちばん目立つところに来て、瘤のようなかたまりができました。すると、将軍は横目でそちらを見やっては、腹を立てておるのですよ。このところ将軍は、久しくこのわたしと、まともに目を合わせるということがなくなっておりました。たいそう酔っぱらったときとか、感極《かんきわ》まったときとかをのぞいてですがね。ところが、昨日は二度ばかりこのわたしをきっと睨《にら》んだものですから、背筋がぞくっといたしたほどです。もっとも、わたしは明日、財布を見つけだしてやるつもりでおりますが、ただしそれまでにもうひと晩、将軍と飲み歩くつもりでおります」

「なんだってあなたは、あの人をそう苦しめるんですか？」公爵は声を荒らげた。

「苦しめてなどおりません、公爵、苦しめてなどおりませんとも」レーベジェフは、むきになっていい返した。「わたしは、心底、将軍を愛し……尊敬しているんでございます。しかもいまは、本気になさろうがなさるまいが、将軍はわたしにとって、よりいっそう大事な人となりました。ますます、大事に思うようになったんでございます！」

レーベジェフの話しぶりがあまりに真剣かつ真摯すぎるものだったので、公爵はかえって腹が立ってきた。

「愛していながら、そこまで苦しめるわけですか！　冗談じゃない、あの人が、失くした財布をあなたの目につくようにと、椅子の下やフロックコートのなかに置いてみせたことひとつとっても、もうそれだけであなたと駆け引きなどしたくない、率直にあなたの許しを請うのだ、という正直な気持ちを表しているんですよ。いいですか、許しを請うているんです！　つまりです、あなたのデリケートな気持ちに期待しているんです。ということは、あなたの友情を信じているということです。それなのに、あなたは、あんな……真っ正直な人に……そんなひどい屈辱を味わわせようとしている！」

「どこまでも真っ正直な方、公爵、真っ正直な方です！」レーベジェフは目を輝かせながら相槌《あいづち》を打った。「そういう正しい言葉を口にできるお方は、公爵さま、もう、あなたおひとりしかおりません！　だからこそ、わたしは、さまざまな過ちに腐りきった身でありながら、崇めたてまつらんほど、あなたに心酔しておるのでございます！　これで腹は決まりました！　明日といわず、いますぐ、ただちに財布を探しだすことにします。そう、あなたの目の前で取りだします。ほら、これです。このとおり、全額、手つかずのまま揃《そろ》っておりますね。さあ、お取りください、公爵さま、そのまま、明日まで預かってください。明日か明後日《あさって》に、改めて引きとらせていただきます。それはそうと、公爵さま、財布が消えた最初の晩、わが家の庭さきのどこか石の下に置かれていたことは明らかなんですが、いかがお考えでしょう？」

「それより、いいですか、あの人に、財布が見つかったなんて面と向かって言ってはだめですからね。フロックコートの裾にはもう何も入っていないことを、それとなく気づかせてやるだけでいいんです、そうすればちゃんと悟りますから」

「そうでございますか？　出てきましたとはっきり言って、これまで気づかなかったようなふりをしたほうがよくありませんか？」

「い、いや」公爵は考えこんだ。「い、いや、いまとなっては手遅れです。かえって危険です。いっそのこと、言わないほうがいい！　で、あの人には優しくしてやってください、でも、……あまりわざとらしくなりすぎないように、それと……それと……そう……」

「わかっております、公爵、わかっておりますとも、つまり、その、おそらく、おっしゃるとおりには実行できまいってことはわかっております。そのためには、何といっても、あなたと同じようなお心をもたなくてはなりません。しかもそう、ご当人はあのとおり気みじかで、やたらと怒る癖がございますし、近ごろはどうかすると、やけに見下すような態度をとるものでございますから。めそめそ泣きながら抱きついてくるかと思えば、急にくそみそに言いだして人を愚弄するようなからかい方をする。まあ、そんなわけですから、こちらが先手を取って、わざとフロックコートの裾を見せびらかしてやろうってわけですよ、へっへっ！　それでは、公爵、いずれまた。どうみてもお手間をとらせてしまいましたし、それに、いわゆる、興趣あふるるお時間のお邪魔をしてしまいましたから……」

「でも、お願いですから、これまでどおり内密ということで！」

「極秘裏に、ってやつでございますな！」

これで問題はいちおう片がついたが、公爵はあいかわらず気が気ではなかった。公爵はじりじりする思いで、翌日の将軍との会見を待った。

4

指定した時間は十二時だったが、公爵はまったく思いもかけず遅刻してしまった。別荘に戻ってみると、自分を待ちかねている将軍の姿がすでにあった。ひと目見て、将軍が不機嫌なのに気づいたが、それはおそらく待たされるはめになったからだろう。詫《わ》びを言い、急いで腰をおろした公爵は、何やら妙な怯《おび》えを感じた。客人の体がまるで瀬戸物か何かでできていて、何かの拍子にそれを壊すのではないかとしょっちゅう恐れているかのような感じなのだ。以前、彼は、将軍を相手に怯えを感じたことなどいちどとしてなかったし、そもそも怯えるということじたい、思いもよらぬことだった。やがて公爵は、いま目の前にしている相手が、昨日とはうってかわってまるで別人であることに気づいた。あれほど動顚《どうてん》し、気もそぞろだったのだが、いまは何やら異様とも思える抑制が見られる。それは、何かしら最終的な決断をくだした男ともとれる落ちつきぶりだった。もっともその落ちつきは、じっさいは見かけほどのものではなかった。しかしいずれにせよ客人は、慎ましやかな威厳をたたえつつ、上品で打ちとけた感じすら漂わせていた。初めのうちは、公爵にたいして多少ともへりくだったポーズを見せていた。それはまさしく、ある種プライドが高く、それでいて不当な屈辱を嘗《な》めている人々がときとして見せる、上品なくつろぎを思わせた。話し方そのものは優しかったが、その声のひびきにはそこはかとなく悲痛なものが感じられた。

「せんだってお借りしました、あなたの本です」テーブルの上の自分が持ってきた本を、将軍は意味ありげに顎でしゃくってみせた。「ありがとうございました」

「ああ、そうでしたね。で、あの論文は読まれましたか、将軍？　どうです、気に入りましたか？　けっこう面白いでしょう？」こうして本筋とはかかわりのない話から始められたことが、公爵はうれしかった。

「おそらく面白いのでしょうが、粗雑ですし、むろん他愛もない話ですな。ことによると、一行ごとに嘘を重ねているかもしれない」

将軍は自信たっぷりの口調でそう言い、いくぶん言葉じりまで引きのばした。

「ああ、あれはごく単純な話でしてね。フランス兵がモスクワに駐留したときに、ある老兵が目撃した実話です。ところどころ、すばらしいくだりがあります。それに、目撃者の記録というのは、どれもこれも貴重です。目撃者がだれであっても。そうじゃありませんか？」

「わたしが編集者の立場だったら、活字にはしなかったでしょうな。総じて目撃者の記録というものは実力のある、しっかりした書き手より、あさましい嘘つきでも面白い書き手のほうが信頼されるようですよ。一八一二年の記録はいくつか存じておりますが……ところで、わたしはね、公爵、決断したんですよ。この家を出ることに、レーベジェフ君のこの家を」

将軍は意味ありげに公爵をにらんだ。

「あなたは、パーヴロフスクにご自分の住まいがおありですものね、お……お嬢さんのところに……」何を言ってよいかわからず公爵はそう口にした。彼はそこでふと、将軍がここに来たのは、自分の行く末にかかわる大問題についてアドバイスを得るためだったことを思いだした。

「家内のところです。言いかえると、娘の家にある自宅です」

「失礼しました、ぼくはてっきり……」

「わたしがレーベジェフの家を出るのは、公爵、あの男と絶交したものですから。絶交したのは昨晩のことですが、もっと早くそうすべきだったと後悔しております。わたしが求めているのは、尊敬でして、公爵、わたしは、言ってみれば、わが真情を捧《ささ》げる人たちからも尊敬を得たいと望んでおります。公爵、わたしはしばしば真情を捧げながら、ほとんど裏切られておるのです。あの男は、わたしの捧げものには値しません」

「あの人は、かなりだらしないところがありますから」公爵は控えめに応えた。「それにいくつか……ただ万事がああいう具合でも、ちゃんと真情を備えていますし、ずる賢いとはいえ、ときどき面白い考え方をします」

神経の行きとどいた言葉づかいと、うやうやしい口調が、あきらかに将軍の気持ちをくすぐったらしい。とはいえ、将軍はそれでもときとして、にわかに不信の色をにじませながら公爵をにらみつけた。だが、公爵の口ぶりがあまりに自然で真摯だったので、そこに疑いを差しはさむことはできなかった。

「あの男にもよいところがあるということは」将軍が話を引きとった。「このわたしが真っ先に、わが友情をあの男に捧げたのとほぼ同時に宣言したことでしてな。ただし、わたしにも自分の家族がありますから、あの男の家や、あの男のもてなしなど必要とはしておらんのです。自分の犯した過ちを弁解するつもりはありません。たしかにわたしは抑えがきかない性質《たち》で、あの男とはよく酒を飲みましたが、いまこうして嘆いておるのは、おそらくはそのことを思ってのことです。ですが、わたしがあの男とつきあったのは、たんに酒を食らうためだけ（どうか公爵、この、いらだちを抑えきれぬわたしの、がさつで開けっぴろげな言いまわしをお許しください）、酒を食らうためだけではない。わたしはあなたがいま言われた、そのよいところに、つい乗せられたのですな。しかし、物ごとにはすべて限度というものがありまして、そのよいところにしても同じ道理です。もしもあの男が厚かましくもいきなり面と向かって、自分は、まだ子どもで幼少時のはずの一八一二年に左足を失い、モスクワのワガニコヴォ墓地にそれを葬った、などと主張しようものなら、これはもう先ほどの限度を通りこし、わたしへの侮《あなど》りと不遜を示す証といっても……」

「もしかしたら、それってたんに、楽しい笑いを誘いだすためのジョークだったのかもしれませんよ」

「そこはわかっておるつもりです。楽しい笑いを誘いだすための罪なき嘘であれば、たとえ下品なものでも、人の心を傷つけることはありません。ひたすら友情のために、話し相手を喜ばせたい一心で嘘をつくものもおります。ですが、もし、そこに相手にたいする侮りがちらつき、ほかでもない、そうした侮りによって、相手との関係にうんざりしていることを示そうとする者がいたら、高潔な人間として残された道はひとつ、きっぱりと背を向けて関係を断ち、侮辱した相手に身のほどを知らせてやることです」

話をしているうちに、将軍は顔まで赤くなってきた。

「ええ、レーベジェフが一八一二年にモスクワにいたはずはありませんから。それにはいくらなんでも若すぎます。ばかげている」

「第一には、そこの点です。かりにあの男が、すでにそのとき生まれていたとしましょう。ですがどうして面と向かって、フランス軍の猟歩兵《りょうほへい》が自分めがけて大砲を放ち、それこそ慰み半分に片足を撃ち落とした、などと証言できるんです。しかもあの男は、その足を拾いあげて家に持ち帰り、それからワガニコヴォの墓地に葬っただとか、その上に記念碑を建て、片面に『ここに、十等文官レーベジェフの脚、眠る』と書き、もう片方には『愛しき遺骸よ、喜びの朝まで、安らかにあれ』と書いてあるとか言い、あげくの果ては、毎年、その左足を偲《しの》んで法要を営んでいる（こうなるともう神への冒瀆《ぼうとく》ですよ）、そのために毎年モスクワに赴くとか言う始末なのです。その証拠に、モスクワに呼び、その墓や、接収されてクレムリンに置いてある肝心のフランス軍の大砲を見せてやるだとか、その大砲というのは、門から十一番めにある、古いフランス式の小口径砲だとか」

「おまけに、両足ともちゃんとしているでしょう、あのとおり！」公爵は笑いだした。

「あなたに断言しますが、これはね、罪のないジョークです、ですから怒らないで」

「しかし、どうか、わたしの言い分もわかっていただきたい。あのとおり両足がちゃんと揃っているという話ですが、これはまだ、かならずしもありえない話ではないのです。というのも、チェルノスヴィートフ式義足というのは……」

「ああ、なるほど、チェルノスヴィートフ式義足なら、ダンスもできるという話ですからね」

「そのことはわたしもよく存じております。チェルノスヴィートフは、あの義足を発明したさい、いの一番にわたしのところに駆けつけ、見せてくれましたから。ですが、チェルノスヴィートフの義足が発明されたのは、それよりもずっと後のことでしてね……。しかもです、あの男は、死んだ女房さえ、結婚生活をとおして夫が木の義足をつけていることに気づかなかったと申しておるのです。で、あの男はこう切りだしました。『もしもあんたが……』と、そう、わたしがあの男の話のばからしさかげんを洗いざらい指摘してやるというと、『もしもあんたが、一八一二年にナポレオンの小姓《カーメルパージュ》だったというなら、このわたしも足の一本ぐらいワガニコヴォの墓地に埋葬させてくれてよかろう』とこう申すのです」

「まさか、あなたは……」公爵はそう言いかけたが、そのままうろたえてしまった。

将軍は決然と見くだすような目で、薄ら笑いさえ浮かべながら公爵を見やった。

「最後までおっしゃってください、公爵」格別にゆったりと言葉じりを引きながら、将軍は言った。「最後まで。わたしは鷹揚《おうよう》な人間ですから、何をおっしゃってくださってもけっこう。正直おっしゃい。あなたからするともうちゃんちゃらおかしくてまともに考えることもできないってことでしょう。なにせ、尾羽《おは》打ち枯らして……何ひとつ役立たなくなった目の前の人間が、同時にあの大事件の……生き証人であったなどと聞かされているわけですから。で、あの男は、あなたにまだ……耳打ちしておりませんですか？」

「いいえ、レーベジェフからは何も聞いていませんが……というか、あなたがおっしゃっているのが、レーベジェフのことなら……」

「ほう、わたしはまたそれとは逆かと思っておりましたよ。じつは、昨日、わたしたちの間でずっと交わされた話題というのが、『アーカイヴ』誌に載ったこの……奇態な記事のことでしてね。わたしは、この論文のばかさかげんを指摘してやったのです、なにせ、当のわたし自身が生き証人だったわけですからな……笑っておいでですな、公爵、わたしの顔をごらんになって」

「い、いいえ、べつに……」

「わたしはたしかに見かけは若い」将軍は言葉じりを伸ばした。「ですが、じつのところ、見かけよりは何歳か多く年を食っております。一八一二年には、十か十一でした。自分が何歳か、じつのところわたし自身もよくわからんのです。履歴書にも若く申告しております。わたしにはどうも、自分の年齢を低めにごまかす癖がありまして、これまでの人生でもずっとそのままになっているのですよ」

「だいじょうぶです、将軍、一八一二年にあなたがモスクワにいたとお聞きしても、べつに変だなんてまったく思いませんし、それに……むろん、あなただって証言がおできになります……その当時、モスクワにいた証人たちがみなそうしているわけですから。ロシアのある自伝作家なんて、自分の本をこんなふうな書きだしで始めているくらいですよ。そう、一八一二年にはまだ乳呑児《ちのみご》のはずの証人が、モスクワでフランスの兵士たちにパンを食べさせてもらった話とか」

「ほうら、ごらんなさい」将軍はいかにも鷹揚な態度であいづちを打った。「わたしのケースはむろん常軌を逸しておりますが、とくに変わったところは何もないのです。真実というものは、ときとして、ありうべからざるもののように見えるものなのです。小姓《こしょう》などというと奇妙にひびくでしょうな、もちろん。ですが、十歳の子どもに起こった冒険というやつは、ひょっとすると、その年齢でしか説明できないかもしれんのですよ。もしもこれが十五歳だとしたら、それと同じことは起こらなかったでしょう、いや、まさしくそうにちがいない、なにしろ、もしもわたしがすでに十五歳になっていたとしたなら、ナポレオンがモスクワに侵入した日、モスクワから逃げおくれ、恐怖におののいている母親を見捨ててまで、スターラヤ・バスマンナヤにある木造の自宅から逃げだすようなことはしなかったでしょうから。かりに十五歳になっていたら、臆病風にも吹かれていたでしょうが、十歳のわたしは怖いもの知らずで、ナポレオンが馬から下りるときなんぞは、もう、群衆をかきわけ、宮殿の玄関のすぐ近くまで突き進むことができたくらいです」

「十歳だったから怖いもの知らずでというのは、まちがいなく優れた観察です……」公爵はそう合いの手を入れたが、そのじつ心の内では、いまにも顔が赤くなるのではないかとひやひやしていた。

「まちがいありませんとも、何もかもが、ごく単純かつ自然に、事実、起こるべくして起こったのです。もしも小説家がこの事件を扱えば、ありもしない、いいかげんなことをあれこれ織りまぜたことでしょうな」

「ええ、その通りです！」公爵は声を上げた。「それは、ぼくも痛感させられたことです、それもつい最近。それにぼくは、時計が原因で起こったほんものの殺人事件をひとつ知っています。いまではもう新聞にも取り上げられていますがね。もしも同じことを作家が思いついたら、俗世間にくわしい人間や批評家はすぐに、そんなことありえないって叫ぶにちがいないんです。ところが、これを事実として新聞で読むというと、まさしくそういった事実から、ロシアの現実というものを教えられる気がする。あなたはそのことを、じつにみごとに指摘してみせたわけです、将軍！」公爵は熱くなって話を結んだが、内心では顔があからさまに赤くならずにすんだことにひどく安《あん》堵《ど》していた。

「そうでしょうが？　そうでしょうが？」満足に目まで輝《きら》めかせて将軍は叫んだ。「危険知らずの少年や子どもというのは、金ぴかの勲章とか、軍服とか、お供している人間、そして、それまでいやというほど話に聞かされてきた偉人をひと目見ようと群衆をかきわけていくものなのです。なぜなら、当時はもう何年にもわたって、猫も杓子《しやくし》もこの人物のことを騒ぎたてていましたからな。世界じゅうが、あの男の話でもちきりだったわけです。かくいうわたしも、言ってみれば、母親の乳《ちち》といっしょにその名前を啜《すす》っていたわけですよ。ナポレオンは、わたしからわずか二歩ほど離れたところを通りすぎようとして、ふとわたしの視線に気づいた様子でした。わたしが、貴族の子弟が着る制服をつけていたからです。わたしはふだんから贅沢な身なりをしていました。集まった群衆のなかで、そういう身なりをしていたのはわたしだけだったのです、おわかりでしょうが……」

「まちがいなくナポレオンもその姿に目をみはって、みんながみんなモスクワを出たわけではなく、貴族たちも子どもといっしょに残っていることを思い知ったにちがいありません」

「そこです、そこですとも！　ナポレオンは貴族を味方につけたかった！　ナポレオンが鷲《わし》のようなまなざしをわたしに投げかけたとき、わたしの目はそれに応えようときらりと輝いたにちがいありません。『Voila un garson bien eveille! Qui est ton pere?（ほう、かわいらしい子だ！　おまえの父さんは何者だ？）』。わたしはもう興奮のあまり、ほとんど息を切らしながらすぐに答えました。『祖国の戦場にて討ち死にした将軍です』とね。『Le fils d'un boyard et d'un brave pardessus le marche! J'aime les boyards. M'aimes tu, petit?（貴族で、立派な戦士の子だ！　わたしは貴族が好きなんだ。子どもよ、おまえはわたしが好きか？）』。で、この矢継ぎばやの質問に、わたしも同じように矢継ぎばやに答えました。『ロシアの心は、祖国の敵のなかにさえ、偉大な人間を見分けることができるのです！』と。とはいうものの、じつのところ、わたしが文字どおりこのような言い方をしたかどうか覚えておらんのですが……なんといっても子どもでしたから……ですが、意味するところは確実にそういったことでした！　ナポレオンは驚いて、少し思案してからお付きの者に言いました。『わたしはこの子のプライドが気にいった！　だが、もしすべてのロシア人が、この子どものように考えているとしたら……』。彼はそう言いさしたまま宮殿に入っていったのです。わたしはすぐさまお付きの連中にまぎれこみ、ナポレオンのあとから駆けだしました。お付きの連中はもう自分から道を開けてくれ、まるで寵臣《ちょうしん》を見るような目でこちらを眺めていました。ですが、こうしたことはもうちらりと頭をかすめただけで……ただひとつ覚えているのは、こういう場面です。最初の広間に入った皇帝が、急にエカテリーナ女帝の肖像画の前で立ちどまり、もの思わしげな表情でしばらくその肖像画を眺めてから、やがて言葉を発されたのです。『この方は偉大な女性だった！』。そして、そのかたわらを通りすぎていきました。二日たつと、宮殿でもクレムリンでも、だれもがもうこのわたしを『le petit boyard（かわいい貴族さん）』と呼んでくれたものです。わたしが家に戻ったのは、たんに寝るためだけでした。家では、もう全員頭が変になりそうでした。それからさらに二日たち、行軍に耐えられずに、ナポレオンの小姓バロン・ド・バザンクールが死にます。そこで、ナポレオンはこのわたしのことを思いだしたわけです。で、わたしは、なんの事情も説明されないまま、とらえられて連れていかれました。そこでわたしは、故人となった十二ばかりの少年が身につけていた軍服を着せられ、軍服姿のまま皇帝のもとに連れていかれたのです。皇帝はわたしを見てうなずくと、わたしは皇帝の慈悲にあずかり、陛下の小姓役を仰せつけられたとの説明がありました。わたしはもう、嬉しくてなりませんでした。皇帝には、かねて熱烈なシンパシーを感じておりましたからね……いや、そればかりか、ご存じのとおり金ぴかの軍服というのは、子どもにとっては何ものにも代えがたいもので……。わたしが身に着けていたのは、長くて細い襟のついたダーク・グリーンの燕尾服《えんびふく》でした。金色のボタン、金色の縫い取りをした赤い袖口、金の刺繡をほどこしてある、ぴんと高く立ったオープンカラー、裾の刺繡《ししゅう》、ぴたりと足にくっついた鹿革の白いズボン、白い絹のチョッキ、絹の靴下、留め金のついた靴といういでたち……皇帝が馬で散歩をし、このわたしがお供のひとりとして加わっているときは、丈の高いブーツでした。戦況は思わしくなく、すでに巨大な不幸が予感されてはいたのですが、可能なかぎり、礼式は守られておりましたし、そうした不幸がつよく予感されればされるほど、厳格なものになっていったくらいです」

「ええ、むろん……」ほとんど途方に暮れたような様子で公爵はつぶやいた。「あなたの手記が出たら……ものすごく面白いでしょうね」

将軍が伝えた中身は、むろんすでに昨日レーベジェフに話したものと同じであり、したがってその話しぶりもよどみなかった。ところがそこで、将軍はまたしてもうさんくさそうに公爵を横目でにらんだ。

「わたしの手記ですか」将軍はことさら誇らしげに切りだした。「わたしが手記を書くのですか？　そいつはどうも食指が動きませんな、公爵！　こう言ってはなんですが、じつはすでに書いたものがあるのですよ……ですが、わたしの書見机の引き出しに眠っておりまして。わたしが土の下に横たわるときには、いずれ日の目を見るでしょうし、かならずや他の外国語にも訳されることでしょう。べつに文学的に価値があるからというわけではまったくなく、子どもながら、わたし自身が生き証人となった、膨大な事実のもつ重要性に照らしてですよ。たしかに当時、わたしはほんの子どもでしたが、だからこそ、奥の奥まで、いってみれば、『偉人』の寝室にまで入りこむことができたわけです。わたしは夜な夜な、この『非運をかこつ巨人』の呻《うめ》き声を耳にしたものです。彼は恥じることなく、子どもの前で呻いたり、泣いたりしたものでした。とはいえ、わたしはすでに理解しておりましたよ。彼の苦しみの原因が、アレクサンドル皇帝陛下の沈黙にある、ということをね」

「ええ、ナポレオンは手紙を書いていますよね……和平の提案を盛りこんだ……」公爵はおずおずとあいづちを打った。

「はたして、彼がどんな提案を盛りこんだか、われわれにはわからないわけですが、毎日、一時間ごとに、次から次へと手紙を書いていましたな！ おそろしく動揺していたのですよ。ある晩、わたしはふたりきりのときに、涙ながらに彼に抱きついたことがあります（ああ、彼を愛していたのです！）。『アレクサンドル皇帝陛下に許しを請いなさい、許しを請うのです』。わたしは彼に向かって叫びました。つまり、わたしとしては、『アレクサンドル皇帝陛下と和睦してください』と言うべきだったのですが、子どものことですから、自分の考えをまるごと正直に吐きだしてしまったのです。すると彼は、『ああ、わが子よ！』と答えてくれました。そして部屋のなかを行きつ戻りつしていました。『ああ、わが子よ！』、彼はそのとき、わたしが十歳だということに気づいていなかったように、わたしと話をするのを好んでいました。『おお、わが子よ、わたしとしてもアレクサンドル皇帝陛下のおみ足に接吻《せっぷん》するのはやぶさかではないが、プロイセンの王や、オーストリア皇帝にたいしては、そう、あの連中にたいしては永遠の憎しみあるのみ、それに……ひいては……いや、おまえに外交の話などしても何もわかるまい！』。彼はそこで自分の話し相手がだれかを思いだしたらしく、急に黙りこんでしまいました。ですが、彼の目はそれからもしばらく閃光《せんこう》を放っておりましたよ。しかしまあ、こんな事実をつらつら書きつらねて――わたしは、こうした偉大な事実の証人だったわけですから――いま出版してごらんなさい、あの評論家どもや、文学的虚栄心に凝り固まった連中や、あの嫉妬ぶかい連中や、党派性まるだしのやつらが……いやはや、願いさげです！」

「あなたが党派根性についておっしゃられたことは、むろんまちがってはいません、ぼくも同感です」ほんの少し沈黙してから、静かな調子で公爵は答えた。「ついこの間、ぼくもシャラースの『ワーテルローの会戦』に関する本を読んでみました。あの本は、あきらかにまじめなもので、あの事件について該博な知識でもって書かれた本であることは、専門家たちも認めています。ところが、それぞれのページに、ナポレオンの屈辱を喜ぶ気持ちがうかがえるのですね。もし他の会戦においても、ナポレオンの才能の証をことごとく不問に付すことができたら、シャラースはそれこそ天にも昇る心地だろう、といった感じがするのですよ。とにかく、あういうまじめな著作としてあまり感心しません。だって、それこそ党派性ですから。あの当時、あなたはさぞかしお勤めでお忙しかったのでしょうね、その……皇帝の下での」

将軍は天にも昇る心地だった。公爵の言葉がまじめでかつ率直なものであったので、それまでなんとしてもぬぐえなかった最後の不信感が吹きはらわれたからだ。

「シャラース！　そう、わたしも憤慨しておりました！　あの当時、わたしはすぐ彼に手紙を書いたものです、が、しかし……いまとなって確かなところはもう覚えておりません……で、わたしが勤めで忙しかったか、とのご質問でしたな? いえいえ、そんなことはありません! 小姓と呼ばれてはいましたが、わたしはその当時からもうそれをまじめには考えておりませんでした。おまけにナポレオンは、ロシア人を味方につける望みを早々に断念していましたから、むろん、政略のために近づけたわたしのことなんか、忘れてしまったはずです。かりにわたしを個人的に寵愛していなければ。これは、いまだからこそ大胆に言えることですが。わたしはもう、心から彼に惹《ひ》きつけられていました。勤めなど、とくに求められてはおりませんでした。ときどき宮殿に顔を出し……馬にまたがって皇帝の散歩のお供をする、それだけです。わたしも乗馬はけっこう得意でした。皇帝が散歩に出るのは食事の前で、お供はふつう、ダヴー、わたし、そして近衛兵のルスタン……」

「コンスタンでは」なぜか知らず、公爵はふと口をすべらせた。

「い、いや、コンスタンは、当時まだおりませんでした。彼はそのころ、書簡をたずさえ……ジョゼフィーヌ皇后のもとに出かけておりましたので。彼のかわりに伝令がふたり、ポーランド人の軽騎兵が数人……お供といっても、まあそれぐらいの数でしたよ。むろんほかにも、地形や軍の配置を点検したり、アドバイスを求めるためにナポレオンが連れてきた将軍や元帥がおりましたがね……ただし、ほかのだれよりもナポレオンの傍《そば》にいたのがダヴーで、これはいまもってよく覚えております。体のでかい、まるまると太った男で、メガネをかけ、奇妙な目つきをした冷徹な人物でした。皇帝は、ほかのだれよりもこの男を相談相手にしておりました。皇帝は、彼の考えを重んじていたのです。忘れもしません。ふたりはもう何日にもわたって、話しあっていました。ダヴーが、朝な夕なにやってきては、しばしば口論までしていました。とうとうナポレオンも同意しかけたかのようでした。ふたりが執務室に差し向かいでいるとき、わたしは第三者ということで、彼らに顧みられることはほとんどありませんでした。と、とつぜんナポレオンの目がわたしとかち合いました。そう、彼の目にふしぎなアイデアがちらついています。『そこのきみ！』、彼はふいにわたしに言いました。『きみはどう思うかね、わたしがかりにロシア正教に改宗し、きみたちの奴隷を解放したとしたら、ロシア人はわたしのあとについて来るだろうか、どうだろう？』『ぜったいについていきません』わたしは憤慨して叫びました。ナポレオンはびっくりした様子でした。『愛国心に輝くこの子の目に』と彼は言いました。『わたしはロシア国民の意見を読むことができた。もうよかろう、ダヴー！　こんな計画はみな絵空ごとにすぎん！　べつのプランを述べてくれたまえ』」

「なるほど、でも、そのプランも強力なアイデアでしたね！」興味にかられているらしく、公爵は言った。「それじゃ、それはダヴーの立てたプランだとあなたは、みなされているわけですね？」

「少なくとも、ふたりはいっしょに相談しあっていました。むろん、大もとのアイデアはナポレオンのものですとも、鷲のアイデアとでもいいますか、しかし、もうひとつ別のプランもなかなかのものでしたよ……あれこそはまさに『cosеil du lion（獅子の進言）』、ナポレオンみずからがダヴーの進言を称した言葉です。この進言の要はこういう点にありました。すなわち、全軍を率いてクレムリンに立てこもり、大量のバラックを建て、塹壕《ざんごう》を築き、大砲を配備する。可能なかぎり多くの馬を殺してその肉を塩漬けにし、可能なかぎり穀物を手に入れ、略奪したうえで越冬する。そして春が来たら、一気にロシア軍を突破する。この計画にナポレオンはつよく惹きつけられました。わたしたちは毎日、クレムリンの城壁のまわりをぐるぐると馬でまわりましたが、ナポレオンは、どこを壊し、どこを建て増ししたらよいか、どこに眼鏡砦を置き、どこに半月砦を、防塞群を築くか、などと指示しておりました――その目のつけどころといい、指示の速さといい、まさに驚きでした！　ついに、すべてに判断が下されました。ダヴーは最終判断を迫ります。そこで彼らはまたしてもふたりきりになり、わたしは部外者です。ナポレオンは腕組みしたまま、部屋を行ったり来たりしていました。わたしは彼の顔から目を放すことができず、心臓がどきどき脈打っております。『では、まいります』とダヴーが言いました。『どこへ?』とナポレオンが尋ねます。『馬を塩漬けに』とダヴーは答えました。ナポレオンはぎくりと身じろぎをしました。運命が決せられようとしていたわけです。『子どもよ!』、ナポレオンは、急にわたしに向かって言いました。『わたしたちの計画をどう思うかね?』。当然のことながら、彼がわたしにそうした質問を投げかける態度は、ときとして最高の知恵をもった人間が、土壇場になって丁か半かを占うのと同じです。そこでわたしは、ナポレオンではなく、ダヴーのほうに体を向け、まるでインスピレーションを受けたかのようにこう答えました。『将軍、祖国にお戻りなさい!』。こうして計画は頓挫《とん》し、ダヴーは肩をすくめ、部屋を出るさいに小声でこう言いました。『Bah! Il devient superstitieux!(いやはや、陛下も急に迷信ぶかくなってしまわれた!)』。そして翌日にはもう、退却の命令が下されたのです」

「すさまじく面白い話ですね」公爵はひどく低い声で言った。「それがぜんぶそのとおりだったら……つまり、その、ぼくが言いたいのは……」彼はあわてて言いなおしかけた。

「おお、公爵」将軍は叫んだが、自分の話にあまりに夢中だったため、おそらくはもう、相手の極度に不注意なひとことにも気が回らなかったのだろう。「あなたは、『それがぜんぶそのとおりだったら』とおっしゃいましたね。でも、じっさいはそればかりではなかった、ほんとうに、それよりはるかに多くのことがあったのです！　こんなことはみな、とるにたらん政治の話です。しかし、くり返し言いますが、わたしはあの偉人の、夜の涙と呻き声の証人だったのです。わたしのほかに、あの姿を見たものは、ひとりとしておりません！　最後に近づくころには、もう泣くこともしませんでした。涙を流すこともありませんでした。ただ、ときおり呻き声を発するばかり。そして、その顔はひきつり、ますます暗い闇に支配されていくようです。それはまるで永遠が、もうその陰鬱な翼で、すっぽり彼を覆ってしまったかのよう。ときどき、われわれは夜ごと、黙ったまま何時間にもわたって、ふたりきりで過ごすことがありました。奴隷兵のルスタンは、隣の部屋でよくいびきをかいて寝ていたものです。ルスタンは、ものすごく眠りの深い男でしてね。『そのかわり、やつはわたしにたいしても、王朝にたいしても忠実だ』とナポレオンはルスタンを評していました。あるとき、わたしは恐ろしく辛《つら》い気持ちでおりました。するとナポレオンは、わたしの目に涙が浮かんでいるのに気づいて、感動したような面持ちでわたしを見たのです。『おまえはわたしを憐《あわ》れんでくれるのか！』と彼は叫びました。『子どもよ、おまえのほかにわたしを憐れんでくれるのは、たぶんもうひとり別の子ども、そう、わが子、le roi de Rome（ローマ王）くらいだ。ほかのものはみな、だれもかもが、わたしを憎んでいる、この悲運につけこみ、まっさきにわたしを売るのが、同胞たちだ！』。わたしははげしく泣きだし、彼に抱きついていきました。すると相手も耐えられなくなり、いっしょに抱きあいました。おたがい涙の区別もつかなくなりました。わたしは言いました。『手紙をお書きなさい、手紙を、ジョゼフィーヌ皇后さまに！』泣きながら、わたしにこう申されました。ナポレオンはぎくりと体を震わせ、しばらく思案してから、わたしにこう申されました。『おまえのおかげで、わたしを愛してくれる三つめの心に思いあたったよ。友よ、おまえに感謝する！』。そこで彼はすぐ机に向かい、ジョゼフィーヌに手紙をしためると、翌日、それを例のコンスタンに持たせて送り出したのです」

「それは立派なことをなさいましたね」公爵は言った。「いろんな悪い考えにとらわれたナポレオンに、良い気持ちを呼びさましてあげたわけですから」

「そのとおり、公爵、じつにみごとな説明ですな、あなたご自身のお心持ちに、じつにふさわしい！」感きわまって将軍はそう叫ぶと、不思議なことに、ほんものの涙が彼の目にきらきらしはじめた。「そうですとも、公爵、あれはじつに偉大な光景でした！　しかもです、わたしはあの方について、あやうくパリまで行くところだったのですから。ということは、むろん、あの『炎熱の幽閉の島』までともにするところだったわけで！ ですが、ああ！ わたしたちは運命を分かちました！ わたしたちは離れ離れとなり、ナポレオンは炎熱の島に送られました。ですが、恐ろしい悲しみに閉ざされる瞬間、おそらくいちどくらいは思いだしてくれたことでしょう、かつてモスクワで自分を抱きしめて、許してくれたあの哀れな少年の涙を、ね。で、わたしはその後、陸軍幼年学校に送られ、そこで出合えたものといえば、一にも二にもしごき、そして仲間たちの粗暴さばかりでした……ああ！ 何もかもが煙と消えてしまったのです！『おまえを母親の手から奪いたくない、だからいっしょには連れて行けない！』いよいよ退却というその日、ナポレオンはわたしに言いました。『でも、おまえのために何かをしてやりたい』。ですが、彼はもう馬上にありました。『記念に、妹のアルバムに何かひとこと書いてください』わたしはおそるおそる言いました。というのは、ナポレオンはひどく取りみだし、暗い表情をしていたからです。彼は戻ってくると、ペンをと言い、アルバムを手にとりました。『おまえの妹はいくつだね？』とペンを手にしたまま彼は尋ねました。『三歳です』と答えました。『Petite fille alors（まだ、ほんの子どもなのだ）』。そしてアルバムにこう書きつけました。

«Ne mentez jamais!

Napoleon, votre ami sincere»

『けっして嘘を口にするなかれ！

ナポレオン、きみの真実の友』

どうです、公爵、ああいう瞬間に、この忠告ですよ！」

「ええ、とてもすばらしい」

「で、その用紙は、金縁の額に収められ、ガラスをはめ、これまでずっと妹の家の客間のいちばん目立つところに掛けられていました。妹が死ぬまで――お産で死んだのですよ――あれが今どこにあるか、わたしにもわかりません……が……あっ、しまった！ もう二時ですか！ ずいぶんと長居してしまって、公爵！ こいつはなんとも許しがたい」

将軍は椅子から立ちあがった。

「いいえ、とんでもありません！」公爵は口のなかでもごもごと応えた。「こちらもついお話に引きこまれて……それに……ものすごく面白かったものですから。とても感謝しています！」

「公爵！」将軍はまた公爵の手を痛いほどつよく握りしめ、ぎらぎら光る目でじっと彼を見やりながら言った。まるで彼自身が急にわれにかえって、なにかしらとつぜん浮かんできたアイデアに圧倒されている、といった趣だった。「公爵！　あなたはあまりに善良で、素朴なお方なものだから、ときどきお気の毒と思えるときもあるほどですよ。あなたを見ていると、何かこう胸に迫るものを感じるのです。ああ、あなたに神の祝福がありますように！　あなたの人生が幸先良いスタートを切り、大きく花開きますことを……愛に満たされて。わたしの人生は、終わり！　ああ、お許しのほどを、お許しのほどを！」

将軍は両手で顔を覆うと、早足で部屋から出て行った。将軍が心から動揺していることは、公爵としても疑いを挟む余地はなかった。彼はまた、老人が自分の成功に酔いながら部屋を後にしたこともわかっていた。しかしそれでも、公爵にはこんな予感がするのだった。すなわちこの世には、嘘をつくことにわれを忘れんばかりの情熱を燃やし、それでもその陶酔の頂点にあって、ことによると自分の話を信じてもらえていないのではないか、いや、信じてもらえるはずもないと心のうちで疑いを抱いている嘘つきのタイプがいる。将軍もまた、そういうタイプのひとりなのかもしれない、という予感である。いまの将軍の場合にしても、いつなんどきふとわれに返って、どはずれに自分を恥じ、自分にたいして公爵がはかりしれぬ同情を抱いているのではないかと疑い、自尊心を傷つけられている可能性もあった。《将軍をあんなふうに調子に乗せたりして、まずいことをしたんじゃないか？》公爵はそんな不安にかられたが、ふいにこらえきれなくなって腹をかかえて笑いだし、そのまま十分ほども笑いつづけたのだった。そうして、笑いだした自分を叱りつけようとしたが、何ひとつ責めるべき点はないとわかった。なぜなら、将軍のことがはかりしれず哀れでならなかったからである。

予感は的中した。その日の晩、彼は、短いながら断固たる調子の、奇怪な手紙を受けとった。そのなかで将軍は書いていた。あなたと永久に決別する、あなたを敬愛し、感謝もしているが、たとえそのようなあなたからでも、『ただでさえ不幸な人間の尊厳をおとしめる憐憫《れんびん》のしるし』を受けいれるわけにはいかない、と。老人がニーナ夫人のところに蟄居《ちっきょ》したと聞かされたとき、公爵は将軍を思い、ほっと胸を撫《な》でおろしたほどだった。だがすでに見たとおり、将軍はエリザヴェータ夫人の家に押しかけ、何かしらとんでもないことをしでかしていた。いま、ここでその細部にわたってお伝えすることはしないが、この会見の中身についてごく手短に述べておくと、将軍はエリザヴェータ夫人を怖気づかせ、ガーニャに関するきびしいあてこすりを述べて夫人を激怒させた。将軍はただちに家を追いだされ、恥辱を嘗めた。そんなことがあったために、彼はああして夜を明かし、ああして朝を過ごしたあげく、すっかり頭がおかしくなって、半狂乱のまま通りに飛びだしていったのだ。

コーリャは、まだ事態を十分に理解できていなかったので、きびしく接すればまだ何とかなると期待していた。

「ねえ、ぼくたちこれからどこへ行こうっていうの、どういうつもりなの、将軍？」コーリャは言った。「公爵のとこはいやだというし、レーベジェフとは喧嘩別れしたし、お金だってない、ぼくにしたって、お金なんかいちどだって持ったことはない。これじゃもう、路頭に迷った乞食どうぜんだよ」

「行きは将軍、帰りは乞食」将軍はつぶやくように言った。「こんな……駄洒落《だじゃれ》で大いに沸かせたもんさ……将校仲間をな……四十四年……一千……八百……四十四年、そうとも！……だが、思いだせん……いや、名前を言うな、言っちゃだめだぞ！『わが青春よいずこ、わが輝きよいずこ！』……そう、こう叫んだんだ、いったいだれが叫んだのか、コーリャ？」

「ゴーゴリですよ、『死せる魂』です、父さん」コーリャはそう答え、横目でおずおずと父親を見やった。

「死せる魂か！　ああ、そうだった、死人だった！　わしを葬るときは、墓石にこう刻んでくれ。『死せる魂、ここに眠る！』恥辱が追っかけてくる！　こいつはだれが言った、コーリャ？」

「それは知りません、父さん」

「エロペーゴフがいなかっただなどと！　エロペーゴフが！」通りに立ちどまったまま将軍はくるったように叫んだ。「しかも、そんなことを、息子が、じつの息子が！　エロペーゴフは十一カ月間、兄がわりをつとめてくれた男で、わしはやつのために決闘まで……わが軍の大尉だったヴィゴレッツキー公爵が、酒の席でやつにこんなことを言ったんだ。『おい、グリーシャ、アンナ勲章はどこで手に入れたのか、ひとつ聞かせてもらおう！』――『わがロシアの戦場ですよ、そこで手に入れました！』そこでわしはこう叫んだんだ。『よく言うな、グリーシャ！』ところがそこで決闘騒ぎになり、そのあとやつは結婚した……マリア・ペトローヴナ・ス……ストゥーギナとだ、で、戦死した……わしの胸の十字勲章にはじかれた敵の銃弾が、やつのでこに命中したってわけだ。『永久に忘れん！』そうひと声叫んで、その場に倒れたんだ。で、わしにな……わしは、誠実に務めてきた、コーリャ。高潔にといってもいいくらいだ、なのに、恥辱が、そう、『恥辱が追っかけてくる！』、おまえとニーナは、墓参りに来てくれるな……『かわいそうなニーナ！』、以前、わしはあれをそう呼んでいたもんだ、コーリャ。ずいぶんと昔のこと、まだ最初のころ、ずいぶんと愛してくれたもんだ……ニーナ、ニーナ！　おまえの運命になんてことをした！　どうしてこんなわしが愛せる、がまんづよい心よ！　おまえの母さんは、天使の心の持ち主だ、コーリャ、聞いてるか、天使の心だぞ！」

「そんなことわかっているよ、父さん。ねえ、父さん、家に帰ろうよ、母さんのところへ！　母さん、あとから追いかけてきたんだよ！　あれ、いったいどうして止まっちゃったの？　まるで何もわかっていないんだ……ねえ、いったい何を泣いているんです？」

コーリャも泣いていた。泣きながら父親の手にキスをした。

「わしの手にキスしてくれるのか、わしの手に！」

「そうさ、父さん、父さんの手に。べつに、驚くことなんてないでしょう？　それに、どうして道の真ん中で大声出すんです。まだ、将軍って呼ばれてるでしょう、軍人なんでしょう、さあ、行きましょうよ！」

「かわいい子よ、おまえに神の祝福あれ、この恥ずべき人間にたいし敬虔《けいけん》であったことに——そうとも、この恥ずべき老人、恥ずべき父親にたいして……神よ、おまえにも同じような子の授からんことを……le roi de Rome（「ローマの王」）……ああ、『呪いあれ、呪いあれ、この家に！』」

「ああ、いったいぜんたい、何がどうなっているのか！」ふいにいきり立ってコーリャは叫んだ。「何があったんです？　どうして家に帰りたがらないんです？　頭でもおかしくなったの？」

「わけを聞かせてやろう、聞かせてやろう……何もかも話して聞かせてやる。大声出すな、聞こえるからな……le roi de Rome（「ローマの王」）……ああ、吐き気がする、憂鬱だ！

『乳母よ、おまえの墓はいずこ！』

これは、だれの叫びだった、コーリャ？」

「知りません、だれの叫びかなんて知りませんよ！　家にすぐ帰ろうよ、いますぐ！　いざとなったら、ガーニャをなぐってやるから……ちょっと、どこにまた行くんですか？」

しかし将軍は、隣家の階段口へとコーリャを引っぱっていった。

「どこへ？　よその家の玄関でしょう！」

将軍は階段口に腰をおろし、コーリャの手をしきりに自分の体に引き寄せようとした。

「さあ、しゃがめ、しゃがむんだ!」将軍はささやいた。「何もかも話してやる……まったく恥ずかしい……しゃがめ……耳を、耳を、こっそり教えてやるから……」

「いったい、なんなんです!」コーリャはひどく怖気づいていたが、それでも耳を寄せた。

「le roi de Rome(「ローマの王」)……」将軍はそうささやくように言ったが、同じように全身が震えているようだった。

「何なんです?……le roi de Rome(「ローマの王」)がどうしたって?……何なんですか?」

「わしの……わしの……」、「わが子」の肩をますますつよくつかみながら、将軍はまたささやきはじめた。「わしの……望みは……わしがおまえに……すべてを……マリア、マリア……ペトローヴナ・ス、ス、ス……」

コーリャは体をもぎ離すと、自分のほうから将軍の肩をつかみ、まるでくるったような目で彼を見つめた。老人の顔は赤黒くなり、唇は青く、顔をぴくぴくとこまかい痙攣《けいれん》が走りはじめた。そしてふいに体を傾けると、しずかにコーリャの手に倒れかかった。

「発作だ！」事のしだいをようやく察したコーリャは、通りぜんたいに向かってそう叫んだ。

5

じつのところワルワーラは、兄とやりとりした際、公爵がアグラーヤに結婚を申しこんだというニュースがどこまで正確かという点について、いささか誇張して伝えていたのだった。ことによると、察しの早い女性のつねとして彼女は、近い将来に起こるはずのことを予見していたのかもしれない。おそらくはまた、夢が煙のごとく消えうせてしまったことを悲しむあまり（じつのところ自分でも本気にしていたわけではなかったのだが）、ひとりの人間として（いかに兄を心から憐れみ愛しているとはいえ）その災難をことさら強調することで彼の心にわだかまる毒をよりいっそう長引かせてやりたいという欲望を抑えきれなかったのかもしれない。しかしいずれにせよ、彼女が友だちであるエパンチン家の姉妹から、それほど正確な情報を得られたはずはなく、手にできたのはせいぜい、何かのほのめかしであり、中途半端な言葉であり、沈黙であり、謎かけだった。ひょっとしてアグラーヤの姉たちも、ワルワーラから逆に何かを探りだすつもりで、わざと口をすべらせてみせた可能性もある。それにもうひとつ、彼女たちもまた、たとえ幼なじみとはいえ、この女ともだちをいくらかからかってやりたいという、女らしい満足を禁じえなかったこともありうる。なぜなら、彼女たちがこれほど長い時間にわたり、ワーリャの意図をいささかなりとも察知せずにいたはずはないからである。

他方、公爵は完全に正しかったのだが、その彼にしても、レーベジェフにたいし、自分は何ひとつ伝えることはできない、自分の身に何ひとつ特別なことなど起こっていないと断言してみせたのは、ことによるとまちがいだったかもしれない。じっさい、だれの身にも、何かきわめて奇妙なことが起こっているかのように見えた。つまり、現実には何ひとつ起こってはいなかったが、同時に、ひじょうに多くのことが起こっているように見えたのである。ワルワーラが、女らしい確かな本能で嗅ぎつけていたのは、まさにそちらのほうであった。

それにしても、エパンチン家の人々はなぜ、そろいもそろってアグラーヤの身の上に何か重大なことが生じ、彼女の運命が決せられようとしているという、同じひとつの考えにいきなり取りつかれてしまったのか――これを筋道立てて説明するのはきわめてむずかしい。ところがこの考えが、一同の胸のうちにとつぜんひらめくと、だれもがまるで申し合わせたように、こう主張しはじめた。自分たちはもう前々からすべてを見ぬいていたし、はっきりと予見していた、すべては『貧しい騎士』が話題になったころから、いや、それよりも前からわかっていたことで、そのときはそんなナンセンスな話を信じる気になれなかっただけだ、と。姉たちが断言したのも、そのような中身だった。むろんエリザヴェータ夫人も、だれよりも早くこの事態を予見し、前々から『胸を痛めていた』のだが——彼女が知ったのがずいぶん前のことであろうとなかろうと——いまとなっては公爵のことを考えるだけでにわかに機嫌が悪くなるのだった。というのは、そもそも何がなんだかさっぱりわからなくなるからである。すみやかに解決すべき問題が目前に迫っていた。ところが、それが解決できないばかりか、かわいそうにエリザヴェータ夫人は、どうあがいてもその問題とやらを、完全にはっきりと見きわめることすらできなかった。事態は困難をきわめた。《公爵って、よい相手なの、それともよくない相手？　こういうのって、よいことなの、それともよくない話？　もしもよくないなら（疑いようもないことだけど）、いったいどこがよくないっていうの？　ひょっとして、これがよい話だとして（これもありえないけど）、いったい、どこがよい話なわけ？》一家の主であるエパンチン将軍自身も、むろんだれよりも早く驚いた口だが、あとになって急にこう告白したものである。『いやはや、このところずっと何かこんなたぐいのことがあるような気がしていたんだ。いまにいきなり、どんとくるぞって！』夫人の厳しいまなざしににらまれ、将軍はすぐに口をつぐんだが、そうして午前中は口をつぐんでいたものの、晩になり夫人とふたりだけになると、またしても口を開かざるをえなくなって、なにやら急に活気づき、いくつか思いがけないアイデアを表明してみせた。『そもそも、ほんとうのところはどうなんだ？……』（沈黙）『もしこれが事実だとして、むろん、すべておかしな話だし、それに異をとなえる気はないが、でも、だ……』（ふたたび沈黙）『他方でだ、もしもこの事態を正面から見れば、公爵はたしかに、これ以上は望みようもない、よくできた男じゃないのか、それに……それにだよ――そうだな、けっきょく家柄にしてもだ、わが家と姻戚関係にあるわけで、言ってみれば、こういうことは世間の目から見れば、零落しかけた一門の名を維持するという名目も立つわけで、つまり、そういう観点から見ることで、つまり、なぜかといえば、世間体だよ。世間は世間だからな。そうはいっても、公爵にしたって、さしてたいしたものではないにしても、それなりに財産はあるわけだ。それに彼は……それに……それに……』（長い沈黙がつづいたあと、完全に話がとだえる）。夫の話を聞きおえたエリザヴェータ夫人は、完全に堪忍袋の緒を切らしてしまった。

夫人の考えでは、この間に起こったことはすべて『言語道断よ、それに犯罪的といっていいくらいふざけた話だし、現実離れもいいとこ、もう愚劣きわまりないおとぎ話!』なのだった。何よりもまず、『この公爵もどきは――病気の白痴で、第二に、おばかさんのうえ、世間知らずで、社会的な地位もないじゃないの、だれに引きあわせて、どこに押しこめばいいってわけ? なんだか鼻持ちならぬデモクラートで、官位だってない、それに……それに……ベロコンスカヤのおばあさん、何て言うかしら? そもそも、わたしたちがアグラーヤの相手として想像し、予想してきたのって、あんな男だったかしら?』。当然のことながら、最後の点がもっとも肝心なところだった。そのことを思うにつけ、母親の胸はふるえ、血と涙にあふれかえった。しかし同時に、その胸のうちで何かがうごめき、ふいにこう語りかけてくる。『あの公爵のいったいどこが、おまえさんの求める理想とちがうっていうんだね?』そう、自分の胸のうちにわきおこるそうした反駁《はんばく》こそが、エリザヴェータ夫人にとっては何よりも悩ましい問題だったのである。

アグラーヤの姉たちはなぜか公爵に好印象をもっていて、さほどおかしなこととも感じていないくらいだった。要するに、ふたりがいきなり彼の側にすっかり立ったとしてもおかしくはなかった。だが、そのふたりとも沈黙をとおす腹を固めていた。この家庭には一種の不文律があって、何かしら家族に共通する問題点があり、それにたいするエリザヴェータ夫人の反対なり抵抗なりが、執拗かつはげしいものであればあるほど、家族のほかの者たちは、おそらく夫人がすでにこの点についてはもう同意している兆候として受けとめるということだ。しかし、そうはいえ、アレクサンドラとしても完全に口をつぐんだままでいるわけにはいかなかった。前々からもうこの娘を自分の相談相手とみなしていた母親は、いまではひっきりなしに彼女を呼びつけては意見を求め、といおうか、主として彼女の記憶を問いただしたのだった。つまり、「いったいぜんたいどうしてこういう事態にいたったの？　どうしてだれも、このことに気づかなかったの？　どうしてあのとき言わなかったの？　あのいやらしい『貧しい騎士』って、あのとき何を意味していたの？　どうして、自分ひとり（つまりエリザヴェータ夫人）だけが、みんなを気づかい、すべてに注意し予測する役回りになっていて、ほかの人たちは、たんにぼんやりとカラスの数を数えてるだけでいいわけ？」などなど。アレクサンドラは、初めのうちは警戒し、ムイシキン公爵を娘の夫としてエパンチン家の一員に迎えるのは、世間的にもけっして悪くはないという父親の意見について、それはかなりもっともな気がすると述べるにとどめた。だが、次第に熱してくると、アレクサンドラはこうも付けくわえた。公爵は「おばかさん」なんかではまったくないし、おばかさんだったことなどいちどもない、その意味にかんしていうなら——数年後、わたしたちのロシアでまともな人間の意味がどうなるかなんて、だれにもわからない。これまで求められてきた、職務上の成功か、それともべつの成功か？　それにたいして母親はただちに、アレクサンドラは「自由思想の持ち主で、そんなのはみんなあの憎たらしい女性解放問題にすぎない」と言ってやり込めるのだった。それから半時間ほどすると、夫人は町に出かけて行き、そこからカーメンヌイ島に向かい、そのときまるで仕組んだようにペテルブルグに来て、じきに離れようとしているベロコンスカヤ夫人を訪ねた。ベロコンスカヤ夫人は、アグラーヤの名づけ親だったのである。

ベロコンスカヤの「おばあちゃん」は、エリザヴェータ夫人の、熱に浮かされたような必死の告白を聞き終えると、すっかり頭が混乱している一家の母親の涙に、すこしも心を動かされた様子もなく、むしろあざけるような目で相手を見やった。ベロコンスカヤ夫人は、おそろしいまでの専制君主だった。どんなに古い友だちづきあいにおいても、対等というのにがまんができず、エリザヴェータ夫人にたいしても、三十年前と同様、完全に自分の protegee（被後見人）のごとくみなしており、彼女の性格の辛辣《しんらつ》な気性や独立心には、なんとしても慣れることができなかった。ベロコンスカヤ夫人は、なかんずくこう注意したのだった。

「お宅ではどうも、いつもの癖で少し先走りをしすぎて、何もかも針小棒大に考えているようね。どんなに聴き耳を立てても、じっさいに何か深刻なことが起こっているだなんてとても納得できませんよ、少し時間を置いたらどうなの、何かことが起こるまで。わたしに言わせると、公爵はまともな青年よ、そりゃ病気もちで、変わったところがあるし、あんまり地味すぎるけれどね。でも、いちばん悪いのは、公然と女を囲っていることかしら」

エリザヴェータ夫人は、ベロコンスカヤ夫人が、自分の推したラドムスキーの件が不首尾に終わったことに、いくらか腹を立てていることがとてもよくわかった。エリザヴェータ夫人は、家を出たときよりもさらに大きな苛立ちを抱えたままパーヴロフスクの別荘に戻ってくると、さっそく家族全員に八つ当たりしだした。『みんな頭がおかしいんじゃないの』だの、世間を見回してもこんなふうに物事がまったく運ばないのは自分のところだけだ、『何を焦っているのさ？　どんなにのぞきこんでも、じっさい何かが起こったなんてとても言えたものじゃないわ！　何か起こるまで待ってちょうだい！　お父さんの頭にいろんな考えが浮かぶのは、いまにはじまったことじゃない。針小棒大に考えてるだけ！』などなど。

そんな具合で、つまり心を穏やかにし、冷静に状況を見つめて待とう、ということになった。だが悲しいかな、平安は十分ともたなかった。冷静な気分に最初の一撃をもたらしたのは、母親がカーメンヌイ島に行き、家を留守にしているあいだに起こったある事件をめぐる知らせである（エリザヴェータ夫人がペテルブルグに向かったのは、公爵がその前の晩、九時すぎに来るべきところを真夜中の零時すぎにやって来たその翌朝だった）。母親のせっかちな質問に、ふたりの姉はこと細かく答えてみせたが、まず第一に、『ママが留守にしているあいだは、まったく何も起こらなかったみたい』ということ、公爵がやって来たこと、アグラーヤが長いこと、三十分ほど応対に出なかったこと、その後、応対に出たと思ったら、すぐさまチェスをしようともちかけたこと、しかし公爵はチェスが苦手で、アグラーヤがたちまち彼を打ち負かしてしまったこと、彼女がひどく陽気になって、公爵の苦手ぶりをこきおろし、さんざん恥ずかしい思いをさせ、笑いものにしたので、公爵はもう見る影もなかったというような説明である。それからアグラーヤはトランプで「ばか」ゲームをしようと言いだした。ところが、今度はまるきり正反対の結果になった。公爵は、「ばか」ゲームにかんしては、まるで……まるで大学教授級の腕前の持ち主であることがわかった。それはもう、達人を思わせる戦いぶりだった。アグラーヤは悪知恵を働かせ、カードをすり替えたり、公爵の目の前でわざと相手のカードを盗んだりしてみせたが、それでも公爵は、そのたびごとに彼女を打ち負かしてしまった。それも五回ばかり、立て続けにである。頭に血がのぼってすっかりわれを忘れたアグラーヤは、公爵にたいしてさんざん嫌みを言ったり、失礼な言葉を浴びせかけたので、公爵はもう笑うこともできなくなった。彼女がついに彼に向かって、「あなたがここにいらっしゃるあいだ、この部屋には入りませんから、あんなことがあったあとだというのに、のこのこ出かけてくるなんて、しかも真夜中の十二時過ぎに来るなんて、恥知らずもいいとこ」と腐《くさ》したときには、彼はすっかり顔色を失ってしまった。アグラーヤはそれからバタンとドアを閉め、部屋から出ていった。公爵は、姉たちからのいろいろな慰めの言葉にもかかわらず、悄然《しょうぜん》たる面持ちで家を後にした。公爵が帰宅してから十五分ほどして、アグラーヤがとつぜん二階からテラスに駆けおりてきた。あまりに急いだため、涙をぬぐう間もなかったらしく、その目には泣きはらした様子が見てとれた。彼女が二階から駆けおりてきた理由というのは、コーリャがハリネズミを持って立ち寄ったことにあった。一同みなハリネズミに見入った。彼女たちの質問にたいするコーリャの答えは、こうだった。このハリネズミは自分が飼っているわけではない、自分は中学校の仲間のコースチャといっしょに通りかかった、しかしコースチャは、恥ずかしがってこちらに入れず、往来に残っている。それというのも、斧を手に持っているからだ、じつはこのハリネズミにしろ斧にしろ、さっき通りすがりの百姓から買ったものだ。百姓は、そのハリネズミを五十コペイカで売ってくれたが、斧のほうは、ちょうどタイミングが良かったのと、ひじょうに立派な斧だったので、こちらからねだって売ってもらったという。ところがこんどは、アグラーヤのほうが、そのハリネズミをいますぐ自分に売ってくれるよう、びっくりするほどしつこくコーリャにせがみ、もうわれも忘れて、コーリャを『かわいい子』呼ばわりしたほどだった。コーリャはしばらく答えをしぶっていたが、ついに根負けして、レーベジェフの息子コースチャを呼んだ。コースチャはじっさい斧を手にしたままテラスに上がったが、見るからに当惑している様子だった。ところがそこでにわかに、このハリネズミは彼らのものではなく、ペトロフというもうひとり別の少年の所有になることがわかった。ペトロフ少年は、お金に困っているもうひとりの少年からシュロッセルの『歴史』をかなり安く買うつもりで、ふたりの少年にお金を渡したのだった。ふたりはそこで『歴史』を買いに出かけたが、その途中つい誘惑に負け、このハリネズミを買ってしまった、したがって、ハリネズミも斧も、この三番目の少年の所有ということになり、ふたりは彼のところにシュロッセルの『歴史』ではなく、これらのものを届けにいくところなのだという。だが、アグラーヤがあまりにしつこく言うので、ふたりはついに腹を決め、ハリネズミを譲ることにした。

アグラーヤはハリネズミを手にするや、コーリャの助けを借りてすぐさま編み籠に収め、上からナプキンをかけて、コーリャに頼みこんだ。今すぐ、どこにも寄り道せずに公爵のところにこのハリネズミを持っていき、わたしの「深い深い尊敬のしるし」として受けとっていただきたいと伝えてほしい、と。コーリャは喜んで同意し、かならず届けますと誓いまで立てたが、すぐさま「ハリネズミにどんな意味があるんです、それにこんなプレゼントをすることに」としつこく食いさがった。するとアグラーヤは、あなたには関係ないことと答えた。そこで彼は、ここには何かアレゴリカルな意味が含まれていると思うと応じた。アグラーヤは腹を立て、あなたはただのガキっ子にすぎないと、語気するどく言いはなった。コーリャはただちに反論し、自分がもし、あなたを女性として尊敬せず、自分の信念というものに重きを置いていなかったら、自分としてそうした侮辱に対抗するすべがあることをただちに証明してみせますと言った。とは言いつつ、けっきょくのところコーリャは、やはり嬉々《きき》としてハリネズミをたずさえて出かけていった。そのあとを追って、コースチャも走りだした。アグラーヤは、コーリャがあまり編み籠を振りまわすのを見てたまりかね、テラスから彼のうしろ姿に向かって叫んだ。『お願いだから、コーリャ、落とさないで、いい子だから！』——それはもう、いましがた罵りあったとも思えないような口ぶりだった。コーリャは立ちどまり、やはりなんのわだかまりもなくご機嫌な調子で叫んだ。「いいえ、落としたりなんかしませんよ、アグラーヤさん。心配なんてぜんぜんいりませんから！」コーリャはそのまま、また一目散に走りだした。アグラーヤはころげんばかりに大笑いし、すこぶる満足して自分の部屋に駆けもどったが、そのあとも一日ひどく上機嫌だった。

エリザヴェータ夫人が度胆をぬかれたのは、まさにこのような知らせだった。なぜ、また、と思われる向きもあるだろう。しかし、明らかにそうした気分に陥ってしまったのだ。夫人の不安が頂点までかき立てられていたところに、このハリネズミが出てきた。ハリネズミはいったい何を意味しているのか？　何か約束ごとでもあるのか？　何がほのめかされているのか？　何かのサインだろうか？　まさか、電報がわりではなかろう？　おまけに詰問のさい、たまたまそこに居合わせた哀れなエパンチン将軍の放った返答で、事態はすっかり台無しになってしまった。将軍の意見によると、電報の役割などこのばあいなんの関係もなく、ハリネズミは「たんなるハリネズミにすぎんよ、それだけのことだ。ただし、それ以外に友情とか、侮辱を水に流すこととか、和解するとかいったことを意味しているわけでね、要するにそんなもの、ほんのいたずらにすぎんのだが、いたずらといっても、しょせん罪のない、十分に許されるべき性質のものさ」というのである。

ついでに述べておくが、彼の答えは完全に正鵠《せいこく》を射ていた。さんざん愚弄されたあげく追いだされ、アグラーヤのもとから別荘に戻った公爵は、暗澹《あんたん》たる思いに沈みながら半時間ばかりじっとしていたが、そこへとつぜんハリネズミを持ってコーリャが現われた。たちまち空が明るく晴れ、公爵はまるで死者が甦《よみがえ》ったかのようだった。コーリャをあれこれ問いただし、そのひとつひとつの言葉に耳を傾け、そのひとことを十回も聞きかえし、子どものように笑い、明るい笑顔でこちらを見つめるふたりの少年の手をひっきりなしに握りしめていた。話の結果、公爵は、アグラーヤが自分を許してくれたことを知り、今日の夜にもふたたび彼女の家に行けることがわかった。彼にとってこれは重大事であるばかりか、むしろすべてといえるほどのことだった。

「ぼくたちってまだまだ子どもだね、コーリャ！　それに……それに……こうして子どもでいられるって、なんていいんだろう！」とうとう公爵は、うっとりした声で叫んだ。

「いえ、彼女があなたに恋しているっていうことです、公爵、それだけのことですよ！」コーリャは、いかにも得意そうに諭すような調子で答えた。

公爵の顔は真っ赤になったが、今回はひとことも答えず、コーリャのほうはただ高笑いしながら両手を叩《たた》くだけだった。一分後には公爵も笑いだしたが、その後は晩が来るまで、五分ごとに時計を見ては、どれほど時間が経ったか、晩までどれくらい時間があるかを確かめてばかりいた。

しかし、気分には勝てなかった。エリザヴェータ夫人はついに耐えきれなくなり、ヒステリーの発作に負けてしまった。夫や娘たちが制止するのも聞かず、夫人はただちにアグラーヤを呼びにやると、彼女に最終的な問いを突きつけ、明確な最終回答を得ることにしたのだ。「こんなことはいっぺんにけりをつけて、肩の荷を下ろすの。二度と口にせずにすむようにね！」「でなかったら」と彼女は明言した。「晩までだって生きられない！」

そこで一同はようやく、事態がいかにばかげたところまで及んでいたかを悟った。すなわち、偽りの驚き、怒り、高笑い、公爵やしつこく自分を問いつめる家族たちへの嘲り以外、何ひとつアグラーヤから聞きだせなかったのである。エリザヴェータ夫人はベッドに横になってしまい、公爵を迎えるお茶の時間になって、ようやく部屋から出てきた。夫人はじりじりする思いで公爵を待っていた。そして、彼が現われたときは、ほとんどヒステリーに近い状態にあった。

いっぽう、公爵自身おどおどと、ほとんど探るようにして、奇妙な笑みを浮かべ一同の目をうかがいながら、まるで一同に質問を投げかけるかのような態度で入ってきた。それというのは、アグラーヤがまたしても部屋にいなかったからで、さすがの公爵もこれには動転してしまった。その晩はまた、公爵以外よその人間はひとりもおらず、家族の面々だけだった。S公爵はラドムスキーの伯父《おじ》の件で、まだペテルブルグに行ったままだった。『せめてあの人ぐらいいてくれたら、何か言ってくれたろうに』とエリザヴェータ夫人は嘆いた。エパンチン将軍は、ひどく心配そうな面持ちですわっていた。姉たちは神妙な顔をし、何かわざとらしく口を閉ざしていた。エリザヴェータ夫人は、どこから話を切りだしてよいかわからなかった。やがてふと血気盛んに鉄道の悪口を言いだし、挑みかかるような決然たるまなざしで公爵をにらみつけた。

ああ！　アグラーヤは姿を見せず、公爵は身も世もない心もちだった。公爵は、なかば途方にくれ、鉄道を整備するのはきわめて有益だという意見を、回らぬ舌で述べたてようとしたが、そこでアデライーダが急に笑いだしたので、公爵はまたしてもしゅんとなってしまった。折しもアグラーヤが落ちつきはらい、もったいぶった様子で部屋に入ってきて、あらたまった感じで公爵に会釈をすると、丸テーブルのいちばん目立つ席にものものしく腰をおろした。彼女は、何かもの問いたげに公爵を見やった。ついにすべての疑念が解かれるときがきたことを、だれもが理解した。

「わたしのハリネズミ、受けとりました?」毅然《きぜん》とした、ほとんど怒ったような調子で彼女は尋ねた。

「受けとりました」公爵は顔を真っ赤にさせ、身も世もなく答えた。

「では、そのことをどう思ったか、すぐに説明していただきたいの。うちの母や、家族全員を安心させるために、どうしても必要なことですから」

「これ、アグラーヤ……」エパンチン将軍はにわかに気をもみはじめた。

「そんなの、そんなの、常識はずれもいいとこですよ!」エリザヴェータ夫人は、なにやら急におびえたような調子で叫んだ。

「常識なんてどこにもないの、Maman(ママ)」娘は厳しい調子ですぐに応えた。「わたし、今日、公爵にハリネズミをお届けしたの、だから感想を聞きたいだけ。で、どうでした、公爵?」

「つまり、その、なんの感想でしょう、アグラーヤさん?」

「ハリネズミのですよ」

「ということは……アグラーヤさん、ぼくが、その……ハリネズミを……どう受けとったかということをお知りになりたいということですね……というか、ぼくが……

あの届けものを……つまり、ハリネズミを……どう見たか……ということでしたら、そう……ひとことで言って……」

彼はそこで息を切らし、口をつぐんだ。

「そう、たいした感想はないってことですね」五秒ほど待ってアグラーヤは言った。「わかりました、ハリネズミのことはそれで結構です。でも、わたし、とても喜んでいますの、これまでの積もり積もった誤解を、これでやっと解くことができますから。では、あなたご自身の口からじかにお聞かせくださいますか。あなたはわたしに結婚を申しこんでらっしゃるの、どうなんです？」

「ああ、なんてことを！」エリザヴェータ夫人の口からため息がもれた。

公爵はぎくりとしてあとずさった。エパンチン将軍は棒立ちになり、姉たちふたりは眉をひそめた。

「嘘はなしですよ、公爵、ほんとうのことを言ってください。あなたのせいで、わたし、いろいろとおかしな質問ぜめにあっているんです。そういう質問に、なにか根拠ってあるんでしょうか？　さあ！」

「あなたに結婚を申しこんだことはありません、アグラーヤさん」公爵は、にわかに活気づいて答えた。「でも……ご存じのとおり、ぼくはあなたを愛していますし、あなたを信じています……いまも……」

「わたしが質問したのは、わたしに結婚を申しこむつもりかどうかってことです」

「申しこみます」ほとんど生きた心地もなく公爵は答えた。

一同のあいだにはげしい動揺が広がった。

「ねえ、きみ、それはちょっと話がちがうのじゃ」ひどく狼狽《ろうばい》した様子でエパンチン将軍が言った。「もし、そうだとしたら、それは……それってほとんど無理な話ってものじゃないかね、アグラーヤ……申しわけない、公爵、申しわけない、ほんとうに！……なあ、おまえ！」彼は妻に助け舟をもとめた。「きちんと……調べなくては……」

「わたしは、だめです、わたしは、お断りします！」エリザヴェータ夫人は両手を振った。

「Maman（ママ）、わたしにもひとこと言わせてね。わたしが当事者なんですから、多少のことは言ってもいいはずよ。なんたってわたしの運命がいまこの瞬間に決せられようとしているんですから（アグラーヤは文字通り、このような言い方をしたのだった）、わたしだって知りたい。それに、なんといってもうれしいのは、家族みんなの前で……では、ひとつ質問させていただくわ、公爵、もしもあなたが『そうした心づもりでおられるなら』、いったいどのようにして、このわたしを幸福にできるとお考えかしら？」

「わかりません、ほんとうに、アグラーヤさん、どうお答えしてよいものか。いまここで……いまここで何をお答えしたらよいか？　それに……お答えしなければならないのでしょうか？」

「なんだかすっかりまごついて、息まで切らしているようね。少し気をお楽にして、元気を取りもどしてくださいな。お水を一杯飲んだら。といっても、いますぐお茶が出ますが」

「ぼくはあなたが好きです、アグラーヤさん、大好きなんです。好きなのはあなただけです……どうか、冗談はやめてください、ほんとうにあなたが好きなのですから」

「でも、そうはいうけれど、これってほんとうに大事なことなの。わたしたち、子どもじゃないですから、しっかり事態を見つめなくちゃいけない……ご面倒でも、いまここで説明してほしいんです、あなたの財産がどのくらいあるか？」

「ちょっと、ちょっと待たんか、アグラーヤ。おまえ、いったい何を言っている！いくらなんでも、それはないぞ……」エパンチン将軍は呆れた様子でつぶやいた。

「はしたないったらない！」エリザヴェータ夫人は、甲高い声でひとりごちた。

「頭がおかしくなったのよ!」アレクサンドラもまた甲高い声でひとりごちた。

「財産って……つまりお金のことでしょうか?」公爵は驚いた様子で尋ねた。

「その通りよ」

「ぼくが……ぼくは、いまもっているのは、十三万五千ルーブルで」公爵は顔を真っ赤にさせてつぶやいた。

「たったそれだけ?」少しも顔色を変えずに、アグラーヤは甲高い声であけすけに驚きの表情を見せた。「でも、だいじょうぶね。しっかり倹約すれば……勤めるおつもりは?」

「家庭教師の資格試験を受けるつもりでした……」

「絶好のタイミングだわ。むろん、わたしたちの財産の足しになりますもの。侍従武官になるお考えは?」

「侍従武官? そんなこと、想像したこともありません、でも……」

だが、ここでふたりの姉たちはこらえきれず、ついに吹きだしてしまった。アデライーダはもうだいぶ前から、ぴくぴく震えているアグラーヤの顔に、突発性の抑えがたい笑いの兆候が浮かんでいるのに気づいていた——彼女はいま必死になってそれをこらえていた——アグラーヤは、笑いころげている姉たちを厳しくにらんでやろうと思ったが、彼女自身、一秒とがまんできずにどっと笑いだした。くるっているとしかいいようのない、ほとんどヒステリックな高笑いだった。そうして、ついに椅子からひょいと飛びあがると、部屋から駆けだしていった。

「わたし、わかってたの。これはたんなるお笑いで、それ以上の何ものでもないって！」アデライーダが叫んだ。「そもそものはじまりから、ハリネズミの話がはじまったときから」

「いいえ、こんなこと、許してはおけません、許しませんとも！」エリザヴェータ夫人は急にかんかんになって怒りだし、アグラーヤのあとからすたすたと走りだした。そのあとから、姉たちもすぐさま走りだした。部屋に残ったのは、公爵と一家の父親だけになった。

「これは、これは……こんな展開になるなんて、きみに想像できましたか、ムイシキン君！」将軍は、自分でも何が言いたいのかわからない様子で語気するどく叫んだ。

「いや、ほんとうにまじめな話？」

「アグラーヤさんがぼくのことをからかっていたことはわかります」公爵は悲しそうに答えた。

「待っていたまえ、きみ。ちょっと様子を見てくるから、ここで待っていたまえ……

なぜって……せめてきみぐらいには説明してもらいたいんだ、ムイシキン君、きみぐらいには。いったいぜんたいどうなっているのか、これはいったい何を意味しているのか、全体として、いってみれば、その、総体として？　忘れちゃいないよね、きみ、わたしがあの娘の父親だってこと。なんだかんだいっても、あれの父親なわけでね。それなのに、何がなんだかさっぱりわからんのだよ。だから、せめてきみぐらいには説明してもらわなくては！」

「ぼくはアグラーヤさんが好きなんです。あの人は、そのことを知っています……前々から知っているみたいです」

将軍はかるく肩をすくめた。

「それにしても妙だな、妙な話だ……で、大好きってわけかね？」

「大好きです」

「妙だな、わたしにはなにもかも妙でならんのだ。つまりサプライズだし、ショックだし……で、いいかね、きみ、わたしはべつに財産のことをとやかく言うつもりはない（といっても、もう少しあるのじゃないかと期待はしていたのだが）、だがね、わたしにとって娘の幸福というのは……つまるところ……きみが、言ってみりゃ、その……幸せにしてやれるだけの力があるのかってことでね。それに……それに……あれって、なんだったのかね。あの娘の側からして、あれはおふざけだったのか、それとも本気だったのか？　つまりだな、きみの側じゃなくて、あの娘の側からするとだ？」

　ドアの向こうからアレクサンドラの声が聞こえてきた。父親を呼ぶ声だった。

「待っていてくれ、きみ、待っていてくれよ！　待っているあいだ、よく考えるんだな、で、わたしはちょっと……」あわてふためきながら将軍はそう言いのこし、ほとんど怯えきったような様子でアレクサンドラの呼び声のするほうに駆けだしていった。

　駆けつけてみると、妻と娘が抱きあいながら、おたがい涙を流していた。それは、幸せと感動と和解の涙だった。アグラーヤは母親の手や頬や唇にキスをしていた。ふたりはたがいに熱く抱きしめあっていた。

「ほら、このとおり、この子を見て、あなた、ほら、もう、こんなふうになってる！」エリザヴェータ夫人は言った。

　アグラーヤは、幸せそうな、泣きはらした顔を母親の胸から離して、父親をちらりと見やると、大声で笑いながら父親に飛びついてしっかりと抱きしめ、なんどか口づけした。それからふたたび母親のほうに走って戻ると、だれにも見られないようにその胸にすっぽり顔を隠し、すぐにまた泣きだした。エリザヴェータ夫人は、ショールの端で娘を覆ってやった。

「ほんとうにもう、わたしたちをどうしようっていうのさ、あんなまねするなんて、ほんとうに薄情な子だよ、まったく！」彼女はそう言ったが、その声はもうれしげで、息をするのも急に楽になったかのような趣があった。

「薄情！　そう、薄情な娘なの！」アグラーヤはふいに母親の言葉じりをとらえて叫んだ。「蓮《はす》っ葉《ぱ》で！　甘えん坊で！　パパにそう言って。ああ、でも、そこにいるんだったわ。パパ、そこにいるんでしょう？　聞いてね！」彼女はそう言い、涙ながらに笑いだした。

「おまえはいい子さ、わたしの宝だ！」幸せのあまり満面を輝かせながら、将軍は娘の手に口づけした（アグラーヤはその手を引っこめなかった）。「してみると、おまえは好きなわけだな、あの……青年が？」

「と、と、とんでもない！　がまんできないの……パパのいうその青年が、がまんできないのよ！」アグラーヤは急にかっとなって頭をもたげた。「もしもよ、パパ、もういちどそんな言い方したら……わたし、本気で言っているのよ、本気で！」

　事実、彼女は本気でそう言っていた。顔を真っ赤にさせ、目まできらきらさせていた。父親は一瞬ひるみ、たじろいだが、エリザヴェータ夫人がアグラーヤの肩越しにサインを出すのを見て、その意味を悟った。『これ以上、詮索はやめて』の合図だった。

「それならだ、ねえ、なんなりと好きにするがいい、おまえの意思だからね、あそこでひとりで待っているよ。家に帰るよう、それとなくほのめかしてやろうか？」

今度は将軍のほうから、エリザヴェータ夫人に目配せした。

「いや、いいの、そこまでしなくていい。それに『それとなく』なんて。それよりパパこそあの人のところに行ってあげて。わたしもあとから行きますから、すぐに。わたし、あの……青年に許しを請いたいの。だって、傷つけてしまったもの」

「それも、かなりだな」エパンチン将軍はまじめにあいづちを打った。

「そうね、それじゃあ……みんな、ここに残っててちょうだい、まず、わたしが先に行って、みんなはそのすぐあとから出てくるの、そのほうがいいわ」

そう言って彼女はドアのところまで行ったが、急に引きかえしてきた。

「わたし、笑いだしそう！　お腹《なか》をかかえて笑いだしそうなの！」彼女は悲しげな声で訴えた。

だが次の瞬間、彼女はくるりと身をひるがえし、公爵のもとに駆けだしていった。

「いったい、何がどうしたっていうんだ？　どう思う、おまえ？」エパンチン将軍が早口に言った。「でもまあ、好きなんだ」

「怖くて口では言えない」エリザヴェータ夫人もまた、早口に答えた。「でもまあ、はっきりしてるわね」

「わたしも、はっきりしていると思う。火を見るより明らかだな。好きなんだ」

「好きなんてもんじゃない、ぞっこん、ってとこでしょう！」アレクサンドラが言葉を継いだ。「ただ、相手が相手だけに、ってことじゃない？」

「神よ、お恵みを、これがあの子の運命なら！」エリザヴェータ夫人はうやうやしく十字を切った。

「運命だろうね、つまり」将軍があいづちを打った。「運命なら、逃れられない！」

こうして一同は客間に向かったが、そこでまた思いもかけぬことが待ちうけていた。

アグラーヤは大笑いするどころか、公爵のほうに近づきながら、恐れていたとおり、ほとんど怯えたような面持ちで彼に話しかけたのだった。

「この愚かで、ばかで、わがままな娘を許してね（そう言って彼女は公爵の手をとった）。そして、わたしたちみんなが、途方もなくあなたを尊敬しているってことを信じて。わたしが生意気にもあなたの、美しく……優しい純粋な心をひやかしたとしたら、どうか、子どものいたずらと思って許してほしいの。いくつもばかげたこと、言いはったことを許して。むろん、なんの足しにもならないことなのに……」

アグラーヤは最後のひとことにとくに力をこめた。

父、母、姉たちは全員、客間に急ぎ、一部始終をその目で見、その耳で聞くことができたが、一同が何より衝撃を受けたのは、「なんの足しにもならない」「ばかげたこと」というひとことだった。それにもまして驚かされたのが、アグラーヤがこの「ばかげたこと」という言葉を吐いたさいの、真摯な面持ちだった。一同はいぶかしげにたがいの目を見かわした。だが、公爵はどうやらそれらの言葉の意味がわからなかったらしく、いまや幸福の絶頂にあった。

「どうしてそんなおっしゃり方をなさるんです」彼はつぶやくように言った。「どうして……許しを……請うたりなさるんです……」

彼としてはむしろ、自分には許しを請われる価値などないと言いたかった。ことによると、彼は「なんの足しにもならない」「ばかげたこと」という言葉の意味に気づいていたかもしれないが、いかにも変人らしく、その言葉を聞いて喜んでいたのかもしれない。文句なしに言えることは、彼にとってはもう、自分がまたなんの障害もなしにアグラーヤを訪ねて、彼女と話ができ、隣りあって座り、いっしょに散歩できるという思いで天にも昇る心地だったことである。ことによると、彼はもうそれだけで死ぬまで満足していられたかもしれない！（ほかでもない、そんな満足こそ、どうやらエリザヴェータ夫人が内心で恐れたことだったのだろう。夫人は公爵の心を見ぬき、内心であれこれ気をもんでいたが、それを自分から口にすることはできなかった）。

その晩の公爵がどれほど活気づき、元気づいたかは、想像するのも困難なくらいである。あまりに楽しそうだったので、彼を見ているだけで楽しくなったと、あとでアグラーヤの姉たちは口にしたものだった。彼はもう話に夢中だったが、そんなことは半年前、エパンチン家の人々と近づきになったあの朝以来、絶えてなかったことである。ペテルブルグに戻ってくるや、彼は目立って意図的に寡黙になった。つい最近も、一同の前でS公爵に向かって、自制し沈黙を守らなくてはならない、なぜかといえば、思想を述べることでその思想を貶《おとし》める権利など自分にはないからと、そう述べたものだ。ひと晩じゅう、ほとんど彼ひとりだけがしゃべり、いろんな話をした。質問にも、はっきりと、うれしそうにこと細かく答えた。もっとも彼の言葉には、楽しい話題などひとつとして見てとることはできなかった。どれもこれもきわめてまじめな話ばかりで、どうかすると迂遠《うえん》な思想にまでおよぶことがあった。公爵は、さらにいくつか自分なりの考えや、胸に秘めてきた所見を述べたが、それは、あれほど「立派な語り口」でなかったなら、何もかもが滑稽だったろうとは、のちにこの話を聞いた人たちが異口同音に語ったところである。将軍はまじめな話題を好んでいたが、その彼もエリザヴェータ夫人も、心の内ではあまりにも学問的すぎると感じていた。それゆえ、夜会が終わるころには、なにやら憂鬱な気分が支配しはじめたほどだった。もっとも公爵も、しまいにはおそろしく滑稽なひと口話をいくつか披露し、その話に彼自身がまっさきに笑いだす始末だったので、ほかの者たちはそのひと口話よりも、むしろ彼の嬉しそうな笑いがおかしいといって笑ったくらいである。アグラーヤはどうかというと、その晩彼女は、ほとんど口をきこうとしなかった。そのかわり、わき目もふらずに、ムイシキンの話に聴き入っていた。いや、話に聴き入るというより、むしろじっと彼を見つめていたのだった。

「ああして、じっと見つめていたでしょう、わき目もふらずにね。しかもああして、あの男のひとことひとことをまるで秤にかけるみたいにさ。聞きもらすまいって、一生懸命だったもの！」のちにエリザヴェータ夫人は、そう夫に語ったものである。「それだもの、好きなんだろう、とか言ったら、それこそ上を下への大騒ぎですからね！」

「どうしようもないさ——運命なら！」将軍は肩をすくめ、その後もしばらくこのお気に入りのせりふをくり返してみせた。ここで言い添えておこうと思うのだが、実務家肌の人間である将軍もまた、こうしたもろもろの事態がひどくお気に召さなかった。それは主として、ものごとがあいまいな点にあった。だが、時期が来るまでは自分も口をつぐみ……エリザヴェータ夫人の顔色をうかがうにとどめようと腹を決めた。

一家の喜ばしい気分は、長くつづかなかった。翌日、アグラーヤはまた公爵と口論し、それが翌日、また翌日と、絶え間なくくり返された。彼女は何時間にもわたって公爵をもの笑いの種にしては、ほとんど道化扱いした。事実、ふたりはときおり、自宅の庭先にある四阿《あずまや》に一時間、二時間と座りこむことがあり、よく見るとそんなときは、ほとんどいつも公爵がアグラーヤに、新聞や何かの本を読んで聞かせているのだった。

「あのね」あるときアグラーヤは、新聞を読んでいる公爵に話しかけた。「わたし、気がついたんですけど、あなたってほんとうに教養がないんですね。だってあなたに何か質問しても、何もご存じないでしょう。それがいったいどういう人物だとか、何年に起こったかとか、どんな論文に書いてあるのかとか。あなたって、ほんとうにかわいそう」

「ぼくはあまり学問がないって言ったはずですが」と公爵は答えた。

「だとしたら、あなたの取り柄って何かしら？　そんなことで、どうしてあなたを尊敬できるのかしら？　でも、先を読んでちょうだい。いえ、もういいわ、読むのはやめて」

そしてその晩ふたたび、アグラーヤの立ちふるまいに、一同にとって何かしらひどく謎めいたものがちらりとよぎった。その日、戻ってきたS公爵にたいし、アグラーヤはたいそう愛想をふりまき、ラドムスキーについてあれこれ質問したのである。（ムイシキン公爵はまだ来ていなかった）。するとS公爵はとつぜん、何かの拍子に「この家で近々生じる新たな変化」についてほのめかし、エリザヴェータ夫人がつい口をすべらせたという、二つの結婚式を同時に行うため、ことによるとアデライーダの結婚式をふたたび延期することになるかもしれないという言葉を引きあいに出した。想像もできないことだが、「そんなばかげた仮の話」を聞いたアグラーヤは怒り心頭に発して、そのさい彼女の口からこんな言葉が飛びだしたものである。「わたしはまだ、だれの愛人の代わりをつとめる気もありませんから」

この言葉は一同に、とりわけ両親に衝撃をもたらした。エリザヴェータ夫人は、夫との内々の話しあいのなかで、ナスターシヤにかんし、公爵にはっきり釈明してもらおうと主張した。

エパンチン将軍は、こんなのはたんなる「悪ふざけ」にすぎず、アグラーヤの「てれ」から出たことにすぎないと強く言いはった。S公爵が結婚式の話を持ちださなければ、そんな「悪ふざけ」も飛びださなかったろう、なにしろアグラーヤ自身、その話が悪人どもの流した中傷にすぎないことを十分にわきまえているし、それにナスターシヤはロゴージンと結婚するし、公爵はこの件にはなんら関係してもいなければ、愛人関係もむろんない、もしも事実、真実をすべて明らかにしろというなら、彼はいちどだって関係したためしはないのだ、と将軍は断言した。

公爵のほうは、やはり何ひとつ気にかける様子もなく、あいかわらずおめでたい気分に浸っていた。しかしその彼にしてもむろん、アグラーヤのまなざしのなかに、ときとして何か焦りにも似た陰鬱な影が宿ることに気づいていた。しかし彼は、むしろ何かべつのことに気をとられていたので、陰鬱な影はおのずから消えていった。いったんこうと信じこむと、もう何があっても気持ちが揺らぐことはなかった。ことによると、彼はもうあまりに落ちつきすぎていたのかもしれない。あるとき公園でたまたま公爵と出くわしたイッポリートの目には、少なくともそんなふうに映ったのだった。

「どうです、どんぴしゃでしょう、ぼくがあのとき、あなたは恋しているって言ったのは」自分から近づいてきて公爵を引きとめると、彼はそう切りだした。公爵は手を差しだし、「顔色がいい」と言って挨拶した。病人はたしかに元気を取りもどしているように見えたが、これは、結核の患者にありがちな兆候だった。

イッポリートが近づいてきたのは、公爵の見るからに幸せそうな様子について、何か毒舌のひとつでも浴びせてやろうとの腹づもりからだったが、先手を打たれてたちまち混乱し、いやでも自分の話をはじめざるをえなくなった。彼は愚痴をこぼし、あれこれながながと不満をぶちまけたが、その中身はいちじるしく脈絡を欠いていた。

「まさかと思うかもしれませんが」と彼は話をむすんだ。「あそこの連中って、どこまで癇癪持ちなんですかね。まあ、こせこせしてるわ、エゴイスティックだわ、見栄っぱりだわ、それにどうしようもなく凡庸ときている。信じられます？ あの連中がぼくを引きとったのは、嘘じゃない、できるだけ早くぼくが死ぬという条件つきですからね。ところが、ぼくがなかなか死なず、かえってよくなったもんだから、みんな頭に来てしまった。まるで喜劇ですよ！ 賭《か》けたっていい、こんな話、信じられないでしょう？」

公爵としても反論する気になれなかった。

「またあなたの別荘に引っ越そうかってときどき考えるくらいです」イッポリートはぞんざいな調子で言い足した。「でも、あなたはあの連中のことを、いくらなんでも、相手がかならず死ぬ、それもできるだけ早く死ぬことを前提に引きとるなんて、そんなことができる人たちだとは考えていないわけでしょう？」

「あの人たちがきみを呼んだのには、何かほかの目当てがあってのことだと思っていましたが」

「へええ！　あなたって、他人が言うほど単純な人じゃないんだ！　いまはそのタイミングじゃありませんが、ほんとうならあなたに、あのガーニャのことや、あの男がねらっていることを教えてあげたいんですけどね。公爵、あなた、罠にはめられようとしていますよ、残酷な罠に……そうやって落ちついておられるのが気の毒な気さえします。でも、しかたありませんね。ほかに選択肢がないんですから！」

「いやはや、とんでもないことで気の毒がられてしまった！」公爵はそう言って笑いだした。「そう、あなたの考えだと、ぼくがもっと不安にかられていたほうが、もっと幸せになれるというわけですね」

「ひとにばかにされて……幸せに生きるより、たとえ不幸せでも、知っていたほうがましです。あなたは、どうも、あなたにライバルがいることをぜんぜん本気になさっておられないみたいです……しかもあっちの方面でってことを？」

「ライバルがいるというきみの話ですが、ちょっとシニカルですね、イッポリート。残念ながら、ぼくにはそれに答える権利がありません。ガヴリーラ君についていうと、どうでしょう、あれだけのことがあって、ああして何もかも失ったあとで、はたして平然としていられるものでしょうか。きみが部分的にでも、あの人の事件を知っているとしてね。そういう視点から見たほうがいいような気がするんですけれど。あの人はまだ、これからも変わっていきます。これからもいろいろと経験していかなくてはならないし、人生ってほんとうにいろいろありますから……もっとも……もっとも」そこで公爵は急に言葉につまった。「で、さっきの罠の話ですが……きみが何の話をしているのか、よくわかりません。この話、やめにしたほうがよさそうですよ、イッポリート」

「ええ、しばらくはしないでおきましょう。それに、あなたにしたって、それなりに上品にふるまわなくちゃならないわけですから。そう、公爵、ご自分の手でさぐるのがいちばんです、また信じこんだりしないように、はっはっ！　それはそうと、あなたはいまぼくのことをそうとうに軽蔑なさっていますよね、どうです？」

「どうして？　それはきみがぼくたちよりたくさん苦しんできて、いまも苦しんでいるからですか？」

「いいえ、自分のこの苦しみに値しないからです」

「人より多く苦しむことのできる人間というのは、いいですか、より多くの苦しみに

値するんですよ。きみの告白を読んだとき、アグラーヤさんはきみに会いたがっていました、でも……」

「延期した……彼女にはそれができない、わかります、わかりますよ……」早く話題をそらそうとするかのように、イッポリートは話をさえぎった。「ところで、あなたもあのばか話を、アグラーヤさんにまるごと読んで聞かせたそうじゃないですか。あれはね、ほんとうに熱に浮かされて書いて……できあがったもんなんですよ。わからないな、どこまですれば気がすむのか……残酷とは言いませんが（そういう言い方はぼくにしてみると屈辱的ですから）、子どもじみた虚栄心や復讐心のつよさを感じますね。あの告白をネタにぼくを責め、ぼくを攻撃する武器に使うなんて！　でも、ご心配なく、べつにあなたのことを言ってるんじゃありませんから……」

「でもね、イッポリート、きみがあの告白をばか話とかいって否定するのは、残念な気がします。あれには真心がこもっているし、それに、いちばん滑稽な部分だって、ええ、そんなところがたくさんありましたが（イッポリートはひどく顔をしかめた）、でも苦しみが償っている。だって、あんなところまで告白するというのも、これまた苦しみですからね、それに……おそらく、たいへんな勇気を意味していますもの。見かけはどうあれ、あれを書こうとあなたを突きうごかした考えには、かならず立派な

根拠があります。時が経つにつれて、ぼくにはそれがはっきりと見えてくるんです、嘘じゃありません。ぼくはきみを非難しているわけじゃない、思っていることをちゃんと伝えるために言っているんです、あのとき黙っていたことを後悔しているんです……」

イッポリートは思わずかっとなった。公爵がとぼけて、自分を罠にかけようとしているのではないかという思いが、ちらりと頭をかすめたからだ。だが、公爵の顔にじっと見入るうち、相手の真摯さを信じないわけにはいかなくなった。イッポリートの顔が晴れやかに輝きはじめた。

「でも、やっぱり死ななきゃならないんです!」彼はそう言い、あやうく「ぼくほどの人間が!」と言いそうになった。「でも、想像してみてください、あのガーニャにぼくがどんなにいじめられているか。あの男はね、ぼくへの反論として、あのときぼくの告白を聞いた人間のうちの三、四人は、ひょっとしてぼくより先に死ぬかもしれないなんてでたらめ、考えつくんですよ! なんてこと考えるんでしょう! そんなことが、ぼくの慰めになると考えているんです、はっはっ! そもそもですよ、あの連中のだれもまだ死んじゃいないし、かりにバタバタと死んでいったからって、それがどんな慰めになるっていうんです、そうでしょう! あの男はね、自分の物差しで

しか判断できないんです。もっとも、あの男はそれだけじゃ足りなくて、いまじゃ人の悪口ばかり言って、まともな人間はこういうばあい、黙って死んでいくものだ、ぼくのばあいは、何もかもエゴイズムのせいでこうなった、なんて言いだす仕末ですよ！　なんてことを！　いやはや、あの男こそエゴイズムの塊です！　あの連中のエゴイズムの手のこみ方というか、しかも同時に、まるで牛みたいな傍若無人ぶりときたら、もう呆れるしかありません！　それでも連中は、なんとしてもそれを自覚できずにいるんですから！……ちなみに、公爵、ステパン・グレーボフっていう人物が死んだときの話、読んだことがありますか、十八世紀の話ですが？　ぼくは昨日、たまたま読む機会があって……」

「どこのステパン・グレーボフです？」

「ピョートル大帝の時代に串刺しの刑を受けた男ですよ」

「ええ、ええ、知っています！　厳寒のなか外套《がいとう》一枚で、十五時間も、杭《くい》に刺されたまま、悠然たる死に方をした男の話ですね。もちろん、読んでいます……でも、それがどうしました？」

「神さまは、ああいう死に方を人間に与えることがあるのに、ぼくらには与えてくれない！　たぶんあなたは、このぼくなんかにグレーボフみたいな死に方はぜったいたいできないと考えておられるんでしょうね？」

「まさか、そんなことはまったくありません」どぎまぎしながら公爵は答えた。「ぼくはこういうことを言いたかっただけです、つまり、あなたは……グレーボフに似ていないってわけじゃない、ただ……あなたは……そう、あの時代ならむしろ……」

「察しがつきます、グレーボフじゃなくてオステルマンみたいに、って言いたいんでしょう？」

「オステルマンってだれです？」公爵は不意を打たれて尋ねた。

「オステルマン、外交官のオステルマンですよ、ピョートル大帝時代に生きたオステルマン」イッポリートは、ふいにいくぶんうろたえ気味につぶやいた。しばらくのあいだ困惑がつづいた。

「いや、ち、ちがうんです！　ぼくが言おうとしたのは、そういうことじゃない」しばらく沈黙したあとで、公爵はふいにゆっくりした口調で言った。「きみは、そう、……ぜったいにオステルマンなんかにはならなかったでしょうね……」

イッポリートは眉をひそめた。

「まあ、そうはいっても、ぼくがなぜこんな断定的な言い方をするかというと」どうやらその場をつくろおうとして、彼はふいに言葉じりを引いた。「あのころの人間というのは（誓って言いますが、このことにぼくはいつも驚いているんです）、いまのぼくたちとはまるきり違った人間で、いま、この十九世紀に生きている人種とは違っていたんです。実際、まるでべつの種族なんですよ……あのころ、人間はひとつの観念しかもっていなかったのですが、いまは、より神経質で、頭も発達していて、よりセンシティブで、考え方にしたっていちどに二つ、いや三つももっている……つまり、現代の人間のほうが広いんです。で、ここははっきり言いますが、そのことが邪魔になって、現代の人間は、昔の時代のようには一貫した人間たりえないんです……ぼくが……ぼくがあんなことを言ったのは、もっぱらこのことを言いたかったからで、けっして……」

「わかりますよ。さっきああして無邪気にぼくに同意しなかったものだから、その埋め合わせに、ぼくを慰めにかかっているわけでしょう、はっはっ！　あなたってほんとうに子どもなんだ、公爵。でもね、ぼくにはわかるんですよ。あなたはずっとぼくのことを見くだしている……そう、焼き物のカップみたいに……いや、べつにどうってことはない、どうってことは。べつに怒ってませんから。それはそうと、ぼくたち、ずいぶんおかしな話をしてますね。あなたってときどき、ほんとうに子どもみたいになる。でも、いいですか、ぼくはひょっとすると、オステルマンよりもっとましな人間になりたいって思うかもしれないんですよ。だって、オステルマン程度の人間にしかなれないなら、死人から甦っても仕方ないでしょう……そうはいっても、ぼくはどうも、なるたけ早く死ななくちゃいけないみたいだ。でなけりゃ、自分で……でも、ぼくのことはもう放っておいてください。それじゃ、また！　いや、いいでしょう、さあ、あなたの口から言ってください、さあ、あなたなりの考えを。どういう死に方をするのがいちばんいいか？……つまりその、なるべく屈託ないかたちの死に方がいいのか？　さあ、言ってください！」

「どうか、わたしたちの脇《わき》を通りすぎていってください、そして、どうかわたしたちの幸せを許してください！」公爵は小さな声でつぶやいた。

「はっはっはっ！　やっぱり思ったとおりだ！　きっとそんなとこだろうと思ってましたよ！　それにしても、まさかあなたが……いやはや！　口のうまい人たちだ！　それじゃ、また、それじゃ！」

6

ベロコンスカヤ夫人の出席が予定されていたエパンチン家の別荘での夜会について、ワルワーラはきわめて正確に兄に伝えていた。まさに同じその日の夜に、何人かの客人がやってくることになっていたのだ。だが彼女は、この件についてもいくぶん度を超した辛辣な言い方をした。たしかに、この企画はあまりに性急にすぎ、なくもがなの動揺さえ多少ともなったが、それはほかでもない、この家では「何もかもがよその家とは勝手がちがっていた」からである。すべては、「もはやこれ以上、疑いを抱きたがらない」エリザヴェータ夫人の気短さと、愛する娘のしあわせを願う両親の熱い心の震え、ということで説明がなされた。おまけに、ベロコンスカヤ夫人もじっさいモスクワへの出発がまぢかに迫っていた。社交界では夫人の庇護《ひご》にあずかれることは多くの意味をもっていたし、夫人が公爵に好意をもつことも期待されていたので、両親としては、「社交界」がこのアグラーヤの婚約者を全能の「おばあちゃん」からじかに預かることになり、そうすれば、たとえこの一件で何かおかしなことが起ころうと、これだけ手あつい後ろ盾があれば、その印象もかなりやわらげられるだろう——

と、そうあてこんだのである。

すべての問題は、つまりこの点、すなわち「そもそもこの結婚話には、なにかしらおかしな点があるのか、あるとすればどの程度か？　それとも、おかしな点などまったくないのか？」という問題について、両親が自分たちではどうしても判断できなかった点にあった。アグラーヤのおかげで、まだ何ひとつ最終的な解決を見ていない今の段階であればこそ、権威もあれば能力もある人たちの、親密かつ開けっぴろげな意見が大いに役立つはずだった。いずれにせよ、公爵を早晩、彼自身まったく不案内な社交界に連れ出さなくてはならなかった。端的に言うと、彼の「お披露目」という狙いがあったのである。もっとも、夜会の企画はいたってシンプルなものだった。招待されたのは「一家の友」ばかりで、数もごく限られていた。ベロコンスカヤ夫人のほか夜会に招待された貴婦人は、きわめて身分の高い貴族で政府高官の奥方ひとりだけだった。若い層ではほとんどラドムスキーひとりの出席が見込まれていたが、その彼も、ベロコンスカヤ夫人のお供として姿を見せるはずだった。

ベロコンスカヤ夫人が来ることを公爵が耳にしたのは、夜会のわずか三日前のことだった。客人をまじえた夜会になるということについては、その前日にようやく知らされたにすぎない。一家の面々がみな一様に忙しくしている様子には、むろん彼も気づいていたし、自分にたいする何やら遠回しの心配げな口ぶりから推して、自分が客人たちに与える印象を気にかけているのだと見てとった。ところがエパンチン家の面々は、どういうことかひとり残らず、こんなふうな固定観念を作りあげてしまった。つまり、公爵は根が単純だから、自分がこれほどにも心配の種になっていることなどまったく気づかないでいる、というものである。そのため、彼を見るたびに一同は内心やきもきしていた。もっとも、彼はじつのところ、間近に迫ったこの催しものにはとんどつゆほどの意味も認めておらず、逆にそれとはまるきり別のことに気をとられていたのである。というのも、アグラーヤは刻一刻と気まぐれさを増し、ますます陰気の度をつよめていったからで——まさにそのことを彼は気に病んでいたのだ。夜会にはラドムスキーも招かれていると知って彼は大いに喜び、前々からお会いしたかったと口にした。ところがなぜかこのひとことが、一同の機嫌をそこねた。アグラーヤは怒って部屋を出ていってしまい、夜もふけた十一時過ぎになってようやく、帰宅しようとする公爵を見送るついでにふたことみことふたりだけで話をする機会を得たのだった。

「わたしとしては、明日の昼は家に来ずに、晩になってから来ていただきたいの。あの……お客さまが集まってくるころね。お客さまがいらっしゃるってことは、ご存じですよね？」

彼女はじれったそうに、ことさら厳しい口調で話しはじめた。彼女がこの「夜会」について口にしたのは、このときがはじめてだった。お客が来ると考えただけで、彼女もまたほとんどいたたまれない気持ちになった。そのことにはだれもが気づいていた。ことによると、彼女はこの件で両親とやり合いたかったのかもしれない。だが、プライドと羞恥心《しゅうちしん》に邪魔され、口に出せなかった。公爵は、彼女が気にかけているのは自分のことだと悟って（しかも気にかけていると自分からは言い出せずにいた）、急にうろたえてしまった。

「はい、ぼくも招待されたほうですから」と彼は答えた。

彼女は見るからに、次の言葉に窮しているようだった。

「あなたと何かまともに話ができるのかしら？　一生にいちどでも？」彼女は、理由もわからずはげしく怒りだすと、どうにも自分が抑えられなくなった。

「できますとも、話はちゃんと聞いていますから。大歓迎です」公爵はつぶやくように言った。

アグラーヤはまた一分ばかり口をつぐんでいたが、やがて見るからにいやそうな表情を浮かべて切りだした。

「このことであの人たちとは喧嘩したくなかったの。何を言ってもわかってもらえないばあいってあるでしょう。わたし、Maman（ママ）がときどき、振りまわす規則っていうのがいやでいやで仕方なかった。パパのことはどうでもいいの、あの人に聞くことなんて何もないもの。maman（ママ）だってむろん、立派な女性よ。何か思いきって下品なことを提案してごらんなさい、とんでもない目にあうから！　それなのに、あんな嫌味な人たちに頭を下げているんですからね！　ベロコンスカヤさんのことだけじゃない。たしかに蓮っ葉なおばあさんだし、性格も蓮っ葉だけど、頭がよくて、あの人たちを一手に束ねることができるわけですから——少しは取り柄があるってことね。でも、ほんとうに下劣！　それに、滑稽ったらない。わたしたちなんか、いつだって中流の人間だったし、中流も中流、これぞ中流の見本ってところだった。それがなんだって、あんな超上流に仲間入りしようっていうわけ？　姉たちは、その仲間になりたがっている。あれはね、S公爵がみんなをたぶらかしたせいなの。あなた、どうしてラドムスキーさんが来るのを喜んでいるの？」

「いいですか、アグラーヤ」公爵は言った。「あなたは、ぼくが明日……その上流の人たちの前で、何かへ、へ、へたをこくんじゃないかって、ひどく心配されているようですね？」

「あなたのことで？　心配している？」アグラーヤは真っ赤な顔になった。「どうしてわたしが、あなたのことを心配しなくちゃいけないんです？　たとえですよ……たとえあなたが大恥かいたとしても？　わたしにとって、それがなんだっていうの？　それにあなたは、どうしていまみたいな言葉が使えるんです？　『へたをこく』ってどういうこと？　それこそ蓮っ葉で、下品な言葉よ」

「これは……小学生言葉なんです」

「そう、その通り、小学生の使う言葉よ！　蓮っ葉な言葉です！　あなたは明日、そういう言葉でお話しするおつもりのようね。おうちに戻ったら、辞書を開いてそういう言葉、もっとたくさん探しだすといいわ。そうしたらきっと、効果満点ね！　残念だけど、あなたはどうも、部屋に入るときのマナーだけは上手みたい。どこで習ったわけ？　で、ティーカップを手にとって、行儀よくお茶は飲めるの？　みんながしっかり見てる前で？」

「できると思います」

「それは、残念。できなかったら、きっと笑ってあげられるのに。それじゃ、せめて、客間のあの中国製の花瓶、壊すくらいしたら！　あれってとても高価なの。どうか壊してくださいね。他人からの頂きものだし、母さんはきっとくるったみたいにみんなの前で泣きだすわ――それくらい高価な品なんですから。あなたがいつもしている妙なジェスチャーをなさって、叩き壊しておしまいなさいよ。わざと、花瓶のすぐとなりに座ることね」

「いや、とんでもありません、できるだけ離れて座るようにします。前もって注意してくれてありがとう」

「ということは、いまからもう心配しているってことね。大げさなジェスチャーしでかすんじゃないかって。賭けをしましょう。あなたはきっと何かの『テーマ』について長話をはじめるにちがいないわ。なにか大まじめで、学問的で、高尚なテーマについてね。それってすごく……お似合いですもの！」

「きっとばからしく聞こえるでしょうね……場を読みちがえたら」

「いいかしら、これが最後よ」ついに堪えかねてアグラーヤが言った。「あなたがもし、何か死刑の話とか、ロシアの経済状態とか、それとも『美は世界を救う』とか、そんな話題を持ちだしたら、わたし、もちろん、喜んで、たくさん笑ってあげます。でも……あらかじめ断っておくわ。そのあとは二度とわたしの前に現われないで！　聞いてる？　わたし、本気で言っているのよ！　今度こそ本気で言ってるの！」

彼女はじっさい、本気で脅し文句を吐いた。だから、その言葉にはなにか異様なひびきがこもっていたし、その目には、公爵がこれまでいちども見たことのない、むろん冗談とは似ても似つかない何かが揺らめいていた。

「そう、ぼくは、あなたのおかげで、きっと『長話をし』、ひょっとしたら……花瓶だって……割ってしまうかもしれません。さっきまでは何も怖くなかったのに、いまはすべてが恐ろしくなりました。ぼくはきっとへたをこくと思います」

「それなら、黙ってることね。おとなしく座って黙っているの」

「そうはいきません。恐ろしくてなにかおしゃべりをはじめ、恐ろしくて花瓶も割ってしまうと思います。ひょっとして、滑りやすい床の上で転ぶとか、なにかそれに類したことが起こるかもしれません。だって、これまでも起こったことですから。今夜、ひと晩、そんなふうな夢を見るでしょうね。どうして、そんな話をはじめられたんですか！」

アグラーヤは暗澹たる思いで彼を見やった。

「で、いいですか、明日、ぼくはまるきり来ないほうがいいかもしれません！　病気だってひとことだまくらかせば、それですむ話ですから！」彼はついに断言した。

アグラーヤはどんと足を踏み鳴らし、怒りで顔が真っ青になった。

「なんとまあ！　そんな話、聞いたこともありません！　その人のためにわざわざ開く夜会に、その本人が姿を見せないなんて……ああ！　ほんとうにいい面《つら》の皮よ……あなたみたいなものわかりの悪い人の相手をさせられて！」

「わかりました、来ます、来ます！」公爵は慌ててさえぎった。「あなたに誓います、ひと晩、ひとことも口をきかず、座っています。ほんとうにそうします」

「りっぱにやり通すことでしょうね。あなた、いま、『病気だってひとことだまくらかせば』とか言いましたね。じっさい、どこからそんな言いまわしを仕入れてくるんです？　どういう気があって、そんな言葉でわたしとお話しになるんです？　あなた、わたしをからかってるんですか、え？」

「申し訳ありません。これも、小学生言葉です。もう使いませんから。あなたが……ぼくのこと気にかけてくださっていることは……ほんとうによくわかっています（でも、怒らないでくださいね！）、それがぼくにはもう、うれしくてしかたないんです。きっと信じてはくださらないでしょうけど、ぼくがいまあなたのひとことひとことをどんなに恐れ――どんなに喜んでいることか。でもこの恐れは、誓って言いますが、どれもこれも些細でたわいもないものなんです。ほんとうです、アグラーヤさん！　喜びだけが残るんです。あなたが子どもで、ほんとうに気立てのいい善良な子どもでいてくれることが、もううれしくてしかたがないんです！　ああ、アグラーヤさん、あなたはほんとうにすばらしい人になれます！」

アグラーヤは、むろんそこで腹を立てることもできたはずだし、それを望んでもいたが、なにかしら自分にも思いがけない感情が湧き起こり、一瞬のうちに彼女の心を鷲づかみにしてしまった。

「で、あなたはわたしのさっきの失礼な言葉を、責めるおつもりはないのかしら……いつか……あとになって？」ふいに彼女は尋ねた。

「何をおっしゃるんです、何を！　何をまた、そうかっかされておられるんです？　ほら、また暗い顔をなさった！　あなたは何かというと、ひどく暗い顔をなさるようになりましたね、アグラーヤさん、以前はいちどだってそんなふうな顔をなさることはなかったのに。どうしてそうなるのかは、わかっていますが……」

「お黙りなさい、黙って！」

「いえ、話したほうがいいです。前々から話したかったんです。前にもお話ししたはずですが……それだけでは不十分でした。だってあなたは、ぼくの言うことを本気にされなかったでしょう。ぼくたちのあいだには、やっぱり、あるひとりの人間が介在していて……」

「お黙りなさい、黙るの、黙って、黙って！」公爵の手を固く握り、ほとんど恐怖のまなざしで彼を見やりながら、アグラーヤはいきなりその話をさえぎった。とそのとき、彼女を呼ぶ声がした。すると彼女はこれ幸いとばかり、公爵を振りきるようにして駆けだして行った。

公爵は、ひと晩じゅう熱に浮かされたような状態にあった。奇妙なことに、すでにここ数日、夜になるとそんな具合になるのである。そして今回は、なかば夢にうなされるなか、彼の脳裏にある考えが浮かんできた。もしも明日、みんなの前で発作が起こったらどうしよう？　何しろこれまでも、目覚めている状態でなんどか発作を起こしているではないか？　そんな考えに彼は体が凍りつく思いがした。ひと晩じゅう彼は、これまで見たことも聞いたこともないようなすばらしい社交界にあって、何やら不思議な人々に囲まれている姿を空想していた。問題は、自分が「長話をはじめた」ことにあった。話をしてはいけないと承知しているのだが、それでも彼はずっと話しつづけ、何ごとか人々を説得している。客人たちのなかには、ラドムスキーもいればイッポリートもいて、彼らはひどく仲がよさそうに見えた。

八時すぎに目を覚ましたときには、頭痛がするうえに頭のなかはばらばらで、数々の奇怪な印象が残っていた。なぜかひどくロゴージンに会いたくなった。彼と会っていろんな話がしたかったが、かといってどんな話をすればよいのか、自分にもわからなかった。それから彼は、なぜかイッポリートのところへ出かけようとすっかり心を決めた。胸のうちに何かもやもやしたものがよどんでいたため、この日の朝、彼の身に生じた一連の出来事も、きわめて強烈ながら、どこかもの足りない印象をもたらしていた。そうした出来事のひとつが、レーベジェフの訪問だった。

レーベジェフが現われたのはかなり早く、九時を少しまわったばかりのことで、ほとんど完全に酔いつぶれていた。このところ公爵は注意力が鈍くなっていたが、それでも彼の目にはなぜか、イヴォルギン将軍がここを引きはらってから三日経ち、レーベジェフの品行がきわだって悪くなっていくように映った。着るものもなにか急に脂ぎって薄よごれた感じになり、ネクタイは脇によじれ、フロックコートの襟はほころびが目立った。家のなかでも乱暴にふるまい、その様子は中庭ごしに伝わってきた。いちど娘のヴェーラが涙ながらにやってきて、ひとしきり話をして帰っていった。こうしていま、当の本人が顔を見せたわけだが、話の切りだし方がひどく珍妙で、自分の胸を叩きながら、何かのことでわが身を責めるのだった……。

「報《むく》いです……そう、わが裏切りと卑劣さにたいする報いです……平手打ちまで食らいました！」芝居がかった悲痛な調子で彼はこう結んだ。

「平手打ちまで！　だれにです？　しかもこんな朝っぱらから？」

「朝っぱらから、ですか？」レーベジェフが辛辣《しんらつ》な笑みを浮かべてみせた。「いえ、時間のことなど、いまは関係ございません……体が受けた報いにしてもそうです……ですが、わたしが食らった報いとは、精神的な……精神的な平手打ちでして、体が受けた平手打ちではございません！」

レーベジェフは遠慮もなしにいきなり座りこむと、話しはじめた。その話がまたあまりに脈絡を欠いていたので、公爵は眉をひそめて部屋から出ていこうとしたが、いくつかの言葉に愕然となった。驚きのあまり棒立ちになったほどだった……それほどにも奇妙なことを、レーベジェフが口走っていたのである。

初めのうち、どうやらある手紙にかんすることが話題になっていて、アグラーヤ・イワーノヴナという名前も口にのぼった。それからレーベジェフは、急に苦々しげに目の前の公爵をなじりはじめた。その話しぶりから、彼が公爵に腹を立てている様子がうかがえた。初め公爵は、さる『人物』（つまりナスターシヤ）との件で、自分に全幅の信頼を置いてくれていたが、その後は自分とすっかり手を切って厄介払いしたばかりか、ついには「家庭内で近々起こりそうないくつかの変化について罪のない質問」も邪慳《じゃけん》にはねつけるといった無礼な行為にまでおよんだ、というのである。レーベジェフは、酔った目に涙を浮かべながらこう告白した。「あの一件以来、自分はどうにもがまんできなくなりました。ましてや自分は、いろんなことを知っていましたからなおさらです……ひじょうにたくさんのことを……ロゴージンからも、ナスターシヤさんからも、ナスターシヤさんのお友だちからも、ワルワーラさんから……本人からでございます……それと……アグラーヤさまご当人からも、それにお察しのとおり、ヴェーラを介しまして、いえ、わたしの愛する娘のヴェーラでございますよ、ひとり娘の……ええ、とはいいましても、ひとり娘じゃございませんが、なにせわたしには娘が三人おりますから。ところが、だれかが手紙でもって、エリザヴェータ夫人にお伝えしたのでございます、そう、極秘事項を、へっへっ！　はたしてどこのだれがこれらもろもろの関係について……ナスターシヤ・フィリッポヴナなる人物の動向について、夫人に手紙で知らせたか、へっへっへっ！　いったい、このはてなマークとはどなたなのでしょうか、失礼ながらお教え願えましょうか？」

「まさか、あなたでは？」公爵は叫んだ。

「図星《ずぼし》」酔ったレーベジェフは胸を張って答えた。「そして今朝の八時半、いまからほんの半時間ほど前……いや、もう四十五分ほど前になりますか、あの高貴きわまりなき母上さまに、ひとつお伝えしなければならない出来事があります……それもたいへんな出来事でございます、とこうお伝えしたわけです。これは、書き置きでそうお伝えいたしました、小間使いを介してですね、裏の玄関口から。で、お目通しがかなったというわけでして」

「あなたは、いま、エリザヴェータ夫人に会ってこられたんですか?」わが耳が信じられないとでもいわんばかりに公爵は尋ねた。

「さっきお会いしてきました、で、平手打ちを食らったというわけでして……精神的な平手打ちをね。手紙は、叩きつけんばかりの勢いで突きかえされました、封も切られずに……そうして、外につまみ出されたわけでして……とはいっても、精神的にでありまして、この体が、というわけじゃございません……といっても、まあ、ほぼ身体的といってよいでしょうな、もう、ほんのちょっとのところでした!」

「いったいどんな手紙なんです、夫人が封も切らず叩きつけた手紙というのは?」

「いえ、こいつはどうも……へっへっへっ! なるほど、あなたにまだお話ししていませんでしたか! てっきりお話ししたものとばかり……じつは、ちょっとした手紙をことづかりましてね、渡してくれと申すものですから……」

「だれから? だれに宛てて?」

だが、レーベジェフがほどこした「説明」のいくつかは、まるきりちんぷんかんぷんなうえ、そこからなにがしかの意味をくみ取ることさえおそろしく困難だった。それでも公爵は、精いっぱいあれやこれや頭を働かせた結果、その手紙は今朝早く女中を介して娘のヴェーラに手渡されたものであることがわかった。そしてそれを届けるべき相手こそ……「前回と同じく……前回と同じく、さる人物であり、発信人もまた同じ方でございまして……（つまりわたしが、おふたりのうちひとりを『お方』と呼び、もうおひとりをたんに『人物』と呼ぶのは、片方を卑しめ、両者をはっきり区別するためでございます。と申しますのは、罪汚れない、たいそう気高い将軍令嬢と、……椿姫との差は、きわめて大きなものでありまして）、まあ、そのようなわけで、その手紙というのは、Aの頭文字ではじまる、さる『お方』からのものであったという次第でして……」。

「どうしてそんなことが？　ナスターシヤさん宛てですって？　ばかげている！」公爵は声を荒らげた。

「いえ、以前にもございまして、あの女性ではなく、ロゴージン宛てでございました、同じことですからね、ロゴージン宛てでも……あるときなどは、イッポリート・テレンチエフ君宛てのものまでございましたよ、Aの頭文字ではじまるさるお方からのものです」そう言ってレーベジェフはウィンクし、にやりと笑みをもらした。

レーベジェフの話は、始終あちらこちらへ脱線し、何から話しだしたかさえ失念することがあったので、公爵は、相手の話が種切れになるまで静観することにした。しかしそれでも、きわめて曖昧だったのは、それらの手紙が、レーベジェフ本人と娘のヴェーラのどちらを介して相手に渡ったのか、という点だった。かりにも彼が、自分から「ロゴージン宛てもナスターシヤさん宛ても同じこと」と断言している以上、おそらくはそれらの手紙が存在しているとして、彼の手を介して相手に渡ったわけではないとするのが、より確かな見方だろう。今回、手紙がどのようなかたちで彼の手に入ったか、その経緯はまったく説明困難なものとなった。いちばんありうるかたちは、彼が何らかのかたちで娘のヴェーラから手紙をだまし取った、とする見方……すなわちこっそり盗みとったあげく、なにがしかの目論見《もくろみ》をいだいて、エリザヴェータ夫人に届けたとする見方である。そう考えて、公爵もようやく腑に落ちたのだった。

「あなた、くるっていますよ！」公爵ははげしい動揺を覚えながら叫んだ。

「そうともかぎりませんよ、公爵さま」レーベジェフはいささか辛辣な調子をまじえて答えた。「たしかにわたしは、はじめあなたに、あなたご自身の手にゆだね、お役に立ちたいと念じておりました……しかしどうせならば、あのご家族に忠義を立て、たいそう気高くあらせられるお母さまに、あらいざらいお話ししたほうがよいと判断したのであります……と申しますのも、以前にもいちど、匿名の手紙でご報告さしあげたことがあったからでして。で、昨晩、朝の八時二十分に面会の受け入れをまえもってお願いする手紙をしたためた折にも、やはり『あなたの秘密通信員より』と署名したわけです。そうしますと、ただちに許可が下りまして、それもひどくお急ぎのご様子でして、すぐさま裏口からお通しくださいました……お母上のお部屋にでございます」

「で？……」

「その先の経緯はもうご承知のとおり、ほとんど殴りかからんばかりの剣幕でございましたよ。ということは、つまり間一髪、いや、叩かれたといってもよいくらいでございまして。で、手紙を叩きつけられたわけです。ご本心は、手もとに残しておきたいところだったのでしょうが——それは見ていて気づきました——思いかえし、叩きつけられたのであります。『あんたごとき不届き者を信じて手紙をゆだねたっていうなら、好きに渡せばいいさ……』。ご立腹の様子でした。わたしごとき者に臆面もなくそんなことをおっしゃられたということは、やはり、ご立腹だったのでございましょう。なんといっても、かっかしやすいご性格ですから！」

「で、その手紙はいまどこに？」

「あいかわらず、わたしが所持しております、ほら、このとおり」

そう言ってレーベジェフは、アグラーヤがガヴリーラに宛てた手紙を公爵に手渡した。それはこの日の朝、それから二時間ばかりして、ガヴリーラが勝ちほこったように妹に見せた手紙である。

「この手紙があなたの手もとにあるなんて」

「いいえ、あなたに差しあげます、あなたに！　あなたに進呈しようとお持ちしたんですから」レーベジェフは熱くなって応えた。「これからはふたたび、あなたさまのもの、全身これ、あなたさまのもの、つかのまの背信こそございましたが、いまや、頭から心臓まで、あなたの下僕《しもべ》でございます！　トーマス・モアの言いぐさじゃございませんが、心を罰し、ひげはご容赦を……といってこれはイギリスの、大英帝国での話でございましたね。で、こちらはローマ法王の言いぐさですが、Mea culpa, mea culpa.（わが不徳のいたすところ、わが不徳のいたすところ）……つまり、法王は男性でありますが、わたしはあえて、彼を『ローマの女法王』と呼んでおります」

「この手紙、いますぐにでも届けなくては」公爵は気をもみはじめた。「ぼくが届けます」

「でも、いっそのこと、こうなさってはいかがでしょう、こうなさっては、ええ、このうえなくお育ちがよくてらっしゃる公爵さま、こうなさっては……！」

レーベジェフはそこで急に顔をしかめ、相手にへつらうような奇妙な表情を見せた。いきなり針で刺されたかのように、彼はその場でひどくそわそわしだし、何やらずるそうにウィンクしては、両手で妙なしぐさをして見せるのだった。

「なんのまねです？」公爵はきびしい口調で迫った。

「前もって開封するんでございますよ！」感動のこもる、いかにも秘密めかした口調でレーベジェフはささやくように言った。

そこで公爵が憤然たる面持ちで立ちあがったので、レーベジェフはすばやく逃げだしかけた。ところがドア口まで来たところで、公爵のお目こぼしがありはしないかと足を止めた。様子見にかかったのだ。

「まったく、レーベジェフ！　あなたときたらよくもそんな卑劣なはちゃめちゃを考えつけるもんですね」公爵は嘆かわしげに叫んだ。レーベジェフの顔がさっと明るくなった。

「卑劣です、卑劣です！」涙ながらに胸を叩きながらレーベジェフは、すぐさま近づいてきた。

「だって、浅ましすぎますよ！」

「じつに浅ましい行為でございまして。まさしく仰せのとおりでございまして！」

「それに、何を好きこのんで、そんなおかしなふるまいに出るのです？　それじゃもう……完全にスパイでしょう！　どうして匿名の手紙なんか書いて、不安にさせたんです……あんな高貴で、人のよい女性を？　どうしてアグラーヤさんが、書きたい相手に手紙を書いてはいけないんです？　なんです、あなたは今日、わざわざ告げ口をしに行ったわけですか？　どういう見返りを期待していたんです？　何に動かされて密告などする気になったんです？」

「それは、ひとえに、手前勝手な好奇心と……高潔なるサービス精神からでございまして、はい！」レーベジェフはつぶやくように言った。「しかしいまは全身、これあなたさまのもの、全身これまた！　たとえ縛り首にあおうと！」

「あなたは、その恰好《かっこう》で、エリザヴェータ夫人のところに出かけられたわけですか？」嫌悪を覚えながらも、好奇心にかられて公爵は尋ねた。

「いいえ……もっとすっきりしていましたし……ちゃんとしておりました。こんなみっともない風体になったのは、あの屈辱的な一件のあとからでして」

「なるほど、わかりました。ぼくをひとりにしてください」

もっとも、客人がいよいよ引きあげる決心をするまでに、公爵は何度かこの頼みをくり返さなくてはならなかった。すっかりドアを開けはなったところで、彼はまた引き返してきて、つま先だちで部屋の中央まで来ると、ふたたび両手で手紙の封を切るようなしぐさをしてみせた。声にしてまでアドバイスする勇気は持ちあわせていなかったのだ。それから静かに、愛想笑いを浮かべながら部屋から出ていった。

こういった話を耳にするのは、たまらなく苦痛だった。ただ、いろんな話があるなかでひとつだけ、聞き捨てならぬ、重要な事実が浮かびあがってきた。アグラーヤが、どういうわけか（《嫉妬のせいだ》と公爵は胸のうちでつぶやいた）、大きな不安、大きな躊躇《ちゅうちょ》、大きな苦しみに苛《さいな》まれているという事実である。また彼女が、良からぬ連中にまどわされている、しかもひどく奇妙なことに、彼女がその良からぬ連中を信頼しきっているということもわかってきた。むろんこの、世慣れず、情熱的で誇りたかいあの小さな頭に、なにがしか特別な、ことによると破滅的で……無鉄砲ともいえる計画が熟しつつあったのかもしれない……。極度に怖気づいた公爵は、当惑のあまりどう腹を固めてよいものかわからなかった。なんとしても何かしら警告しておかなくてはならない、と彼は感じた。そこで改めて封印された手紙の住所に目をやったが、そこには、自分にとって疑念や不安を感じるべき何かはなかった。なぜなら、彼は信じていたからだ。しかし彼は、この手紙にべつの不安を覚えた。ガヴリーラが信頼できなかったからである。それでも彼は、自分の手でこの手紙を彼に渡そうと決断し、そのつもりで家を出た。ところが途中、考えが変わった。プチーツィンの家のほぼ真ん前まで来たところで、まるでわざとのようにコーリャと出くわしたので、公爵はその手紙を彼に委《ゆだ》ね、直接アグラーヤさんから預かったように思わせて兄のガーニャに手渡してくれるようたのんだのだ。コーリャはとくに詮索することもなく、手紙を彼に届けたので、ガーニャは、よもやこの手紙がそれだけの人の手を経てきたものとは想像すらできなかった。家に帰るなり公爵は、レーベジェフの娘のヴェーラに部屋に来るように言って、必要なことを話してきかせ、気持ちを落ち着かせてやった。というのも、ヴェーラはこの間ずっと、その手紙を探しあぐねて泣いていたからである。手紙を持ち去ったのが父親であると知って、彼女は恐怖にかられた（あとになって公爵はヴェーラから、すでに彼女がいちどならず、ロゴージンとアグラーヤに内々仕えていたことを知るにいたった。よもやそのことが、公爵になにがしかの害をおよぼすことになろうとは思いもよらなかった……)。

公爵はついに頭が混乱しきったため、それから二時間ばかりしてコーリャの使いが将軍の病気を知らせに駆けつけてきたときも、最初のうちはなんのことやら、ほとんど理解できなかった。だがまさにこの事件が公爵の気持ちを奮い立たせてくれた。なぜなら、すっかりそちらに気を取られてしまったからである。彼はニーナ夫人のもとを訪ね（病人は、当然のことながらそちらに運びこまれていた）、夜近くまでずっとそこで付き添った。とりたてて何か役立ったわけではないが、世の中にはつらいとき、自分のそばにいてくれるだけで、なぜかうれしい気持ちにしてくれる人がいるものである。コーリャはひどくショックを受け、ヒステリックに泣きじゃくっていたが、それでもひっきりなしに右に左にと走りまわっていた。医者を呼びに行っては、三人もの医者を連れて帰り、薬局や理髪店にも使いで出かけたりした。将軍は一命をとりとめたが、意識は戻らなかった。医者たちのもの言いでは、「いずれにせよ患者は危篤状態にあります」とのことだった。ワーリャとニーナ夫人は、病人のかたわらにつきっきりだった。ガーニャは当惑し、ショックを受けていたが、二階に上がろうとはせず、病人の顔を見ることもいやがった。彼は両手をもみしだきながら、公爵との脈絡のないやりとりのなかでつい本音をもらした。「とんだ災難に見舞われたものさ、しかも、よりによってこんなときに！」。公爵は、ガーニャの言う「こんなとき」が、はたしていつを意味しているのか、わかったような気がした。プチーツィンの家に、イッポリートの姿を見ることはできなかった。夕方近くになってレーベジェフが駆けつけてきた。彼は、朝方の「告白」のあと、いちども目を覚ますことなくぐっすり眠りつづけていたのである。いま、彼はほぼ酔いから覚め、じつの兄を想うがごとく病人を思って、ほんものの涙にくれていた。もっとも彼は、声に出して自分の非を詫びたが、しかしその理由については説明もせず、ニーナ夫人にうるさくつきまとってはひっきりなしに説明していた。「あれは、わたしなんです、このわたしが原因なんです、ほかのだれのせいでもありません……それもひとえにわたしが、手前勝手な好奇心のゆえ、……『故人』（まだ生きている将軍をなぜか執拗にそう呼んでみせた）は、途方もなく天才的な男といってもよい人物でした！」。彼はとくに真剣な口調で将軍の「天才的なところ」を強調してみせたが、その口ぶりはまるで、そう強調することでこの瞬間、何かとてつもないご利益《りやく》が生じるかもしれないと言わんばかりだった。彼の真剣な涙を目のあたりにしたニーナ夫人は、非難がましい言葉をいっさいまじえず、ついにはほとんどなだめるような優しい調子で声をかけた。「いいえ、大丈夫ですから、さあ、もうお泣きにならないで、そう、神さまが許してくださいますから！」。レーベジェフはその言葉と、その声の調子に心から感動し、まるひと晩もニーナ夫人の傍らを離れようとしなかった（それから数日間、将軍が死ぬまで、レーベジェフはほとんど朝から晩まで彼らの家で時を過ごしたのだった）。二日間のあいだに二度、ニーナ夫人のもとにエリザヴェータ夫人の使いが、病人の容態をうかがいにやってきた。晩の九時、公爵が、すでにお客で満杯になったエパンチン家の客間に現われたとき、エリザヴェータ夫人はただちに病人について、いかにも気の毒そうにくわしく問いただしたが、ベロコンスカヤ夫人の「その病人って、だれ、ニーナ夫人って、だれのこと？」という問いには、しかつめらしい態度で答えた。公爵はこれがたいそう気に入った。彼自身、エリザヴェータ夫人に説明したさい、のちにアグラーヤの姉たちが口にした表現だと、「たいそうみごとな」話し方をしたのだった。「謙虚で、おだやかで、余計な言葉ひとつなく、大げさなジェスチャーも見せず、威厳があった、そう、部屋に入ってくるときもかっこうよかったし、服装もすてきだった」。前日心配していたように、「つるつる滑る床で転んだりしなかったばかりか、居合わせていた全員に、あきらかに好印象さえ与えた」ほどである。

他方、腰をおろし、ぐるりとあたりを見まわした公爵は、すぐに気づいた。ここに集まっている人たち全員のだれひとり、昨日、アグラーヤが脅してみせたような幽霊にも、昨夜、彼が見た悪夢にも少しも似ていない、と。彼は生まれてはじめて、いわゆる『社交界』という恐ろしい名前で呼ばれる世界の一端を目にしたのだった。彼はすでに久しく、いくつか自分なりの特別のもくろみや想像、さらには憧れといったものから、この魔法のような人々の仲間に入りこむことを切望していたので、この最初の印象につよい興味をかき立てられた。そしてこの最初の印象は、魅惑的ともいえるほどのものだった。なぜかすぐに彼は、ここに居合わせている人たちが、あたかもこうしていっしょに集まるために生まれたかのような錯覚を覚えた。すなわちエパンチン家ではこの夜、いかなる夜会もなければ、招待客もひとりとしておらず、彼らはみなまさに「仲間うち」であり、彼自身かねて久しく彼らの忠実な友であり、志を同じくするものであって、しばらく離ればなれになっていたが、いままたその「仲間うち」のもとに戻ってきたのだ、という気がしたのである。洗練されたマナー、飾り気のなさ、純真さそのものが放つ魅力は、もうほとんど魔術的ともいえるほどだった。純真さ、高貴さ、ウイットに富んだ話し方、もちまえの高い威厳といったものが、たんなる芸術上の壮大な見せかけにすぎないかもしれない、などといった考えは頭に浮かぶべくもなかった。客人の大半は、どこか思わせぶりな外見とはうらはらに、かなり空疎な人々ばかりだったが、彼ら自身、それでもその自己満足のせいで、自分たちのなかにある多くの長所がじつは見せかけにすぎないことに気づいてはいなかった。といってその見せかけも、無意識のうちに、親子代々受けつがれてきたものであり、とくに彼らの責任というわけではなかった。最初の印象のすばらしさに魅せられた公爵はそんなことはつゆほども疑ってはいなかった。たとえば、年齢的に自分の祖父にあたりそうなこの老人、この重要な地位にある政府高官が、こんな若くてまだ世間知らずの人間の話を聞くためにわざわざ話を途中でやめ、自分の話に聞き入ってくれるばかりか、自分の意見を尊重してくれているらしいことに気づいた。しかも自分にたいしてどこまでも優しく、どこまでも親切に応じてくれるのだが、そのじつ、ふたりは赤の他人であり、顔を合わすのもこれがはじめてのことなのである。ことによると、何よりもこの慇懃さのもつ繊細さが、公爵の熱っぽい感受性に作用したのかもしれない。それにまた彼ははじめから幸せな印象に酔うあまり、まんまとそうした気分に乗せられてしまったのかもしれない。

ところで、これらの人々は、むろん、「一家の友」であり、おたがい友だち同士という建前にはなっていたが、しかし一家にとっても、またおたがい同士にとっても、一同に紹介され、彼らと知遇を得た公爵がただちに理解したような意味での「友だち」とはいちじるしくかけ離れていた。そこに居合わせていたのは、エパンチン一家がいささかなりとも自分と同等であることを何があろうとけっして認めようとはしない人たちだった。そこにはたがいにすっかり憎みあっている人たちも混じっていた。ベロコンスカヤ老夫人は、生涯にわたって、「さる老政府高官」の妻を「軽蔑しきって」いたし、高官の妻は妻で、エリザヴェータ夫人を好ましく思っているとはお世辞にも言えなかった。彼女の夫であるこの「老高官」は、なぜか若いころからエパンチン一家の後見役をつとめ、そのままこの一家を取りしきってきたのだが、エパンチン将軍の目からするととてつもない大人物であるため、将軍としてはもはや彼のいるところでは、畏敬と恐怖の念以外何も感じることができなかった。たとえ一瞬でも、この人物を自分と同等とみなして、オリュンポス山のゼウス神などではないとみなそうものなら、それこそ心底から自分を軽蔑したことだろう。そこにはまた、おたがい何年間も会ったことのないもの同士も混じっていた。彼らはたとえ嫌悪感はないにしろ、おたがいに無関心のほか何ひとつ感じるところはなかったが、それでもいまここでこうして顔を合わせると、まるでつい昨日会ったばかりといった、ごく親密で心地よい仲間同士に早変わりするのだった。もっとも、集まった人の数は多くなかった。ベロコンスカヤ夫人と、じっさいに重要人物である「老高官」、そして彼の妻をのぞくと、そこに居合わせていたのは、第一に、あるたいそう押し出しの立派な将軍――、男爵ないしは伯爵の身分にあり、ドイツ風の名前をもっていた――、この人物はおそろしく寡黙で、政府関連の仕事にかんして驚くほど知識をもち、ほとんど学者はだしとの評判があったが、これがまた、「肝心のロシアのことをのぞけば」すべてのことに通じている、いわゆるオリュンポス神のごとき行政官のひとりで、五年にひとつ「その深さたるや驚くべき」金言を放つだけが取り柄なのだが、そのひとことはかならず諺となって人口に膾炙《かいしゃ》し、もっとも高い層の人々にまで知られるといったたぐいの言葉なのである。この人物はまた上級官吏のひとりで、彼らは通常、きわめて長期にわたる(それはもう奇怪といってよいほどだが)勤務ののちに高い官位を得、すばらしい地位に就いたまま大金を稼ぎ、それでいてたいした功績を上げることもなく、むしろ他人の功績にある種の敵意さえ感じながら死んでいくのである。この将軍は、職務上、エパンチン将軍の直接の上司にあたっており、将軍はもちまえの恩義を感じる熱い心のみならず、独特の自己愛も手つだって、この人物を自分の恩人とみなしていたのだが、相手のほうは自分をエパンチン将軍の恩人などとは思ってもおらず、彼から供される多種多彩なサーヴィスをありがたく享受しながらも、すこぶる平静な態度をとっていた。したがって、なにがしか、絶対ともいえぬなんらかの事情で必要が生まれたらすぐにでもエパンチン将軍を別の役人にすげ替えることもいとわなかったろう。

そこにはもうひとり、初老の、いかにももったいぶった感じの紳士がいて、彼はどうやらエリザヴェータ夫人の親戚筋にあたると見られていたが、じっさいはまったくの見当ちがいだった。この人物は地位も勲等もなかなかのもので、財産もあれば家柄もよく、押し出しもよければじつに健康そうで、たいへんな能弁家であり、世間では不満分子とか(ただしきわめて肯定的な意味で)、癇癪持ちとか(とはいえ、当人のばあい肯定的に受けとめられた）の評判はあるものの、イギリス貴族の習慣とイギリス風の趣味をそなえた人物でもあった（たとえば血がしたたるローストビーフ、馬具や下僕等々にかんしたことである）。例の「老高官」とは大の仲良しで、彼のご機嫌とりにつとめていたが、それとはべつに、エリザヴェータ夫人はなぜかこの老紳士が（いくらか軽はずみな男で、多少とも女好きなところがあったが）、ひょんな気まぐれを起こし、アレクサンドラを幸福にしてやろうとプロポーズしてくれるのではないかと、そんな妙な考えを抱いていたのだった。この最上流ともいえる錚々《そうそう》たる客人たちの層の後ろには、より若い層の客人たちが控えていた。しかし若いとはいっても、エレガントな輝きという点では少しも彼らに負けていなかった。S公爵やラドムスキーのほか、この若い層には、魅力あふれる有名なN公爵も含まれていた。かつてヨーロッパじゅうの女性を悩殺し、征服した男として知られる人物で、いまではもう四十五ぐらいになるが、あいかわらずみごとな外見をもち、話しかたも驚くほど達者だった。なかなかの資産家とはいえ、いくぶん家が傾きつつあることもあって、前々からの習慣でどちらかといえば外国で暮らすことのほうが多かった。そこにさらに、いわば第三の特別な層を形づくる人たちがいた。彼らじたい、社交界の「賓客」グループに属してはいなかったが、エパンチン夫妻がそうであるように、なぜかときおりこの

「賓客」グループに姿を見かけることがあった。エパンチン家では、一家が習慣として受け入れているあるしきたりにのっとり、まれにお客を呼んで夜会を催すばあいには、最上流の人々と、より低い層、すなわち「中流どころ」の代表者を組みあわせる趣向があった。そうした態度ゆえにエパンチン夫妻は世間の称賛にあずかり、夫妻は自分の立場をよくわきまえた節度ある人たちという評判が立っていたので、夫妻もそうした風評を誇りに感じていた。その晩、この「中流どころ」の代表者のひとりが、ある工兵大佐だった。実直な人柄で、S公爵ともたいそう親しい間柄にある友人だったことからエパンチン家に紹介されたのである。もっともこの集まりでは、口数も少なく、右手の太い人差し指には、おそらくは下賜されたものと見られる、たいそう目立つ大きな指輪をはめていた。夜会にはもうひとり、文学者で詩人との触れこみの、ドイツ出ながら、れっきとしたロシア詩人も顔を出していた。彼は、何よりもたいそう折り目正しい人物ということで、とくに何かしら危ぶむことなくこの栄えある場に招かれたのだった。年かっこうは三十八、九といったところで、容姿に恵まれ、なぜか少々いやらしい感じがするところがあるとはいえ、身に着けているものも申し分なかった。極端にブルジョワ的ながら、最高に格式の高いドイツ人家庭で育ち、さまざまな機会を利用しては、身分の高い人々の庇護にあずかり、彼らの愛顧をしっかりと守りぬいてきた。かつてこの人物は、とある重要なドイツ詩人の重要な作品をドイツ語から訳したが、詩を添えてその翻訳をある人物に献呈したり、著名ながらいまは亡きロシア詩人との交友を自慢したりするすべも心得ていた（ちなみに、すでに故人となった大作家たちへの友愛の情を、麗々《れいれい》しく活字にしては大喜びする作家が掃いて捨てるほどいる）。つい最近、彼は例の「老高官」夫人の口ききで、エパンチン家に招かれるようになった。この夫人は、文人や学者たちのパトロンとの評判で、事実、彼女が影響力をもっているある有力者の助けを得て、ひとりないしふたりの作家たちに年金まで提供してやった。夫人はたしかにそれぐらいの影響力の持ち主ではあった。歳のころ四十五前後で（つまり、彼女の夫のような高齢からするときわめて若い妻ということになる）、昔はなかなかの美人で、いまは、四十五前後の婦人がたにありがちな凝り性から、どがつくほど派手な服を身につけていた。血のめぐりはかならずしもよいとはいえず、文学の知識もきわめて怪しいものだった。だが、彼女にとって文人たちにたいする援助は、派手な身なり同様、一種の情熱の域に達していた。彼女には、いろんな作品や翻訳の献辞が寄せられた。二、三の作家たちは、彼女の許可を得たうえ、きわめて重要な案件にかんして彼女宛てに書いた手紙をおやけにしていた……そして公爵は、こうした人々の集まりを、掛け値なしに純粋な集団、まさに純金と受けとってしまったのである。

もっとも、これらの人たちも、この夜ばかりはまるで示しあわせたかのように上機嫌で、たいそう満ち足りた気分に浸っていた。彼らは例外なく、自分の訪問によってエパンチン家に大きな名誉を授けていることを自覚していたからである。しかし悲しいかな、公爵は、そうしたデリケートな部分にまではまるで頭がまわらなかった。たとえば、娘の運命を決すべき重大な一歩を踏みだすにあたって、エパンチン夫妻は、彼を（つまりムイシキン公爵のことだが）、一家の後ろ盾である例の老高官に引きあわせざるをえなくなるということを一顧だにしてはいなかった。老高官のほうは、かりにエパンチン家にとてつもない不幸が振りかかったというニュースに接しようと、しごく平然とこれをやり過ごしたにちがいないのだが、かりにエパンチン夫妻が、自分になんの相談もなく、いわば勝手に娘の結婚を決めたりしたならば、それこそはかならずや腹を立てたことだろう。愛嬌《あいきょう》があり、文句なしにウイットに富んで、たいそう実直な人物であるN公爵などは、この夜、自分があたかもエパンチン家の客間にさし昇った太陽でもあるかのごとく確信しきっていた。彼は、エパンチン一家を自分よりはるか格下とみなしていたが、この素朴でおめでたい考えが、同じエパンチン一家にたいする驚くほど鷹揚な優しさ、友愛の気持ちを生んでいたのである。この晩、一家の余興になんとしても面白い話を披露せざるをえなくなるとわかっていた彼は、一種インスピレーションにかられつつ心の準備にかかっていた。のちにこの話を聞いたムイシキン公爵は、これほど明るいユーモアや、これほど驚くべき陽気さや素朴さに富んだ話はこれまでいちどとして耳にしたことがない、しかもこのドン・ジュアンのごときN公爵の口から聞けるのは、ほとんど感動的だとまで口にしたものだった。そのじつ、話じたいは陳腐で、かつ使い古されたものであり、どの客間にあっても諳《そら》んじられ、いまや擦り切れる一歩手前で、人々から疎ましがられているものであること、ところが、それがまだ新奇な話として、それも才気みなぎるすばらしい人間の胸からあふれ出た、真摯な輝かしい思い出として受けとめられるのはこのお人よしのエパンチン一家だけであるなど公爵としてはおよそ知るよしもなかった！　おまけに、例のドイツ人の詩人にしたところで、やけに愛想よく神妙にふるまってはいたものの、自分がこうして訪問することで、ほとんどこの家に名誉を授けているかのごとき気分になっていた。だが公爵は、こうした裏の事情に気づきもしなければ、その内実を知ろうともしなかった。さすがのアグラーヤも、この悲しい実情だけは見ぬけなかった。この晩、アグラーヤ自身はおどろくほど美しかった。三人の令嬢のいずれも、さほど派手ではないながらもそれなりに瀟洒《しょうしゃ》に装い、髪型もなぜか特別な感じがしたほどである。アグラーヤはラドムスキーと隣りあって腰をおろし、彼とひどく親しげに言葉を交わしあったり、冗談を言い合ったりしていた。この日のラドムスキーは、いつもよりもいくぶんどっしりしたふるまいを見せていたが、これもまた、高官たちへの敬意からだったかもしれない。もっとも、社交界で彼の名は以前から知られており、年齢こそ若いながら、すでに仲間あつかいされていたのである。この晩、彼は帽子に喪章をつけて現われたので、ベロコンスカヤ夫人はその喪章にからんで彼をほめ、甥《おい》は甥でもこれがほかの社交人だったら、こういう状況でたぶんああした伯父を思って喪章をつけてはこないだろう、と言った。エリザヴェータ夫人もこの件では満足していたが、総じて夫人は何やらあまりに心配そうな表情をしていた。公爵は、アグラーヤが二度ばかり自分をしげしげと見やって、どうやら満足そうな顔をしているのに気づいた。彼は少しずつひどく幸せな気分になってきた。ついさっきまでとらえられていた「現実離れした」考えや危惧（レーベジェフとのやりとりの後に生まれた）も、いまこうして何度かあらためて思いかえしてみると、とうてい起こりそうもない、荒唐無稽で滑稽な夢のようにも思えるのだった！（そうでなくても、先刻、いやこの日一日、彼が、無意識ながらも何より必死に願っていたのは、なんとかしてこの夢を信じないですむようにすることだった！）。口数も少なく、話すときはたんに質問に答えるだけにしていたのだが、やがてすっかりだまりこみ、ただ腰をおろしたまま相手の話に耳を傾けているだけで、それでも見るからに満足に浸っている様子だった。しかし彼自身のうちに、何かインスピレーションのようなものが徐々に準備されていき、きっかけさえあればぱっと燃えあがりそうな気配があった……彼が話をはじめたのは、ちょっとした偶然で、これもたんに質問に答えただけのことであり、特別な意図など何もないかのようにみえた……。

7

N公爵やラドムスキーと楽しげに言葉を交わしあっているアグラーヤを公爵がうっとりする思いで眺めているあいだ、部屋のべつの隅で例の老高官をつかまえ、何ごとか意気揚々と語りかけていたイギリスかぶれの初老紳士が、ふいにニコライ・パヴリーシチェフという名前を口にした。公爵はすばやく彼らのほうをふり向き、聞き耳を立てはじめた。

話題に上っていたのは、現行の法制度のことや、X県の地領にかんするある種の無秩序にかかわることだった。イギリスかぶれの紳士の話には、おそらく何かしら愉快なところがあったにちがいない。というのも、例の老高官がとうとう、この話し手の小むずかしい怪気炎にたいして声をあげて笑いだしたのである。初老紳士は、母音にやわらかな力点を置き、何やら気むずかしげに言葉じりを引きながら滑らかな口調で話していた。なぜ自分が、べつに金に困っているわけでもないのに、ほかでもない現行の法制度にしたがって、X県にあるすばらしい領地をほとんど半値で売却せざるをえなかったか、同時に、係争中の、実りもすくない荒廃地を、金を追加してまで保持せざるをえなかったか、といった話である。「それと、パヴリーシチェフ家の領地にかかわる裁判沙汰を避けるため、わたしはさっさと手を引きましたよ。ほかに一、二、そういう親譲りの土地があったら、それこそわたしは破産ですからね。もっとも、三千ヘクタールのみごとな土地が手に入るところでしたが！」

「そういえばそう……あのイワン・ペトローヴィチさんは、亡くなられたニコライ・パヴリーシチェフさんの親戚にあたる方なんだよ……きみはたしか親戚の人間を探しておられたようですが」たまたま傍にいたエパンチン将軍は、公爵がそのやりとりに並々ならぬ関心を抱いていることに気づいてふいに小声でささやきかけた。それまで将軍は、上司にあたる将軍のお相手をつとめてきたのだが、ムイシキン公爵が完全に孤立しているのにかなり前から気づいていて、不安が高じはじめていたところだった。将軍はある程度は彼を会話に引きこむことで、あらためて『最上流の人間』にお披露目し、紹介しようという腹づもりだったのである。

「ムイシキン君は両親を亡くして以来、ニコライ・パヴリーシチェフ氏に育てられましてね」イギリスかぶれのイワン・ペトローヴィチと目があうと、彼はそうくちばしをいれた。

「いやあ、じつに愉快」相手は言った。「よく覚えておりますとも。先ほど、エパンチン将軍が紹介してくださったとき、すぐに気づきましたよ、お顔まで。あなたにお会いしたのは、あなたがまだほんの子どもで、十歳か十一歳ぐらいのときでしたが、ほんとうに少しも変わっておられない。顔立ちに何かこう昔の面影が残っておりますな……」

「ぼくが子どものころに会われたんですか？」公爵は、なにやら異様とも思える驚きの色を浮かべて尋ねた。

「ええ、もうだいぶ前のことです」イワン・ペトローヴィチは言葉を続けた。「たしか、あなたが、わたしの従妹《いとこ》たちのところで過ごされたズラトヴェルホーヴォ村です。以前は、かなり頻繁にズラトヴェルホーヴォ村に出かけていったものですが――わたしのこと、覚えてらっしゃいませんか？　まあ、覚えてらっしゃらなくて当然かもしれませんが……あなたはあのころ……何かの病気にかかっておられて、そのあなたを見て、いちどびっくりさせられたことがあります……」

「何も覚えていません！」熱くなって公爵は言った。

イワン・ペトローヴィチはきわめて平然たる面持ちで、逆に公爵のほうは驚くほど興奮してさらにしばらく言葉を交わしあっていたが、そのやりとりのなかであきらかになったことがひとつあった。すなわち公爵が養育のために預けられた独身のふたりの老令嬢たちは、故パヴリーシチェフ氏の親戚であるイワン・ペトローヴィチの従妹にあたるということである。その老令嬢たちは、ズラトヴェルホーヴォ村の彼の領地で暮らしていた。イワン・ペトローヴィチもまた、みなと等しく、パヴリーシチェフ氏が自分の養子のこの幼い公爵のことを、これほど気にかけた理由についてはほとんど何も説明できなかった。

「それに、当時は、そのことに好奇心も湧きませんでしたから」

しかしそうはいえ、彼がじつにすばらしい記憶力の持ち主であることがわかった。というのも、年上のほうの従姉マルファ・ニキーチシナが、この幼い養子をかなり厳しく扱ったことまで思いだしたからで、「それなもので、わたしも、あなたの教育法のことではいちど彼女と大喧嘩したこともあるくらいでしてね。だって、相手は病気の子どもだというのに、何かというと鞭を引っぱりだしてくるんですから――あれじゃ、まるきり……ご存じのとおり……」。そしてそれとは逆に、下の従姉のナターリヤ・ニキーチシナが、この哀れな子どもにどんなに優しかったかということも話してくれた……「ふたりともいまは」と彼はさらに説明をつづけた。「X県に暮らしておりまして（いや、いまも無事に暮らしているかどうかは存じませんが）、これは、彼女たちがパヴリーシチェフ氏から受けついだもので、これがまた小さいながらなかなか立派な領地でしてな。マルファは、どうやら修道院に入りたがっていたようです。といっても、たしかなことは申せませんが。ひょっとして、だれかほかの人と勘違いしているかもしれません……そう、これは、ついせんだって聞いたあるお医者さんの細君の話でした……」

公爵は、歓喜と感動で目をうるませながらしまいまで話を聞いた。公爵はひどく熱っぽい調子で、この六カ月間、ロシア内部の県をあちこち訪ねてまわりながら、自分の養母たちを探して訪問する機会をもたなかったことをとても残念に思っていると告げた。「毎日、出かけたいと願いながら、そのつどいろんな事情に妨げられて……でも、今度は何としても……せめてX県ぐらいは訪ねてきます……で、あなたは、ナターリヤさんをご存じなんですね？　なんて美しい、清い心の持ち主でしょう！　でも、あのマルファさんだって……ごめんなさい、でも、あなたはマルファさんを誤解なさっているような気がします！　あの人は厳しい人でしたが……あのころのぼくみたいなおばかさんが相手では(ひっひっ！)、……忍耐のしようもなかったんじゃないでしょうか。だってあのころのぼくは、まるで白痴でしたからね、本当にはなさらないでしょうが(はっはっ！)。もっとも……もっとも、あなたはあのころのぼくをごらんになっているのですね……それなのに、どうしてぼくはあなたのことを覚えていないんでしょう、教えてください。それじゃあなたは……あっ、そうか、あなたはほんとうに、ニコライ・パヴリーシチェフさんのご親戚なんですか？」

「おっ、しゃる、とおり」イワン・ペトローヴィチは公爵をじろりとにらみながらにこりと笑みを浮かべた。

「ぼくがこんなことを申し上げたのは、なにも……疑いをもったからじゃありませんん……そもそも、こんなこと、疑うべき性質のものじゃありませんもの（へっへっ！）……これっぽっちも。これっぽちも！（へっへっ！）。ただ、ぼくが言いたかったのは、亡くなられたニコライ・パヴリーシチェフさんはほんとうにすばらしい人だったということです！　ものすごく寛大な方でした、ほんとうに、これは嘘じゃありません！」

公爵は息を切らしていたというより、翌朝アデライーダが、婚約者であるS公爵とのやりとりのなかで用いた言いまわしによれば、いわば「美しい思いにむせ返っていた」のである。

「やれやれ！」そう言ってイワン・ペトローヴィチは笑いだした。「どうして、このわたしが、か、ん、だ、いな人物の、親戚であっちゃいけないのかね？」

「いえ、とんでもありません！」公爵は困惑し、慌てながら、ますます意気軒昂《けんこう》に叫んだ。「ぼくは……ぼくはまたおかしなことを言ってしまいました、でも……それも当然です、だって、ぼくは……その……ぼくは……でも、また話がそれてしまった！　それに、いまさらぼくの話なんてどうでもいいでしょう、そうでしょう、こんなに面白い……こんな、すさまじく面白い話が控えているんですもの！　それに、あんな、とてつもなく寛大なお方と比べたらなおさらです――だって、あの方はほんとうにとてつもなく、寛大なお方だったわけでしょう、そうでしょう？　そうじゃありませんか？」

公爵は全身まで震わせていた。どうしてこうも急に興奮しだしてしまったのか、これといって理由もなく、いま話題になっているトピックと一見してまったく釣りあわないほどの有頂天に陥ったのか――答えを出すのは困難だった。彼は、こうした気分にあって、この瞬間だれかにたいして、そして何かにたいして、恐ろしく熱烈で真情あふれる感謝の念さえ覚えていた――ことによるとその相手は、イワン・ペトローヴィチでさえあったかもしれないし、あるいはそこに居合わせた客の全員だったかもしれない。ともかくも彼は、度がすぎるほど「舞いあがって」いた。イワン・ペトローヴィチはやがてそれまでよりはるかに注意ぶかく彼の顔に見入るようになり、例の「老高官」もやけにしげしげと彼を見つめていた。ベロコンスカヤ夫人は、怒気のこもるまなざしで公爵をにらみ、唇を固く閉じていた。N公爵も、ラドムスキーも、S公爵も、エパンチン家の令嬢たちも一様に話をやめ、聞き耳を立てていた。アグラーヤはすっかり度胆を抜かれ、エリザヴェータ夫人のほうはもう、完全に怯えきっている様子だった。奇妙だったのは、彼女たち、つまりエパンチン家の娘たちと母親である。彼女たちはこの晩、公爵はだまって座っているのがいちばんと決めてかかりながら、その公爵が部屋の隅ですっかり孤立し、しかもそんな役まわりに満足しきっているのを見るとたちまち心配が募ってきた。アレクサンドラなどは部屋をそっと横ぎって彼のほうに行き、そのあたりにいる人たちの仲間に、つまりベロコンスカヤ夫人の傍にいたN公爵のグループに加わろうとしていた。ところが、こうして公爵がいったん口を開いたとたん、彼女たちはますます不安にかられだした。

「あの方がとてつもなく優れた人だったというお説ですが、それはそのとおりです」しみじみとした口ぶりで、もはや笑みを浮かべることもなくイワン・ペトローヴィチが切りだした。「そう、そうですとも……すばらしい人物だった！　すばらしい、価値ある人物でしたな」少し間を置いてから彼は言い足した。「いや、すべて人の尊敬に値する、とでも言ったほうがよいでしょうか」彼はあらためて間を置いてから、よりいっそうしみじみとした口ぶりで言い添えた。「それに……たいへんうれしく感じますよ、あなたからそんな……」

「そのパヴリーシチェフというお方ではなかったですかな、あの……なんだか妙な事件を起こしたのは……カトリックの修道院長がらみで……あの修道院がらみで……どこの何という修道院長だったかは忘れましたが、当時はもうあの話で一色でしたよ」

急に思いついたとでもいわんばかりに、例の「老高官」が口をはさんだ。

「グロー修道院長ですよ、イエズス会の」イワン・ペトローヴィチが助け舟を出した。

「そう、あんなとてつもなく立派なロシア人が、ですよ、とてつもなく立派な！ なにせ家柄が立派なら財産もかなりあって、侍従の肩書までもっていた人物ですからな……もしも……あのまま務めを続けていれば……ところがいきなり仕事も何も投げだしてカトリックに移り、イエズス会の一員になったわけでしょう、それもなかば公然と、なにかもう、遮二無二って感じでしたよ。いや、いいときに亡くなられた……そう、あの当時はもうあの話で持ちきりでしたから……」

公爵はわれを忘れていた。

「パヴリーシチェフさんが……パヴリーシチェフさんが、カトリックに移ったですって？ そんなばかな！」愕然として彼は叫んだ。

「ほう、『そんなばかな』とおっしゃいますか！」イワン・ペトローヴィチが、威厳たっぷりにゆっくりとつぶやいた。「そこまでは言えないんじゃないですか、どうです、公爵……。もっとも、きみはそれくらい故人を尊敬なさっているというわけだ……まあ、これ以上ないというくらい善良な男でしてね、その点はこのわたしも請けあいますが、ざっくり言って、あの古だぬきのグロー院長にまんまと騙《だま》されたわけですよ。ですが、わたしの話もお聞きください、わたしの話も。あの件では、あの後、どれだけ厄介や面倒を抱えこむことになったか……しかも、その相手というのが当のグロー院長です！　想像してみてください」そう言って彼は、急に老高官のほうをふり向いた。「あの連中はですな、遺言にたいし異議まで申し立てようとしたものですから、わたしもそこで、その、もっとも強硬な手段に出ざるをえなかったほどでした……そう、目を覚ましてやるために……なにしろ、その道のプロばかりですから！　いやはや、お、ど、ろくべき連中だ！　ですが、幸い、モスクワで生じた出来事ですから、わたしはすぐに伯爵に助け舟を求め、ふたりして……連中の目を覚ましてやったわけです……」

「信じてはくれないでしょうが、いまのお話、ぼくとしてはほんとうに悲しいですし、ショックを受けています！」公爵はまた叫んだ。

「それは残念ですな。ですが、じつのところ、あの話はすべてとるにたらん冗談でして、いつもどおり、冗談ですんだ話なんです。そう信じております。で、去年の夏でしたか」と言って彼は、また老高官のほうに向きなおった。「あのK伯爵夫人も、どこか外国にあるカトリックの修道院に入ったとかいう話ですよ。われわれロシア人というのは、いったん、あの手の……老獪《ろうかい》なやからにかかるというと、どういうわけか自分が持ちこたえられなくなるようですな……とくに、外国にいるときなんかは」

「それはすべて、わたしたちの疲れからきている……と思いますよ」老高官は、いかにももったいぶってむにゃむにゃ言った。「それに、あの連中のばあい、宣伝の手口というのが……また洗練されておりましてね、独特のものがあるんですな……脅しの術《すべ》もちゃんとわきまえておりますし。一八三二年にはわたしも、ウィーンで脅されました、嘘じゃありません。ただ、わたしはそれに屈せず、連中のところから何とか逃げおおせましたが、はっはっ！」

「聞いたことがありますわ、あの当時あなたが、美人のレヴィツカヤ伯爵夫人とウィーンからパリに逃げだし、ご自身の地位を投げだしたのは、なにもイエズス会が原因じゃないでしょうに」ベロコンスカヤ夫人が急に口をはさんだ。

「いえ、イエズス会ですとも、やっぱりイエズス会が原因、ということになるんです！」心地よい思い出にいざなわれて老高官はそう言い、笑いながら話を引きとった。

「どうやら、あなたは、いまどきの若者にはめずらしく、とても信仰の篤い方とお見受けしました」大きく口を開け、あいかわらず呆然たる面持ちで話を聞いているムイシキン公爵に、老高官は優しく言葉をかけた。老高官は、どうやら、この公爵のことをもっと身近に知りたいと思ったらしい。いくつか理由があって、老人は彼にたいし少なからぬ興味をいだきはじめたのである。

「パヴリーシチェフさんは頭脳明晰《めいせき》の方で、キリスト教徒でした、ほんもののキリスト教徒でした」公爵がふいに言葉を発した。「ですから、あの人が、非キリスト教の信仰に屈するはずはありません！……だってカトリックは、非キリスト教の信仰も同然ですもの！」彼は目をきらきらさせ、顔を前方に向けてそこに居合わせた人々を眺めまわしながら、そう言い添えた。

「いや、それはまた極端な」老高官はつぶやくように言うと、驚きの目でエパンチン将軍のほうを見やった。

「どうして、カトリックが、非キリスト教の信仰ということになるのかね？」イワン・ペトローヴィチが、椅子に腰をかけたままふり向いた。「じゃあ、いったいなんだというのかね？」

「第一に、非キリスト教の信仰です！」公爵はまた、極度の興奮と、どはずれたするどい語調で話しはじめた。「これがまず第一。で、次に、ローマ・カトリックは、無神論それじたいより悪い、これがぼくの意見です！　そう、これがぼくの意見です！　無神論はたんにゼロの教えを説くだけですが、カトリックはさらにその先を行っている。カトリックは、歪《ゆが》められたキリスト、つまり、みずから誹謗《ひぼう》し、中傷するキリストを説いている、まさに真逆のキリストです！　カトリックが説いているのは、アンチキリストなのですよ、誓って言います、これは嘘じゃありません！　これは、ぼく個人の、昔から抱いている信念ですが、この信念にぼく自身、苦しめられてきました……ローマ・カトリックは、全世界的な国家権力なしに教会は持ちこたえられないと信じて、Non possumus!（われら、それにあたわず！）と叫んでいます。ぼくに言わせると、ローマ・カトリックなど信仰ですらなく、完全に西ローマ帝国の延長なのです。そこでは、信仰をはじめ、すべてが帝国の理念に屈している。法王は、地上を制圧し、地上の玉座を手に入れ、剣をとりました。それ以来、すべてがその道をたどっていきました。ただ、剣につけ加わったものといえば、嘘であり、詐欺であり、欺瞞《ぎまん》であり、狂信であり、迷信であり、悪行であって、このうえなく神聖で、真実の、素朴で、熱烈な感情をもてあそび、すべてを、そう、すべてをお金にかえて、いやしい地上の権力にとって代わった。これでなお、アンチキリストの教えではないというのでしょうか⁉　彼らから無神論が出てこないはずはありません！　無神論は、彼らから、ローマ・カトリックから出てきたのです！　無神論は、まずもって彼ら自身からはじまったということです。だとしたら、そんな彼らに、自分自身を信じることができたでしょうか？　無神論は、そうした彼らへの嫌悪からできあがった、そう、無神論というのは、嘘と精神的無力の産物なんです！　無神論！　ぼくたちのロシアで信仰を失っているのは、まだ例外的な階層だけで、ラドムスキーさんが先日みごとに指摘された言葉を借りると、根無し草の階層だけです。ところが、向こう、ヨーロッパでは、おそるべき数の民衆自身が、信仰を失いかけています――以前は、闇と嘘のためでしたが、いまはもう、ファナティズムが原因です。後悔と、キリスト教への憎しみの結果です！」

公爵はそこで話を止め、ひと息ついた。彼は恐ろしいほど早口でしゃべっていた。顔は青ざめ、息切れがしていた。一同はたがいに顔を見合わせていたが、やがて老高官が、あたりはばかることなくげらげら笑いだした。N公爵は柄付メガネを取りだし、片時も目をはなさず、公爵を観察していた。ドイツ人の詩人は部屋の隅からはい出してくると、不吉な笑みを浮かべながらそろそろとテーブルに近寄った。

「それはまた、ずいぶんと、お、お、げ、さな物言いですな」イワン・ペトローヴィチが、いささか退屈そうに、気恥ずかしげな感じでゆっくり言葉じりを引いた。「あちらの教会にも、大きな尊敬に値する、徳のたかぁい代表的人物がいますがね……」

「ぼくはけっして、教会の個々の代表者のことを言っているわけじゃありません。ぼくが論じているのは、ローマ・カトリックの本質そのもの、ローマの話をしているのです。教会がそのまま、完全に消滅するなんてことはありませんから。そんなこと、言った覚えはまったくありません！」

「それはごもっとも、ですが、そんなことはすべてわかりきったことで、いまさら口にするまでもないことでしょう……それに……神学にかかわることでもありますから……」

「いや、ちがう、ちがうんです！　これは、はっきり申し上げますが、神学だけにかかわる問題じゃない！　これは、あなたがお考えになっておられるより、はるかにぼくらの身近にかかわる問題なんです。ここにぼくたちのまちがいのすべてがあるんです。つまり、これがたんに神学にかかわる問題ではないということを、ぼくたちがまだ見きわめられずにいるところにです！　だって、社会主義だって、カトリックとカトリック的な本質の産物なんですから！　社会主義も、社会主義と地続きの無神論同様、絶望から出て、精神的な意味でカトリックの対極をめざして、宗教が失った精神的権力にみずからとって代わり、はげしく希求する人類の精神的な渇望をいやし、キリストではなく、これまた暴力によって、人類を救いだそうとしているわけですから！　これもやっぱり暴力を介した自由ですし、これも剣と血を介した統合なんですよ！『神を信じるな、財産を持つな、個性を持つな、fraternité ou la mort（友情か、でなければ死か）、二百万の首を斬れ！』。その行いによって彼らを知ることになる、というわけです！　でも、こうしたことがすべて罪のない、ぼくらにとって無害なものだなんて、お考えにはならないでください。そう、ぼくらは反撃する必要があるんです、それも一刻も早く、いち早くです！　西欧に反撃するため、ぼくらが守ってきた、彼らの知らないぼくらのキリストが輝き出さなくてはならない！　イエズス会がしかけた罠に、奴隷のようにはまりこむことなく、ぼくらのロシア文明を彼らにもたらし、いまこそ彼らの前に立ちはだからなくてはならない。そして、さっきどなたかがおっしゃいましたが、彼らの説教は洗練されているなどと言わせないようにする……」

「ちょっと待って、ちょっと待ってください」はげしい不安にかられたイワン・ペトローヴィチは、周囲をぐるりと見まわしながら、急に怖気づいたようなそぶりさえ見せて公爵を制した。「あなたがお考えになっていることは、どれもこれもむろん、そうとうに立派なものだし、愛国心に溢れたものですが、でも、そうとうに誇張がまじっていますよ……ですから、この話はむしろ脇にのけておいたほうが……」

「いいえ、誇張なんかしていません、むしろ控えめといってもよいくらいです。なぜ控えめかといえば、ぼくには十分にこのことを表現できる力がないからです、ただ……」

「ですから、ちょっと、待って、くだ、さい、と！」

公爵は口をつぐんだ。背筋をぴんと伸ばして椅子に座り、炎のように燃える目でじっとイワン・ペトローヴィチに見入っていた。

「どうやら、あなたの恩人の件にかんするショックが、きつすぎたようですな」優しげに、落ちつきを失うことなく老人が口をはさんだ。「あなたが激しておられるのは……たぶん、人づきあいが少なかったせいでしょう。もっと人とつきあっていれば、社交界でも歓迎されます、すばらしい青年としてね。そうなれば、むろんご自分の感激をしずめることもできるでしょうし、なにもかも、はるかに簡単であることに気づかれるでしょうよ……しかも、ああした稀《まれ》な事件が……起こるのは、わたしに言わせると、ある意味では飽食のなせる業ですし、ある意味では……倦怠《けんたい》の……」

「おっしゃるとおり、まさにおっしゃるとおりなんです」公爵は叫んだ。「たいへんご立派なお考えです。まさしく『倦怠のゆえ、ぼくらの倦怠のゆえ』であって、飽食のせいではありません。というよりむしろ渇望のゆえであって……飽食のゆえではない、ここのところにあなたのまちがいがあります！　でも、渇望だけではなく、炎症にちかいなにか、熱病にも似た渇望のゆえなのですよ！　それに……それと……これはたんなる笑いごと、といったふうに軽くは考えないでください。口はばったい言い方ですが、予感する力をもたなくてはならないのです！　ぼくたちロシア人というのは、どこかの岸に辿《たど》りついてそこが岸と確信するや、喜びいさんで、そのまままっすぐに地の果てまで辿りついてしまう。それって、どうしてなのでしょう？　たとえばあなたにしても、パヴリーシチェフさんの行いに度肝を抜かれて、すべてを彼の狂気やら善良さのせいにしておられる。でも、それはそうじゃない！　こういったばあい、ぼくたちロシア人の感情の激しさに驚いているのは、なにもぼくたちだけじゃない、ヨーロッパ全体が驚いているんです。ぼくたちロシア人は、いったんカトリックに改宗するというと、かならずイエズス会士になる、それも、もっとも怪しげな会派に加わろうとする。逆に、無神論者になるというと、今度はかならず、神への信仰を暴力でもって根絶せよと要求しはじめる！　これはどうしてなのか、どうしてこんなふうに頭に血がのぼってしまうのか？　おわかりになりませんか？　それはね、その人物が、ここロシアで見のがした祖国を発見できたと大喜びするからです。岸辺を、大地を発見できたというので、喜びいさんでそこにキスするわけです。ロシアの無神論者や、ロシアのイエズス会士が生まれるのは、けっして虚栄心だけから、そしてかならずしも忌まわしい見栄の感情だけからではないんです。精神の痛みから、精神の渇望から、このうえなく立派な事業をなしたいという思い、堅固な岸辺への、祖国へのはるかな憧れから生まれるのです。彼らは、祖国のなんたるかを、いちどとして知ることがなかったので祖国を信じることができなくなってしまった！　ロシア人にとって、無神論者になることなど朝飯前です、世界中のどの国民よりも、かんたんになれるのです！　しかもロシア人は、たんに無神論者になるばかりか、かならずやそれがまるで新しい宗教でもあるかのように無神論を信じ、それでいて自分が無を信仰しているのだということにけっして気づくことがない。ぼくたちの渇望というのは、まさにそのようなものです！　『足もとに土壌をもつことのない者は、神をももつことがない』。これは、ぼくが言った言葉ではありません。これは、ぼくが旅をしているときに出会った、古儀式派の商人が口にした言葉です。たしかに、その人物はそういう言い回しはせずに、こう言ったのでした。『生みの大地を捨てた者は、みずからの神をも捨てる』。だって、考えてもみてください。ぼくたちのロシアでは、もっとも教養ある人間が、鞭身派《べんしんは》に身を投じたりしているわけですよ……それにしてもこのようなばあい、鞭身派のいったいどこが、ニヒリズムやイエズス会や無神論に劣っていると言えるでしょう？　ひょっとして、鞭身派のほうがもっと深いかもしれない！　でも、これにしたって憂鬱の病がもたらした結果なのです！……熱に浮かされたように渇望するコロンブスの道づれに、『新世界』の岸を発見させてやってください、ロシア人にロシアの『光』を発見させるのです。ロシア人にその黄金を、地下に隠されたその宝物を探しださせるのです！　将来、ロシアの思想、ロシアの神とキリストにしかできない、全人類の一新した姿と復活した姿を示してやるのです。そうすれば、すばらしく力強い、正義の巨人が、賢くて柔和な巨人が、驚愕する世界の前に、堂々と立ちあがるのを見ることができるのです。なぜ彼らが驚愕し、怖気づくかといえば、彼らがぼくたちから待ちうけているのは、ひとえに剣のみ、剣と暴力のみだからです。なぜかといえば、彼らには、自分の判断で、野蛮な行為を抜きにしたぼくたちの姿が想像できないからです。しかもこの傾向は、今の今までつづいていることであって、しかもこの先、時を経るごとにますます増大するのです！　そして……」

　ところが、話がそこまで来たところで、ちょっとした事件が持ちあがった。そこで話し手の熱弁は、まったく思いがけないかたちで断ちきられることになった。

この、熱に浮かされたような長広舌、まるで何かの混乱のなかをわれ先にとばかり次々と飛びだしてくる、情熱的で落ちつきのない言葉や有頂天の思想のほとばしりは、見たところどうという理由もなく唐突に激しはじめた青年の気分に、何かしら危険な、そして何かしら特別なことが生じつつあることを予告するものだった。客間に居あわせた人々のなかで、公爵を知る人たちは、みなはらはらしながら(人によっては恥ずかしい思いを抱きながら)彼の言動に目をみはっていた。なぜならその振るまいが、いつもの内気とも思える控えめな態度や、ばあいによっては稀にみる独特の節度や、本能的ともいえる秀れたマナー感覚とあまりにそぐわなかったからである。いったいどうしてこんなことになったのか、さっぱり合点がいかなかった。パヴリーシチェフにかんする知らせが原因ではなかった。女性たちのいる片隅では、公爵をまるで狂った者のように見つめていたし、ベロコンスカヤ夫人などは、「もう一分もつづいたら、それこそ逃げだしていましたよ」とあとで告白したほどである。「老人たち」は最初から度肝をぬかれ、なかば茫然自失の態だった。長官の将軍は、椅子に腰をおろしたまま、不満そうにきっと彼を睨《にら》みつけていた。工兵大尉は身動きひとつせず座っていた。ドイツ人は真っ青な顔をしていたが、それでも例の作り笑いを浮かべ、ほかの連中がどう反応するか、様子を窺《うかが》っていた。もっとも、こうした「一連の騒ぎ」は、ごくありきたりな、自然なかたちで、しかもおそらく一分もすれば、収束していたはずである。ひどく驚きはしたもののだれよりもさきに正気をとりもどしていたエパンチン将軍は、すでに何度か公爵を止めに入ろうとしていた。しかしそれがなんとしてもうまくいかなかったので、いまや断固たる決意を秘めて、客人たちをかき分けながら公爵のほうに歩みよろうとしていた。もう一分もして、しかもいざ必要となったら、将軍は病気を口実に、公爵を友人として外に連れだしたかもしれない。病気というのはおそらく確かにそのとおりで、エパンチン将軍も胸のうちでは本気でそう信じていたのである……だが、事態はそれとは別の方向に転じていった。

当初、客間に入ってきたばかりの公爵は、アグラーヤからさんざん脅かされていた中国製の花瓶から、できるだけ遠い場所に腰をおろした。容易に信じてはもらえないだろうが、昨日アグラーヤにああ言い聞かされてから、公爵の胸のうちに、自分がどれほど花瓶を避けているにせよ、どんなに災難を免れようと、かならずや明日、あの花瓶を割ってしまうだろうという、何かしら驚くべき、ありえないような確信が打ちけしがたく根づいてしまっていた。そして、事実はそのとおりになった。夜会のあいだ、別の明るい印象が彼の心に溢れはじめた。これについてはすでに述べたとおりである。そのため彼は、自分が抱いていた予感を忘れ果てていた。彼がパヴリーシチェフの話を聞きつけ、エパンチン将軍が例のイギリスかぶれの紳士イワン・ペトローヴィチに彼を改めて引きあわせたとき、公爵はさらにテーブルに近いところに席を移して、台の上に置かれている例の大ぶりで美しい中国製の花瓶のすぐ脇の肘掛け椅子に、いきなり腰をおろしてしまった。花瓶は彼の肘とすれすれの位置にあって、ほとんど真うしろに置かれていた。

最後のひとことを発したさい、公爵はいきなり席を立って不用意にも片手を振りあげると、なにやらぐるりと肩を動かすようなしぐさをした――とそのとき……いっせいに悲鳴がとどろきわたった！　花瓶はひとしきり、ぐらりと揺れた。それはまるで、老人たちのだれの頭上に落ちてやろうかとためらうような動きだったが、今度は急に、反対側の、恐怖にかられてかろうじて飛びのいたドイツ人の側へぐっと傾き、そのまま床の上に倒れおちた。がしゃんという音、悲鳴、カーペット上に散乱した高価なかけら、ある者は驚愕し、ある者は動転していた。ああ、このときの公爵の心中はいかばかりだったか、それを描きだすことも困難なら、その必要もないだろう！　だがまさにこの瞬間、彼を打ちのめしたある奇妙な感覚、群れをなして彼に襲いかかり、ほかのありとあらゆる曖昧かつ奇妙な感覚のなかからいきなりくっきりとせり出してきた感覚については言及しないわけにはいかない。彼が何より衝撃を受けたのは、恥ずかしいという思いでもなければ醜態そのものの感覚でもなく、恐怖でもなければ、またそのあまりの唐突さでもなく、まさに予言が的中した、という事実そのものだった！　そうした思いのうちの果たして何が自分をそうも惹きつけるのか、それは当の本人にも説明できなかったろう。彼はただ心底衝撃を受けているのを感じ、ほとんど神秘的ともいえる驚きにかられたままその場に立ちつくしていた。しかもその一瞬後には、まるで目の前がさっと開かれたかのように、恐怖にかわって光と喜びが、歓喜が湧きおこった。息が苦しくなって、……その一瞬は、過ぎ去った。ありがたいことに、それはあれではなかった！　彼はほっとひと息ついて、ぐるりとあたりを見まわした。

彼は長いこと、周囲にわきかえっている大騒ぎが理解できずにいるようだった。つまり、何もかも完全に理解し、すべてがその目に映じているのだが、自分だけはまるで、そこにいっさい関わりをもたない特別な人間でもあるかのように立ちつくしているのだ。まるで、おとぎ話に出てくる隠れ蓑《みの》の男が部屋のなかにそっと忍び込み、自分とは無縁ながら興味ある人間たちの様子をうかがっているような按配《あんばい》だった。花瓶のかけらが片づけられていく様子を見、一同が早口で交わしあう言葉を耳にし、青ざめた顔で不思議そうに、たいそう不思議そうに自分を見つめるアグラーヤを見やった。その目には憎しみの色などいっさいなければ、いささかの怒りもみとめられなかった。彼女はおびえた様子ながら、ひどく好意のこもる目でこちらを見つめ、きらきら光る目でほかの人たちを睨みつけていた……胸がふいに甘く疼《うず》きだした。やがて彼は、不思議な驚きにかられながら目のあたりにした。一同はすでに腰をおろし、まるで何ごともなかったかのようににこにこ笑みまで浮かべている！　さらに一分も経つと、笑い声はさらに大きくなった。いまはもう、棒立ちになって口もきけずにいる彼の姿を見て笑っているのだが、その笑いがなんとも親しみのこもる明るい笑いなのだった。いろんな人が話しかけてきたが、エリザヴェータ夫人を先頭に、その話しぶりもじつに愛想がよかった。夫人は笑いながら、何かしらひどく優しい言葉をかけてくれた。彼はふと、エパンチン将軍が親しげに肩を叩いてくれたのを感じた。イワン・ペトローヴィチも笑っていた。だが、彼らにもまして親切で魅力的で、なおかつ好意を感じさせてくれたのが、例の老人だった。老人は公爵の手をとり、軽くにぎりしめると、もういっぽうのてのひらでその手を小さく叩き、おびえた子どもを相手にするかのように、しっかりしなさいと言い聞かせたが、それがひどく公爵の胸にひびいた。そして老人はついに、公爵を自分のすぐそばに座らせてしまった。公爵はうっとりと老人の顔をながめていたが、それでもなぜか口がきけず息がつまるような感じがした。それほどにも老人の顔が気に入ってしまったのだ。

「ということは？」彼はやがてつぶやくように言った。「ぼくをほんとうに許してくださるんですね？　そして……あなたも、エリザヴェータ夫人？」

さらに笑い声が大きくなり、公爵の目には涙がにじみだした。自分が信じられぬまま、公爵は恍惚《こうこつ》とした気分に浸っていた。

「もちろん、あれはたいした花瓶でしてな。わたしもよく覚えていますが、ここにもう十五年ほどもありましたか、ええ……十五年くらい」イワン・ペトローヴィチは話しかけた。

「いえ、べつにどうってことありませんよ！　人間にだって終わりは来るんですから、たかが粘土の壺《つぼ》ぐらいで！」エリザヴェータ夫人が大声でそう言い放った。「あなた、ほんとうにそんなにびっくりなさったわけ、ムイシキンさん？」むしろ夫人のほうが怖気づいた様子で、そう言い添えた。「もういいの、あなた、もういいんです。ほんとうにこっちこそ驚いてしまう」

「それじゃ、何もかも許してくださるんですね？　花瓶のこと以外もすべて？」公爵はまた急に席から立ちあがりかけたが、老人がすぐにまたその手をつかんで引きとめた。彼を放したくなかったのである。

「C'est très curieux et c'est très sérieux!（こいつはまたたいへん面白く、たいへん深刻ですな）」老人は、テーブル越しにイワン・ペトローヴィチにそうささやきかけたが、それがまたかなり大きめだったので、ことによると公爵の耳にも届いたかもしれなかった。

「では、あなたがたのだれをも辱《はずかし》めるようなことはしていないのですね？　きっと信じてはもらえないでしょうが、もしそう考えてよいのでしたら、どんなに嬉しいでしょう。でも、それって当然ですよね！　だって、ぼくがここでだれかを辱しめるなんてこと、あるはずないですもの。でも、そう考えるということは、ぼくはまたみなさんを辱めることになるのですね」

「いいから、まあ、落ちつきたまえ、ちょっと大げさすぎるよ。だいいち、そこまで感謝するほどのことじゃまるでないんだから。気持ちはすばらしいが、大げさすぎるというのも何だよ」

「ぼくは、その、あなたがたに感謝しているっていうんじゃなく、ただたんに……見とれているだけです。あなたがたを見てるだけで、幸せなんです。ひょっとして、またばかなことを口にしているかもしれませんが、でも、話さなくては、説明しなくては……そのことで自分を敬いたい気持ちもありますし」

その言動のすべてが、ばらばらで、曖昧で、かつ、せわしなかった。口にした言葉は、彼が言わんとする本音と、しばしば食いちがっていた可能性も大いにある。その目は、自分はこんな話をしてもよいのでしょうか、と尋ねているようでもあった。そしてその視線がベロコンスカヤ老夫人へと注がれた。

「だいじょうぶよ、あなた、いいから、続けなさい、さあ、続けて、ただ、そう息を切らさずに」老夫人はそう注意した。「さっきも息を切らしながらはじめたでしょう、だから、あんなふうな結果になったの。話をするのを怖がってちゃ、だめ。ここにいる人たちはね、あなたよりずっと変な人たちを見てきていますから、驚くことなんて何もないの。あなたってまだまともなほうですから。たんにあの花瓶を壊して、びっくりさせただけ」

公爵は笑みを浮かべながら老夫人の話を聞いていた。

「だって、あれは、あなたなんでしょう」公爵はふいに老人に言葉をかけた。「だって、三か月前に、学生のポドクーモフと役人のシュワーブリンを流刑から救ったのは、あなたですよね」

老人はいくぶん顔まで赤くして、少し落ちつかなくてはとつぶやくように言った。

「それに、ぼくが聞いたあの噂って、あなたのことですよね」公爵はすかさずイワン・ペトローヴィチに向きなおった。「X県であなたは、焼けだされたご自分の領地のお百姓さんたちに、家の建て替えのためにただで材木をあたえたとか、しかもその相手というのが、すでに解放もされて、あなたにさんざ嫌がらせをしてきた人たちだったそうじゃないですか？」

「ちょっと、そいつは、おお、げ、さだ」イワン・ペトローヴィチはつぶやくように言ったが、内心まんざらでもなさそうにかまえて見せた。もっとも、この件にかんするかぎり、この「そいつは、おおげさだ」のひとことは、まったく正しかった。というのも、公爵の耳に入っていたのは、不正確な噂にすぎなかったからである。

「それと、公爵夫人」公爵は明るい笑みを浮かべながら、いきなりベロコンスカヤ夫人のほうに向きなおった。「半年前、モスクワであなたは、エリザヴェータ夫人の紹介状でうかがったぼくを、実の子のように受け入れてくださいましたね、そしてじっさい、実の子のようにアドバイスしてくださったじゃないですか、あれはけっして忘れません。ご記憶でらっしゃいます？」

「なんだっておまえさん、そう興奮しているのさ？」ベロコンスカヤ夫人はいまいましげに言った。「おまえさん、とてもいい人だけど、ちょっとおかしなところがあるわよ。ちょっと小銭をくれてやっただけで、まるで命を救ってもらったみたいにお礼を言うんだから。おまえさん、それは褒められるべきこととでも思ってるんだろうけど、むしろ嫌味ですよ」

すっかり腹を立てんばかりだった夫人がそこでふいに笑いだしてしまった。今回は、健やかな笑いだった。エリザヴェータ夫人の顔も晴ればれとしてきた。エパンチン将軍の顔も明るく輝いていた。

「わたしも言いましたが、ムイシキン君って人は、じつにその……ひとことでいって……息を切らしたりしなければいいのだが、さっき夫人が注意したように……」将軍はベロコンスカヤ夫人の言葉にすっかり感激していい気分になり、自分がはっとさせられた夫人の言葉をくり返した。

ひとりアグラーヤだけが妙に沈みこんでいた。その顔にはまだ赤みが残っていたが、それはおそらく憤慨のせいであった。

「たしかに、なかなか、かわいいところがある」ふたたび老人が、イワン・ペトローヴィチにつぶやくように言った。

「ぼくは胸に苦しみを抱きながら、ここに入ってきました」なにやら狼狽の度を徐々につよめながら、公爵はますます早口に、ますますうっとりと、いきいきとした表情で話をつづけていた。「ぼくは……ぼくは、あなたがたを恐れていました……自分のことも恐れていました。でも、ほかのだれよりも自分のことをです。こちらに、つまりペテルブルグに戻ってくるとき、ぼくは誓ったのです。ロシアで第一級の方たちに会う、ぼく自身が属している、ぼく自身がそのひとりである古い家柄の、生えぬきの人たちにぜひとも会うのだ、って。ぼく自身、そういう第一級の家柄の出なのですから。それに、ぼくがいま席を同じくしているみなさんも、ぼくと同じ公爵家の方々ですからね、そうでしょう？　ぼくはあなたがたを知りたかった。知る必要があったのです。ほんとうに、ほんとうに知る必要がありました！……あなたがたにかんするあまりにも悪い話を、ぼくは耳にたこができるほど聞かされてきたからです。どちらかというと、よい話よりも悪い話をたくさん聞かされました。あなたがたが抱いている関心は、ほんとうにつまらない、限られたことばかりだとか、時代遅れであるとか、知識も浅ければ滑稽きわまりない習慣を守っているとか——そう、あなたがたについてはいろんなことが書かれたり、話されたりしているのです！　今日、ぼくは興味津々《しんしん》で、心中はらはらしながらこちらにうかがいました。この目で見て、個人的にしっかりと確かめる必要があったのです。ロシアでも最上級クラスにいる人たちは役立たずばかりで、時代からとりのこされているとか、すでに命脈は尽き、たんに死を待つばかりの身だというのに、いまもって人々と……そう、将来に生きる人々と、さもしくも妬《ねた》ましげな戦いをつづけては、いまや死に体である自分にも気づかず、彼らの邪魔をしていると言われるが、はたしてそれってほんとうのことなのか。ぼくは以前も、そんな意見なぞまったく真に受けていませんでした。なにしろ、ぼくたちの国には、たんに宮廷関係とか制服とか……ちょっとした偶然がもたらす職務をのぞけば、最上級クラスなどといったものはいちどだって存在したためしがないからで、いまではもうそれすらすっかり消滅しているからです。そうですよね、そうでしょう？」

「いや、まあ、とんでもない話ですな」イワン・ペトローヴィチは刺々《とげとげ》しい調子で笑いだした。

「おや、またテーブルを叩いてる！」ベロコンスカヤ夫人はたまりかねて口を開いた。

「Laissez le dire.（言いたいだけ言わせてやりましょう）、体じゅうふるえているじゃないですか」老人は、またしても小声で注意した。

公爵はもう完全にわれを忘れていた。

「ところがどうです？　ぼくが目にしたのは、純朴で、洗練された賢い人たちでした。ぼくみたいな子どもをやさしく扱い、最後まできちんと話を聞いてくれる老人に出会いました。理解力のある、人を許すことのできる人たちに出会いました。ぼくが外国で出会った人たちと同じくらい、いやほとんど彼らに負けずおとらず親切で、親身の情にあふれる善良なロシア人に出会ったのです。ぼくがどんなにうれしい驚きにかられているか、察していただけたら！　ああ、どうか最後まで言わせてください！　ぼくはいろんなことを耳にしていたのです。しかもそれを本気で信じこんでいたのです。社交界というのはマナー一点張りで、なにからなにまで時代遅れの形式にしばられ、本質はひからびてしまっていると。でも、いまにしてよくわかるのです。ぼくたちの国でそんなことあるはずもない、と。そんなのは、どこかべつの国の話で、ぜったいにこの国のことではない、と。あなたがた全員がイエズス会士で、大嘘つきだなんてことあるはずないのです。さっきN公爵のお話をうかがいましたが、あれってインスピレーションにかられた、素朴なユーモアではないでしょうか、心からの親切じゃなかったでしょうか。ああいう言葉がはたして……心も才能も枯れはてた、死んだ……人間の口から出るものでしょうか？　さっきあなたがたがぼくにたいしてとってくださった態度は、いったい死んだ人間にできるものでしょうか？　これって……将来にとって、希望にとって……たいせつな材料なんじゃないでしょうか？　いったい、こういう人たちが、他人が理解できない、時代から取りのこされた人間だなんてことがあるでしょうか？」

「ねえ、きみ、もういちどお願いするが、どうか落ちついて、そういう話はまたべつの機会に、そのときはわたしも喜んで……」そう言って老高官はにやりと笑みを浮かべた。

イワン・ペトローヴィチは喉を鳴らしながら、肘掛け椅子のうえで体の向きを変えた。エパンチン将軍はごそごそと身動きをはじめた。上司の将軍は、老高官の奥方と話しこんでいて、公爵のほうにはもはやいっさい注意を払おうとはしなかった。ただし相手の奥方のほうは、ひんぱんに聞き耳を立てては、公爵のほうにちらちらと視線を走らせていた。

「いえ、そう、ぼくはむしろ話をしていたいんです!」公爵は、何やら秘密でも打ち明けるかのような格別に信頼に満ちた態度で老人のほうに向きなおり、新たな熱に浮かされたように勢いよく話をつづけた。「昨日、アグラーヤさんはぼくに話をすることを禁じられ、いくつか口にしてはいけない話題まで挙げてくださいました。あの人にはわかっていたんです。そうした話題を口にするぼくが、滑稽に見えるってことが! 数えで二十七にもなるっていうのに、まるで子ども同然であることはぼく自身わかっています。ですから、自分の考えを述べる資格なんてないのです——それは前々から言ってきたことです。ただ、モスクワでは、ロゴージンと腹を割って話すことができました……いっしょにプーシキンを読み、全巻、読みとおしたものです。彼は何も知りませんでした。プーシキンの名前すら……ぼくがいつも恐れているのは、ぼくのこの滑稽な外見のせいで、思想を、それこそだいじな理念を台無しにしてしまうのではないか、ということです。ぼくは演技が下手なのです。ですから、いつも気持ちとはうらはらな演技をしてはみんなの失笑を買い、思想をおとしめてしまう。節度もないのですが、これは大切です。いちばん大切なものといってもいいでしょう……ですからぼくは、黙って座っていたほうがよいとわかっているんです。だまってじっとしているかぎり、一見、分別ある人間に見てもらえるでしょうし、そのうえいろいろ考えにふけることもできるわけですから。でも、いまはむしろ話をしていたいんです。ぼくが話をはじめたのは、あなたがほんとうにすてきな目でぼくを見つめてくださるからです。あなたのお顔って、ほんとうにすてきです！　ぼくは昨日、アグラーヤさんに誓ったんです。明日の晩は、ひと晩ずっと黙っていますとね」

「Vraiment?（ほんとうかね？）」老人はにこりと笑みを浮かべた。

「でも、ときどき思うことがあるんです。こんなふうな考え方をするのはまちがいだって。だって、誠実さは演技と同じ価値があるからです、そうでしょう？　そうですよね？」

「ばあいによっちゃね」

「何もかも説明したいんです、何もかも、すべて、洗いざらい！　ええ、そうです！　あなたはぼくがユートピア主義者だってお思いになりますか？　理論家だと？　いえ、ちがいます。ぼくが考えているのは、どれもこれもとても単純なことばかりなんです……信じていただけない？　笑ってらっしゃいますね？　いいですか、ぼくはどうかすると卑しい人間になりますが、それは信じることができなくなるからです。さっき、ここに来る途中も考えていました。《さて、ぼくはあの人たちと、どんなふうに話しはじめればいいだろう？　どういう言葉で話しはじめれば、あの人たちに少しでもわかってもらえるだろう？》とね。ほんとうにどんなに心配していたことか、といってもぼくは、どちらかというと、みなさんのことを心配していたんです、それもものすごく、ものすごく！　でも、そもそもいまのぼくの分際で何が心配だっていうんでしょう、心配するなんて僭越《せんえつ》な話だったのではありませんか？　ひとりの先進的な人間にたいし、無数の落伍者《らくごしゃ》や良くない人間がいるからって、それがなんだというんでしょう？　ぼくがうれしくてならないのは、ぼくがいまこう確信できるからなんです。つまり、そういう人たちがけっして無数いるわけではなく、みながみな生きた人材だっていうことを！　ぼくたちが滑稽だからといって、べつに決まり悪く思うことなどないんです、そうじゃありませんか？　だって、じっさいぼくたちはみな滑稽で、軽薄で、悪い習慣に染まっていて、退屈して、ものを見る目もなければ、理解する力もないんですから。ぼくらはみな、そうなんですから、あなたも、ぼくも、あの人たちも、みんな！　でも、ぼくが面と向かってあなたは滑稽だといっても、とくにそれを屈辱とはお感じにはならないわけでしょう？　だとしたら、あなたも大切な人材ということにはなりませんか？　そう、ぼくの考えでは、滑稽であるというのはときにはいいことですし、むしろそのほうがよいくらいです。そのほうが、たがいに早く許しあえるし、仲直りもすぐにできますから。だいいち、なにもかもいちどに理解するなどむりな話ですし、完璧な状態からすぐにはじめるなんて、できるはずもありません！　理解が早すぎるというのは、たぶんよく理解ができていない証です。ですからあえてこのことをあなたがたに申し上げているのです。これまですでにそれだけ多くのことを理解し……理解しないこともできたあなたがたに。ぼくはもう、あなたがたのことを心配してはおりません。だって、ぼくみたいな青二才にこんなことを言われながら、腹を立ててらっしゃらないわけでしょう？　笑っておられますね、イワンさん。ぼくがあの人たちのことを心配している、ぼくはあの人たちの代弁者で、デモクラシー主義者で、平等擁護の弁舌家とでもお思いなんでしょう？」そう言って公爵はヒステリックに笑いだした（ちなみに彼は、絶え間なく小刻みな感激の笑い声を立てていた)。「ぼくは、あなたがたのことを心配しています、あなたがた全員、そしてぼくたち全員のことを心配しています。ぼく自身、代々つづいてきた公爵一族の端くれですし、こうして公爵家の方がたとごいっしょしているわけですから。ぼくは、ぼくたち全員を救うために申し上げるのです。ぼくたちの階級が何ひとつ気づかないまま、ことごとに罵りあい、なにもかも失いはて、ついには杳《よう》としてむなしく姿を消してしまうことがないように、と。このまま先進的な存在として上に立つことができるのに、どうして他人に席をゆずり、姿を消さなくてはならないのでしょうか? 先進的な存在として、上に立ちましょう。そして上に立つために、下僕《しもべ》となりましょう」

公爵は、肘掛け椅子からなんども立ちあがりかけたが、老人がたえず押さえにかかっていた。だが、そうして彼を見つめる老人の目は、しだいにふくれ上がる不安の色を映しだしていた。

「聞いてください! 話すことがよくないことぐらい、ぼくもわかっています。たんに例を示すだけ、そしてさりげなく話しはじめるのにこしたことはありません……でも、もう話しはじめてしまいました……で、――で、ひとははたして、ほんとうに不幸のままでいられるものでしょうか? そう、かりにこのぼくが幸せになれるのだとしたら、ぼくのこの悲しみ、ぼくのこの不幸などいったい何だというのでしょうか？　そう、ぼくには理解できないのです。一本の木のそばを通りすぎるとき、その木を見て幸せが感じられないなんて！　人と話をしながら、その相手が好きであることに幸せを感じられないなんて！　ああ、うまく言えないのですが……一歩歩くたびに、どんなに行き暮れたどんな人でも、これはすばらしいと思わずにはいられない、そんなすてきなものがどれほどあることでしょう？　子どもを見てください。荘厳な朝焼けを見てください、生長する草花を見てください、あなたを見つめ、あなたを愛する目を見てください……」

彼はもうだいぶ前から立って話していた。老人はすでに怯えたような顔で彼を見つめていた。エリザヴェータ夫人がだれよりも早く事態を察し、「ああ、たいへん！」と叫び、両手を打ちあわせた。アグラーヤがすばやく彼のそばに駆けより、かろうじて両腕に彼を抱きとめた。そして彼女は、恐怖にかられ苦痛に顔をゆがめながら、この不幸せな男を「ひきつけさせ、地に倒れさせた霊」の荒々しい叫び声を耳にしたのだった。病人はカーペットの上に横たわっていた。だれかがいち早くその頭の下にクッションを差しこんだ。

だれひとり予期しない事態だった。十五分後には、N公爵とラドムスキー、そして老人がふたたび夜会を盛りあげようと試みたが、三十分後にはもう客人すべてが帰宅していた。数多くの同情の言葉やいろんな不満、そしていくつか意見が述べられた。イワン・ペトローヴィチは、挨拶がてらこんな意見を述べた。「あの青年は、スラブ主義者か何かでしょう、だからって、とくに危険というわけではありませんが」。老人はひとことも意見を述べなかった。たしかにその後しばらくして、翌日とか翌々日になると、だれもがみな少し腹が立ってきたらしかった。イワン・ペトローヴィチはいまいましく感じていたが、だからどうのということはなかった。上司の将軍は、しばらくのあいだエパンチン将軍にたいして冷たい態度をとった。一家の「後見人」である老高官は、後見人として、一家の父親である将軍になにか説教めいた言葉をむにゃむにゃ言ったが、反面、アグラーヤの今後にたいへんつよい関心を抱いていると、何やらお世辞めいた言葉も口にした。彼は事実、なかなかの好人物で、夜会をとおして彼が公爵に好奇心をいだいた理由のうちのひとつに、公爵とナスターシヤとの因縁話もまじっていた。その因縁話について、二、三、小耳にはさんでいたことからひどく興味にかられ、できればあれこれ質問してみたいと念じていたのである。

ベロコンスカヤ夫人は夜会をあとにするさい、エリザヴェータ夫人にこう告げた。

「まあ、良くもあれば悪くもあるわね。わたしの意見が聞きたければ言うけど、悪いほうがまさっているわ。どういう人間かは、ご自分でもおわかりでしょう。病人ですよ！」

エリザヴェータ夫人は内心、結婚相手として「不可」の最終決断をくだし、夜のうちにこう誓いを立ててしまった。《わたしの目の黒いうちは、公爵をアグラーヤの夫にはさせない》。その誓いを胸にいだいたまま、翌朝ベッドから起きあがった。ところが同じ朝の正午過ぎ、朝食のテーブルに向かっているあいだ、夫人は驚くような自己矛盾に陥ってしまった。

姉たちのある質問、といってもひじょうに注意深く投げられた質問にたいし、アグラーヤはふいに冷淡に、しかも鼻もちならぬ傲慢な調子で、語気するどくこう言いはなったのだ。

「わたしね、いちどだってあの人と何か約束をかわしたことはないし、これまでいちどだって自分の結婚相手だなんて考えたことありません。あの人は、わたしにとって、ほかの人たちと同じ他人です」

エリザヴェータ夫人はかっと頭に血がのぼった。

「おまえの口からそんな言葉が出るとは思わなかったわ」夫人はいかにも苦々しげに言いはなった。「そりゃ結婚相手たりえませんよ、それはわたしも承知しています。

まあ、結果的にこうなってやれやれとは思っているわ。でもね、おまえがまさかそんな口のきき方をするとは！　おまえからは、べつの言葉が出てくるものと思っていました。わたしなら、昨日のお客みんな追っぱらってでも、あの人は残したわ。だって、それだけの人なんですから！……」

そこで夫人は、自分が口にした言葉にうろたえて急に口をつぐんだ。しかし、もしもこの瞬間、自分が娘にたいしてどれほど不当な態度をとっているか知っていたとしたら？　アグラーヤの頭のなかでは、すでにすべてが決せられており、彼女もまた、すべてに決着をつけるべきときの訪れを待ちうけていたのだった。だからこそ彼女は、あれこれほのめかされたり、心の深い傷に不用意に触れられるたびに、胸が引き裂かれるような思いがしていたのだ。

8

この日の朝は、公爵にとってもさまざまな重苦しい予感に支配されるかたちではじまった。そうした予感は、彼がいま置かれている病的な状態によって説明づけることもできたが、彼をとらえている悲しみはあまりに曖昧模糊《もこ》としていて、それが彼にとって何よりもつらいことだった。たしかに彼の前には明らかな事実が、重い、毒々しい事実が立ちふさがっていたが、しかし彼の悲しみは、彼が思いだし、あれこれ推測できることがらのはるか遠くにまでおよんでいた。自分ひとりの力で気持ちを落ちつかせることはできないと彼は理解していた。すると彼の心のなかで徐々に、今日こそは自分の身に何かしら特別な、決定的なことが起こるかもしれないという期待が根を張りはじめた。昨晩、彼の身に生じた発作は軽いものだった。鬱々とした気分、いくぶん頭が重い感じと、手足の痛みをのぞけば何ひとつ異常を感じることはなかった。心もちは病んでいたが、頭はかなり明晰《めいせき》に働いていた。起きたのはかなり遅かったが、すぐに前の晩の出来事をはっきりと思いだした。かならずしも明確ではないながら、発作のあと、半時間ほどして家に送りとどけられたことも思いだした。彼の健康状態をうかがいに、エパンチン家の使いがすでに現われていることも知った。十一時半には、また別の使いが現われた。それが彼にはうれしかった。まっさきに見舞いにやってきたレーベジェフの娘ヴェーラが、面倒をみてくれた。公爵の姿を目にするや彼女はたちまち泣きだしたが、公爵が落ちつかせてやると今度はからからと笑いだした。この娘が示してくれた強い憐れみの情に、なぜかふと心を打たれた。そこで公爵は彼女の手をとって口づけした。ヴェーラの顔がぱっと赤くなった。

「ああ、なんてことを、なんてことを！」すばやく手を引っこめながら、彼女は怯えたように声を上げた。

何やら妙にどぎまぎした様子で、彼女はすぐに部屋を後にした。もっとも、彼女がその間話してくれたところによると、父親のレーベジェフは今日、まだ夜が明ける前、かねて将軍呼ばわりしてきた「故人」の家に駆けつけ、夜中にぽっくり逝っていないか確かめてきたが、聞いたところ、おそらくそう長くはもたないだろうとのことだった。十一時過ぎには、当のレーベジェフも帰宅して公爵の部屋に姿を現わしたが、じつのところ、「ほんの束の間、あなたさまの大切なお体の調子をたしかめに参った次第でして」というわけで、ついでながら、この部屋に据えつけられた「棚」の様子をのぞく都合もあったらしい。彼はもう、ああ、とか、おお、とか声を発するばかりなので、公爵も早々に見切りをつけたが、それでも相手は昨日の発作のことを根ほり葉ほり聞きだそうとしていた。とはいえ、彼がその件ではすでに細部まで知りつくしていることは明らかだった。レーベジェフのあとからコーリャが、これまたほんの一分といって駆けこんできたが、こちらはほんとうに急いでいて、しかもはげしい、暗澹たる不安にかられていた。コーリャは開口一番いきなり、そして執拗な調子で、これまで自分に隠してきたことを洗いざらい説明してくれるよう公爵に求めた。そしてついでながら、ほとんどのところはすでに昨日のうちに聞いて知っていたとももらした。コーリャは心底から深いショックに見舞われていた。

なしうるかぎりの同情をこめて、公爵は公爵は事のしだいをつぶさに話して聞かせ、事実を事のしだいを余すところなく正確に再現して見せると、哀れな少年は驚きのあまりまるで雷にでも打たれたかのように、ひとことも発することができないままだまって泣きだした。公爵は、これがこの若者にとってはけっして消えることのない傷のひとつとなり、彼の人生にとって永遠の転機となるだろうと予感した。公爵は急いで、この事件をめぐる自分なりの見解を伝え、そしてお父上がお亡くなりになるとしたら、自分の考えでは、おそらく例の過ちが本人の心に残した呵責《かしゃく》こそおもな理由だろうし、そういう思いを経験できる人は数少ない、と言い添えた。公爵の言葉を最後まで聞くと、コーリャの目がにわかに輝きだした。

「ガーニャ兄さんも、ワーリャ姉さんも、プチーツィンも、みんな役立たずなんだから！　ぼくはあの人たちと喧嘩なんてする気はないけど、でも、いまこの瞬間から、ぼくらはみんな別々の道を行きます！　ああ、公爵、ぼくは昨日、あの出来事があってから、ほんとうにたくさんの新しいことを肌で理解しました。よい勉強になりました！　母さんのことも、これからはぼくがこの手で、しっかりと支えていきます。母さんは、いまワーリャ姉さんのところで世話になっていますが、あれではぜんぜんだめですから……」

コーリャは、家族が待っていることを思いだして急に席から立ちあがり、慌てて公爵の体の具合を尋ね、その返事を聞くとふいに急いで言い添えた。

「ほかに何か悪いことはありませんでしたか？　昨日、聞いたところだと……（といってぼくに口出しする権利などありませんが）、でも、いつか、何かで、忠実な下僕が必要となったら、目の前にいるこのぼくがお役に立ちますからね。どうやら、ぼくたちふたり、必ずしも運が良さそうじゃありませんもの、そうでしょう？　でも……こまかく聞くことはしません、そんなこと、しません……」

コーリャが部屋から出ていくと、公爵はさらに深くもの思いにふけりだした。だれもがみな不幸を予言し、すでに結論まで出して、何かを知っているかのような、しかも自分の知らない何かを知っているかのような顔をしている。レーベジェフは何かを聞きだそうとし、コーリャはあからさまにそれをほのめかし、ヴェーラは泣きだした。やがて彼は、いまいましさのあまり片手を振った。《ろくでもない、病的猜疑心《さいぎしん》ってやつ》——彼はふとそう思った。

一時過ぎ、「ほんの一分」と言って見舞いに来てくれたエパンチン家の人々を見ると、公爵の顔にさっと光がさした。一行は、じっさい、ほんの一分のつもりで立ち寄ったのだった。エリザヴェータ夫人は、朝食を終えて席を立つさい、これからすぐにみんなで散歩に出ましょうと宣言した。命令のかたちで出されたこの通告は、ぶっきらぼうで、そっけなくて、説明もいっさいぬきだった。そこで一同はそろって家を出た。すなわち、母親、娘たち、S公爵である。エリザヴェータ夫人は、毎日出かけていくコースとは反対の方向にまっすぐ歩きだした。一同は事情を察していたが、母親を怒らせるのを恐れて口を閉ざしていた。しかし夫人は、あたかも叱責や反論から身を守ろうとするかのように、一同の先頭に立ってうしろをふり向きもせずに歩いていった。アデライーダがついに、散歩なのだからそう急ぎ足になることはないでしょう、それじゃ、お母さまに追いつけやしない、と注意した。

「ほら、ごらん」そう言ってエリザヴェータ夫人がとつぜん振りかえった。「ちょうどあの人の家のそばを通りかかるところだわ。アグラーヤがどう思うかしれないし、あとで何が起こるかわからないけれど、あの人は赤の他人じゃありません、おまけにいまはかわいそうに病身ですから。少なくともわたしはお見舞いに寄ってみるわ。来たい人はいっしょについて来なさい。行きたくない人は、このまま通りすぎればいい。べつに道が塞がっているわけじゃないし」

むろん一同がそろって立ち寄ることになった。公爵は、当然のことながら、あらためて昨日の花瓶のことと……そのあとの例の一件について許しを求めた。

「なに、どうってことありませんよ」エリザヴェータ夫人が答えた。「花瓶なんて惜しくありません、惜しいのはあなたですよ。ということは、ご自分でももう気づいているわけね。あれが恥ずかしいことだってことに。そういうのを、『あとの祭り』っていうの。でも、いいでしょう。だっていまじゃ、みんながみんな、あなたを責めても仕方ないって思っているんですから。でも、まあこれでお暇《いとま》するわ。元気が残っていたら、少し散歩をして、またひと眠りすることね――それがわたしからのアドバイス。それと、気が向いたらこれまでどおり家にも寄ってちょうだい。けっして忘れちゃだめよ。何があっても、どういう結果になろうと、あなたはやっぱりわが家の友なんですから。少なくとも、わたしのね。少なくとも自分のことなら責任もてますから……」

夫人の挑戦的な物言いに応じるかたちで、一家全員、ママと同じ気持ちだと明言した。一同はそう言って出ていったが、急いで何か優しい励ましとなるような言葉をかけてやらなくては、という素朴な思いには、当のエリザヴェータ夫人さえ気づかなかった残酷なものがたくさん隠されていた。「これまでどおり」寄ってちょうだい、という誘いにも、「少なくとも、わたしのね」という物言いにも、またもや何かしら予言的なものが響いていたからである。公爵はアグラーヤの様子を思いおこそうとした。部屋に入ってくるときも、部屋から出ていくときも、彼女はたしかに驚くほどにこやかな笑みを見せてくれたが、一同がそれぞれ変わらぬ友情を表明してくれたときでさえ、彼女は二度ばかり自分を食い入るように見つめただけで、ひとことも口を開こうとはしなかった。昨夜よく眠れなかったのか、彼女の顔は、いつもよりも青ざめていた。晩には「これまでどおり」かならず彼らの家を訪ねてやろうと公爵は心に決め、熱に浮かされたような目でちらりと時計を見やった。エパンチン一家が帰ってから、きっかり三分してヴェーラが部屋に入ってきた。

「ムイシキンさま、じつはたったいまアグラーヤさまから、あなたさまにそっとお伝えするようにとのご伝言をあずかりました」

「手紙ですか？」

「いいえ、口頭で、それもほんのひとことでございます。たってのお願いなので今日は一日、一分たりとも家を出ないでいただきたいとのことでした。晩の七時まででしたか、それとも九時まででしたか、そこのところははっきりと聞きとれませんでしたが」

「そう……それっていったいなんのためだろう？　何を意味しているんだろう？」

「それはわたしにはまったくわかりません。ただ、まちがいなくお伝えするようにお命じになられました」

「『まちがいなく』って、あの人がそう言ったのですね」

「いいえ、はっきりとそうはおっしゃっていません。帰りがけにこちらを振りかえって、ほんのひとことおっしゃられただけでして、こちらからそばに駆けよっていって、なんとか。でも、もうお顔をうかがっただけで、『まちがいなく』とおっしゃったかどうか、わかりました。わたしをしっかりと見つめられましたので、息が止まりそうでした……」

それからさらにいくつか質問してみたが、それ以上何も聞きだすことができず、公爵の不安は募るいっぽうだった。ひとりになった彼はソファに横たわり、またしてもあれこれ考えはじめた。《ことによると、あの家に九時ごろまではだれか別の人が来ているのかもしれない。あの人は、ぼくがまたお客の前で何かばかなことをしでかすのではないか、心配しているんだ》——ようやくそうした答えにたどりつくと、公爵はまた日が暮れるのを待ちかねて、ちらりちらりと時計に目を走らせた。ところが、この謎は、日が暮れるよりもはるかに早く、答えが出た。その謎ときもまた、新しい来客というかたちをとったのだが、その謎ときは新しく重苦しい謎をともなっていた。エパンチン一家が去ってからきっかり三十分後、彼の部屋にイッポリートが入ってきた。見るからに憔悴しきった様子で、部屋に入ってもろくに口がきけず、さながら正気を失ったかのように肘掛け椅子にどっと倒れこむと、その瞬間、堪えきれないといった様子で咳《せ》きこみはじめた。そうしてついに血を吐くまで咳をしつづけたが、目はぎらぎらと輝き、両の頬には赤い斑点が浮きだしていた。公爵は彼に何ごとかつぶやいたが、相手はそれに返事をせず、しばらくの間そっとしておいてくれといわんばかりに、無言のまま片手を振りまわすだけだった。やがて正気が戻ってきた。

「帰ります！」しゃがれ声を振りしぼってそう言明した。

「よかったら送りましょう」椅子から腰を浮かして公爵はそう申し出たが、さっき家を出ないようにと足止めされたことを思いだし、そのまま口ごもった。

イッポリートが笑いだした。

「べつにここを出るって言ったんじゃないんです」絶えまない息切れと咳払いに苦しめられながら、彼は話しつづけた。「それどころか、こちらに来る必要があって伺ったんです。それも用事があって……でなかったら、わざわざお邪魔なんてしません。ぼくはあっちに帰るんです、どうも今回ばかりは本気みたいでね。もう、おしまいなんです！　何も同情がほしいわけじゃない、いいですね……ぼくは今日、十時に横になりました。その時が来るまで、もうぜったいに起きあがらないつもりでね。でも、なんとか思い直して、もういちど起きあがったんですよ。あなたのところに伺おうと思って……つまり、そうする必要があったんです」

「見ているだけでつらくなります。わざわざ自分で体など動かさず、逆にぼくを呼んでくれればよかったのに」

「いや、もういいんです。同情してくださった、つまり社交辞令はそれでもう十分です……そうだ、忘れてました、あなたのほうこそ、体のお加減は？」

「ぼくは元気です。昨日はちょっと……でも、べつにたいしたことでは……」

「聞きました、聞きましたとも。中国製の花瓶こそ、いい面の皮でしたね。ああ、その場にいたかった、残念！　で、肝心の用事のことです。第一に今日、ぼくはたいへんラッキーにも、ガヴリーラさんとアグラーヤさんが、例の緑のベンチで会っているところを目撃しましてね。ほんとうに驚きましたよ。同じひとりの人間が、ここまで阿呆面《あほうづら》できるものかとね。で、ガヴリーラさんが去られたあと、アグラーヤさん本人にそう注意しておきました……ところで公爵、あなたはどうも何ごとにも動じなくなっておられるようですが」平然とした公爵の顔をいぶかしげに見やりながら彼はそう言い添えた。「何ごとにも驚かない、というのは、大智の印といいますがね、ぼくに言わせると、同じ程度に大愚の印でもありますよ……といって、あなたへのあてつけで言ってるわけじゃありませんから、悪しからず……。今日のぼくは、どうもうまく舌がまわらなくて」

「もう昨日から知っていました、ガヴリーラさんが……」そこまで言うと、公爵は明らかにうろたえた様子で口ごもったが、イッポリートはイッポリートで、公爵がどうして驚かないのか、それがいまいましくてならなかった。

「知っていたですって！　それは、聞き捨てならない！　でもきっと、その話は聞かないほうがいいでしょう……で、今日のデートの現場、あなたはごらんにならなかったわけですよね？」

「あなたご自身がそこにおられたというなら、ぼくがいなかったことはおわかりでしょう」

「いえ、ひょっとして、どこか茂みの蔭《かげ》にでも隠れておられたかと。それはそれとして、ともかくぼくはうれしいんです、もちろんあなたを思ってですがね、だって、これはもう、ガヴリーラさんがてっきり彼女のハートを射止めたのかと思っていたところですから！」

「イッポリート、お願いですから、ぼくの前でその話は持ちださないでください、それにそんなふうな言い方で」

「だってもう、ぜんぶご存じでいらっしゃるわけですものね」

「いえ、それはちがいます。ぼくはほとんど何も知らないんです。アグラーヤさんだって、ぼくが何も知らないということは、きっとご存じのはずです。そのデートの件にしたって、ぼくは何も知らなかったも同然なんですから……デートをしていた、っておっしゃるのですね？　でも、まあいいでしょう、でも、この話、もうやめましょう……」

「いったいどうなさったんです、知っていると言ったり、知らないと言ったり？『まあいいでしょう、でも、この話、もうやめましょう』ですむことなんですか？

いや、だめです、そこまで気を許すもんじゃない！　かりに何もご存じないのなら、なおさら。あなたが気を許しておられるのは、ご存じないからなんです。で、ご存じなんですか、あそこのふたり、兄と妹が何を企《たくら》んでいるか？　それぐらいは、たぶん疑っておられるんでしょう？……わかりました、けっこうです、やめましょう……」いらだたしげな公爵のしぐさに気づいて、彼はそう言い添えた。「でも、ぼくがお伺いしたのは、自分の用事のためですから、その件については……説明したいんです。まったく困ったもんで、この説明なしではなんとしても死ねないんです。このぼくときたら、ほんとうに情けない。話、聞いてくれますか？」

「いいですよ、聞いていますから」

「でも、ちょっと考えをあらためますね。やっぱりガヴリーラさんの話からはじめましょう。あなたには想像もつかないでしょうけど、じつは、今日、このぼくもあの緑のベンチに来るように仰せつかっていたのです。もっとも、嘘はつきたくないので言いますが、このぼくのほうからしつこくデートを持ちかけたんです。秘密を明かしますからと約束してね。早く行きすぎたのだかどうか、そこはわかりませんが（たしかに早く着きすぎたようです）、ぼくがアグラーヤさんのとなりに腰をおろしたかと思うと、いきなりガヴリーラさんとワルワーラさんのふたりが姿を現わすじゃないですか、散歩の途中とでもいわんばかりに、手をつなぎながら。ところがこのぼくがいるのを見てどうやらふたりものすごく驚いているようでした。そんなことは予測もしていませんから、すっかり慌てた様子でね。で、アグラーヤさんもぱっと顔が赤くなり、信じようと信じまいと勝手ですが、少し狼狽しているようにも見えましたよ。ぼくがそこにいたせいかもしれないし、それともたんに、ガヴリーラさんの姿を見たせいかもしれません。何しろ、あの人、妙にハンサムすぎますからね。ところがアグラーヤさん、顔をぱっと赤くさせただけで、一瞬のうちに話を片づけてしまいましたよ。それもとってもおかしなやり方でね。つまり、ちょっと腰を上げて、ガヴリーラさんのお辞儀とワルワーラさんのおもねるような笑みに応えると、急につっけんどんな調子でこう言ったんです。『わたしはただ、あなたがたおふたりの真心からの友情にたいして、個人的にお礼を申し上げたいと思ったまでです、もしも、あなたがたの友情におすがりせざるをえないときがきましたら、そのときはどうか……』。そこでアグラーヤはお辞儀をしたので、ふたりは立ち去っていきましたが、コケにされたと思ったか、意気揚々と引きあげていったのか、そこのところはわかりません。ガヴリーラさんは、むろんばかを見たわけですがね。あの人は何がなんだかさっぱりわからず、エビみたいに顔を真っ赤にさせていましたが（どうかすると、あの人の顔って、驚くような表情になるんですね！）、ワルワーラさんのほうはどうやら、ここは一刻も早く逃げるにかぎる、アグラーヤさんから得るべきものは十分に得たと合点したのか、ぐいぐい兄を引っぱっていきました。彼女はお兄さんより賢いですから、きっと今ごろは勝ちほこった気分でいると思いますよ。で、ぼくがそこに行ったのは、あのナスターシヤさんと会う段取りについてアグラーヤさんと相談するためだったのです！」

「ナスターシヤさんと会うですって？」公爵は叫んだ。

「ははあ！　あなたも冷静さを失くして、驚くことを思い出しましたか？　ぼくとしても大歓迎、人間らしくあろうという、そのお気持ち。ご褒美にひとつ、あなたを喜ばせてあげましょう。若くて、心のけだかい乙女たちに奉仕するのもなかなか大変でしてね、なにしろ今日、ぼくはあの人から平手打ちを食らいましたから！」

「せ、精神的な意味の？」なぜか思わず公爵はそんな質問を口にした。

「ええ、肉体的な意味のじゃなく。どうやら、ぼくのような人間にたいしては、もうだれひとり手を振りあげることはしないようです。いまじゃ、女性さえぼくをなぐろうとしない。ガーニャさんまでなぐろうとしない！　といっても昨日、彼がぼくに飛びかかってきそうな気がした瞬間がありましたが……賭けてもいいですが、あなたがいま何を考えてらっしゃるか、ぼくにはわかるんです。そう、こう考えてらっしゃる。《かりになぐるのはむりだとしても、寝ているあいだ、枕か、濡《ぬ》れ雑巾で窒息死させることはできる、いや、むしろそうすべきだ……》とね。いま、この瞬間、あなたの考えていることが、あなたの顔に書いてあるんです」

「そんなこと、いちどだって考えたことはありません！」吐きすてるような調子で公爵は言った。

「さあ、どうですか。じつは昨日の夜、濡れ雑巾で窒息させられる夢を見まして……ある男に……そう、それがだれか言いましょうか、ロゴージンなんですよ！　どう思います、濡れ雑巾で人を窒息させられるもんでしょうか？」

「わかりません」

「それができるんだそうですよ、聞いたことがあります。でも、けっこう、この話、やめましょう。でも、どうしてぼくのことをゴシップ屋だなどと？　どうしてあの人は今日、ぼくのことをゴシップ屋とか言って、悪態ついたんでしょうね？　それも、いいですか、最後までひとことも漏らさず聞いたあとで、あれこれ聞き返してからです……。でも、女性って、えてしてそんなもんなんでしょう！　ぼくがロゴージンと、あの面白い男とかかわったのだって、もとはといえば、あの人のためですから。あの人の利益を考えて、ナスターシヤさんと個人的に会う手はずを整えてやったわけですが。ナスターシヤさんの『お古』をもらって悦に入っているとかほのめかして、自尊心を傷つけたからじゃないか、と。でも、このことは、あの人のためを思ってこれまでずっと説明してきたんです。いえ、隠す気なんてありません。その種の内容の手紙を二通あの人に書いて、今日が三度目ということになります、それもじっさいにお目にかかって……さっき、ぼくはあの人に、これはあなたの顔を潰すことになります、と切りだしたんです……それにしかも、さっきの『お古』っていう言葉だって、じつはぼくが言った言葉じゃなくて、べつの人が言ったことなんです。少なくとも、ガヴリーラさんの家では全員がそう言っていましたよ。それに、あの人も自分からそれを認めたんですからね。それなのに、どうしてあの人にゴシップ屋などと言われなくちゃならないのか、ってことです。わかります、わかりますとも。いま、ぼくを見ながら、あなたはもうぼくのことがおかしくてしょうがない。賭けをしてもいいですよ、あなたはこのぼくにあの、ばかげた詩を、あてはめてらっしゃる。

かくして、わが哀しき落日に、
愛はおそらく、別離のほほえみに輝こう

はっはっはっ！」彼はふいにヒステリックな笑いを爆発させ、咳きこみはじめた。「ところで」と彼は、咳をしながらかすれた声で言った。「あのガヴリーラさんってなんて男なんでしょうね。人のことを『お古』などと呼んでおきながら、いまじゃ当人がそれを利用しようって魂胆なんですから」

公爵はしばらくのあいだ黙りこんでいた。恐怖におののいていたのだ。

「あなたは、ナスターシヤさんとの会見の話をしていましたね？」彼はやがてつぶやくように言った。

「それじゃ、ほんとうに知らないんですか。今日、アグラーヤさんとナスターシヤさんが会う話。そのためにナスターシヤさんは、ロゴージンを通じてわざわざペテルブルグから呼び出されているんですよ。アグラーヤさんの招きで。それにぼくの骨折りもありましたが。で、あの人はいま、ロゴージンといっしょにこのすぐ近くに来ているんです。お友だちのダーリヤさんのところに……あれは、かなり正体不明な女ですが、あそこへ、今日、あの正体不明の家に。アグラーヤさんは、ナスターシヤさんと腹を割って話す気で出かけるんです。いろんな問題を解決するためにね。つまり、ふたりとも算数に学ぼうって気でいるわけですよ。ご存じなかったんですか？　ほんとうに？」

「そんなこと、ありえません！」

「ありえないとおっしゃるなら、それでもけっこう。そうはいっても、この話があなたに知れるはずもありませんしね？　ここは、ハエがぶーんと唸っただけで、もう噂が立つくらいの、そんな土地柄なのに！　でも、とはいってもぼくはこうして警告してあげたわけですから、ぼくに感謝してもいいはずです。それじゃ、いずれまた——次は、あの世で、ですね、きっと。ああ、そうだ、もうひとこと言い忘れたことがありました。たしかにぼくはあなたにたいし卑劣な真似をしましたが、だからって……どうしてぼくは何もかも失わなくちゃいけないんです、お願いですから、ちゃんと考えてください。それがあなたのためになるんですか？　だって、ぼくはあの人にぼくの告白を捧げたんですよ（そのことはご存じなかったでしょう？）。それにあの人の受けとりかたときたらどうでしょう。へっへっ！　でも、さすがにあの人にたいしては卑劣な真似などしませんし、何ひとつ悪いことはしていません。ところがあの人のほうが、このぼくに恥をかかせ、裏切ったのです……もっとも、ぼくはあなたにたいしても何ひとつ悪いことはしていません。たとえあの場で『お古』だとか、その種のことを口にしはしてもね、そのかわり、いまこうして会見の日取りも時刻も、そして住所までお伝えして、そこで行われようとしているおままごとを全部オープンにして見せているわけですから……むろん、これは腹いせからであって、べつに寛大な気持ちがそうさせているわけじゃありません。それじゃ、さようなら、ちょっとおしゃべりがすぎました、言語障害か結核病み、みたいにね。くれぐれも注意して、ちゃんと手を打ってくださいよ、できるだけ早く、あなたがせめて人間的と呼ばれる価値があるのなら。会見は、今日の夜。これはたしかです」

イッポリートはドアのほうに歩きだしたが、公爵に大声で呼びとめられ、ドア口のところで立ちどまった。

「つまり、あなたの考えだと、今日、アグラーヤさんは自分からナスターシヤさんのところに行くということですか？」公爵は尋ねた。彼の両頬と額に、赤い斑点が浮かびあがった。

「正確なところはわかりませんが、おそらく、そうでしょう」なかばふり返りながら、イッポリートは答えた。「だって、ほかにどうしろといって、やりようがないでしょう。ナスターシヤさんが、あの人のところに行くわけにはいかないし。それに、ガヴリーラさんのところってわけにもいきませんよ。あそこにはほとんど、死人同様の人がいますから。で、将軍はいったいどうなっているんです？」

「そのことひとつとってもありえない話です」公爵は話を引きとった。

「出るに出られない事情がありますからね。ご存じないんですね……あの家の習慣を。ナスターシヤさんのところにひとりで行けるはずはありません。それこそナンセンスっていうものです！」

「でも、いいですか、公爵。たしかに窓から飛びおりる人などいませんが、いざ火事になってごらんなさい、そうしたら、おそらくいの一番に、最高クラスの紳士淑女たちが窓から飛びおりることになるんです。いざ、その必要が出てくれば、そんなのはへでもありません。われらが令嬢だって、ナスターシヤのところに駆けつけていきます。でも、あの家ではほんとうにどこにも出してもらえないんですか、あのお嬢さんたち？」

「いや、ぼくが言っているのは、そういうことじゃ……」

「そういうことじゃないっていうなら、あの人はただ表階段を降りて、まっすぐ出かけていけばいいだけのことです。で、出かけていきさえすれば、もう帰らなくてもいいのですから。時と場合によっては、過去をすっぱり絶って、家に帰らなくてもいいことだってありえますよ。人生なんて、たんに朝食だの、昼食だの、S公爵ばかりから成りたってるわけじゃないんです。あなたはどうも、アグラーヤさんのことを、ただのお嬢さんか、女学生かなにかのように考えてらっしゃるみたいですね。ぼくはもう、このことについてあの人に話しました。あの人も、賛成してくれたようです。それじゃ、七時ごろか八時ごろ待っていてください……ぼくがあなただったら、あの家に見張りを送って、あの人がちょうど表階段から降りてくるところを捕まえますね。そう、コーリャでも送ったらどうです。あの子なら、喜んでスパイになってくれますから。いや、だいじょうぶ、つまりあなたのためにってことですから……だって、こういうことって、ぜんぶ相対的なことでしょう……はっはっ！」

イッポリートは部屋から出ていった。公爵からすると、たとえ自分にそれができたにせよ、だれかにスパイになってくれるよう頼む理由などなかった。家にいるようにとのアグラーヤの指示も、これでもってほぼ納得がいった。おそらく彼女は、彼を連れ出すためにここに立ち寄るつもりだったのだろう。ことによると彼女は、公爵が会見の場所に来るのをいやがり、家でじっとしているようにと命じたのかもしれない……それもまたありうることだった。頭がぐらぐらしてきた。部屋全体がぐるぐる回転しているかのようだった。彼はソファに横になり、目を閉じた。

いずれにせよ、事態は最後の決定的段階に入ろうとしていた。いや、公爵はアグラーヤをただのお嬢さんとか、女学生などとみなしてはいなかった。彼はいま、自分がだいぶ前から、まさにこれに類したことが起こるのを恐れてきたと感じていた。それにしても、いったいなんのためにアグラーヤは、あの人に会おうとしているのか？　悪寒が体全体に走りぬけていった。またしても彼は熱に浮かされていた。

いや、断じてあの人を子ども扱いなどしてはいなかった！　最近では、彼女のものの見方や言葉遣いに、唖然《あぜん》とさせられることが多くなっていた。ときとして、彼女があまりにもしっかりとしすぎて、あまりにも自分を抑えすぎるきらいがあるように思え、かえってそのことで怖気づいている自分をも思いおこすこともあった。事実、彼はここ数日、できるだけこのことを考えないように努め、重苦しい考えを追いはらってきたのだが、それにしても彼女の心のなかにいったい何が隠されていたのだろうか？　その心を信じてはいたものの、彼は前々からこの問題に苦しめられてきた。そして今日こそ、そのすべてが解き明かされ、明るみに出るはずだった。そう考えるだけで恐ろしかった！　そしてまたしても――《あの女性》が！　どうしていつも、最後の最後というときにあの女性が姿を現わし、自分の運命をまるごと、さながら腐った糸のように引きちぎってしまうような気がするのか？　つねにそのような気がしてきたということ、そのことについては、いま、なかば譫妄《せんもう》状態にありながらも誓って断言することができた。最近、彼が、つとめて彼女のことを忘れようとしてきたのも、もっぱら彼女を恐れていたからにすぎない。いったいどちらなのか？　自分はあの女性を愛していたのだろうか、それとも憎んでいたのだろうか。その問いを、今日の彼はいちどとして心に浮かべたことはなかった。この点について、彼の心は澄みきっていた。彼には、自分がだれを愛しているか、わかっていたのだ……。彼はさして恐れてはいなかった。あのふたりの女性の会見も、その会見のもつ奇怪さも、自分にはわからないその会見の理由も、その会見がはたしてどんな解決を見ようと――、いや、彼が恐れていたのは、まさにナスターシヤその人だった。それから数日後に思い出したことだが、熱に浮かされていたこの数時間ずっと彼女の目とまなざしがちらつき、彼女の言葉が――何かしら奇怪な言葉が聞こえていた。もっとも、熱に浮かされたこの悩ましい数時間が過ぎると、彼の頭にはごくわずかな記憶しか残っていなかった。たとえば、ヴェーラが食事を運んできてくれて、自分が食事をとったこともかろうじて覚えているにすぎず、食事のあと眠ったかどうかはもはや記憶がなかった。彼にわかっていたのは、たんに次のようなことだった。すなわち、自分が何もかも完全にはっきりと区別できるようになったのは、その日の晩のこと、つまりアグラーヤがいきなりテラスに入ってきた瞬間からあとのことで、彼はそこでソファから飛び起きると、彼女を迎えようと部屋の中央まで出ていった。それが、七時十五分だったということだった。アグラーヤはたったひとりでやってきたが、身なりはごくあっさりしたもので、いかにも急いできたらしく、軽いバーヌースを羽織っていた。顔はさっきと同じように青ざめていたが、目だけは明るく乾いた輝きを帯びていた。そうした目の表情を、彼はこれまでいちども見たことがなかった。彼女は、注意深げに公爵の姿をうかがった。

「すっかり用意ができているわね」落ちつきはらった小さな声で彼女は言った。「ちゃんと服を着て、帽子も手にしてらっしゃる。ということは、前もってだれかに聞かされていたのね。だれだかわかるわ。イッポリートでしょ？」

「ええ、彼が教えてくれました……」なかば死人のような声で、公爵はつぶやくように答えた。

「それじゃ、行きましょう。わかってらっしゃるわね、あなたには何としてもエスコートしていただかなくてはならないの。元気は十分にあるでしょう、その、つまり、外出できるくらいの」

「ええ、元気はあります、ただ、……いったいそんなことが可能なのかと？」

一瞬のうちに彼は言葉を切り、それ以上ひとことも口にすることができなかった。それは彼が、この正気を失った娘を引きとめることができる唯一の試みで、それからはまるで囚人のように自分からあとについて歩きだした。頭のなかはまだかなり混乱していたが、それでも、アグラーヤがたとえ自分ぬきでもあそこに出かけて行く気でいることがわかっていた。それならばとにもかくにも、そのあとについて行かざるをえなかった。彼女の決心がどれほど固いものか察しがついていた彼は、その荒々しい衝動を止めるなど、とうてい自分の手に負えそうもないと感じていた。ふたりは粛々と、途中、ほとんどひとことも口もきかずに歩きつづけた。公爵はただ、彼女が道順をよく知っているのに気づいた。公爵は、人通りのない道を行くつもりで横丁を一本迂回しようと考え、そのことを提案すると、彼女は耳をそばだてるしぐさで彼の話を聞き、「どちらでも同じでしょう!」とぶっきらぼうな調子で答えた。ふたりがすでにダーリヤの家のすぐ近くまで来たとき(大きくて古い木造の家屋だった)、表玄関から派手に着飾った婦人が若い娘を連れて出てきた。婦人と娘は、大声で笑ったり、何ごとか話をしながら階段の脇に待たせてあった豪勢な四輪馬車に乗りこんだが、近づいてくるふたりにはまるで気づいてもいないかのようにいちども目をくれなかった。四輪馬車が出ていくと、すぐにドアが開き、待ちうけていたロゴージンが公爵とアグラーヤを中に通し、その後ろからドアを閉めた。

「いまは家じゅうだれもいない、おれたち四人を除いてな」聞こえよがしに彼は大声で注意し、奇妙な目つきで公爵のほうを見やった。

ナスターシヤが待ちうけていたのは、いちばん手前の部屋だった。彼女もまたごくかんたんな身なりで、全身黒ずくめだった。ふたりを出むかえようと彼女は立ちあがったが、にこりともしなければ、公爵には手を差しだそうともしなかった。

ナスターシヤは、食いいるような不安に満ちたまなざしで、アグラーヤを苛立たしげに見つめていた。女ふたりは、たがいに少し離れたところに腰をおろした。アグラーヤは部屋の隅のソファに、ナスターシヤは窓側の席だった。公爵とロゴージンは立ったままの姿でいたが、といって彼らに席を勧めるものもなかった。公爵はいぶかしげに、体のどこかに痛みでも抱えているかのような表情で、あらためてロゴージンを見やったが、相手はあいかわらず例の薄笑いを浮かべているだけだった。それから数瞬間、沈黙が続いた。

やがてナスターシヤの顔を、何かしら不吉な影がよぎった。彼女のまなざしは執拗で、動かず、ほとんど憎しみに満ちたものとなっていき、一瞬たりとも客のアグラーヤから離れることはなかった。アグラーヤはみるからに困惑しきっていたが、怖気づいてはいなかった。部屋に入ってくるとき、彼女はちらりとナスターシヤに視線を投げたものの、いまは何か考えごとがあるのか、腰をおろしたままずっと目を伏せていた。何かの拍子に二度ばかり、ぐるりと部屋を見まわした。するとその顔には、あたかもこんな場所で身を汚したくないといわんばかりの、嫌悪の色がありありと浮かびあがった。彼女はなかば機械的に衣服のみだれを直し、いちどなどは、何やら落ちつかない様子でソファの隅に座りなおしたほどだった。彼女自身、そうした自分のしぐさをほとんど自覚していなかったにちがいないが、その無自覚ぶりがことさら相手の屈辱感を強める結果になった。そしてついに彼女は、毅然とした態度でナスターシヤの目をしっかり見すえると、相手の憎らしげなまなざしのなかに輝いているものすべてをただちに読みとった。女が、女を理解したのだ。そこでアグラーヤはぎくりと体をふるわせた。

「わたしがなぜあなたをお呼びしたか、もちろんご存じですよね」ついに彼女が口火を切ったが、その声はひどくちいさく、わずかこれだけのことを言うのにも二度も言葉を継いだほどだった。

「いいえ、何も、存じません」ナスターシヤは素っ気ない、ぶっきらぼうな調子で答えた。

アグラーヤの顔が赤くなった。ことによると彼女は、自分がいまこうして「この女」と「あの女」の家で席を同じくし、しかも相手の答えを待っているという事態が、おそろしく奇妙で、ありうべからざることのように思えたのかもしれない。ナスターシヤの声色を耳にするや、ふるえが全身を駆けぬけていったかのようだった。そのありさまを、むろん「あの女」はきわめて目ざとく心に留めていた。

「何もかもご存じでらっしゃるのに……そうしてわざと知らんふりなさるんですね」アグラーヤは、硬い表情で床を見つめながら、ほとんどささやくような声で言った。

「こんなことして、何になるんです？」ナスターシヤの口もとにかすかに薄笑いが浮かんだ。

「あなたは、わたしの立場を利用なさろうというわけね……わたしがあなたの家にいるのをいいことに」どこか滑稽とも聞こえる、ぎこちない調子でアグラーヤはつづけた。

「あなたのその立場は、あなたの責任で、わたしのせいじゃありません」ナスターシヤは急に激して叫んだ。「わたしがあなたを呼んだわけじゃなく、このわたしが、あなたに呼ばれたんですから。それに、いまになってもそれが何のためか、わたしにはわかりません」

アグラーヤはきっとなって顔をあげた。

「口を慎みなさい。わたし、あなたのそういう武器で、あなたと争うために来たわけじゃありませんから……」

「あらら! それじゃ、やっぱり『争う』ためにいらっしたわけね? まあ、どうでしょう、わたしはまた、あなたのことを……もう少し気のきいた方かと……思ってました……」

ふたりはもう、おたがいに憎しみを隠そうともせずにらみあっていた。このふたりの女性のうち、ひとりは、ついこのあいだまであのような手紙を書いていた当人だった。それが、最初に目を見交わし、ひとこと口を開いた瞬間に消しとんでしまった。しかも、どういうわけかこの瞬間、この部屋に居合わせた四人のだれひとりとしてそのことを奇妙だとは思っていなかったようだ。つい昨日まで、夢のなかでさえ見る機会はないと信じこんでいた公爵も、いつかこういう事態が来るのを前々から予感していたかのように、いまはこうして立ちつくしたまま、ことの成りゆきを見守った。とんでもなく現実離れした夢が、いきなり、ひどくなまなましい、まぎれもない現実と化したのだ。ふたりの女性のうちのひとりはこの瞬間、あまりにも相手を軽蔑しきっており、そのことを口に出したくてたまらなかったので(ロゴージンが翌日述べたように、彼女がやって来たのはたんにそのためだったかもしれない)、当の相手がどれほど現実離れし、頭もおかしくなり、心が病んでいたにしても、またどんな先入観をもってしても、自分の恋敵が抱いている毒々しい、いかにも女らしい軽蔑の念に太刀打ちできそうになかった。公爵は、ナスターシヤが自分から例の手紙に触れるようなことはしないと確信していた。彼女のぎらぎら輝いている目から、手紙にいま言及することがどれほど高いものにつくか、察しがついたからである。他方、かりにアグラーヤがその手紙に触れずにすむなら、それこそ自分の命の半分を投げだしても惜しくはないという心持ちだった。

ところがアグラーヤは、急にしゃきっとして、一気に自分を取りもどしたかのようだった。

「それはあなたの勘違いです」と彼女は言った。「わたし、あなたのこと、好きじゃありませんが……でも、あなたと口論するためにここに来たわけじゃありません。わたしが……わたしがここに来たのは……人間らしく話がしたかったからです。あなたをお招《よ》びする段階で、わたしはもう心に決めていました。あなたになんのお話をするか、たとえあなたがわたしの言うことをまるきり理解されなくても、この決心を翻すことはないとです。だって、それで損をするのはあなたで、わたしじゃありませんから。あなたが手紙に書いてくださったことに、わたしは答えたかったのです。個人的に答えたかったのです。というのは、そのほうがわたしには好都合のように思えましたから。あなたの手紙にたいするわたしの返事をお聞きください。わたしは、ムイシキン公爵と最初にお目にかかり、その後あなたの夜会で起こったことを一部始終聞かされたその日から、彼のことがかわいそうになりました。わたしがそう感じたのは、彼がとても純粋な人で、その純粋さのせいで、ああいう性格の……女性とでも……幸せになれるかもしれないと信じたからです。そしてわたしが彼のために恐れていたことが起きてしまいました。あなたは彼を愛することができず、彼をさんざん苦しめたあげく、捨ててしまった。あなたが彼を愛することができなかったのは、あなたがあまりに傲慢だからです……いえ、傲慢なんじゃありません、まちがえました、虚栄心がつよいからです……いや、そうですらありません。あなたはとことん……うぬぼれが強いからです。そのなによりの証拠がわたしへの手紙です。あなたは、これほど純粋な人でも愛することができなかった。ひょっとして心のうちではこの人を蔑み、ばかにしてさえいたかもしれません。あなたに愛することができたのは、自分の恥辱であり、自分が恥辱にまみれて、辱められているという絶えまない思いだけです。もしもあなたの恥辱がもっと小さいか、それがまるきりなかったら、あなたはもっと不幸になっていたでしょう……（アグラーヤがこのとき嚙《か》みしめるようにして口にしたこれらの言葉は、あまりに慌ただしく飛び出してきた言葉とはいえ、前々からすでに準備され、考えつくされたせりふであって、今日のこのような面会など夢でさえ想像できなかったときにすでに考えぬかれたものだった）。覚えてらっしゃいますか？」と彼女は話をつづけた。「あのとき彼は、わたしに手紙を書いてきました。そのなかで、あなたはその手紙のことも知っているし、中身も読んでいると書いていました。あの手紙で、わたし、なにもかも理解したんです。正しく理解したんです。つい最近、彼は自分からわたしにそのことを証明してくれました。つまり、わたしがいまあなたに話していること、それも一言一句すべて。手紙を読んでから、わたしは彼を待つことにしました。あなたはきっとこちらに来るとにらんだからです。なぜかって、あなたはペテルブルグなしでは生きていけないからです。田舎で暮らすには、あなたはまだお若くて、美しすぎますから……といって、これはわたしの言ったせりふではありませんけど」アグラーヤはひどく真っ赤になってそう言い添えたが、このときから話の終わりまで、もはや彼女の顔から赤みがひくことはなかった。「そしてふたたび公爵とお会いしたとき、わたし、この人のことでものすごくつらくて、腹だたしくなってきたんです。笑わないで。お笑いになるのでしたら、あなたにはもうこのことを理解する価値もないってことです」

「ごらんのとおり、笑ってなんかいませんよ」ナスターシヤは苦しそうな厳しい調子で言った。

「しかしまあ、わたしにはどうでもいいことです、好きなだけ笑ってくださってけっこう。で、わたしがこちらから質問すると、彼はこう答えました。もう以前からあなたのことは愛していない、思いだすのもつらいくらいだ、でも、あなたが気の毒で、あなたのことを思いだすと、『永久に胸に何かが突き刺さっている』気がする、と。あなたには、もうひとこと申しあげなくてはなりません。高貴なまでの素朴さと限りない信頼性という点で、わたしは生まれてまだいちども、彼に匹敵する人にお目にかかったことはありません。わたし、彼の話を聞いたあとで悟ったのです。だれでもその気になれば、彼を欺くことができるけれど、だれが彼を欺こうと、彼はあとでみんな許してしまう、わたしが公爵を好きになったのは、まさにそのところなんだって……」

アグラーヤは、そこで驚きに打たれたかのように一瞬口をつぐんだ。こんな言葉を吐ける自分が信じられないといった様子だったが、同時にそのまなざしには、ほとんど限りない誇りがきらめいていた。こうなった以上、たとえ「この女」が、たったいま自分の口から飛びだした告白を笑いものにしようと、もうどうでもいいという心境に達しているらしかった。

「わたし、あなたにすべてを申しあげました。ですから、わたしがいまあなたに何を望んでいるか、むろんおわかりいただけましたね？」

「たぶんわかっていると思います。でも、ご自分の口からおっしゃってはいかがです」ナスターシヤは低い声で答えた。

アグラーヤの顔に怒りが燃えあがった。

「わたしは、あなたに聞いているんです」歯切れのいい、毅然とした声でアグラーヤは言った。「いったい何の権利があって、あなたは、わたしにたいする彼のこの気持ちの邪魔に入るのですか？　いったい何の権利があって、あなたはそう厚ましくわたしに手紙など書いてくるのですか？　何の権利があってあなたは、彼とわたしに、自分は彼を愛しているということをそうしょっちゅう宣言してまわるんです？　そもそもご自分から彼を捨て……あんなひどい侮辱と恥辱を味あわせて彼のもとを逃げだしたくせに？」

「わたし、彼にも、あなたにも、彼を愛しているだなどと、宣言したことはありません」ナスターシヤはやっとの思いでそう言いはなった。「でも……おっしゃる通りね、わたしが彼のもとを逃げだしたというのは……」かろうじて聞こえるほどの声で彼女は言い添えた。

「『彼にもわたしにも』宣言したことはないですって？」アグラーヤは叫んだ。「それじゃ、あなたのあの手紙は？　わたしたちの仲人になって、彼と結婚するようわたしを説得しろなどと、だれがあなたに頼んだんです？　あれって、宣言じゃないんですか？　どうしてわたしたちにそうつきまとうんです？　わたし、はじめはこう思いかけたほどです。つまり、あなたは口とは逆に、わたしたちの邪魔に入ることでわたしの心に彼にたいする嫌悪を吹きこみ、わたしから彼を捨てるように仕向けようとしているって。でも、あとになって、やっと事の真相に思いあたったんです。ああしていろいろ策を講じることで、あなたはたんに気高い手柄でも立てた気になっているだけなんだって……そこまでご自分の虚栄心が好きなあなたに、はたしてこの人が愛せるんでしょうか？　あんなおかしな手紙を書くひまがあるなら、どうしてここからさっさと出ていかれないのです？　あなたをこんなに愛し、うやうやしくあなたにプロポーズしている立派な方と、どうしていますぐ結婚なさらないんです？　理由は、明らかすぎるくらいです。ロゴージンさんと結婚なさったからって、いったいどんな屈辱が残るっていうんです？　かえって、あり余るくらい名誉が手に入るじゃありませんか！　あなたについて、ラドムスキーさんがこう言っていましたよ。あなたは文学の読みすぎで、『置かれているその……置かれた境遇にしては、あまりに教養がありすぎる』とね。あなたは、ブッキッシュで世間知らずな女性なんだそうです。そこにあなたの虚栄心を加えてごらんなさい、たちまちすべての理由が明らかになりますから……」

「それじゃ、あなたは世間知らずじゃないってことね？」

事態は、あまりにも急速に、かつあまりにも露骨なかたちで、思いもかけない地点に行きついてしまった。パーヴロフスクに向かうさい、ナスターシヤはむろん、よいことよりもむしろ悪いほうを予想していたものの、それでもまだある夢を見ていたので、なおさら思いがけなかった。そのいっぽうでアグラーヤは、まるで崖から転げおちるように決然と一瞬の激情に身をゆだね、復讐という恐ろしい快感の前でみずからを抑えることができなかった。そんなアグラーヤの姿を目のあたりにして、ナスターシヤは奇異な思いにかられたほどである。アグラーヤを見つめながらわが目が信じられず、最初の瞬間は完全に途方にくれている様子だった。ラドムスキーが考えたように、彼女が詩をたくさん読んでいる女性か、それとも公爵が確信していたように、たんに頭が変になっているだけの女性なのかわからない。いずれにせよ、この女性は——どうかすると、あんなふうにシニカルで厚かましい態度をとることがあっても——じっさいのところ一見して決めつけられているよりははるかに羞恥心がつよく、やさしく、信じやすい女性なのだった。たしかに彼女には、ブッキッシュで、夢みがちで、内にこもりがちで、現実離れしたところがたくさんあったが、そのかわりそこには強さも深さもあった……公爵にはそれがわかっていた。だからこそ彼の顔には苦悩の色がにじんでいたのだ。アグラーヤはそのことに気づき、憎しみのあまり体ががくがくと震えだした。

「よくもまあ、わたしに向かってそんな口がきけること！」いわく言いがたい高飛車な調子で、アグラーヤはナスターシヤの問いに応えた。

「それはきっと聞きちがいです」ナスターシヤは驚いて声をあげた。「あなたにどんな口をきいたっていうんです？」

「あなたがもし高潔な女性なら、どうしてあのとき、あなたの誘惑者だったトーツキーをすっぱり見限らなかったのかってことです……あんな芝居がかったまねやめて」藪から棒に、ふいにアグラーヤが言いはなった。

「よくもそんな失礼なもの言いなさるけど、わたしの立場についてあなたに何がわかるってわけ？」顔面蒼白となってナスターシヤはぎくりと体を震わせた。

「わたし、知っていますよ。あなたが仕事にもつかず、お金持ちのロゴージンさんと逃げだしたことぐらい、堕《お》ちた天使を演じたいばっかりに。堕ちた天使のせいでトーツキーさんがピストル自殺しそうになったからって、べつに驚きませんよ」

「おやめなさい!」嫌悪の色もあらわに、まるで痛みに耐えているかのような声でナスターシヤは叫んだ。「あなたの理解力ときたら、ダーリヤんところのまかない婦と……どっちこっちね。その女はね、つい最近、フィアンセといっしょに裁判所で裁かれたの。でも、あの女のほうがあなたより理解力があるわ……」

「きっと、まっとうな娘さんで、自分で生計を立てているんでしょう。どうしてまかない婦をそんな軽蔑の目で見るんです?」

「わたしはね、べつに労働を軽蔑しているわけじゃないの。労働について話すあなたを軽蔑しているんです」

「まっとうな女になりたかったら、洗濯女にでもなるべきなのよ」

ふたりは立ちあがると、青ざめた表情でにらみあった。

「アグラーヤさん、やめてください! その言い方はまちがっている!」途方にくれて公爵は叫んだ。ロゴージンももはや笑みを浮かべておらず、唇を固く閉じ、十字に両手を組んだまま話に聞き入っていた。

「ほら、この人を見るがいいんだ」憎しみに体を震わせながらナスターシヤが言った。

「このお嬢さんをさ! わたしもわたしね、こんな人を天使だとか思い込んで! あなた、家庭教師の付き添いなしでここに来たわけ、アグラーヤさん？……ねえ……もしよろしければ、お世辞ぬきで、すっぱり言ってあげてもいいんですよ、どうしてあなたがここに来たか？　そう、怖気づいたの、それでここに来た」

「あなたに怖気づいた？」相手の思いきった物言いにたいする素朴な厚かましい驚きにわれを忘れ、アグラーヤは聞きかえした。

「もちろん、このわたしにね！　ここに来る決心をしたということは、わたしに怖気づいた証拠なの。怖れる相手は、無視できませんから。それに、考えてもみて。そんななあなたを、わたし、いまのいままで尊敬していたってこと！　ところで、おわかりかしら、どうしてあなたがわたしを怖れているか、いま、ご自分のいちばん肝心な目的が何か、ってことが？　あなたはね、自分の目でしっかり確かめたかったの。この人があなたよりもこのわたしのことを愛しているか、愛していないのか。だってあなたって、ものすごく嫉妬心が強いから……」

「この人は、もうわたしに言ったの。あなたのことを憎んでいるって……」アグラーヤはあいまいな口調でつぶやくように言った。

「たぶん、そうでしょうね。たぶん。わたしはこの人に値しません、ただし……ただし、あなたは嘘をついている、そうでしょう！　この人はわたしのことなど憎めないし、そんなこと口にしたはずもないの！　でもね、わたし、あなたのことを許してあげてもいい……あなたの立場を考えれば、むりもないから……それでも、やっぱり、あなたはもっとましな人だと思ってたわ。あなたはもっと賢くて、それにもう少しきれいかとも思ってた、ほんとうに！……でも、いいの、さあ、ご自分の宝物、もって帰って……ほら、この人ったら、あなたをじっと見つめたきり正気に戻れないでいるじゃない。さあ、もって帰って。ただし条件つきよ。いますぐここから出て行って！いますぐ！……」

肘掛け椅子にどっと腰を落とすと、ナスターシヤははげしく泣きだした。ところが、そこでとつぜんその目に何かしら新しいものが輝きだした。彼女はじっと食い入るようにアグラーヤを見つめ、椅子から立ちあがった。

「でも、よくって、わたし、これから……めい、れ、い、するわ、聞こえている？　彼だけに、めい、れ、いするの。そしたら、彼、あんたなんかさっさと棄《す》てて、永久にわたしのそばに留まるわ。わたしと結婚して、あんたはここからひとりで家に逃げ帰るの。よくって、よくって？」彼女はまるでくるったように叫んだが、おそらく、そんなひとことが自分の口から飛びだそうとは、彼女自身もほとんど信じられなかったろう。

アグラーヤは怖れをなし、いったんドアの近くまで駆けよったが、そこで釘づけになったかのように立ちどまり、あらためて相手の話に聞き入った。

「いいかしら、ロゴージンを追っぱらっても？　あなた、わたしがあんたを喜ばせるために、ロゴージンと結婚したとでも思っていたわけ？　これから、あんたのいる前で叫んでやるわ。『ロゴージン、さっさとお帰り！』って。で、公爵にはこう言ってやるの。『約束したこと、覚えているわよね？』ってね。ああ！　どうして、わたし、この人たちの前でこんなに卑屈になっていたんだろう？　でも、公爵、あなたがご自分の口で、わたしに断言したんじゃなくって。わたしに何があっても結婚する、ぜったいにわたしを棄てないって。わたしを愛しているし、わたしのことをぜんぶ許すって、で、わたしを大事に……そう、あなたはそう言ったの！　でも、あなたを自由にしてあげたい一心で、あなたのもとを逃げだした。でも、そんなのは、もう、いや！　いったいなぜ、あの女は、このわたしを、堕落女みたいに扱うわけ？　わたしが堕落した女かどうか、ロゴージンに聞くといいわ。彼が答えてくれるわよ！　わたし、彼女にああまでくそ味噌《みそ》に言われ、それもあなたの前でその仕打ち受けたっていうのに、あなたは、このわたしを棄て、この女の手をとって連れ帰ろうってわけ？　そんなことしてごらんなさい、あなた、きっと罰が当たるから。だってね、わたしはあなたひとりだけを信じて生きてきたんですから。さあ、お帰り、ロゴージン、あんたにはもう用はないの！」ほとんど正気を失ったまま、胸の奥から言葉を絞りだすようにして彼女は叫んでいた。その顔はひきゆがみ、唇はかさかさに乾ききって、彼女自身、自分のその芝居がかった言葉を微塵《みじん》も信じていないことは明らかだった。がそれと同時に、たとえ一秒でもいまのこの瞬間を引きのばし、自分を騙したいと望んでいたのである。突発的に沸きおこったその思いのあまりのつよさに、ひょっとしてそのまま死んでしまうかもしれないと思えたほどだった。少なくとも公爵にはそんな気がした。「ほら、そこにいますよ、ちゃんと見てごらんなさい！」ナスターシヤはついに、公爵を指しながらアグラーヤに向かって言った。「これからこの人が、わたしのほうに来ず、わたしを選ばず、あなたを棄てもしないなら、どうぞこの人をもって帰りなさい、ゆずってあげるから、そんな人、わたしに用はないわ！……」

彼女もアグラーヤも、答えを待ちうけているかのように立ちつくし、ふたりともに錯乱したような目で公爵を見つめていた。この挑発的な言葉がどれほどの効力を帯びているか、彼には十分に理解できていなかったのかもしれない。そのことだけは確実に言える。彼が目の前に見ていたのは、絶望しきって正気を失った顔であり、彼がさっきアグラーヤにふともらした言葉を借りるなら、「永久に心臓を串刺しにされた」

顔だった。彼はもはや耐えきれず、ナスターシヤを指し示しながら、懇願と非難の思いをこめてアグラーヤのほうに向きなおった。

「こんなことがあっていいんですか？　だって、この人は、……ほんとうに不幸せなんですよ！」

しかし公爵は、アグラーヤの恐ろしいまなざしに凍りつき、辛じてこれだけの言葉を発することができただけだった。そのまなざしにはあまりの苦しみと同時に限りない憎しみがこもっていたので、彼は両手をぱんと打ち合わせ、あっと声をあげて彼女のほうに駆けよろうとした。が、すでに遅かった！　アグラーヤはもはや彼の一瞬の躊躇にも耐えきれず、両手で顔をおおい、大きな声で叫んだ。「ああ、なんてこと！」そしていきなり部屋から飛びだしていった。ロゴージンがそのあとを追ったが、それは通りに出るドアの閂《かんぬき》を外してやるためだった。

公爵も駆けだそうとしたが、敷居のところで両手で抱きとめられた。ナスターシヤの絶望にうちひしがれた顔が彼をひしとにらみ、ひくひくうごめく青ざめた唇がこう問いかけた。

「あの子につくの？　あの子につくの？」

彼女はそのまま気を失って、彼の両腕に倒れこんだ。彼は、彼女を抱きおこして部屋に連れもどすと、肘掛け椅子に座らせ、ぼんやりした状態でその様子を見守っていた。小ぶりのテーブルの上には水の入ったコップが置いてあったが、戻ってきたロゴージンはそれをつかむと、彼女の顔に水を浴びせた。目を開けた彼女は、しばらくのあいだ何もわからない様子だった。だが、ふいにぐるりと周囲を見まわすと、ぎくりと体をふるわせ、あっと声をあげて公爵の胸に抱きついた。

「わたしのもの！　わたしのもの！」彼女は叫んだ。「あの高慢ちきなお嬢さん、帰ったのね？　あっはっはっ！」ヒステリックな声をあげて彼女は笑いだした。「あっはっは！　この人をあのお嬢さんにくれてやるところだったよ！　でも、なぜ？　なんのために？　くるってるのよ！　くるってるんだ！……とっとと出ておいき、ロゴージン、あっはっはっ！」

ロゴージンは、じっとふたりを見つめたままひとことも発することなく、やがて帽子を手にして部屋から出ていった。十分後、公爵はナスターシヤのかたわらに腰をおろし、片ときも目を離さずに彼女を見つめながら、まるで小さな子どもをあやすかのようにそのちいさな頭と顔をなでていた。彼女が笑えばそれに応じて彼も笑い、彼女が涙にくれれば彼もまた泣きださんばかりだった。彼はひとことも口にしなかったが、彼女のとぎれがちな、喜びあふれるとりとめもないおしゃべりに、一心に耳を澄ましていた。おそらくは何もわからないまま、ただ静かに微笑んでいた。そしてまた、彼女が悲しがったり、泣きだしたり、非難がましく不満を口にしはじめると、すぐまた頭をなで、手でやさしく頰をさすり、まるで赤ん坊のように相手をあやしてはなだめすかすのだった。

9

前章で述べた事件から二週間が過ぎ、わたしたちの物語の登場人物をめぐる状況があまりに変化してしまったため、この先話の続きにとりかかろうにも、特別な説明ぬきではきわめてむずかしい。しかしここでは、こまかな説明はできるだけ控え、事実のたんなる叙述にとどめておくべきだと感じている。理由はごく単純で、そのように書く語り手自身が、多くのばあい、起こった事実の説明に困難をきたしているありさまだからである。語り手の側からのこうした前置きは、読者からするとすこぶる妙で、不明朗なものと思われることだろう。そもそも、はっきりとした理解も、個人的な意見ももたない事柄をどうやって語るというのか？　したがってこれ以上、偽善的な立場に自分を立たせないために、ある実例に即して説明に努めたほうがよいかもしれない。そうすれば、好意的な読者はたぶん、われわれがいったいどこで困難をきたしているのかを理解してくれるだろうから。ましてやこの実例が、本筋から逸脱しているどころか、それこそこの物語とじかにつながる続編であるとすれば、なおさらのことである。

二週間後、ということはすでに七月初めのことだが、この二週間のあいだに、物語の主人公をめぐる話は、それもとりわけ最近の出来事は、奇妙で、しかもきわめて面白おかしく、ほとんどありそうもないと同時にほとんどあざやかともいえるひと口話へと仕立てあげられていった。そしてそれは徐々に、レーベジェフ、プチーツィン、ダーリヤ・アレクセーヴナ、エパンチン一家などの別荘と隣接するいろんな通り沿いに広まり、端的にはほとんど町全体からその郊外にまで流布していったのだった。こうして地域の住民も、別荘暮らしの人々も、コンサートを聴きにやってきた人々も、ほとんど町じゅうの人々が、同じ話題を、あれやこれや無数に尾ひれをつけて語りだしたのである。どこぞの公爵が、ある由緒ある名家でスキャンダルを起こし、すでに婚約中のその家の令嬢を捨てて、有名な高級娼婦に入れあげ、それまでの関係をすべてご破算にしてしまった、周囲の脅しや人々の怒りにも屈せず、ただひたすらこの恥ずべき女性と、ここ数日中に、このパーヴロフスクの地で、だれの目をはばかることもなく正々堂々と結婚式を挙げようとしている。このひと口話は種々のスキャンダルに彩られ、多くの有名人や地位ある人々を巻きこみ、現実離れして謎めいたニュアンスがたくさん付けくわわったのと、他方では、それが容易には反駁できない、あまりに明白な事実をよりどころとしていたため、世間の人々が好奇心を掻きたてられ、ゴシップ話に明け暮れしたのも、むろんやむをえないことだった。そのなかでももっとも繊細かつ巧みに、と同時にまことしやかな解釈を下してみせたのが、良識層に入る何人かの本格的なゴシップ屋たちである。彼らはどの社会にあっても、つねに他に先んじて事件を他人に説明してやろうと焦り、しかもそのことに使命を感じていれば、しばしば慰めまで見いだしている連中である。彼らの解釈にならえば、件《くだん》の若者は、家柄もよく、公爵の地位にあり、そうとうな金持ちで、おばかさんながら、デモクラートで、例のツルゲーネフ氏が明らかにした現代のニヒリズムに入れあげ、まともにロシア語も話すことができず、エパンチン将軍の娘にぞっこんで、婚約者として将軍家に迎えられた。ところがこの若者は、最近、活字になった小話で知られた、例のフランス人神学生に似ているところがあった。ちなみにこの神学生は、わざわざ聖職者の地位にわが身をささげることにしたと公けにし、みずからあえてその叙任を請い、拝跪《はいき》から接吻から、誓約等にいたるすべての儀式をこなしたあげく、翌日には、同じ主教宛てに公開状を送りつけて、神を信じない自分として、国民を騙しつつ無為の食を与えられるのを潔しとしない、よって、昨日お受けした聖職の位をお返しし、ひいてはこの公開状をリベラル派の新聞に発表することにしたと宣言したのである。要は、件の公爵のやり口も、この無神論者がおこなった一種の欺瞞行為と同類だというのである。人々の話では、婚約者の両親の家で開かれた正式の晩餐《ばんさん》パーティを彼は心して待ちうけ、その席で多くの有力者に紹介されると、みずからの持てる思想を一同の前で声高に披露したばかりか、並みいるお偉方をさんざん罵り、自分の婚約者には公然と侮辱まで浴びせて引導を渡し、自分を連れだそうとする従僕たちに逆らって、ついに中国製のみごとな花瓶を割ってしまったとのことだった。この話には、現代人の気質を論じるといったかたちで、こんな補足が加えられた。すなわち、この無分別な若者は、たしかに将軍家の娘である婚約者を本気で愛してはいたものの、もっぱらニヒリズムのゆえ、目の前に迫ったスキャンダルを成就せんがために婚約を破棄した、つまり、社交界全体の前で淪落《りんらく》の女と結婚し、それでもって、自分の信念では淪落の女もなければ貞淑な女もなく、あるのはただ自由な女だけだ、自分は上流社会の古臭い差別を信じてはおらず、信じているのは『女性解放問題』だけであること、そればかりか、自分の目から見れば淪落の女のほうが、貞淑な女よりもいくぶん上にあることを証明してみせる喜びを禁じえなかったというのである。この説明はしごくもっともらしく思えたので、別荘住人の大半がこれを受けいれたが、日々刻々と生じる事実の裏づけがあったからなおさらのことだった。現に、多くの事柄が説明もされないまま残されていた。人々の話では、あのかわいそうな娘は、自分の婚約者を——ある者に言わせると「誘惑者」を――あまりに深く愛していたがために、彼に捨てられた翌日その婚約者のところに駆けつけてみたが、彼は愛人のもとにいたというのだ。またべつの人々の説によると、事実はそれとは逆で、彼女は婚約者によって彼の愛人宅にわざと呼びよせられた、それもひとえに彼のニヒリズムのゆえ、つまり、彼女に恥をかかせ、侮辱するのが目的だったとのことだった。いずれにせよ、この事件にたいする関心は日に日に増大していった。ましてや、このスキャンダラスな結婚式がじっさいに執《と》りおこなわれることに、いささかの疑念も残されていなかったからなおさらだった。

ところで、いまここでいくつか説明を求められたとして、つまり、事件のもつニヒリズム的なニュアンスではなく、たんに、いま予定されている結婚式がどの程度、公爵のじっさいの願いを満たすものなのかという問題、また、いまこの時点で、それらの願いの本質はどこにあるのかということ、さらには、現時点でわたしたちの主人公の精神状態をいったいどう判断すべきか、等々といったたぐいの問題だが、正直なところ、返答にはおおいに窮してしまうにちがいない。わたしたちが承知しているのは、たんに、結婚式がじっさいに予定されているということ、公爵自身がレーベジェフやケーレル、そしてこの機会にということでレーベジェフから紹介された彼の知人に全権をゆだね、教会関連のことも、会計面のことも、この件にかんする問題をすべて引きうけてくれるよう依頼したこと、お金を惜しむようなことはしないように命じられていること、この結婚式を大急ぎで執りおこなうことを主張したのはナスターシヤであること、公爵の介添人には、当人の熱烈な要請があってケーレルが指名されたこと、ナスターシヤの介添人にはブルドフスキーが指名されたが、彼はこの指名に有頂天になっていること、そして結婚式の日取りが七月の初めに決まった、ということぐらいである。しかし、これらのきわめてはっきりした事情のほかにも、わたしたちが察知している事実が二、三あるが、わたしたちがとことん混乱させられているのは、ほかでもない、それらの事実が先に述べたものと大きく食いちがっているためである。たとえば、わたしたちが真剣に疑っているのは、公爵がレーベジェフその他の連中にすべてを託し、すべての面倒を引きうけてもらいながら、その日のうちにはもう自分には司会者や介添人がいること、結婚式が迫っていることをほとんど失念しており、彼がそうしてすばやく手をうち、あれこれの面倒を他人に託したのは、もっぱら自分がそれを考えずにすむため、いや、ことによるといち早くそれを忘れたいがためであったのではないかということである。いったい彼自身はこのとき何を考えていたのか、何を忘れずにいたいと思っていたのか、そして何をめざしていたのか？　これまた疑いの余地のないところだが、ここでは、公爵にたいしていかなる強制力（たとえばナスターシヤの側からの）も働いてはいなかったし、ナスターシヤはじっさい、できるだけ早い時期の結婚を望んでいたし、そもそも結婚式を思いついたのは彼女のほうであって、公爵ではまったくなかった。公爵はただ、自由な気持ちでこれに同意したのである。しかも彼は、何かしら妙に上の空の感じで、何かひどくありきたりなことを頼まれ、たんにそれに同意しただけといった按配だった。わたしたちの前には、そのたぐいの奇妙な事実はそれこそ山ほどあるが、いくつそれらをかき集めたところで、事態の解明になんら役立たないばかりか、わたしたちの考えではむしろ事態の解釈をあいまいなものにしてしまう。しかし、まあ、もうひとつ例を提示してみることにしよう。

たとえば、確実にわかっていることだが、この二週間のあいだ公爵は、昼夜をわかたずナスターシヤとともに過ごしていた。ナスターシヤは散歩にも音楽会にも彼を連れだし、彼は毎日、馬車であちこち出かけていった。たとえ一時間でも彼女の姿を見ないと心配にかられた（つまり、あらゆる兆候からして彼は真剣に愛していたのだ）。話題がなんであれ、彼は静かで穏やかな笑みを浮かべながら、何時間でも彼女の話に聞き入り、自分からはほとんどひとことも発することはなかった。しかし、これもわかっていることだが、彼はこの数日、何度か、いや、ふいに思い立ってはエパンチン家に出かけていった。彼はそのことを隠そうともしなかったので、ナスターシヤはそのたびごとにほとんど絶望にかられるのだった。わたしたちもよく承知しているが、エパンチン家ではパーヴロフスクに残っているあいだ、公爵を受けいれず、アグラーヤとの面会もそのつど拒絶した。公爵はひとことも発しないまま立ち去るが、翌日にはまた、昨日拒絶されたことなど完全に忘れているかのように訪ねてきては、当然のごとく新たな拒絶に出合うのだった。これも同様にわかっていることだが、アグラーヤがナスターシヤのもとを飛びだしてから一時間後——いや、ことによるとそれより早かったかもしれない——公爵はすでにエパンチン家に来ていた。むろんアグラーヤとそこで会えると確信してのことだが、彼の出現は、エパンチン家の人々のあいだにとてつもないとまどいと恐怖を呼びおこした。というのは、アグラーヤがまだ帰宅しておらず、家族の者たちは公爵の口からはじめて、アグラーヤが彼といっしょにナスターシヤのところに出かけていたことを知らされたからである。人の話では、エリザヴェータ夫人とふたりの娘たち、そしてS公爵までもが、このときばかりは公爵にたいして敵意もあらわに恐ろしくきびしい態度をとり、今後公爵とは知人関係も友情も拒否しますと、激しい言葉を浴びせた。とくに、ワルワーラがとつぜんエリザヴェータ夫人のもとに顔を出し、アグラーヤさんがもう一時間ほど前から自分の家に来ているが、それがたいへんなありさまで、どうやら家には帰りたくない様子だと告げたことが火に油を注ぐかたちとなった。ほかのだれにもまして、この最後の知らせにショックを受けたのがエリザヴェータ夫人だが、知らせの中味はまったくもって正当なものだった。ナスターシヤの許を出たアグラーヤは、事実、いま家族の者と顔を合わすくらいなら死んだほうがましという気持ちになっており、それでニーナ夫人のもとに駆けこんでいった。いっぽうワルワーラは、自分の役回りとして、この一部始終を一刻も早くエリザヴェータ夫人に伝える必要があると感じたわけである。そこで、母親も娘たちも、ニーナ夫人の家をめざしていっせいに飛びだしていき、帰宅したばかりの一家の父エパンチン将軍がそのあとからつづいた。一同につづき、ムイシキン公爵が、家を追いはらわれ、きびしい言葉を浴びせられながらも、重い足でのろのろと歩きだした。だがワルワーラの指図により、彼は行きついた先でも、アグラーヤのもとには通してもらえなかった。アグラーヤは、母親と姉たちが自分に同情して泣くばかりで、少しも咎《とが》めだてする様子がないのを見ると、いきなり彼女たちに抱きつき、そのままいっしょに帰宅することでこの事件もひとまずけりがついた。噂はかならずしも正確ではなかったが、人々の話だと、ガヴリーラはここでもさんざんな目に遭ったということである。ワルワーラがエリザヴェータ夫人のもとに駆けだしていったタイミングをみはからい、アグラーヤとふたりだけになった彼は、自分の恋心を告白しようという気を起こした。ところが彼の話を聞くうちに、アグラーヤは自分の悲しみや涙も忘れてとつぜんげらげら笑いだし、唐突にこんな奇妙な問いを持ちだしたという。「わたしを愛している証拠に、いますぐロウソクの火で自分の指を焼き焦がしてみせてくれる?」。その提案に度肝を抜かれたガヴリーラは、どう受け答えしてよいものやらわからないまま、とほうもなく怪訝そうな表情を浮かべたので、アグラーヤはまるでヒステリーを起こしたように高笑いを浴びせ、そのままニーナ夫人のいる二階へ駆けあがった。そしてそこで両親は娘を発見したという話である。この逸話は、翌日イッポリートの口をとおして公爵の耳にも伝わった。すでにベッドから起きあがれなくなっていたイッポリートは、わざわざ公爵を呼びにやって、このニュースを伝えたのだ。こんな噂がどうしてイッポリートの耳に届いたのか明らかではないが、ロウソクと指の話を聞かされた公爵は、当のイッポリートがびっくりするほど大声で笑いだした。かと思うと、それからふいに体を震わせ、どっと泣きくずれたという。総じてこの何日か、公爵はひどく精神が不安定で、はげしい動揺にかられていたが、それが意味不明のものだけにいかにも苦しげだった。イッポリートは、公爵は正気ではないとすっぱり断定してみせた。しかし、かならずしもそうとは言いきれない状態だったことだけは確かである。

これらの事実を紹介しながらその説明を拒んでいるからといって、読者にたいし本書の主人公を正当化することを望んでいるわけではけっしてない。そればかりか、わたしたちには、彼が友人たちに掻きたてた自分への怒りを共有するだけの、心の備えはじゅうぶんある。レーベジェフの娘ヴェーラまでが、しばらくのあいだ彼に腹を立てていたし、コーリャもまた憤慨していた。あのケーレルにしても、介添人に選ばれるまでは腹を立てていたし、レーベジェフなどというにはおよばず、それこそすさまじく真剣な腹立ちから、一時、公爵にたいし陰謀まで企てようとしていたくらいである。ただし、この件についてはまたあとで話すことにしよう。総じてわたしたちは、エヴゲーニー・ラドムスキーが口にした、心理学的にみてきわめて強烈で、しかも深みのあるいくつかのコメントに、完全かつきわめて高いレベルでの共感を覚えている。それというのは、ナスターシヤとの例の一件から六日めか七日めに、ラドムスキーが公爵との友人としての話しあいのなかで、じかに遠慮ぬきで語った言葉である。事のついでに述べておくが、エパンチン一家のみならず、直接間接にエパンチン家に縁のある者たち全員が、公爵とのすべての関係を完全に絶つ必要があると考えていた。たとえばS公爵などは、公爵と会うなりそっぽを向いてしまい、挨拶を交わそうともしなかったほどである。しかしラドムスキーは、自分の評判が落ちることなど少しも気にかける様子もなく公爵のもとを訪れた。エパンチン家にふたたび毎日のように出入りしだし、以前よりも目にみえて温かく迎えられるようになっていた矢先にである。彼が公爵のところにやってきたのは、エパンチン一家がパーヴロフスクを出たあくる日のことだった。部屋に入るときも、彼は人々のあいだに広く知れわたった噂をすでに知りつくしていただけでなく、ことによると噂の流布に多少とも手を貸していたかもしれない。彼の訪問に公爵は大喜びして、すぐさまエパンチン家の話をはじめた。こうした素朴で率直な話の切りだし方のおかげでラドムスキーもすっかりうちとけ、単刀直入にずばり本題に入ることができた。

公爵はまだ、エパンチン一家がすでに別荘を出ていることを知らずにいた。その話を聞くと、彼はびっくりして顔がまっ青になった。だがしばらくすると、とまどいの色を隠さずいかにも感慨深げな様子で首を横に振りながら、「それも当然ですよね」と認め、それから早口で尋ねた。「で、どちらに行かれたのです？」

この間、相手の様子をじっと観察していたラドムスキーは、彼の早口の質問、その純真な口ぶり、とまどい、と同時にどこか妙に開けっぴろげなところ、不安、興奮――そうしたもろもろの態度に少なからず驚かされた。もっとも彼は、公爵にたいして愛想よく、一部始終を詳しく話して聞かせた。公爵は、いまもっていろんな事情を知らずにいて、それが将軍家から出された最初の便りだったのである。ラドムスキーの話によると、アグラーヤは事実、病気になり、熱を出して三日三晩ほとんど一睡もできない状態がつづいた、いまでは快方にむかっているので何の心配もないが、それでも気持ちが高ぶって、ヒステリックな状態にあるらしかった……。「それに、家のなかもすっかり落ちつきましたから安心ですよ！　昔のことはなるべく口にしないようにしています、たんにアグラーヤさんがいるときだけじゃなく、お互い同士ね。ご両親は、アデライーダさんの結婚がすみしだい、秋口にも外国旅行に出ることを内々に決められているようです。最初にこの話が出たとき、アグラーヤさんもだまってうなずいておられたとのことです」。ラドムスキーも、ことによると外国に出るかもしれないとの話だった。S公爵も、事情が許せば、アデライーダと二カ月ばかり外国に出るらしい、ただし、エパンチン将軍はこちらに居残るはずとのことだった。今回、エパンチン一家が移った先は、ペテルブルグから二十キロほどのところにある一家の領地コルミノで、そこにはかなり広い地主の館《やかた》があるのだという。ベロコンスカヤ夫人はまだモスクワに発たず、わざとここに留まっているらしかった。エリザヴェータ夫人は、ああした一連の出来事があった以上、パーヴロフスクに留まるなどできない相談、とつよく主張したらしい。ラドムスキーが、毎日のように町の噂を夫人に報告していたからである。移転先として、エラーギン島にある別荘も不可能ということになった。

「それにまあ、じつのところ」とラドムスキーは言い添えた。「あなただっておわかりでしょうが、はたして耐えきれるものかどうか……とくにです、あなたのお宅で一時間ごとに起こっていることをすべて知らされるうえ、なんど断っても、公爵、あなたがああして、毎日のように家を訪ねて来られるわけですから……」

「ええ、ほんとうにおっしゃるとおり、ぼくはアグラーヤさんに会いたかったんです……」公爵はそう言ってまた首を振った。

「ああ、公爵」にわかに勢いづいたラドムスキーが、悲しげな顔で叫んだ。「どうして、あのまま許してしまったんです……あそこで起こったことすべてをですよ。むろん、むろん、あなたにとっちゃ、何もかもがあまりに唐突すぎたということなんでしょうが……わかりますよ、あなただってきっと自分を見失っていたにちがいありませんし……正気を失った娘を止めることなんてどだいむりな話です、そもそも、あなたの手に負えることじゃありませんもの！　でもですよ、あなたはやはり理解すべきだった、あの娘さんがどれほど真剣に、どんなにはげしく……あなたを思っていたか。ほかの女性と分けあうなんてできる話じゃなかった。なのにあなたは……なのにあなたは、あれほどの宝物をぽいと放りだして、めちゃめちゃにしてしまったわけですから！」

「ええ、ええ、おっしゃるとおり。そう、ぼくがいけないんです」公爵はまたひどく沈みこんだ様子で話しだした。「で、いいですか。何しろ彼女だけなんです、ナスターシヤさんをあんなふうな目で見ていたのは、アグラーヤさんだけなんです……ほかの人たちはだれもあんなふうな見方はしていなかった」

「そう、そこなんです。今回の話でものすごく腹立たしいのは、まじめなところがなにひとつなかったことなんです！」ラドムスキーはすっかり夢中になって声を張りあげた。「失礼ながら、公爵、ぼくは……ぼくは……そのところを考えていたんです、公爵。いろいろと考えなおしてみたんです。以前起こったことはすべて承知していますし、半年前に起こったこともぜんぶ知ってます、それこそ、ぜんぶ。あの事件は、べつに深刻といえるものではありませんでした！　たんに頭が熱くなって起こった絵空事です、妄想です、いわば煙みたいなものです。あれを何かしら深刻なことのように受けとめたのは、自分の嫉妬に怖気づいたおよそ世間知らずの娘さんだけです！」

ラドムスキーはもう遠慮会釈などいっさい忘れ、やるかたない憤懣を一方的にぶちまけていった。彼は公爵を前に、これまでの彼とナスターシヤの関係を、筋道立てて、明快に、そしてくどいようだが異常ともいえる心理解剖をはさみながら、洗いざらい開陳していった。つね日ごろから弁舌に長《た》けたラドムスキーだったが、いまはもう雄弁の域に達していた。「そもそものはじまりから」と彼は声を張りあげた。「あなたたちの関係は、嘘ではじまったのです。嘘ではじまったために、嘘で終わらざるをえませんでした。それが自然の掟《おきて》というものですからね。ぼくは、あなたを――それがだれかとは言いませんが――白痴よばわりする人がいますが、ぼくはそれに同意しませんし、憤りを覚えるほどです。そんなふうに呼ばれるには、あなたは賢すぎるからです。でも、あなたはあまりに変わっておられるから、他の人とちょっとちがうと言われても同意されるでしょうね。ぼくはこう判断しているのですよ、つまり、これまで起こった事件の一部始終の基盤をなしているのは、第一に、あなたの、言うなれば、生まれながらの世間知らず（この『生まれながらの』という言葉に注意してくださいよ、公爵）、それから、あなたの尋常ならざる素朴さ、さらに、とてつもなく節度の感覚が欠けていること（そのことはあなたも何度か告白されましたよね）、そして最後は、そう、頭でっかちの信念、それが積もり積もって巨大な塊をなしている事実です。それらの信念をあなたは、持ち前の異常な馬鹿正直さから、ほんものの信念、もって生まれた、直接的な信念と思いこんでいる！　公爵、ご自分でもおわかりでしょうが、ナスターシヤさんにたいするあなたの態度には、そもそものはじまりから、ある種の、紋切型といっていいデモクラチックな（話を簡略にするためにこういう言い方をしているわけですがね）、そう、言ってみれば、憧れですね、『女性解放問題』（話をより簡略化するためにこういう言い方をしているわけですが）にたいする一種の憧れ、それが潜んでいたんです。あのナスターシヤさんの家で起こった奇怪でスキャンダラスな事件を、ぼくは一部始終知っています。ロゴージンがあのお金をもって現われたときのことですよ。もしよろしければ、掌《たなごころ》をさすようにあなたを分析してあげましょう。鏡に映すように、あなた自身をお目にかけてみせます。そう言えるくらい正確に、事態がどうなっているか、どうしてこういう展開になったか、ぼくはわかっているつもりです！　若いあなたは、スイスにあって祖国を見たいと願っていた、まるで、だれも見たこともない、カナンの地に向かうかのごとくに、まっしぐらにロシアに戻ってこられた。ロシアにかんする本もたくさん読まれた、それは、たしかに優れた本だったかもしれませんが、あなたにとっては有害だった。活動したいという初々しい情熱に燃えてあなたは現われ、言ってみれば、やぶから棒に実践にとりかかった！　すると、どうでしょう。まさにその日のうちに辱しめを受けたある女性について、悲しい、胸をときめかせるような話が伝えられる。聞かされた相手は童貞の騎士、話の中身は、女性です！　しかもその日のうちに、あなたはその女性と出会った。あなたは彼女の美しさ、それこそ現実離れした悪魔的ともいえる美しさに（ええ、彼女が美人であることはぼくだって認めますよ）心を奪われてしまった。おまけに、あなたは神経を病んでいるし、癲癇《てんかん》という持病をおもちだし、それに、神経をかき乱されずにはおかないペテルブルグの雪どけという事情が加わった。さらにそこに、あなたからするとほとんどファンタスティックな見知らぬ町でのまる一日を足してください。その日は、いろんな出会いや、いろんな出来事がありました。その日は、いくつか思いもかけぬ知遇を得ることができました。唐突きわまりない現実が生まれました。エパンチン家の、三人の美人さんと出会ったのもその日です。この三人のうちのひとりがアグラーヤでした。そうしたことに加えて、疲労もあります。眩暈《めまい》もあります。そしてナスターシヤさんの客間、あの客間の雰囲気……あのとき、あなたはご自分にいったい何が期待できたというんでしょう、どう思われます？」

「ええ、ええ、そう、そうなんです」顔を赤らめると同時に彼は頭を振ってうなずいた。「ええ、だいたいそんな感じです。でも、そう、ぼくはじっさい、あの夜ひと晩ほとんど寝つけなかったんです、列車のなかでしたから、その前の晩もまるまるそうです、それですっかり調子がおかしくなって……」

「ええ、そうでしょうとも、もちろんです。ぼくの言っていること、おわかりですね」ラドムスキーは熱くなって話をつづけた。「そう、わかりきったことです。言ってみれば、あなたはもう感激のあまり有頂天になって、ここぞとばかり、ご自分の寛大な思いを公けの場で披瀝《ひれき》できるチャンスに飛びついた。つまり、代々つづく由緒正しい公爵であり、潔白な人間である自分は、本人の責任ではなしに上流社会の嫌悪すべき道楽者によって汚された女性を、堕落した女性とはみなさない、という考えです。ああ、じつにわかりきった話じゃありませんか！　でもね、公爵、問題はそんなことにあるわけじゃないんです、それよりむしろ、あなたのその感情には、真実ないし真理はあったのか、それは自然な気持ちだったのか、それともたんなる頭のなかだけのよろこびだったのか、ということです。どうお考えです。かつて、これと同じひとりの女性が、神殿で許されるということがありました。でも、その女性の行いは立派である、ありとあらゆる名誉と尊敬にあずかる価値がある、と言われたわけではないですよね？　ですから三カ月後、あなたは良識のささやきにうながされて、事の真実を悟ったのじゃありませんか？　ええ、いまの彼女が純潔であるとしましょう――べつに争う気はありませんよ、だってそんな趣味はありませんから——でも、彼女がいろんな遍歴を重ねてきたからといって、あそこまで鼻持ちならない悪魔じみた傲慢さや、あそこまで厚顔で、飽くことをしらないエゴイズムがはたして正当化されるものでしょうか？　お許しください、公爵、つい話に夢中になって、でも……」

「ええ、すべてそのとおりかもしれません。ひょっとして、あなたのおっしゃるとおりかもしれない……」公爵はまたつぶやくように言った。「あの人はほんとうにいら立っています、ですから、あなたのおっしゃることも、むろんそのとおりなのでしょう、でも……」

「同情に値すると？　そうおっしゃりたいわけですよね、公爵？　でも、その同情とひきかえに彼女を満足させてやりたいがため、あの傲慢で、憎しみに満ちた目の前で、もうひとりの、気高く純粋な娘さんを辱めたり、貶しめたりすることがはたして許されるものでしょうか？　そんなことをしていたら、同情が同情でなくなってしまいませんか？　それこそ、同情の意味をとてつもなく誇張することになりますよ！　ひとりの娘を愛しつつ、その娘を恋敵の前で貶めたり、その娘をその恋敵のために捨てるなんてことができるものでしょうか、そもそも、あなたはもう自分からその娘さんにプロポーズなさっているのですよ……あなたは彼女にプロポーズしているんでしょう、ご両親や姉たちのいるところで、そのことを表明したわけじゃないですか！　公爵、あなたにひとつお聞きしますが、それでもあなたは誠実な人間だといえるんですか？　それでも……それでもあなたは、あなたを愛しているとか言って、あの神さまみたいな娘さんを騙したことにならないんですか？」

「ええ、そうです、あなたのおっしゃるとおりです、ああ、ぼくも痛感しているんです、自分が悪かったと！」公爵はえもいわれぬほど沈みこんで答えた。

「でも、それですむってわけですか？」ラドムスキーは憤慨して叫んだ。「『ああ、自分が悪かった』って声を張りあげれば、それで十分なんですか。だって、悪かったと言っておきながら、まだ強情をとおしておられるじゃないですか！　そもそもあのとき、あなたの、その、心ってものは、そう、『キリスト教的』とかいうあなたの心は、どこに行っていたのです！　だって、あのときあなたは彼女の顔を見ているわけでしょう？　いったい彼女の苦しみが、あなた方ふたりを切り裂いたもうひとりのあなたの女より少なかったとでもいうんですか？　どうしてそれを目の当たりにしながら放置できたんです？　どうして？」

「ええ……でも、ぼくはべつに放置していたわけじゃないんです……」哀れな公爵はつぶやくように答えた。

「放置していないって、どういうことです？」

「嘘じゃありません、ぼくはぜったいに放置していない。いまもってぼくにはわからないんです、どうしてあんなことになったのか……ぼくは……ぼくはあのときアグラーヤさんのあとを追って駆けだしました、でも、ナスターシヤさんが気を失って倒れてしまったものですから。で、それ以来、ぼくは今日までずっと、アグラーヤさんのところへは通してもらえないいんです」

「同じことですよ！　あなたはアグラーヤのあとを追っていくべきだったんです、たとえ、もうひとりの女性が気を失って倒れようともね！」

「ええ……ええ、たしかにそうすべきでした……でも、そうしたら彼女は死んでいたでしょう！　自殺しかねませんでした、あなたは彼女をご存じないのです、それに……いずれにしても、あとでアグラーヤさんに一部始終をお話しするつもりだったのです、そうして……。いいですか、ラドムスキーさん、あなたはどうも、すべてをご存じというわけではなさそうです。教えてください、どうしてぼくはアグラーヤさんのところに通してもらえないんです？　何もかも彼女に説明するつもりでいるのに。いいですか、あのときふたりは、まるで見当はずれなことばかり話していたんです。まるで見当違いなことを。ですから、あんなことになってしまった……このことについては、どうやってもあなたに説明できないんですが、もしかして相手がアグラーヤさんなら、うまく説明できるかもしれません……ああ、どうしよう、どうしよう！　あなたはいま、彼女が駆けだしていったときの表情のことをおっしゃいましたが、ああ、そうなんです、覚えているんです！……行きましょう、行きましょう！」公爵は、慌てた様子でひょいと椅子から立ちあがると、いきなりラドムスキーの袖をつかんで引っぱるしぐさを見せた。

「どこへ？」

「アグラーヤさんのところです、いますぐ行きましょう！……」

「だって、パーヴロフスクにはいないって、さっき言ったでしょう、それに、なんのために行くんです？」

「彼女ならわかってくれます、彼女なら、きっと！」祈るように両手を合わせながら公爵はつぶやいた。「彼女ならわかってくれます。何もかもまちがいで、事情は、ほんとうにまるきり別だってことをね！」

「何がまるきり別なんです？　だって、あなたはやっぱり結婚なさるわけでしょう？　だとしたら、あなたはまだ強情をとおしていることになるでしょう……結婚するんですか、しないんですか？」

「それは、まあ……結婚はします。ええ、結婚はします！」

「だったら、どうしてまちがいだなんて言えるんです？」

「そう、まちがいなんです、ほんとうにまちがっているんです！　それに、これって、どうでもいいことなんです、ぼくが結婚するなんてことは。どうってことないんです」

「どうでもいいとか、どうってことないとか、いったい何なんです？　だって、これは冗談ごとじゃないでしょう？　あなたは愛する女性と結婚して、彼女を幸せにする。で、アグラーヤさんはそれを見て、知っている。それがどうして、どうでもいいことになるんです？」

「幸福にする、ですって？　いえ、そうじゃないんです！　ぼくはたんに結婚するだけなんです。彼女がそれを望んでいますから。それに、ぼくが結婚したからって、それが何だというんです。ぼくは……いや、そんなことはどうでもいい！　ただ、あの人はきっと死んだはずです。いまになってわかるんですよ。ロゴージンとの結婚は、狂気の沙汰だったってことがね！　ぼくはいま、以前はわからなかったことがすべてわかるようになったんです。で、いいですか。あのふたりが、あのとき面と向かって立っていたとき、ぼくにはナスターシヤさんの顔が耐えがたくて……ラドムスキーさん（そこで秘密めかした感じで声をひそめた）、あなたはご存じないことですし、ぼくもだれにもこのことは言っていません、もちろんアグラーヤさんにも、でも、ぼくには、もうナスターシヤさんの顔が耐えがたくて……あなたがさっき、ナスターシヤさんのお宅でのあの日の夜会についてお話になったことは、事実です。でもそこには、もうひとつ、あなたが見逃していることがあるんです。というのも、あなたはご存じないから。ぼくはあの人の顔を見ていました！ すでにあの日の朝のうちに、ポートレート写真で見たときも、あの顔が耐えられなかった……たとえばほら、レーベジェフの娘さんのヴェーラさんなんか、まるきり別の目をしているでしょう。ぼくは……ぼくはあの人の顔が怖いんです！」公爵は、尋常とも思えぬ恐怖の表情を浮かべながら言い添えた。

「怖いですって？」

「ええ、あの人は、くるっていますから！」公爵は青い顔をしてささやきかけた。

「それって、たしかなことなんですか？」ラドムスキーは、ひとかたならぬ好奇の表情を浮かべながら尋ねた。

「ええ、たしかです。いまはもう確実に言えることです。この数日のうちに、すっかり確信しました！」

「それで、あなたご自身はどうなさるおつもりなんです？」ラドムスキーが怖気づいた様子で叫んだ。「ということは、あなたが結婚するのは、何かの恐怖心からということですか？　そうなると、もう、何がなんだかわかりません……ひょっとして愛してもいないのに？」

「いや、ちがうんです、ぼくはあの人を心から愛しています！　だって、あの人は……子どもですから。いまのあの人は子どもです。まるで子どもなんです！　ああ、あなたは何もご存じない！」

「そのいっぽうで、あなたはアグラーヤさんへの愛を誓ったわけですね？」

「ええ、そうです、そのとおりです！」

「どういうことです？　つまり、ふたりとも愛したいってわけですか？」

「ええ、そうです、そのとおりです！」

「冗談じゃない、何を言っているんです、公爵、しっかりしてくださいよ！」

「ぼくは、アグラーヤさんなしでは……ぜひとも彼女に会わなくてはならないんです！　ぼくは……ぼくはもうすぐ、寝ている間に死んでしまいます。今夜、ぼくは寝ている間に死んでしまうと、そう思っていたんです。ああ、アグラーヤさんがわかってくれたら、何もかもわかってくれたら……だって、このばあい、ぜんぶを知ることが大事なんです。なぜって、このばあい、すべてを知らなくてはならないからです、それがいちばん大事なんです！　どうしてぼくたちは、ほかの人についてすべてを知ることができないんでしょう、それを知る必要があるときに、そのほかの人というのが、何か悪いことをしたときに！……そういうぼくも、自分で何を言っているのかわからず、混乱しているわけですが。あなたがぼくを、ものすごく驚かしたものですから……で、彼女はいまも、あそこから駆けだして行ったときと同じ顔をしているかですか？　ええ、そうなんです、ぼくが悪いんです！　確実に言えるのは、すべてぼくの責任だってことです！　いったい何がどうなっているのか、まだわからないんですが、でも、ぼくに責任がある……ラドムスキーさん、そこには何か、あなたには説明しにくい部分があって、言葉が見つからなくて……でも、アグラーヤさんならわかってくれるはずです！　ああ、ぼくはいつも信じていたんです。彼女ならわかってくれるって」

「いや、公爵、わかってはもらえませんよ！　アグラーヤさんは、女性として、人間として恋をしたのであって、けっして……抽象的な精霊が相手じゃありませんから。いいですか、公爵、お気の毒ですが、何よりも確かなのは、あなたはふたりの女性のどちらも、いちどとして愛したことがないということです！」

「わかりません……もしかすると、そうなのかもしれません。いろんな点で、あなたのおっしゃることは的を射ていますから、ラドムスキーさん。ラドムスキーさん、あなたはものすごく賢い方だ。ああ、また頭が痛くなってきました。さあ、彼女のところへ行きましょう！　お願いですから、お願いですから！」

「だから言ってるでしょう、彼女は、パーヴロフスクにはいないって。だって、彼女がいるのはコルミノなんですよ」

「それじゃ、コルミノに行きましょう。いますぐ行きましょう！」

「そんなの、ふ、か、の、うです！」言葉じりを引きながら、ラドムスキーは立ちあがった。

「それじゃ、こうしましょう、ぼくは手紙を書きます。その手紙をもって行ってください！」

「だめです、公爵、それはだめです！　そういう頼みごとはご免こうむります。ぼくにはできません！」

そうして、ふたりは別れた。ラドムスキーは、ある奇妙な確信を抱きながら立ち去っていった。彼に言わせると、公爵はいくらか正気を失っているということになった。公爵が恐れ、あれほど愛しているあの顔とは、いったい何を意味しているのか！

それはともかく、公爵も、かりにアグラーヤがいないとなれば、それこそ死んでしまうかもしれない。とすると、ひょっとしてアグラーヤは、公爵が彼女をこれほどまで愛しているということを、けっして知ることがない！　はっはっ！　それに、ふたりを同時に愛するって、いったいどういうことなのか？　なにかしら異なる二つの愛で愛する、ということか？　こいつは面白い……お気の毒に、白痴君！　これから、彼はいったいどういうことになるのか？

10

ラドムスキーにああ予言してはみせたものの、公爵は結婚式までのあいだ、「夢にも」現《うつつ》にも死ぬことはなかった。ことによると、じっさいによく眠れず、悪い夢ばかり見ていた可能性もあるにはあるが、日中、人といるときの彼はいかにも元気そうで、満ちたりた表情を見せていた。ただ、どうかするとひどくもの思わしげな顔をすることがあったが、それは彼がひとりでいるときだった。大急ぎで結婚式の準備が整えられようとしていた。式の日取りは、ラドムスキーの訪問から約一週間後にあたっていた。ここまで急がされると、公爵の最良というべき友人たちさえ（かりにそういう人たちがいたとしての話だが）、この常識外れの不幸者を「救って」やろうという努力が実を結びそうにもないことに失望せざるをえなかった。ラドムスキーの訪問も、ある意味で、エパンチン将軍と妻のエリザヴェータ夫人の差し金だった、という噂も流れた。だが、たとえふたりが底抜けに善良な心もちから、この哀れな狂人を破滅の淵から救いだしてやろうと願ったとしても、むろん、このいかにも頼りない試みから一歩も先に出るわけにはいかなかった。将軍夫妻の立場からしても、おそらくは心情からしても(当然のことながら)、これ以上まじめな努力を傾けるに値しなかったからだ。すでに述べたことだが、公爵の取り巻きたちのなかにさえ、彼に反旗を翻す者がいた。もっとも、レーベジェフの娘ヴェーラのばあいは、人目を忍んで涙を流し、以前よりも自分の部屋に閉じこもる時間が多くなって、公爵の部屋をのぞく回数が減ったという程度のことであった。この間コーリャは、父親の葬儀に立ちあっていた。老人は最初の発作から八日ほど経て、二度目の発作を起こして死去した。公爵は一家の悲しみに深い同情を寄せ、はじめの何日かニーナ夫人に付き添って何時間も過ごし、葬儀にも教会での式にも顔を出した。教会にいあわせた人々が、思わずささやき声を交わしながら公爵を迎え、見送ることに、多くの者たちが気づいた。同じことが、通りや公園でもくり返された。公爵が徒歩や馬車で通りすぎると、ざわざわと人声が起こり、彼の名前を口にしたり、指でさしたり、ナスターシヤの名前までが聞こえてきた。葬儀の席にあっても、人々は彼女の姿を探しだそうとしたが、葬儀に彼女は姿を現わさなかった。葬儀には、例の大尉夫人も姿を現わさなかったが、これは、レーベジェフがタイミングよく相手を引きとめ、たしなめることができたからだった。葬儀は公爵の心に、強烈で痛ましい印象をもたらした。教会にいるうちから、彼は、レーベジェフに何かを聞かれたのにたいし、自分が正教会の葬礼に参列するのはこれが初めてのことで、まだ子どものころ、どこか村の教会でとりおこなわれた葬礼をひとつ記憶しているだけだとささやき声で答えた。

「さよう、こうして棺《ひつぎ》に入っているというと、まるで別人ですな。つい先日、われわれが議長にお願いした人物とはとても思えない、覚えておいでですか？」レーベジェフは公爵にささやいた。「で、どなたをお探しで？」

「いや、とくに。ただ、少し気になったものですから……」

「ロゴージンじゃなく？」

「ほんとうに彼がここに来ているんですか？」

「はあ、教会のなかにおられますが」

「ははあ、それで、彼の目が見えたような気がしたんですね」公爵はどぎまぎしながらつぶやいた。「でも、どうして……どうして彼が？　招《よ》ばれたんですか？」

「まさか、だれもそんなことと。だって、まったくつきあいはなかったじゃないですか。でも、ここにはいろんな人が来ておられますからね。一般のひとも含めて。でも、どうしてそうびっくりなさったんです？　最近、あの男とはちょくちょく顔を合わせてますよ。今週なんて、このパーヴロフスクでもう四度も顔を合わせているくらいです」

「ぼくはまだいちども顔を合わせていません……あのとき以来」公爵はつぶやくよう

に言った。

ナスターシヤからもいちども、「あのとき以来」ロゴージンの姿を見かけたという話を聞いていなかったので、公爵は、彼が何かわけがあって、わざと顔を見せないようにしているのだと判断した。この日一日、公爵はひどくもの思いに沈んでいた。それにたいしてナスターシヤのほうは、この日は昼も晩も、いつになく陽気にふるまっていた。

父親が亡くなる前に公爵と仲なおりしたコーリャは、結婚式の介添え人（これこそ目前に迫った大切な問題である）を、ケーレルとブルドフスキーのふたりに頼んではどうかと提案した。ケーレルなら礼儀正しくふるまってくれるだろうし、ひょっとすると『何かの役に立つ』かもしれないと請けあったが、もともともの静かで、控えめなブルドフスキーについては、何も言うべきことばは見つからなかった。ニーナ夫人とレーベジェフは、公爵に意見し、結婚式の日取りが決まったことはよいとして、どうしてまたパーヴロフスクで、それもよりによって人の集まる別荘シーズンに、しかもこうまでにぎにぎしくやろうとするのか、と尋ねた。それよりもペテルブルグで、それも内輪でやったほうがよくはないか、と。こうした言葉がいったい何に向けられている懸念なのか、公爵にもわかり過ぎるほどわかっていた。しかし彼は、これはナスターシャのたっての望みなのでと、短くあっさりと答えを返したのだった。

あくる朝、公爵のもとに、介添え人に選ばれたと知らされたケーレルが姿を見せた。部屋に入る前に、彼はドア口で立ちどまり、公爵の姿に気づくや、すぐに人差し指を立て右手を高くさし上げながら、まるで誓いでも立てるように叫んだ。

「酒は飲みません！」

それから公爵のほうに近づいていき、きつく握手をすると、その両手を振りあげてこう明言した――この結婚話を耳にした当初、自分はそれに反対であり、それについてはビリヤード場でも宣言したとおりである。というのはほかでもない、公爵、あなたのことを親友としておもんぱかり、ほかならぬロアン家の令嬢ぐらいのお方と結婚する姿を見たいものと、日々待ちきれぬ思いできたからである。ところがいま、公爵であるあなたは、われわれ全員を「束にした」より、少なくとも十二倍は高潔なお考えをもっておいでになることがわかった！　なぜかといえば、あなたが求めておられるのは、栄華でも、富でも、いや、名誉でさえなく、ひたすら真実ばかりだからである。高貴な方々の望むところが何であるかはつとに知られているところだが、公爵、あなたは、総じて、あまりに教養が高すぎるゆえ、高貴な人物たらざるをえない！

「ですが、烏合《うごう》の衆たるろくでなしどもは、別の見方をしております。町なかでも、家でも、人の集まりでも、別荘地でも、音楽会でも、酒場でも、ビリヤード場でも、もう、さし迫った事件ばかりがやかましく取り沙汰されております。なんでも、お宅の窓の下でシャリバリを開こうという動きまであるようでして、それもその、初夜にであります！　公爵、もしも、高潔なる人間のピストルがお入り用とあれば、翌朝、あなたさまが蜜の床から起きあがられる前には、正義の六連発でもって追い払う用意があります」。ケーレルはまた、教会を出られるさいは、新郎新婦をひと目見ようという連中が怒濤《どとう》のごとく押し寄せる場面を懸念し、消火用のパイプを中庭に用意しておくようにとアドバイスした。だが、これはレーベジェフが抵抗した。「消火用のパイプなど持ちだしたら、屋敷ごと、木端《こば》にして持ちさられます」

「あのレーベジェフは、あなたに陰謀を企んでいます、公爵、嘘じゃありません！　あの男は、あなたを禁治産者に仕立てようと考えているのです。それがどういうことか、想像できますか、あなたの自由意思も、財産も、まるごと、つまりあなたを四足の獣と区別する二つの大切なものを、奪いとろうというわけですよ！　そういう噂を耳にしました、たしかにこの耳で聞いたのです！　これはもうまごうかたなき真実であります！」

思いおこせば、公爵自身も、なにかそれに類した噂話を、すでに耳にしたことがあったような気がした。しかしそのときは、むろん気にも留めなかった。彼はいまもたんに大笑いしただけで、すぐまた忘れてしまった。そのじつレーベジェフは、この件でしばらくのあいだ忙しくしていた。この男が考えることといえば、つねにインスピレーションもどきから生まれ、余分な熱が入るために紛糾し、最初の出発点から四方に枝分かれして拡散してしまうのだった。彼が人生でろくな成功に与ることができなかったのも、まさにそのためである。その後、ほとんど式の当日になって懺悔《ざんげ》しに公爵のもとを訪ねてきたレーベジェフは（彼には、自分が陰謀を企てた相手のところに、とくにそれが失敗に終わったときにはつねに懺悔に赴く、というお定まりの習慣があった）、公爵に向かって、自分はタレーランとなるべく生まれたはずが、どういう風の吹きまわしか、ただのレーベジェフで終わってしまったと言明した。そしてそれから、陰謀の一部始終を公爵につまびらかにしてみせたのだが、そのさい、公爵はその話に並々ならぬ興味を示した。レーベジェフによると、彼はまず小手調べとして、いざというときに頼れる名士の後ろ盾をもとめ、エパンチン将軍のもとに赴いたのだという。すると、将軍はそれに当惑し、自分としては「あの青年」には心から善かれと願ってはいる、「助けたい気持ちはやまやまだが、ここで自分が動くのは感心しない」と言明した。エリザヴェータ夫人は、彼の話を聞くのも、面会するのもいやと言って断り、ラドムスキーとS公爵は、たんに手を振って追い払った。ところがレーベジェフはそれにもめげず、あるやり手の法律家に相談を持ちかけた。これはなかなか立派な老人で、彼の大の友だちであり、かつ恩人といってもよい人物だった。その人物が下した結論によると、これはけっしてできない相談ではないが、ただし、当人の精神異常と完全な狂気を証明できるその道の証人が必要であり、しかも、身分の高い人物による保証があることが大切であるとの話だった。レーベジェフはその話にいささかもしょげることなく、あるとき公爵のもとに医者まで連れて現われた。この医者というのもまたなかなかの老人で、アンナ勲章を首にかけている別荘の住人だった。この老人がやってきたのは、言ってみればこの土地柄を見て、公爵とお見知りを得たうえ、当面は公式にではなく、いわば公爵について自分なりの判断を友人として伝えるため、というのがもっぱらの目的だった。公爵は、このときの医者の訪問を記憶していた。その前の晩、レーベジェフは、公爵の体調がすぐれないといって自分にうるさくつきまとい、公爵が断固、投薬をしりぞけると、とつぜん医者を伴って現われたのである。その口実というのが、ついいましがた、ひどく体調の悪いイッポリート・テレンチエフ氏のところから戻ってきたので、病人の容態について二、三、公爵に伝えるべきことがあるというものだった。公爵は、そうしたレーベジェフの態度を褒め、その医者を心から歓待した。ただちに病気のイッポリートの話になった。その医者は、彼が自殺未遂したときの場面をもっと詳しく聞かせてほしいと頼んだ。そして、公爵の話や事件の説明にすっかり引きこまれてしまった。やがて話題は、ペテルブルグの天候や、公爵自身の病気や、スイスや、シュナイダー先生の話に移っていった。シュナイダー先生の治療法について述べたくだりや、ほかのさまざまな話があまりに面白かったので、その医者は二時間も長居することになった。その間、彼は公爵がさし出した上質の葉巻をくゆらせ、レーベジェフは最高級のリキュールをヴェーラに持ってこさせた。そのさい医者は、妻も家族もある身でありながら、ヴェーラに年甲斐もないお世辞をふりまいたため、彼女は怒り心頭に発してしまった。一同は親しく別れを告げた。公爵の家を出るとき、その医者はレーベジェフにたいし、かりにあのような人物を禁治産者にするとして、だれを後見人に仕立てられるのかと述べた。目の前にさし迫った出来事について、レーベジェフが悲壮な面持ちで語り聞かせてやると、医者はいささか意地の悪いずるそうな表情で頭をふり、やがてこう注釈したものだった。「そもそも、男がどんな相手と結婚しようと不思議ではないし」「少なくともわたしが耳にするかぎりでは、その相手というのはたいそう魅力的な女性で、ずば抜けた美貌というだけでも金持ちの男を惹きつけるに十分なのに、トーツキーとロゴージンから譲りうけた資産やら、真珠、ダイヤモンド、ショール、家具と、なんでも所有しているわけでしょう。だとしたら今回の選択も、親愛なる公爵としては、特別に目立つほどの愚行とはみなしえないばかりか、むしろ繊細にして世慣れた頭と計算高さを持ちあわせている人間の狡猾さを裏づけるものです。となると、話は逆で、公爵にとっては有利な結論につながるのじゃありませんか……」

この意見にはさすがのレーベジェフも度胆をぬかれてそのまま手を引いてしまい、こうしていま公爵に向かって言い添えたのだった。「今度こそ、深い信服の思いと、血を流すこともいとわぬ覚悟でおりますゆえ、もはやなんの心配もいりません。まさしくそのことをお伝えするためにまいったわけでして」

この数日のあいだ、イッポリートも公爵の気持ちを紛らせてくれた。イッポリートは、うるさいほど頻繁に使いの者を寄こしてきては、彼を呼びよせようとしていた。彼の家族は、ここからさほど遠くない小さな一軒家に住んでいた。イッポリートの弟と妹にあたる幼い子どもたちは、ここでは少なくとも病気の兄から離れ、庭で遊べるというので、この別荘暮らしを喜んでいた。他方、母親である哀れな大尉夫人は、すべてイッポリートの言いなりで、たいへんな犠牲を強いられていた。そのため公爵は、ふたりのあいだに入って毎日のように仲直りさせなければならなかった。病人はあいかわらず、公爵を自分の「子守り役」呼ばわりしていたが、それでいて仲裁役である公爵を軽蔑せずにはいられなかった。彼は、コーリャにたいしても大いに不満を募らせていた。それはコーリャが、はじめは瀕死《ひんし》の父親に、そのあとは夫に死なれた母親に付き添って、ほとんど自分のもとに出入りできなくなっていたからである。ついに彼は、公爵とナスターシヤの間近にせまった結婚をあざけりの目標と定め、公爵を侮辱し、かんかんに怒らせてしまった。公爵がぱったりと見舞いに行くのを止めたのもそのためである。それから二日経った朝方、大尉夫人がとぼとぼ訪ねてきて、涙ながらに公爵においで願いたいと頼み、そうしていただかないとわたしはあれに嚙《か》み殺されてしまいます、と告げたのだった。ついでながら、夫人は息子が公爵に大きな秘密を打ちあけたがっていると言い添えた。そこで、公爵は出かけていった。イッポリートは、仲直りしてほしいと涙まで流しながら申しでたが、泣きやむと当然のことながら、以前にもまして憎しみを募らせた。ただし、その憎しみを表に出すだけの勇気はなかった。ひじょうに状態が悪く、どこから見ても死期が目前に迫っていることは明らかだった。言ってみれば、興奮のあまり（ことによると演技だったかもしれないのだが）恐ろしく息を切らしながら口にした「ロゴージンに注意して」という訴え以外、秘密らしきものは何もなかった。「あいつは、自分のものをひとに譲るような男じゃない。あいつはね、公爵、ぼくらと手を組めるような人間じゃないんです。いったんこうと決めたら、もう、びくりともしない……」などなど。公爵はさらに詳しく尋ねて、何かしら事実をつかみ出そうとしたが、イッポリート個人の感触や印象のほか、事実は何ひとつとしてなかった。とどのつまりイッポリートは、公爵をひどく脅かすことができたというので、すっかり満足しきった様子だった。初め、公爵は彼のいくつか特別な質問には答える気になれず、「せめて外国に出るんですね。ロシア人の司祭ならどこにでもいますし、向こうでも結婚式は挙げられますから」といったアドバイスにも、たんに笑顔で応えるばかりだった。しかしイッポリートは、やがて次のような考えを述べて話を締めくくった。「ただ、ぼくが心配しているのは、アグラーヤさんのことなんです。ロゴージンは、あなたがどんなに彼女を愛しているか、知っていますからね。愛に報いるに愛をもってせよ、ですか。あなたがナスターシヤさんを奪った腹いせに、あの男はアグラーヤさんを殺そうとするでしょうね。彼女がいまはもうあなたのものじゃないにしろ、やっぱりあなたはつらい思いをするでしょうし。そうでしょう?」―イッポリートはついに目的を達した。公爵は人心地もなく彼の家を後にしたからである。

ロゴージンに関してこれらの警告がなされたのは、結婚式前日のことだった。同じその日の晩、公爵はナスターシヤと挙式前の最後の出会いをもった。ところがナスターシヤは、彼の気持ちを落ちつかせてやれるような状態にはなく、それどころか最近では、彼のとまどいをますます助長するいっぽうだった。以前は、ということは数日前のことだが、ナスターシヤは彼と会うたびに、彼の気持ちを引きたてるべくあれこれ努力し、沈みきった彼の様子をひどく心配して歌まで聞かせてやった。しかしたいていの場合、話してやれることといえば、覚えているかぎりの滑稽な話ばかりだった。公爵はいつも大笑いするそぶりを見せていたが、どうかすると、彼女がときどき夢中になって話をするときの才気あふれる知性と、明るい感性に、ほんものの笑みを浮かべるのだった。彼女はそうして興に乗ることがしばしばあった。公爵の笑顔を見、その効果を確かめることができると、彼女は有頂天になり、自分を誇らしく思った。ところがいまや、彼女の憂鬱やもの思いがほとんど一時間ごとに募っていった。ナスターシヤについてはすでに一定の見解ができていたが、かりにそうでなければ、公爵にとっては彼女のすべてが謎めき、理解不可能なものに思えたことだろう。それでも彼は、ナスターシヤにはまだ生まれ変われる余地があると心から信じていた。彼がラドムスキーに話してきかせたことに、まったく誤りはなかった。つまり、自分は心から、掛け値なしに彼女を愛している、彼女にたいする愛には、事実、ほったらかしになどとてもできない、みじめな病気の子どもにたいする愛情のようなものが含まれている、と、そう語ったのである。彼女を思うそうした心のうちを、彼はだれにも説明したことはなかったし、そうした会話が避けられなくなったときでも、その話題を口にすることは好まなかった。ナスターシヤ本人といっしょにいるときでさえ、ふたりはまるで誓いでも立てたかのように、そうした「心のうち」を話しあったことはいちどとしてなかった。ふたりのふだんのやりとりは明るく活気に満ちていたので、だれでも仲間入りすることができた。ダーリヤはのちに、あのころはふたりを見ているだけでうっとりさせられ、嬉しくなるのですと語った。

だが、ナスターシヤが置かれている精神的、知的状態にたいする彼のこの見解は、部分的ながら、ほかの多くの疑念を遠ざけるのに役立った。いまや彼女は、三カ月ほど前の彼が知っている彼女とはまるで別の女性になっていた。その彼もいまでは、もう考えこむこともしなくなっていた。たとえば、あのとき自分との結婚をきらい、目に涙まで浮かべ、呪いと非難の言葉を浴びせながら逃げだしていった彼女が、どうしていま自分から結婚を主張したりするのか、といったことを。《してみると、彼女との結婚でぼくが不幸になるということを、あのときほどは恐れていないのだ》と公爵は考えた。彼の目から見て、そのようにすみやかに蘇《よみがえ》った自信が、彼女としておのずから生まれた感情であるはずはなかった。ましてや、アグラーヤにたいする憎しみだけでこの自信が生まれたはずもなかった。そもそもナスターシヤには、もう少し深く感じとる力があったではないか。では、ロゴージンとの腐れ縁を断ち切れないという恐れのせいなのか？　ひとことでいえば、ここでは、これらの原因が、ほかのもろもろの原因といっしょになって作用しているのかもしれなかった。だが彼にとってなにより明らかなのは、ほかでもない、彼が前々から疑っている事実、つまりここに、哀れな病んだ魂が耐えられなかった事実が潜んでいるということである。こうした考えは、それなりに彼を種々の疑念から解きはなってくれたものの、その間いっときも彼に安らぎや休息すらもたらしてくれなかった。ときには、もう何も考えるまいと努めたこともあった。事実、彼は、この結婚を、とくに重要でもない何かのセレモニーと見なしているようなふしがうかがえた。おのれの行く末を、彼はあまりにも安く見積もっていたということだ。さまざまな反論ややりとり、あるいはラドムスキーとの議論めかしたことに言及するなら、彼はここでも断固、何ひとつ応えることができなかったろうし、その点で彼は自分がまったく無力であると感じていた。だからこそ、彼は、そういうたぐいの議論から遠ざかってきたのである。

もっとも、公爵が気づいたことがひとつある。それはナスターシヤが、自分にとってアグラーヤの存在の何たるかを知りすぎるくらいよく知り、よく理解していたということである。彼女はたんにそれを口にしようとしなかっただけで、まだ初めのころ、エパンチン家に出かけるところにときたま立ち寄ったさい、彼女が見せた《顔色》に彼は気づいていた。エパンチン家が引っ越していったとき、彼女は文字どおり満面を輝かせた。彼がいかに無頓着で、察しが悪かったとはいえ、ナスターシヤがアグラーヤをパーヴロフスクから追いだすべく、何かしらスキャンダルめいた騒動を起こすのではないかという心配が、頭をもたげはじめたところだったのだ。この結婚をめぐって別荘地全体に広まった、あれやこれやのかまびすしい動きは、部分的にはむろんナスターシヤが、ライバルであるアグラーヤをいら立たせるために後押ししたものだった。エパンチン家の人々に会うのは困難とみたナスターシヤは、あるとき自分の馬車に公爵を乗せ、一家の別荘の窓の下を通るように言いつけたことがあった。公爵にとってまさに驚天動地の事件だった。いつもの癖で、彼がそれに思いいたったときは、もう取り返しのつかない段階に来ていて、馬車はすでに窓下を通りすぎようとしていた。彼は何も言わなかったが、それ以後、二日つづけて病に臥せてしまった。ナスターシヤも、二度とそうした実験をくり返すことはなかった。この数日、彼女は、結婚式を控えてひどく考えこむようになった。いつもは、自分の憂鬱を吹きとばし、また明るくなるのがつねであったのが、その明るくなり方が以前にくらべなぜか静かで、騒がしくなければ、つい最近みたいに幸せそうにみえないのだ。公爵は倍の注意を払うようになった。ロゴージンのことをいっさい話題にしようとしないのも公爵には奇妙な感じがした。結婚の五日ほど前、いちどだけダーリヤから藪から棒に、ナスターシヤの具合がとても悪いのですぐに来てほしいとの使いがあった。行ってみると、彼女は、ほぼ完全な錯乱状態にあった。金切り声をあげたり、体を震わせたりして、ロゴージンが庭の蔭に隠れている、たったいま、あの男の姿が見えた、夜になったら殺される……切り殺される、と喚《わめ》くのだった。まる一日、彼女は、自分を鎮めることができなかった。だが、同じ晩、公爵がイッポリートの家にほんのわずかの時間立ち寄ったとき、町から戻ったばかりの大尉夫人が——何か小さな用事で出かけていたのである——今日、ペテルブルグにいる彼女の部屋にロゴージンが立ち寄り、パーヴロフスクのことで根掘り葉掘り尋ねていったという話をした。ロゴージンが立ち寄ったのは、いったい何時ごろのことかという公爵の質問にたいして大尉夫人は、ナスターシヤが今日、庭先で彼と会っているのを見た時刻とほとんど同じころだ、と答えた。そこでその話は、たんなる蜃気楼《しんきろう》であるということでかたがついた。ナスターシヤはさらに詳しく説明を聞くためにわざわざ大尉夫人のもとに出向いていき、大いに胸を撫でおろしたのだった。

式の前日、公爵と別れたナスターシヤは大いに元気づいていた。ペテルブルグの衣装屋から、結婚用のドレス、髪飾りなど、明日身につける衣装一式が届けられたのだ。式服のことで彼女がこれほど興奮するとは思ってもみなかった。公爵はなにもかも褒めちぎったが、すると彼女はその褒め言葉にいっそう幸せな気分になった。が、彼女はうっかり本音をすべらせた。町の人たちがこの結婚に怒っていること、事実、何人かの暴れ者が、わざわざこしらえた詩に音楽までつけて、シャリバリらしきものを企んでいること、残りの連中もまたこの企みを盛りたてようとしていることを耳にしたという。そこで彼女はがぜん、彼らの前ではなおさら頭を高くかかげて、花嫁衣装の趣味の悪さと贅沢さで連中の目をくらましてやろうという気になった。「やれるものなら、やじだって口笛だって勝手させておけばいい!」そう考えるだけで、彼女の目はぎらぎら輝きを放ちはじめた。彼女にはもうひとつひそかな夢があったが、それを口に出すことはしなかった。つまり、アグラーヤかほかのだれか、少なくともその命を受けた使いの者がひそかに群衆に紛れこみ、教会での式の一部始終を目にする場面を空想し、内々そのときに備えていたのである。こうした考えにすっかり心を奪われたまま、彼女は公爵と別れたのだが、それが夜の十一時ごろだった。ところが深夜の十二時も打たないうちに、ダーリヤの使いが駆けこんできて、公爵に《たいそうお悪いので、一刻も早くお越しを》と伝えた。行ってみると、花嫁は寝室に閉じこもり、涙に暮れ、自暴自棄のヒステリー状態にあった。鍵のかかったドア越しに何を言っても、しばらくは聞く耳をもたず、やっとドアを開けると公爵ひとりを中に招きいれ、そのままドアに鍵をかけて彼の前にひざまずいた（その様子をちらりとのぞき見ることのできたダーリヤは、のちにそのように伝えた）。

「わたし、なんてことをしているの！　なんてことをしているの！　あなたにたいして、なんてことをしているの！」彼の両足をはげしくかき抱きながら彼女は叫んだ。

公爵はまる一時間、彼女のそばに付き添っていた。ふたりが何を語り合ったかは、知る由《よし》もない。ダーリヤが語ったところだと、ふたりは一時間後、穏やかに、幸せそうな表情で別れたという。公爵はその夜、彼女の様子を確かめるためにもういちど使いを寄こしたが、ナスターシヤはすでに眠りについていた。翌朝、彼女が目を覚ますまえにさらに二度、公爵の使いがダーリヤの家に現われたが、三度めの使いには次のようなことづけがなされた。「ナスターシヤさまの周りをいま、ペテルブルグから来た着付け師や髪結い師の一団がすっかり取りかこんで、昨夜のようなことは気配すらありません、あの方はいま着つけに夢中で、あれぐらいの美人さんが結婚するとなればそれもありなんといった感じです。ちょうどこの瞬間、どのダイヤモンドをどんなふうに着けようか、というので、緊急の会議が開かれているところです」公爵はそれを聞いてすっかり胸をなでおろした。

この結婚式にまつわる次のエピソードは、事情に通じた人たちによって語られたものなので、ほぼ事実とみてよいだろう。

式は午後の八時に予定されていた。ナスターシヤはすでに七時にはすべての用意が整っていた。レーベジェフの別荘の周辺には、早くも六時ごろから少しずつ野次馬たちが集まりだしたが、人数がとくに多かったのが、ダーリヤの家の周辺だった。七時ごろには教会も人で埋まりはじめた。レーベジェフの娘ヴェーラとコーリャは、公爵の身の上を思ってはげしい不安にかられていた。とはいえ、ふたりには家の用事が山ほどあった。ふたりは公爵のいくつかの部屋で、接待や食事の手配をしていたからである。もっとも、式のあとは、どんな集まりも予定に入っていなかった。結婚式に参列するため不可欠なメンバーのほか、レーベジェフに招かれていたのは、プチーツィン夫妻、ガーニャ、アンナ勲章を下げていた医師、ダーリヤだけである。公爵がレーベジェフに、「ほとんど知人ともいえない」医師をどうして呼ぶ気になったのかと興味がてら訊くと、レーベジェフは「なんといっても首に勲章をかけた方ですから、ひとつ飾りにと思いまして」といかにも得意そうに答えたので、公爵は思わず吹きだしてしまった。フロックコートを着込み、手袋をつけたケーレルとブルドフスキーは、見違えるような立派な姿になった。ただしケーレルは、あいかわらず公爵や自分を信頼してくれる連中をはらはらさせていた。というのもケーレルは、家の周囲に集まっている野次馬たちにたいし、いつでも相手になってやるといわんばかりのひどく敵対的な態度で睨みつけていたからだ。やがて七時半になり、公爵は箱馬車で教会へと向かった。ついでながらひとつ注意しておきたいのは、公爵自身、従来のしきたりや習慣をわざと何ひとつ省略したがらなかったことである。そのため、すべてのものごとが、公然とあからさまに、何ひとつ包み隠すことなく「型どおりに」進められていった。教会に着いた公爵は、左右双方にきびしい視線を走らせるケーレルの導きにより、絶えまなく囁き声や叫び声をあげる群衆のあいだを縫うように進み、それからしばらくは祭壇のなかに姿を隠した。そこでケーレルは花嫁の出迎えに向かったが、ダーリヤの家の表階段には、公爵の家の二倍ないし三倍も群衆がつめかけており、ことによると三倍は無遠慮にくつろいでいるようだった。表階段を昇っていくとき、ケーレルは、聞きずてならぬ叫び声を耳にしてがまんしきれなくなり、しかるべき言葉を返してやるつもりで人々のほうに立ち向かいかけたが、表階段から飛びだしてきたブルドフスキーとダーリヤに制止され、力ずくで部屋のなかに連れこまれた。ケーレルはいらだち、慌てていた。ナスターシヤは起きあがって、もういちど鏡のなかをのぞき、「歪んだ」笑みを浮かべながら――これはのちにケーレルが伝えてくれたことである――「なんだか死人みたいに青ざめてるわね」とつぶやき、聖像画に向かってうやうやしく一礼すると、玄関口に向かった。彼女が姿を現わすや、おお、という出迎えのどよめきが起こった。じっさい最初の瞬間こそ、笑い声、拍手や、ほとんど口笛さえ聞こえたが、一瞬ののちにはべつの声も響きわたった。

「すげえ美人！」群衆のなかから歓声が上がった。

「きわめつきってほどじゃねえや！」

「結婚式の冠ってのが、なんでも隠しちまうのよ、バカどもめが！」

「いや、これほどの美人は、そうは見つかんねえ、でかしたな！」いちばん近くにいた連中が叫んだ。

「公爵夫人さま！　こんな夫人のためなら、魂、売っぱらっても惜しくはない！」どこぞの事務員がわめき立てた。「『わが命とひきかえに、せめて一夜を！』……」

ナスターシヤは、文字どおりハンケチのように青ざめた顔をして表に出てきた。だが、大きな黒い目は、さながら灼熱した炭火のように群衆に向かってきらきら光を放っていた。そのまなざしには群衆もさすがにたまりかねて、先ほどまでの怒号が歓声に変わった。すでに馬車の扉は開かれており、ケーレルが花嫁に手を差しだしていた。そこで彼女はいきなり声を上げ、玄関口からまっすぐ群衆のほうに駆けだしていった。彼女に付き添っていた全員が驚きのあまり棒立ちとなり、群衆は彼女のためにさっと道を開けた。すると玄関口から五、六歩のところにとつぜんロゴージンが姿を現わした。ナスターシヤはそのまなざしを、群衆のなかにとらえた。彼女はくるったように彼の傍らに駆けよると、その両手をつかんだ。

「わたしを助けて！　どこかに連れていって！　どこでもいい、いますぐ！」

ロゴージンは、彼女をほとんどその両腕で抱えるようにして箱馬車のほうに連れていった。それから一瞬、財布から百ルーブル札を抜きとり、御者に差しだした。

「駅に行くんだ、列車に間にあったら、もう百はずむ！」

そして自分もナスターシヤのあとにつづいて馬車に飛びこみ、ドアを閉めた。御者は一瞬も躊躇することなく、馬の背中に鞭を当てた。ケーレルはのちに、あまりに唐突すぎて、と言い訳した。「もう一秒あればこっちも気づいて、あんな真似はさせなかったのに」事の顚末《てんまつ》を話しながら彼はそう弁解した。彼は、たまたま居合わせたべつの馬車をつかまえ、ブルドフスキーといっしょに追跡したが途中で考えをあらためた。「とにかくもう手遅れだ！　力ずくでは連れもどせない！」

「それに、公爵だってそれは望まないでしょう」愕然とした様子でブルドフスキーはそう断言した。

いっぽう、ロゴージンとナスターシヤは、時間内に首尾よく駅に到着できた。馬車から降りたロゴージンは、列車に乗りこむ寸前に通りがかりの娘をひとり呼びとめた。娘は、かなり古びてはいたがなかなか見栄えのする暗い色のマントを羽織り、シルクの薄いショールを頭にかぶっていた。

「着ているそのマント、五十ルーブルでどうだ！」そう言って彼はいきなり娘に金を差しだした。相手がまだ合点もいかず、あっけにとられているあいだロゴージンはもう娘の手に五十ルーブル札を押しつけ、ショールごとマントを脱がせると、ナスターシヤの肩と頭にそのまますっぽりかぶせた。あまりに派手すぎる彼女の衣装が目について、車内の注目を引きかねなかったからである。娘はあとになってようやく、どうしてあの人たちが二束三文の古着をあんな法外な値段で買いとったのか、そのわけを知るところとなった。

この事件をめぐる騒ぎは、異様な早さで教会に伝えられた。ケーレルが公爵のところに向かって歩いているとき、彼とはまったく面識のない大勢の人たちが彼のところに馳けより、根ほり葉ほり尋ねた。甲高い声で話す者、うんうんとうなずく者、なかには笑い声を立てる者もいた。教会を出ていく者はだれひとりおらず、花婿がこの知らせを受けとるさまを見ようと待ちうけていた。彼は真っ青になったが、その知らせを静かに受けとめ、かろうじて聞こえる声で言った。「ぼくも心配していました。でも、まさかそのとおりになるとは……」。それからしばらく沈黙したあと、こう言い添えた。「もっとも……彼女の立場を考えたら……完全に理にかなっています」。この反応については、ケーレル自身がのちに「前例なき哲学」と表わしたものだった。教会から出た公爵の様子は、見たところ落ちついていて、元気を取りもどしているようだった。少なくとも多くの人たちはそれに気づき、のちのちになってもそんなふうに話をした。彼としては、家にもどり、少しでも早くひとりになりたかったのだろうが、そうはさせてもらえなかった。彼のあとにつづいて、招待客の何人かが部屋に入ってきた。そのなかには、プチーツィンとガヴリーラ・イヴォルギンも混じっており、ふたりといっしょに例の医師もついてきた。彼もまた帰宅するつもりはなかったらしい。それどころか、屋敷ぜんたいが文字どおり、野次馬たちによって包囲されていた。まだテラスにいるあいだに公爵は、ケーレルとレーベジェフが、何人か見ず知らずの人たちとはげしくやりあっている声を耳にした。見たところ役人風の男たちで、なんとしてもテラスに上がらせてもらいたいと言ってきかないらしかった。公爵は、口論している連中に近づき、事情をただすと、レーベジェフとケーレルのふたりを丁寧に脇に押しやり、何人かほかの仲間たちの先頭に立ってテラスの階段に立ちつくしている、すでに白髪で恰幅のいい紳士と慇懃に向かい合い、ご訪問いただけて光栄ですと言って相手を招じ入れた。紳士はすっかり面食らったが、それでもテラスに上がってきた。彼のあとにふたり目、三人目がつづいた。集まった人々のうち、テラスに上がるのを希望する訪問客は、七、八人といったところで、彼らはつとめて打ちとけた様子を装いながら入ってきた。だがそれ以上、物好きな連中はおらず、やがて群衆のなかから、出しゃばりな連中を批判する声が上がりはじめた。部屋に入った連中は椅子を勧められ、会話がはじまり、お茶が出された。何もかもがきわめて礼儀正しく、つつましやかに進められたので、一同はいささか驚きに打たれた。当然のことながら、会話を盛りあげ、「しかるべき」話題に向かわせようとする試みもいくつかなされた。無遠慮な質問も発せられたし、「勇気ある」コメントもなされた。公爵はどの質問にもきわめて率直に、自分から進んで答え、しかも威厳を損なうことなく、客人たちの誠意をどこまでも信じきるという態度で接したので、ぶしつけな質問もおのずと消えていった。やりとりは徐々に、ほとんど真剣な調子に変わっていった。ひとりの紳士が、ちょっとした言葉じりをとらえてひどく憤慨し、何があろうと領地は手放さない、それどころか、時期が来るまで待つことにする、「事業は金銭に勝る」「諸君、これこそが、わたしの経済システムというものでございますよ、ちょっとお耳に入れておきますが」と弁じたてた。その紳士の発言は、公爵に向けてなされたものだったので、レーベジェフがこの紳士は家も屋敷ももっていない、それどころか領地などいちども所有したためしはないと耳打ちしたが、それにもかかわらず、公爵は熱心に紳士の意見を称賛してみせた。こうしてほとんど一時間が過ぎ、お茶も飲みつくされ、客人たちもとうとうこれ以上は長居することが恥ずかしくなってきた。医師と白髪の紳士は、熱っぽい調子で公爵に暇乞《いとまご》いをした。それにつられて、ほかの客人たちも熱っぽく騒々しく別れの挨拶をはじめた。いろんな挨拶にまじって、「落胆することなんてちっともありません、ひょっとすると、かえって良かったのかもしれません」等々の意見も吐かれた。たしかに、シャンパンをおねだりする者もいるにはいたが、これは年長の客人たちが若い連中を抑えた。一同が散会すると、ケーレルはレーベジェフのほうに屈みこんでこう伝えた。

「きみやわたしだったら、大声あげたり、なぐりあったり、さんざ恥っさらしなまねをして警察の厄介になるところだったな。ところが公爵ときたら、あのとおり、新しい友だちまでこしらえてしまったじゃないか、それもなかなかの連中だぞ、わたしは知っているが！」。いっぽう、かなり「できあがっていた」レーベジェフは、ため息をついてから言った。「『賢く知恵ある者に隠して、幼児に示したもう』――わたしはずっと以前、あの人についてこう言ったことがある。でも、いまはこうつけ加えるよ。神は、かの幼子を守り、深き淵より救い出せり、神とそのすべての御使いたちよ！とね」

十時半近くになって、公爵はようやくひとりになった。頭痛がしていた。最後に部屋をあとにしたのが、礼服を普段着に着替える手伝いをしてくれたコーリャだった。ふたりは熱く抱きあって別れた。コーリャは、事件についてとくに話を広げることはしなかったが、明日また早めに来ますと約束した。そのコーリャが、のちになってこう証言した。公爵は最後の別れぎわ、何ひとつ警告を発することはなかった、したがって彼は、自分にもあのもくろみを隠していたのだ、と。やがて、家にはほとんどだれもいなくなった。ブルドフスキーはイッポリートの家に向かい、ケーレルとレーベジェフもどこかに出かけてしまった。レーベジェフの娘ヴェーラだけが、それからしばらく部屋に残って、てきぱきと飾りものを外し、いつもの姿に整えていった。別荘を出るさい、ヴェーラは公爵の部屋をのぞいた。彼はテーブルに両肘をつき、両手で頭をかかえながら腰をかけていた。ヴェーラはそっと近づいていき、公爵の肩に触れた。公爵はいぶかしげに彼女を見やったが、ほとんど一分ばかり、相手がだれか思いだせないとでもいった様子だった。だが、記憶を取りもどし、すべてに合点がいくと、たちまちはげしい興奮状態におちいった。もっとも、けっきょくのところはすべてヴェーラへのひとつの依頼で収まった。明日、始発の列車に間にあうように、朝の七時に部屋のドアをノックしてくれるようにしつこく強い調子で頼みこんだのだ。ヴェーラは約束した。公爵は重ねて、このことはだれにも告げないでおいてほしいと頼んだ。彼女はその点についても約束してくれた。やがて彼女が部屋を出ていこうとすっかりドアを開けたとき、公爵はあらためて、今度は三度めに彼女を呼びとめ、その手をとって口づけし、それから彼女の額に口づけすると、なにやら「ただならぬ」面持ちで「明日、また」と彼女に告げた。これが、少なくともヴェーラがあとで伝えてくれた話の中身である。彼女は公爵に大きな不安を抱きながら部屋をあとにした。翌朝、彼女はいくぶん元気を取りもどして、朝の七時すぎには約束どおり彼の部屋のドアをノックし、ペテルブルグ行きの列車は十五分後に出ますと告げた。ヴェーラの目にはもう、公爵がすっかり元気で、笑顔さえ浮かべながらドアを開けてくれたように見えた。公爵はほとんど着替えもしなかったようだが、それでも睡眠はとっていた。彼が言うには、今日じゅうに帰って来れそうだとのことだった。ということは、彼はこの瞬間、ひとりヴェーラにたいしてだけは、自分がこれから町に出かけるということを伝えておけるし、またそうする必要があると考えていたことになる。

11

一時間後、公爵はすでにペテルブルグにあって、九時過ぎにはロゴージン家の玄関のベルを鳴らしていた。正面玄関から中に入ったが、しばらくドアを開けてもらえなかった。やがてロゴージンの老母が住む部屋のドアが開いて、年増ながら、垢抜《あかぬ》けた感じのする女中が顔を出した。

「パルフョーンさまはお留守でございます」女中はドアの蔭からそう告げた。「どなたさまにご用で？」

「パルフョーンさんです」

「お留守でございます」

女中は好奇心をむきだしにして、じろりと公爵を眺めまわした。

「それじゃせめてお教えいただきたいんですが、昨晩はこちらにお泊まりでしたか、それと……昨晩はおひとりで戻られたのでしょうか？」

女中は相変わらず公爵を見つめていたが、返事をしなかった。

「で、昨日、ここに……晩方、ナスターシヤさんとはいっしょにおられなかったのですね？」

「失礼ながら、どちらさまでらっしゃいますか？」

「公爵で、レフ・ムイシキンと言います。ごく親しい間柄です」

「お留守でございまして」

そう言って女中は目を伏せた。

「ナスターシヤさんは？」

「わたくし、何も存じあげておりません」

「ちょっと待ってください、待って！　じゃあ、いつ戻られるんです？」

「それも存じあげません」

ドアが閉じられた。

公爵は一時間してまた来てみることにした。中庭をのぞくと、庭番の姿が見えた。

「パルフョーン君はご在宅ですか？」

「おいでてございますよ」

「それじゃ、どうして留守ですとか言ったんでしょうね？」

「旦那さまのお付きが？」

「いいえ、女中です、お母さまのほうの。パルフョーン君の玄関のベルを鳴らしたんですが、だれも開けてくれなくて」

「たぶん、お出かけなんでしょう」庭番は断定的な口調で言った。「いちいち断るようなことはなさいませんから。鍵を持ったままお出かけになるので、三日ぐらい部屋を閉めっぱなしってときもあるくらいで」

「昨日、自宅にいたことは確実にわかっているわけですね？」

「おいででした。ときには、正面玄関からお入りになっても、お見かけしないこともあります」

「ナスターシヤさんは、昨日いっしょじゃありませんでしたか？」

「そいつは存じませんな。そうしょっちゅうお見えになるわけじゃございませんし。もしお見えになれば、わかりそうなもんです」

家を出た公爵は、それからしばらくもの思いに沈みながら歩道を行きつ戻りつしていた。ロゴージンが使っている部屋の窓はすべて閉まっていた。ところが、母親が使っているほうの窓はほとんどすべて開けられていた。よく晴れた、暑い一日だったせいもある。公爵は通りを横切り、反対側の歩道に出た。そして立ち止まり、もういちど窓を見あげた。窓はたんに閉まっているばかりか、ほとんどの窓にも白いカーテンが下りていた。

彼はそのまま一分ほど立ちつくしていた。ところが奇妙なことに、そこで彼はふと、カーテンの隅が軽く持ちあがって、ロゴージンの顔がちらりとのぞいたような気がした。そう思ったとたん、一瞬のうちに消えてしまった。彼はそれからしばらく待ちつづけていたが、やがて出向いていって、また玄関のベルを鳴らしてみようと思いたった。がそこでふと気が変わり、さらに一時間先延ばしすることにした。《ひょっとして、気のせいだったかもしれない……》

じつのところ、彼がいま急いでいた先は、イズマイロフ連隊地区にある、最近までナスターシヤが住んでいたアパートだった。ナスターシヤは三週間前、彼のたっての願いで、イズマイロフ連隊地区に住む気のいい昔の知人のもとに移り住んでいることがわかっていた。この知人の女性というのは、ある教師の未亡人で、家族もあるなかなか立派な貴婦人だった。彼女は自宅の一部で、上等な家具付きの部屋を賃貸に出し、それでもって生計を立てていたのである。何より確かなのは、ナスターシヤは、パーヴロフスクに再度移るにさいし、その部屋を借りたままにしていたと思われることである。少なくとも十中八、九、彼女は昨晩、当然のことながらロゴージンによってこの部屋に送りとどけられ、そこで一夜を過ごしたにちがいなかった。公爵は辻馬車を拾った。道すがら、こちらを先にすべきだったとの思いが頭をかすめた。というのは、彼女が夜の夜なかに直接ロゴージンの家に行くことなど、考えられそうにもなかったからである。そこでふと、ナスターシヤさまはそう頻繁にはお越しになられません、という庭番のひとことが思いだされた。ただでさえ頻繁には出入りしていないロゴージンの家に、よりによっていま、どういう理由で泊まる理由があるだろうか？　そんな気休めにも似た考えで自分を励ましているうち、公爵はほうほうの体《てい》でイズマイロフ連隊地区に着いた。じつに驚くべきことに、教師未亡人の家では、昨日も今日もナスターシヤについて何ひとつ聞かされていなかったばかりか、公爵その人を、まるで奇跡でも拝まんばかりにひと目見ようと玄関口に駆けだしてきたのだった。大家族である教師未亡人家の全員が——上は十五歳から下は七歳まで、ぜんぶが女の年子だった——母親のあとからいっせいに飛びだしてくると、ぽかんと口を開けたまま彼を取りかこんだ。子どもたちに続いて、痩せて黄ばんだ顔をした伯母《おば》が黒いショールを巻いた姿で現われ、最後に、一家の祖母にあたるたいそう高齢の、メガネをかけた老女が顔をのぞかせた。教師未亡人から、ぜひとも中にはいって一服なさってくださいと勧められ、公爵はそれにしたがうことにした。公爵はすぐに察しがついた。一家の者たちには、彼の人となりがすっかり知れわたっており、昨日、彼の結婚式が執り行われたはずということも知っているので、その式のことや、彼がいま自分たちに尋ねている理由や、本来ならいま目の前の人物といっしょにパーヴロフスクにいるはずの女性について、根ほり葉ほり聞きたくて仕方ないのだが、ただただ遠慮していたらしい。結婚式については、ごくかんたんな説明で彼女らの好奇心を満たしてやった。驚きの声やらため息やら叫び声が発せられたので、公爵はいやおうなく、むろんおおまかながら、残りの事情をほぼすべて話してきかせなくてはならなかった。そしてついに、心穏やかならざる賢女たちの会議が開かれ、次のような結論が下されたのだった。すなわち、いの一番にロゴージン家のドアを開けさせ、彼から一部始終をしっかり聞きだすこと。もしも彼が不在の場合（それについてはしっかり確認すること）、ないし、彼が話したがらないときは、セミョーノフ連隊地区に母親といっしょに住んでいるあるドイツ人女性で、ナスターシヤさんの知人の家を訪ねること。ひょっとするとナスターシヤさんは、動揺のあまり身を隠したいと願って、その女性たちの家で一夜を明かしたかもしれないというのだ。公爵は、生きた心地もしないまま椅子から立ちあがった。彼女たちがのちに話してくれたところによると、このときの公爵は「すさまじく青ざめていた」とのことである。事実、彼はほとんど腰が抜けたような状態だった。女性たちの侃々諤々《かんかんがくがく》たる議論からようやく聞きとれたことだが、女性たちはどうやら公爵といっしょに行動しようということで話がまとまり、市内の連絡先がほしい様子だった。連絡先の住所を持っていないと答えると、どこかホテルに泊まるように忠告された。公爵はふと思いついて、以前に泊まったホテルの住所を教えた。五週間ほど前に発作を起こした例のホテルである。それから彼は、ふたたびロゴージン家へと向かった。

ところが今度は、ロゴージンの家ばかりか、老母の住まいに通じるドアも開けてもらえなかった。公爵は庭番を探しに降りていき、なんとか中庭にいる彼を探しだすことができた。庭番は何やら仕事で忙しそうで、ろくすっぽ返事もしないばかりか、目さえ合わせようとしなかったが、それでもはっきりとした調子で、パルフョーン・ロゴージンさまは『早朝一番で家を出られ、パーヴロフスクに向かわれました。今日は家には戻らないそうです』と明言した。

「待つことにするよ。ひょっとして晩には戻るかもしれないだろう？」

「でも、もしかすると一週間も戻らないかもしれません、それはだれにもわかりません」

「ということは、とにかく昨晩はここに泊まったわけだね」

「お泊まりになるには、なられましたが……」

何もかもがうさんくさく、いかがわしく感じられた。この間、庭番が新しい指図を受けた可能性が大いにあった。さっきはぺらぺら口をきいていたのが、いまはもう完全にそっぽを向く感じなのだ。それでも、一時間ほどしてからもういちどここに立ち寄り、必要とあらば、家の近くで待ちぶせすることもやぶさかではないと腹を決めた。さしあたりは、例のドイツ人女性への期待も残されていたので、セミョーノフ連隊地区へ馬車で乗りつけた。

だが、ドイツ人女性の家では、何を言っても理解してもらえなかった。言葉の端々からうかがい知ることができたのだが、この美人のドイツ人女性は、二週間ほど前にナスターシヤと大げんかし、そのせいで、この何日か、彼女の消息についてはいっさい耳にしていないようだった。それに彼女は、「たとえ彼女が世界じゅうの公爵と結婚しようと」いっさい話を聞く気にはなれないということを、いまや全身でもってわからせようとしていた。

公爵はあわててその家を後にした。そうこうするうちに、彼の頭のなかにふとある考えが浮かんだ。ひょっとして、彼女はあのときと同じようにモスクワに向かったのではないか。そしてロゴージンは彼女のあとを追い、今ごろはいっしょにいるかもしれない。《せめて、足取りだけでも探しださなくては！》。しかし彼はそこで、宿を取らなくてはならないことを思いだし、リテイナヤ通りへと急いだ。部屋はすぐに取ることができた。ボーイが、何か召しあがりますかと尋ねてきたので、彼はうわの空のまま、食べたいと答えた。ところがそこで、食事で三十分も余分な時間をとられると気づき、無性に腹が立ってきた。しばらくしてようやく、出された食事を食べずにすましたからといって、文句を言われる筋合いはないことに思い当たった。この薄暗くて息苦しい廊下で、彼は奇妙な感覚に支配された。その感覚は、苦しいながらある考えにまとまりをなそうとしていた。だが、その、新たにかたちをなそうとしている考えがいったい何なのかは、どうしてもつかめなかった。彼はついに、人心地もなくホテルを出た。ぐるぐるとめまいがしていた。それにしても、どこへ行けばいいのか？　彼はふたたびロゴージンの家をめざして馬車を飛ばした。

ロゴージンはやはり帰宅していなかった。ベルを鳴らしてもドアは開かなかった。ロゴージンの老母の家のベルを鳴らしてみた。ドアは開けられたが返事は同じで、パルフョーンさまはお留守です、たぶん三日ほどはお戻りになられません、とはね返された。いつもどおり、荒々しい好奇の目で見られるのに閉口した。今度は、庭番がどうしても見つからなかった。最初と同じく反対側の歩道に出て、窓を見あげながら、重苦しい炎熱のなかを三十分か、あるいはそれ以上も歩きまわった。だが、今度は何ひとつ動きがなかった。窓は閉じられ、白のカーテンは微動だにしなかった。やがて彼の頭にこんな考えが浮かんできた。さっきのはまちがいなく、たんなる気のせいにすぎない。窓にしたところであんなに曇っているし、だいぶ前から拭いていないのだから、だれかがじっさいにガラス越しにのぞいたとしても、そうかんたんには見分けがつかないはずだ。そう考えるとにわかに元気づいて、ふたたびイズマイロフ連隊地区に住む教師未亡人の家に向かった。

教師未亡人の家では、今や遅しと彼を待ちかまえていた。未亡人はすでに、三、四カ所回り、ロゴージンの家にも立ち寄っていた。なんの音沙汰もないとのことらしかった。公爵はだまって話を聞きとおすと、部屋に入り、ソファに腰をおろして、自分が何を言われているのかわからないといった様子で、全員の顔をながめだした。奇妙だった。やけに注意が行きとどくかと思うと、急にもう信じられないほど散漫になるのだ。家族全員がのちに明らかにしたところだと、その日の彼は、『不審に感じるくらい』奇妙な感じがしたので、『ことによると、そのときすでに兆候が現れていたのかもしれません』とのことだった。彼はついに腰をあげ、ナスターシヤの部屋を見せてほしいと頼んだ。大きくて明るい二部屋からなり、天井も高ければ、たいそう立派な家具が供えられており、いかにもお金がかかっていそうな造りだった。この家の女たちがあとで語ってくれたことだが、公爵は部屋のなかにある彼女の持ちものを一つひとつ仔細《しさい》にチェックしていたが、図書館から借りだした一冊の本――フランスの小説『ボヴァリー夫人』だった――が開いたままテーブルに置いてあるのを目にとめると、開かれたページの端を折り、これを貸してほしいと頼んだ。本は図書館から借りだしたものだからといって断られるのも聞かず、公爵はただちにその本をポケットにしまい込んだという。それから、開いた窓のそばに腰をおろし、チョークでいっぱいに書き散らされたカード机を見ると、だれがするんです、と尋ねた。女たちは、ナスターシヤさまが毎晩、ロゴージンと馬鹿ゲームやプレファランスや、粉屋遊び、ホイストゲーム、切り札取りゲームなど、ありとあらゆるカード遊びをして楽しんでいた様子を物語った。またカード遊びを始めたのはつい最近のことで、パーヴロフスクからペテルブルグに引っ越してからあとのことらしかった。ちなみにナスターシヤは、退屈で仕方ない、ロゴージンは毎晩、むっつり黙り込んだまま何ひとつ話ができないとしきりに愚痴をこぼしては泣いてばかりいたらしかった。そこで翌晩、ロゴージンが急にポケットからカードを取りだしたところ、ナスターシヤは大声で笑いだし、ゲーム遊びが始まった。公爵は、ふたりが使ったカードはどこにあるのかと聞いた。だがカードはなかった。カードはロゴージンがいつもポケットに入れて持ってくるのだが、それが毎日新しいセットで、使い終わるとそのまま持ち帰るのだという。

教師未亡人宅のご婦人がたは、もういちどロゴージンの家に行き、もういちど今度はもっと強くドアをノックしてはどうか、ただし今より夕方になってからのほうがいいと忠告した。『ひょっとしたら、いらっしゃるかもしれませんよ』。当の教師未亡人は、そのあいだ自分は夕方までにパーヴロフスクのダーリヤさん宅に行き、何か知っているかどうかを聞いてくると買って出た。そして公爵には、いずれにしても夜の十時ごろに、明日の打ち合わせに来てくれるように頼んだ。いろいろと慰めや励ましの言葉をかけられたにもかかわらず、公爵の心は完全な絶望に支配されていた。えもいわれぬ哀しみにかられながら、歩いて投宿先のホテルにたどりついた。埃っぽくて蒸し暑い夏のペテルブルグに、さながら万力にしめつけられたような気分だった。けわしい顔つきをした人々や酔っ払いたちに揉まれ、体をぶつけるようにして歩きながら、あてもなく彼らの顔をのぞきこんでいるうち、おそらくははるかに必要以上の道のりを歩いてしまったものらしかった。自分の部屋に戻ったころにはもうほぼすっかり日が暮れていた。忠告されたとおりひと休みしてからまたロゴージンの家に行くことにして、彼はソファに腰をおろすとテーブルに両肘をつき、もの思いに沈みはじめた。

どれだけの時間、そして何を考えていたかは、神のみぞ知るである。多くのことを彼は恐れていた。そして自分がひどく恐れているということを、痛いくらい苦しい思いで感じていた。ヴェーラのことがふと頭に浮かんだ。それから、この件については、ひょっとしてレーベジェフが何かをつかんでいるかもしれないと思いあたった。もしつかんでいないとしても、自分よりは早く、しかもたやすくつかむことができるだろう。それからイッポリートのことが、そしてロゴージンがイッポリートのもとに出入りしていたことが思いだされた。次にロゴージン自身の姿を思いだした。つい最近では、葬儀の席、それから公園、そしてさらにこのホテルの廊下にいきなり姿を現わしたときのことである。あのとき彼は、このホテルの隅に身を隠し、ナイフを手に自分を待ち伏せしていた。そしていま、彼の目を、あのとき暗闇のなかでこちらをうかがっていた目を思いだした。そこで公爵はぎくりとなった。さっき生まれかけていた考えが、いきなり彼の脳裏に浮かびあがってきたのだ。

その考えには、部分的には次のようなことも含まれていた。もしもロゴージンがペテルブルグにいるなら、たとえいっとき身を隠そうとしても、けっきょくのところは自分のところへ(つまり公爵のもとへ)やってくる。良いたくらみにせよ、悪だくみにせよ、いや、たとえあのときと同じであっても、少なくともロゴージンに、なにかの理由でやって来ざるをえない事情があるとしたら、彼としては、もはやここ以外、またしてもこの廊下以外、どこへも出向きようがない。ロゴージンはこちらのアドレスを知らない。とすれば、以前と同じホテルに泊まっていると考える可能性が大いにある。少なくともここを探してみようという気にはなる……なんとしてもそうする必要が生まれるなら。いや、ひょっとしてその必要が生まれてくるのではないか？　そんなふうに彼は考えた。するとその考えは、なぜかしら完全に可能性があるように思えてきた。もしもその考えをさらに深め、《たとえば、なぜ自分が急にそこまでロゴージンに必要とされるのか、けっきょくふたりは会わずに済むといった事態がなぜ起こりえないのか？》と問うてみても、自分にはけっして説明がつかなかったろう。だが、この考えが重くのしかかっていた。《もし問題がなければ、彼はやって来ない》と公爵は考えつづけた。《問題があれば、すぐにやって来る。ただ、彼はじっさい確実に問題をかかえているはずだ……》

むろん、そう確信するからには、自分の部屋でロゴージンを待っているのが当然だった。しかし彼は、この新しい考えに耐えきれないかのように、ひょいと立ちあがると帽子をつかんで走りだした。廊下はもうすっかり暗くなっていた。《もしもいまあの男がいきなりその隅から出てきて、階段のところでぼくを呼びとめたなら、どうなる？》例の見覚えのある場所に近づいていく彼の頭に、ちらりとそんな考えが浮かんだ。だが、だれも出てこなかった。彼は階段をつたって門のほうに下りていき、そのまま舗道に出たが、日没とともに通りに吐きだされたおびただしい人の群れに目をみはりながら（夏の休暇時はいつもそうだが）、ゴローホヴァヤ通りをめざして歩きだした。ホテルから五十歩ばかり離れた最初の交差点まで来たところで、人ごみのなかからだれかが急に彼の肘にふれ、耳もとで小声でささやきかけてきた。

「レフ、来てくれ、おれについて、いいな」

ロゴージンだった。

奇妙なことに、公爵はそこでふいに彼に向かって、自分はさっきホテルの廊下できみを待っていたと、回らぬ舌で語尾も曖昧にさも嬉しげに話しはじめた。

「おれもあそこにいたぜ」とロゴージンは思いがけず答えた。「さあ、行こう」

この答えに公爵は啞然としたが、彼が驚いたのは、それから少なくとも二分が経ったあとのことで、そのとき彼はすでに相手のいわんとするところが腑に落ちていた。答えの意味がわかると、彼は愕然として、ロゴージンの顔をまじまじと見やった。ロゴージンはもうほとんど半歩先を歩いていた。ひたすら正面を見つめるだけで、ゆきかう人のだれとも目を合わそうとせず、ただ機械的な注意深さで道を譲りながら歩いていた。

「なぜ部屋にいるときに訪ねてこなかったの……せっかくホテルまで来たのに？」公

爵はいきなり尋ねた。

ロゴージンは立ちどまると、彼の顔を見て考えこんだが、質問の意味がまるでわからないと言いたげにこう答えた。

「いいか、レフ、この道をまっすぐ行け、おれの家まで、いいな? おれは、あっち側を行くから。それに、ときどきはこっちを見ろよ、迷子にならんように……」

そう言うと彼は通りを横切り、反対側の歩道に出て、公爵がついてくるかどうか目で確かめたが、相手が立ったまま目を大きく見開いてこちらを見ているのに気づき、ゴローホヴァヤ通りの方角を指でしめしてまた歩きだした。それでも、ひっきりなしに公爵のほうを振りかえっては、ついてこいと手招きするのだった。公爵が自分の言うことを理解し、向こう側の歩道からこちらに渡ってこないのを見て、見るからにほっとした様子だった。公爵の頭にふとこんな考えが浮かんだ。ロゴージンにはだれか探すべき人がいて、途中、その相手を見落としたくないために向こう側の歩道に渡ったのではないか? 《でも、どうして話してくれなかったのか、だれを探しださなくてはならないのか?》こうしてふたりが五百歩ばかり歩いたところで、どういうわけか公爵は急に震えだした。ロゴージンは、以前ほどひんぱんではないながら、相変わらず何度も振りかえった。公爵は耐えきれず、手で彼を招きよせた。相手はすぐに通りを横切ってこちらに向かってきた。

「ナスターシヤさんはきみの家にいるの？」

「いるさ」

「さっきカーテンの陰からぼくを見ていたのはきみだよね……」

「ああ……」

「どうしてきみは……」

しかし公爵は、この先どう尋ねたらよいものか、この質問にどうきりをつけたらよいかわからなかった。おまけに動悸がはげしくなって、話すことじたい困難になった。ロゴージンも黙りこんで、前と同じように、つまり何かもの思わしげな顔で彼を見つめていた。

「じゃあ、行くぞ」彼はふいにそう言い、ふたたび道の向こう側に渡るそぶりを見せた。「あんたは勝手に行け。おれたち、この通りは別々に行こう……そのほうが都合がいい……それぞれ反対側をな……いいな」

ふたりがようやく、別々の舗道からゴローホヴァヤ通りへと折れ、ロゴージン家の近くまで来たとき、公爵はまた足がもつれだし、ほとんど歩くこともままならなくなった。すでに夜の十時近かった。老母の住む部屋の窓は、さっきと同様、開けはなたれていた。ロゴージンの部屋の窓は閉まったままで、薄暗がりのなかで、下ろされた白いカーテンがよりくっきりと浮かびあがるかに見えた。公爵は、反対側の舗道から建物に近づいていった。ロゴージンは、自分のいる舗道からそのまま表階段に足をかけて、手を振ってみせた。公爵は通りをわたり、玄関口に立つ彼のほうに近づいていった。

「いま、おれのことは庭番にも知られていない、こうして戻っているってことはな。さっき言っておいたのさ、パーヴロフスクに行くって、おふくろにもそう言っておいた」ずる賢こそうなしたり顔でロゴージンはささやいた。「さあ、中に入ろう、だれにも気づかんよ」

ロゴージンの手にはすでに鍵があった。階段をのぼる途中、彼は後ろを振りかえり、もっと静かに歩けと脅すそぶりを見せた。自分の部屋に通じるドアの鍵を静かに開けると、彼は公爵を中に通し、そのあとから用心ぶかく入って後ろ手に鍵をかけ、その鍵をポケットにしまった。

「行こう」彼は小声ではっきり言った。

リテイナヤ通りの舗道を歩いているうちから、彼はささやき声になっていた。表面はいかにも落ちついているように見えたが、何かしら心の奥に深い不安をかかえているようだった。書斎のすぐ手前の広間に入ったとき、彼は窓辺に近づき、秘密めかしたそぶりで公爵を手招きした。

「ほら、さっきあんたがこの部屋のベルを鳴らしたとき、おれはここにすぐに来て、あれはあんたにちがいないってにらんでな。で、つま先立ちしてドアのそばに近づいていったら、パフヌーチヴナと話しているのが聞こえた。でもな、おれはもう夜が明けないうちから言いつけておいたのさ。もしもあんたか、あんたの使いか、まあほかのだれでもおれの家をノックするものがいたら、何があっても知りませんで押しとおせ、とな。で、もし、とくにあんたが自分から押しかけてきて、おれのことを嗅ぎまわったばあいを考え、あんたの名前まで教えておいた。で、そのあと、あんたが出ていってから、頭にふっと浮かんだんだ。あいつめ、ひょっとしてあのあたりに立って、こっちをのぞこうとしているか、通りから何か見張る気でいるんじゃないかって。で、この窓のところにきてカーテンをめくってみるというと、どうだい、あんたがあそこに立って、まっすぐこっちを見てるじゃねえか……まあ、そんな話よ」

「で、どこなの……ナスターシヤさんは？」公爵はあえぎあえぎ尋ねた。

「あれかい……ここだよ」答えを少しでも先のばしするかのように、ロゴージンはのろのろした調子で答えた。

「いったい、どこ?」

ロゴージンは公爵のほうに目をあげ、彼をじっと見すえた。

「行こう……」

彼はずっと囁くような声で焦らず、ゆっくりと、あいかわらず何かしら妙に感慨深げに話しつづけていた。カーテンの話になったときも、その中身の生々しさとはうらはらに、その話をしながらまるでべつのことを話そうとしているかにみえた。

書斎に入った。以前、公爵がここを訪れてからというもの、この部屋にはいくつか変化が生まれていた。部屋全体を横に仕切るかたちで、両端に出入り口のついた緑のシルクのカーテン——ダマスク織だった——が吊《つ》るされ、それが部屋を書斎とアルコーヴの二つに隔てており、そのアルコーヴのほうにロゴージンのベッドが設《しつら》えられていた。ずっしりと重いカーテンは床まで下ろされ、出入り口は閉じられていた。だが、部屋のなかはひどく暗かった。ペテルブルグの夏の「白夜」も徐々に暗くなりはじめており、これがかりに満月の夜でなければ、カーテンを下ろしたきりのロゴージンの部屋で何かを見分けることは困難だったろう。たしかにまだ相手の顔を識別することはできたが、それもひどくぼんやりしていた。ロゴージンの顔はいつもどおり青ざめ、公爵をひしとにらみつけるその目は、強いかがやきを放ちながらもなぜかすわったような印象を漂わせていた。

「ろうそくを灯したら？」公爵は言った。

「いや、いい」ロゴージンはそう答えると、公爵の腕をとり、押しこむようにして彼を椅子に座らせた。そして自分も差しむかいに腰をおろして、公爵と膝が触れあわんばかりの近さに椅子を近づけた。ふたりのあいだの、いくぶん脇に離れたところに、小さな丸テーブルが置いてあった。「すわれ、しばらくこうしていよう！」むりに座らせようとするかのように、彼は言った。こうしてふたりは一分ほど沈黙をつづけた。

「やっぱり、前と同じホテルに泊まっていたんだな」彼はそう切りだした。何か肝心の話題を切りだすさいに、どうかすると本題と直接には関わらない余分な細かい話からはじめる人がいるが、まさにそんな調子の話し方だった。「あそこの廊下に入ったとき、ふと思ったんだ。ひょっとして、あんたもおれと同様、いま、おれのことを待っているかもしれねえ、とな。で、教師未亡人のところには行ったのか？」

「うん」胸の鼓動がはげしく、公爵はようやくそう発することができただけだった。

「そのことも考えたよ。話はこれで終わるわけじゃない、そう思ったのさ……それから、こうも考えた。公爵をここに連れてきて泊まらせようと、今夜、いっしょに過ごせればいいと……」

「ロゴージン！　ナスターシヤさんはどこ？」公爵はふいにささやくと、手足を震わせながら立ちあがった。ロゴージンも椅子から立ちあがった。

「あそこさ」カーテンのほうを顎でしゃくりながら、彼はささやくように言った。

「寝ているの？」公爵もささやくように尋ねた。

さっきと同様、ロゴージンはしげしげと公爵を見やった。

「ともかく、そっちに行こう！……ただしあんたは……いや、いい、いっしょに行こう！」

カーテンを持ちあげると、彼は立ちどまって、ふたたび公爵のほうを振りむいた。

「入れ！」ロゴージンは、カーテンの向こうを顎でしゃくり、先に行くようにうながした。公爵は入っていった。

「暗いよ」公爵は言った。

「見えるさ！」ロゴージンはつぶやくように言った。

「少ししか……あれはベッドだね」

「もっとそばに寄れ」低い声でロゴージンは命じた。

公爵は、さらに一歩二歩と歩を進めていき、やがて立ちどまった。そうして彼は立ちつくしたまま、一、二分ばかりじっと目を凝らしつづけた。この間、ふたりはベッドのそばにいて、ひとことも声を発さなかった。死んだように静まりかえる部屋のなかで、公爵は胸がどきどきするあまり、心臓の鼓動の音まで聞こえるかのような気がした。しかし、やがて目も慣れてきて、ベッド全体の見分けがつくようになった。ベッドの上では、かすかな身動きもせずにだれかが熟睡していた。かすかな衣擦れの音ひとつ、ちいさな息づかいひとつ聞こえなかった。そこに眠っている人は、頭からすっぽりと白いシーツにおおわれていたが、手足のかたちだけは何やらぼんやりと見分けられた。ただシーツの盛りあがりぐあいから、人間が長々を体を横たえていることだけはわかった。あたり一面、ベッドの上も、足もとも、ベッドのすぐわきの肘掛け椅子も、床の上まで、脱ぎ捨てられた衣服が、白い豪奢《ごうしゃ》なシルクのドレスから、花や、リボンにいたるまで乱雑に散らばっていた。枕もとの小さなテーブルには、指から外され、投げだされたダイヤモンドがきらきらと輝きを放っていた。両の足もとには、何やらレースのようなものがくしゃくしゃに丸められていて、その白っぽいレースの上には、シーツの下からのぞいているむき出しのつま先が見分けられた。それは、まるで大理石でできているかのように微動だにしなかった。公爵はじっと目を凝らしていたが、目を凝らせば凝らすほど、部屋のなかがますます死んだように静まりかえっていくのを感じた。目を覚ましたハエが一匹ふいに唸り声を立ててベッドの上を飛びすぎると、そのまま枕もとで止まった。公爵はぎくりと体を震わせた。

「あっちに行こう」ロゴージンが公爵の手に触れた。

ふたりは部屋から出て、同じ椅子にまた、ふたたび差しむかいで腰をおろした。公爵は、ますますはげしく体を震わせていったが、ロゴージンの顔からそのもの問いたげな目を離そうとはしなかった。

「なんだい、レフ、震えてるみてえだが」ロゴージンはやがて口を開いた。「ほとんど同じだな、あんたの調子がおかしくなるときと。そう、覚えてんだろう、モスクワでさ。というか、ちょうど発作の前みてえだ。そうなったら、どうあんたを扱ったらいいか、見当もつかねえ……」

相手の言っていることを理解しようと全身の力を集中し、ずっともの問いたげに見やりながら公爵は耳を傾けていた。

「あれは、きみなんだね？」カーテンのほうを顎でしゃくって、公爵はようやく声を発した。

「あれは、……おれさ……」ロゴージンはささやくように答え、うなだれた。

沈黙が五分ほどつづいた。

「なぜか」まるで話が途切れずにいたかのようにロゴージンはふいに話をつづけた。

「だってな、もしも例のあんたの病気が出て、ひきつけを起こしたり、金切り声を立てたりしてみろ、きっと通りがかりのだれか、中庭にいるだれかが聞きつけて、ここの部屋に人が泊まってることがばれるじゃねえか。そしたらドアを叩いて、入ってくるにちげえねえ……だって、連中はみんな、おれが不在だと思っているから。おれがロウソクをつけなかったのも、通りや中庭にいるだれかに気取《けど》られないためだ。何せおれが家を空けるときは、鍵も持って出るから、おれがいないあいだ、三日でも四日でも、ここに入ってくるやつはいねえ。それがこの家のしきたりなんだ。そんなわけで、おれたちがこうしてここで夜明かしすることを、ほかのだれにも知られたくねえのさ……」

「ちょっと待って」公爵は言った。「ぼくはさっき、庭番にも家政婦にも聞いているんだ。ナスターシヤさんがこの家に泊まらなかったかってね。てことは、あの人たちはもう知っているってことだね」

「あんたが質問したことは、知っている。パルヌーチエヴナっていう家政婦だが、あれに、昨晩ナスターシヤが立ち寄ったが、昨日のうちにパーヴロフスクに帰った、ここにいたのは十分だけだと言っておいた。だからあの連中も、あの女がここに泊まったことは知らねえ——だあれもな。昨日、おれたちはもうまるきり忍び足で入った、きょうのおれとあんたみたいにさ。じつはここに来る途中、腹んなかでこう考えていたのよ。あの女は忍び足で家に入るの、いやがるんじゃねえかとな。ところがどうだい！　やつのほうからひそひそ声になって、忍び足で歩くし、音を立てないようにってんでドレスの裾を両手で持ち上げるし、階段を上るときなんか、自分から指でしいって脅しにかかったくれえだ——それもみんな、あんたが怖いからよ。汽車のなかでなんか、まるで狂ったみたいだったぜ、それもぜんぶ恐怖のせいだ、おれんところで一夜明かすってのも、やつが言い出したことでさ。おれは最初、あの教師未亡人のとこに連れていくつもりだったんだが。それがどうだい！　『あそこだと、夜が明けるまえに見つかっちゃう、わたしをひと晩かくまってくれたら、明日は夜明けまえにモスクワに』、そのあとオリョールかどっかに行きたい、なんてさ。横になってからも、ずっと言ってたよ、オリョールに行こうって……」

「ちょっと待って。パルフョーン、これからきみは、いったいどうするの、どうしたいの？」

「いや、こっちも気になってるんだが、あんたこそ、がたがた震えっぱなしじゃねえか。おれたち、今夜はここでいっしょに夜明かししようぜ。ベッドはあそこのあれしかねえが、ちょっと考えた。二つあるソファから枕だけ外して、あのカーテンの隣に並べるんだ。おれの枕とあんたの枕をな。いっしょにいられるように。だって、だれかが踏み込んできたら、点検っていうのか捜索っていうのか、そんなのがおっぱじまって、たちまちやつは発見されて持ってかれちまう。で、おれの尋問がはじまり、おれは、自分がやったとしゃべるから、ただちにおれも連れてかれる。だからせめて、いまのところは、このままあいつをそこに寝かせておこうぜ、おれたちのそばにな、おれとあんたのそばに……」

「そう、そうだね！」熱くなって公爵はうなずいた。

「つまり、自白はしねえし、外にも持ちださせないってことだ」

「ぜ、ぜったいに！」

「おれもそう決めてたんだ。いいか、何があっても、だれにも渡さないってな！　だから今夜ひと晩、静かに夜明かししようぜ。今日は、一時間ばかり家を出ただけだ、朝のうちにな、それ以外はずっとつきっきりだった。で、その後、夜になってからあんたを迎えに行った。もうひとつ気になるのは、暑苦しくて、そのうち臭いだすんじゃねえかってことだ。どうだい、臭い、するかい、ええ？」

「ひょっとすると臭っているのかもしれないけど、わからないよ。でも、朝方にはきっと臭いだすよ」

「あいつの体は油布でくるんである、アメリカ製の上等なやつでな、で、その油布の上からシーツでくるみ、ジダーノフ防腐液が入った瓶を四本、栓、抜いたまま置いてある。いまもあそこにあるよ」

「それじゃまるで……あのモスクワの」

「だって、あんた、臭いには負けるぜ。でもな、あいつ、たんに横になっているだけみてえなんだ……朝になって、明るくなったら見るといいや。どうした、あんた、立てねえのか？」体が震えるあまりまともに立つこともできずにいる公爵を見て、ロゴージンは不安な驚きにかられながら尋ねた。

「足が動かない」公爵はつぶやくように言った。「怖いせいだ、自分でわかる……怖さが消えれば、立てるよ……」

「いいから待ってろ、これからふたり分の寝床敷いてやるから、そしたらあんたは横になってな……おれもあんたといっしょに横になるから……そうやって耳をすまそうぜ……てのはな、あんた、おれにはまだわからねえんだ……おれはな、あんた、いまもまだ、ぜんぶはわからねえ、だから、前もってあんたに言っているんだ。事前にぜんぶをわきまえておくようにな……」

そんな曖昧模糊とした言葉をつぶやきながら、ロゴージンは寝床をこしらえだした。

彼がすでに朝のうちに、この寝床のことを思いついていたことは明らかだった。昨夜は、ひとりでソファに寝たのである。しかしそのソファにふたり並んで横になるわけにはいかなかったが、今回はなんとしても、隣りどうしに寝床をこしらえたかった。ロゴージンが四苦八苦し、サイズの異なる二つのソファのクッションをカーテンの向こうの入り口わきまで、ずるずると部屋を引きずってきたのはまさにそのためだった。どうにかこうにか寝床がしつらえられると、彼は公爵のほうに近づいていき、やさしい恍惚とした顔で公爵の手をとり、体を起こさせて寝床へ導いていった。だが、公爵は自分でももう十分に歩けることがわかった。つまり、「怖さが消え」たのである。とはいいつつも、体はなおも震えつづけていた。

「それはだな、兄弟」とロゴージンはとつぜん切りだした。左側のよいほうのクッションを公爵にあてがい、自分は右側に、着替えもせずに体を伸ばし、両手は後頭部に当てていた。「暑いさかりだから、そう、臭うんだ……窓を開けるわけにもいかねえし。お袋の部屋にゃ、たくさん花を生けた壺がいくつかあって、あの花からはけっこういい匂いがするから、あれをこっちに移そうかとも思ったんだが、あのパフヌーチエヴナに気取られる心配がある。なんせ、あの女は好奇心がつよいもんで」

「たしかに好奇心のつよい人だね」と公爵は相槌を打った。

「買ってくるのも手だな、花束や花でまわりを埋めつくすんだ。でも、思えばかわいそうじゃねえか、なあ、花に埋められるってのも！」

「あのね……」公爵は尋ねかけた。それはまるで、頭が混乱し、いったい何を尋ねるべきなのか、思いだしてはすぐにそれを忘れてしまうかのような口ぶりだった。「あのね、教えてほしいんだ。きみは何であの人を？　ナイフかい？　あのときの？」

「あれさ」

「ちょっと待って！　ぼくはね、パルフョーン、ほかにもっと聞きたいことがあるんだ……これからいろんなことを聞くよ。何もかも……でも、まず教えてほしいんだよ、ぼくがわかるようにさ、最初の最初から。きみは、ぼくの結婚式の前にあの人を殺す気だったのかい、式の寸前に、教会の入り口のところで？　あのナイフで？　その気だったの、どうなの？」

「殺す気だったかどうかなんて、わかるもんか……」ロゴージンは素っ気なく答えた。それはいくぶんその質問に面食らって、相手の真意がわからないとでも言いたげな口ぶりだった。

「パーヴロフスクにあのナイフを持っていったことはいちどもなかった？」

「いちどだってあるもんか。あのナイフのことは、あんたにしゃべったことが全部だ」しばらく口をつぐんでから、彼は言い添えた。「おれが、あのナイフを鍵がかかった引き出しから取りだしたのは、今朝のことだ。なぜかって、すべてが起こったのは朝の三時すぎだからな。あのナイフはおれの本のあいだにずっと挟まっていたんだ……そして……そう、もうひとつ、妙なことがあったな。ナイフは見た目七センチか、ひょっとして九センチぐらい深く突き刺さった……左胸のすぐ下だ……ところが、血は、せいぜい小さじ半分ぐらい、下着にちょこっと染みだしただけで、それっきりだったぜ……」

「そう、そう、それって」公爵はおそろしい興奮にかられて急に体を起こした。「それって、それって、ぼくも知っている、何かで読んだことがある……それって、内出血っていうんだよ……。一滴も出ないときもあるんだ。刃が心臓にまともに突き刺さったりしたばあい……」

「ちょっと待て、聞こえるだろう?」話を急に遮ると、ロゴージンは怯えた様子で寝床から体を起こした。「聞こえるだろ?」

「いや!」ロゴージンを見つめながら、公爵も同じように怯えた様子で鋭く答えた。

「足音だ! 聞こえるだろう? 広間だ……」

ふたりは聞き耳を立てた。

「聞こえる」きっぱりとした調子で公爵はささやいた。

「足音だろ？」

「そう、足音」

「ドアを閉めてくるか？」

「閉めよう……」

ドアを閉めると、ふたりはまた横になった。しばらく沈黙がつづいた。

「ああ、そうだった！」さっきと同じ興奮ぎみのせわしない調子で、公爵はふいに寝床から立ちあがらんばかりにしてささやきかけた。それはまるで、いちどつかまえた考えをまた見失うのではないかとひどく恐れるような様子だった。「そう……知りたいことがあったんだ……あのカードのこと！　あのカードだよ……ほら、あの人とカードをして遊んだとか？」

「ああ、してたよ」しばらく沈黙してからロゴージンは答えた。

「どこにあるの……そのカード？」

「カードなら、ここにあるよ……」ロゴージンは、さらにしばらく沈黙してから答えた。「ほれ！」

ロゴージンは、紙にくるまれた使用ずみのカードをひと組、ポケットから取りだすと、公爵のほうに差しだした。公爵はそれを手にしたが、なにやら腑に落ちない様子だった。もの悲しい、まるで喜びのない新たな感情に胸を押しつぶされるようだった。彼はふいに悟った。この瞬間、いや、それよりももうはるか以前から、本来話すべきとはまるでべつのことばかり話をし、本来やるべきこととはべつのことばかりをしていることに……。そしていま、自分が手にし、大喜びしているカードにしても、いまではもはや何の役にも立たなかった。彼は立ちあがると、ぴしゃりと柏手《かしわで》を打った。ロゴージンは身じろぎもせず横たわったままで、公爵のその動作など耳に入らなければ、目にも入ってこない様子だった。だが、暗闇に向かって彼の目はらんらんと輝き、大きく見開かれたまま瞬きひとつしなかった。公爵は椅子に腰をおろし、こわごわとロゴージンに目を向けはじめた。三十分ばかりが経過した。ロゴージンはとつぜん途切れがちな甲高い叫び声をあげ、大声で笑いだした。その姿はまるで、ささやき声で話さなくてはならないという約束を、すでに忘れはててしまったかのようだった。

「あの将校だよ、あの将校……覚えているだろ、あいつがさ、音楽会場で、ぴしゃりと鞭を食らわせたことがあった、覚えているだろ、はっはっはっ！　それに士官候補生……士官候補生がさ……士官候補生まで乗りつけてきた……」

新たな驚きに打たれて、公爵は椅子からつと立ちあがった。ロゴージンが大声を立てなくなると（彼は急に静かになった）、公爵はそっと彼のほうに体をかがめ、そのとなりに腰をおろした。はげしい胸の鼓動を覚えながら、重苦しい息づかいとともに、相手の姿を仔細に眺めはじめた。ロゴージンは公爵には顔も向けず、彼のことなどもはや忘れたかのようだった。公爵は相手を見つめつづけ、その反応を待っていた。時間が経ち、夜が明けてきた。ロゴージンはときたま、どうかするといきなり、大声でぶっきらぼうに、何かをぶつぶつと脈絡もなくしゃべりだしたり、大声をあげたり、笑いだしたりするのだった。すると公爵は、震える手を彼のほうに差しのべ、その頭や髪の毛にそっと触れ、その髪や頬を撫でてやった……それ以上、彼にはなにもしてやれなかった！　公爵自身も、また体が震えはじめ、またしても両足が言うことをきかなくなった。なにかまったく新しい感覚が、果てしない哀しみとなって彼の胸に重くのしかかっていた。そうこうするうちに、すっかり夜が明けてきた。彼はやがて、体のちからを完全に失い、絶望に閉ざされたかのようにクッションに横になり、青ざめて動かなくなったロゴージンの顔にひたと顔を押しつけた。彼の目から流れだした涙がロゴージンの頬に伝っていったが、おそらく公爵自身、もはや自分の涙をそれと感じることもできず、もはや何ひとつ気づいてはいなかった……。

それから長い時間が経過し、ドアが開かれて人々が部屋に踏みこんできたとき、彼らがそこで目の当たりにしたのは、少なくとも完全に意識をうしない、熱にうなされている殺人者の姿だった。公爵はそばの寝床に身じろぎもせず座りこんでおり、病人が叫び声やうわごとを発すると、あたかも相手をあやし、なだめようとするかのように、急いでその震える手で相手の髪や頬を撫でさするのだった。しかし、彼はすでに、自分が何を尋ねられているのかもわからなければ、部屋に入ってきて自分を取りかこんでいる人々がだれであるかも認識してはいなかった。そしてかりに、いまスイスからシュナイダー先生が姿を現わし、かつての教え子であり患者である彼の姿を一瞥《いちべつ》したなら、公爵がスイスでの治療の一年めにしばしばおちいった状態を思いおこし、当時と同じように手を振ってこう言ったはずである。

「白痴だね!」

12　結び

パーヴロフスクに駆けつけた教師未亡人は、昨日から体調を崩しているダーリヤの家に顔を出し、自分が知っていることを洗いざらい話して聞かせ、彼女を完全に怯えさせた。ふたりの女は、取り急ぎレーベジェフに渡りをつけることにした。レーベジェフもまた、下宿人の友人、別荘の家主ということで、興奮状態にあった。レーベジェフの娘ヴェーラは、知っていることをすべて伝えた。三人はレーベジェフの忠告で、「起こる可能性大の」事態を一刻も早く未然に防ごうとして、いっしょにペテルブルグに出かけることにした。このようにしてロゴージンの住居は、翌朝十一時ごろ、警察官とレーベジェフ、そしてふたりの女性、さらには離れで暮らしているロゴージンの弟セミョーン・ロゴージンの立ちあいのもとで鍵が開けられることになった。この一件が首尾よく運ぶうえでだれよりも力を貸したのは、昨晩、パルフョーンさまがいかにもこっそりといった感じで玄関口から部屋に入るところを見た、という門番の証言だった。この証言のあとでは、ベルを鳴らしても開かないドアを叩きこわすことに異論を挟むものはもはやなかった。

ロゴージンは二カ月間、脳膜炎を持ちこたえ、健康を取りもどすと、予審にかけられ、裁判がはじまった。彼はすべての点で、率直かつ正確で、なおかつ完全に満足すべき自白を行ったので、結果、公爵は最初から裁判をまぬがれた。審理が行われているあいだ、ロゴージンは沈黙しがちだった。彼は、巧みで雄弁な弁護人に異議を申し立てることをしなかった。弁護人は、今回の犯罪は被告を襲った数々の苦しみのゆえに、事件を起こすしばらく前から生じた脳膜炎の結果であると、明確かつ論理的に証明してみせた。しかし本人は、弁護人のこの意見を裏書きするような証言を付けたすことはなにもせず、あいかわらず、事件と関わるこまごまとした状況をはっきりと正確に思いおこしてこれを裏づけていった。判決が下され、情状酌量となって十五年のシベリア流刑を言いわたされたが、彼はその判決を、厳しい表情で無言のまま「もの思わしげ」に受けとめた。残された莫大な遺産は、最初のどんちゃん騒ぎで費やされた比較的ごくわずかな額をのぞいて、すべて弟セミョーンの手にわたり、弟は大満足の態であった。ロゴージンの老母はあいかわらずこの世に生きて、ときおり、愛するわが子パルフョーンのことを思いだしている様子だが、そこのところははっきりしない。幸い、彼女の理性も心も、わが家を見舞った陰惨な恐怖の念からまぬがれることができた。

レーベジェフ、ケーレル、ガーニャ、プチーツィン、さらにこの物語に登場したほかの人物たちは、昔どおりの暮らしをつづけており、ほとんど変化らしきものもないので、ここで伝えるべきことは何もないにひとしい。イッポリートは、恐ろしい興奮のなかで、予期していたよりもいくらか早く、ナスターシヤの死から二週間ほどしてこの世を去った。コーリャは今回の事件につよい衝撃を受け、ついに母親と近しくなることとなった。ニーナ夫人は、この子が歳ににあわず、考えごとにふけりがちなのを心配している。コーリャはおそらく、よい人間になるだろう。ちなみに、公爵のその後の落ちつく先がうまく決まった件については、いくぶんかはこのコーリャの努力に負っている。最近知った人物たちのなかで、コーリャはかなり前からラドムスキーに一目置いていたので、まっさきに彼のところに出向いていき、今回の事件について知りえたかぎりのことや公爵の現状について事細かく伝えた。彼の目に狂いはなかった。ラドムスキーは、この哀れな「白痴」の先々の運命にきわめて熱い関心を示し、彼の働きと心遣いによって、公爵はふたたび国境を越え、スイスのシュナイダー博士の施設に収容される運びとなったのだ。国外に出て、ヨーロッパでかなり長いこと暮らす心づもりでいたラドムスキー自身、みずから公然と「ロシアでは完全な余計者」と称していたが――かなり頻繁に、少なくとも数か月に一度は、シュナイダー教授のもとにいる病気の友人を見舞っている。しかしシュナイダー教授は、ますます眉をひそめ、首を横に振ることが多くなった。そうして博士は、患者の知能組織が完全なダメージを受けていることを示唆した。いまのところまだ治療不能とはっきり断定はしないものの、きわめて悲観すべき暗示をあえて隠さなくなった。ラドムスキーは、これを聞いてひどく胸をいためたが、それだけ情に厚いところがあるという点については、彼がコーリャから手紙をもらい、その手紙にときおり返事を書いている事実からも立派に裏づけられる。しかしそれ以外にもうひとつ、彼の性格の不思議な特徴も明らかになった。この特徴というのは、けっして悪くはない性質のものなので、ここでとりいそぎ書きとめておく。シュナイダー教授の施設への見舞いを終えるたびに、ラドムスキーはコーリャ以外にさらにもう一通の手紙を、ペテルブルグに住むある人物に書き送っている。その手紙には、現時点での公爵の病状についてごく詳細に、同情をこめて書きしるされていた。献身的な思いがきわめて丁重な言葉で吐露されていることのほかに、これらの手紙には、どうかすると（ますます頻繁に）、自分の考えや、理解、感情を、いくつか忌憚《きたん》のない言葉で述べる部分が表に出るようになってきた――要するに、友だち同士の親密な思いに似た何かが現われるようになったのだ。ラドムスキーと手紙をやりとりし（といってもかなりまれではあったが）、これほどにも彼の関心と尊敬にあずかったのは、レーベジェフの娘ヴェーラである。このような関係がどのようにして芽生えるにいたったか、正確にはどうしても知ることができなかった。むろんふたりのつきあいは、公爵の一件がきっかけとなって始まったわけだが——その当時、ヴェーラは悲しみに打ちひしがれるあまり病に臥したほどだ——しかし、どんな細かな事情があってふたりが近づき、友情にまで進んだかは不明である。ここでこの手紙の話を持ちだした何よりもの理由は、その手紙のうちの何通かに、エパンチン家の人々について、とりわけアグラーヤ・エパンチナに関する消息が含まれていたからである。ラドムスキーは、パリから出したひどくとりとめのない一通の手紙で、アグラーヤについて知らせてきた。それによるとアグラーヤは、亡命中のとあるポーランド人の伯爵に、つかのまの尋常ならざる恋を経験したのち、両親の望みにさからっていきなりこの人物との結婚に踏みきった。両親がついにその結婚を承諾したのも、なにかしらとんでもない醜態が生じるおそれがあったためだという。その後、ほとんど半年ばかり音信が途絶えたのち、ラドムスキーはまた長く詳しい手紙を書いてよこし、そのなかで、最近スイスのシュナイダー教授のもとを訪ねたところ、そこでエパンチン家の人々全員（むろん仕事の関係でペテルブルグに残っているエパンチン将軍をのぞいて）およびS公爵とばったり鉢合わせしたと知らせてきた。そこでの出会いはおかしなものだった。ラドムスキーは何やら彼ら全員から大歓迎を受けた。アデライーダ、アレクサンドラは、なぜか「かわいそうな公爵にたいする天使のごとき心づかい」に恩義を感じているとまで述べた。エリザヴェータ夫人にいたっては、病みほうけて見るも情けない姿をさらしている公爵に接し、心のそこから泣きくずれた。どうやら公爵は、すでに何もかも許されているようだった。S公爵はそこで、いくつかおめでたい、気の利いた真実を口にした。ラドムスキーの目に、S公爵とアデライーダはまだ完全にはしっくりいっていないように見えたが、ゆくゆくはこの熱しやすいアデライーダもみずから望んで、S公爵の知性と経験に心から身を任せるときがかならずやってくるように思えた。かててくわえて、この間に家族が耐えた試練、とりわけアグラーヤと亡命伯爵との一件も、アデライーダの心に大きな影響を与えていた。アグラーヤをこの伯爵に譲りわたすさいに一家が感じた不安が、半年のあいだにことごとく現実のものとなってしまったのだ。しかも、だれひとり考えもしなかったような驚くべき尾ひれまで付けくわわった。そもそもこの伯爵なる人物が、じつのところ伯爵ではなく、たとえ亡命者であったことは事実だとしても、なにかしら暗く、曖昧な経歴の持ち主であることがわかったのである。この自称伯爵は、祖国を思う苦しみに心を引き裂かれた、まれにみる高潔さをえさにアグラーヤを虜《とりこ》にしたわけだが、彼女自身その虜となるあまり、まだ結婚する前からポーランド再興在外委員会とやらの会員になり、おまけにとある著名なカトリック神父にのぼせあがって、ついにはその懺悔室にまで出入りするようになった。自称伯爵が所有するらしい莫大な財産の話も——彼はエリザヴェータ夫人とS公爵にほとんど反駁しがたい証拠書類を提示してみせたが——、すべて事実無根であることがわかった。そればかりか、結婚から半年ばかりのうちに、この伯爵とその友人である著名な聴罪司祭がアグラーヤと一家を完全に仲違《なかたが》いさせることに成功したため、エパンチン家の人々はすでに数カ月にわたって彼女と会うことができずにいる……要するに、語るべきことは山ほどあるのだが、エリザヴェータ夫人も娘たちも、いやS公爵ですらこうしたもろもろの「テロ行為」にショックを受けるあまり、アグラーヤの最近の恋の顚末をよく知るラドムスキー相手のやりとりとはいえ、ある種の事柄については言及することさえ尻込みするありさまだった。哀れなエリザヴェータ夫人はロシアに帰りたがっていて、ラドムスキーの証言では、外国のものとなると見境なしに厳しく、はなからこき下ろしてみせるらしかった。「どこに行ってもパンひとつまともに焼けないじゃないか、冬はまるで地下の穴倉のネズミみたいに凍えているじゃないか」と彼女は言った。「せめてここでは、このかわいそうな人のために、ロシア式にひと泣きしてやりたくて」彼女は、自分のことをまったく認知できずにいる公爵を、興奮のあまり震える手で指ししめしながらこう言い添えた。「のぼせあがるのもいいかげんにして、そろそろ分別に耳を傾けるべきよ。ここにあるものはぜんぶ、あなたお好みの外国にしたって、このヨーロッパにしたって、すべて幻にすぎませんよ、それにわたしたちだって、ここ外国にいるかぎり、ただの幻なんですから……わたしの言ったこと、しっかり覚えておくのね、そのうちわかりますから！」ラドムスキーとの別れぎわに、夫人はほとんど腹立たしげな口ぶりでそう話を締めくくった。

読書ガイド

亀山郁夫

1　七つの問題

『白痴』第四部において、小説のもつ相異なる二つのベクトルが、悲劇的な一点へと収斂《しゅうれん》する。大きくとらえるならば、キリスト教的倫理観に基づく悲劇的なものと、『ドン・キホーテ』の流れを汲むコミカルなものの衝突／融合のプロセスということができる。物語のメインプロットは、むろんムイシキン公爵をめぐる前者にあるが、『白痴』をつらぬくサブプロットともいうべき副次的人物の活躍も、それに劣らずきわめて強い推進力を保持しつつ展開されていく。

周知のように、『白痴』の執筆にあたってドストエフスキーは、第四部ラストの場面に大きなインスピレーションを受けたことを告白している（「小説の結末を書きたいがためだったといってもいいくらいです」）。ということは、物語のすべてをその一点に向かって集約させるべく、周到に計算を重ねながら物語の構築に励んできたと考えることができる。

むろん、ここでいう「結末」とは、第12章「結び」ではなく、ナスターシヤの殺害という悲劇的事件で締めくくられるロゴージン家での一昼夜にわたる出来事、すなわち第11章を言っている。事実、作者は、この場面の出来に大きな自信をもっており、「これまでの文学で反復されたことのない場面」とまで書いていた。であるならば、あまたの謎に満たされたこの物語の本質を探るには、まさに『白痴』のアルファにしてオメガともいうべきこのラストシーンに、作者が投入した想像力の中身を分析する以外、手立てはないのかもしれない。

さて、第三部の終わりを思い起こしていただこう。

誕生日の騒ぎから解放され、ひとりパーヴロフスクの公園をさまよい歩いていたムイシキン公爵の前に、ナスターシヤがとつぜん姿を現わす場面である。ナスターシヤは悲痛な面持《おもも》ちで、「あなた、幸せ？　幸せなの？」と問い、別れを告げるが、そこで彼女は暗示的なひとことをつぶやいている。

「あなたと会えるのはこれが最後かもしれない、最後かも！」

本来なら、第三部最後のこの場面をもって、ムイシキン公爵とナスターシヤは永久に袂《たもと》を分かち、二人の「愛」の物語は締めくくられるはずだった。ナスターシヤ自身、アグラーヤに宛てた手紙のうちの一つで、彼女にたいする熱烈な思いを次のような末尾で閉じていた。

「わたしは、もうすぐ死ぬ身ですから」（第三部第10章）

だがこうして、ナスターシヤの心にいったんは芽生えかけた心の浄化も、つかのまの安らぎを彼女にもたらしたにすぎなかった。現実に彼女は、いくつもの亀裂を胸に抱えたまま、出口を見出《みいだ》すことができずにいたのだ。そのような彼女の精神状態に追い打ちをかけ、新たな大団円に向けて火種を投じるのが、アグラーヤである。彼女の、若さゆえの傲慢さと不寛容は、ナスターシヤが送りつけてきた手紙の存在そのものを許すことができず、ついにはパーヴロフスクの知人宅に彼女を呼び招く、という暴挙に出る。婚約者であるムイシキン公爵に、すでに胸のうちを明らかにしたアグラーヤとしては、より完全な「勝利」の確信が欠かせなかったのだと思われる。

こうして第四部において、ムイシキン、ナスターシヤ、ロゴージン、アグラーヤの四人の主役が一堂に会し、物語はいよいよ終局に向かって本格的に始動する。読者の多くは、物語のもつ圧倒的な推力に押し流されるようにしてラストまで辿りつくはずだが、先にも述べたように、作者が自信をもって描き切ったこの場面は、おそらくは当時の批評家たちさえ理解の及ばない、数々の謎をはらんでいた。ではそこに、はたしてどのような謎が隠しこまれていたのか。その大切な問いに答えるまえに、さしあたり、第四部全体に関わるいくつかの問題を、私なりに整理しておきたい。

一、この物語をジャンルとしてどう規定できるのか?
二、「ハリネズミ」のディテールが意味するものとは何か?
三、「中国製の花瓶」のエピソードは何を意図したものなのか?
四、『ボヴァリー夫人』のディテールは、何を暗示しているのか?
五、ムイシキンがしきりに強調するナスターシヤの狂気とは何か?
六、教会での結婚式の夜、ナスターシヤが公爵のもとを去った理由とは何か?
七、ナスターシヤの死はどのようにもたらされたのか?

まずは、物語の概要をふりかえってみる。

2 第三部の概要

パーヴロフスクの別荘で暮らすエパンチン一家と、一家に関わりのある面々は、エリザヴェータ夫人の呼びかけに応じ、ターミナル駅前の広場でのコンサートをめざして家を出る。道々、彼らは公爵とアグラーヤの結婚の可能性をめぐって冗談を言いあっている。会場に着くとまもなく、ナスターシヤとその取り巻きたちが姿を現わし、ラドムスキーにたいして、またしても挑発的な振るまいに出る。その言動から、ラドムスキーの伯父が公金横領で自殺したことが明らかになる。ラドムスキーを庇《かば》おうとして怒り狂った友人の将校が、ナスターシヤに罵言《ばげん》を浴びせると、ナスターシヤは鞭で相手の顔を殴りつける。激怒した将校はナスターシヤの頰を殴り返し、一触即発の事態に陥るが、公爵が間に入り、大事に至ることなく一件は落着する。公爵はこの行為によって将校の恨みを買い、ラドムスキーのみならず、事件を目撃したエパンチン一家と関係者のあいだで、将校が公爵に決闘を申し込んでくるのではないかと懸念が広がる。

その日は、ムイシキンの誕生日の祝いに当たっていた。帰宅すると、思いもかけず多くの客人がテラスに集まっていた。ラドムスキーは公爵に、駅前での一件は落着したので決闘騒ぎが起こることはない、と明言する。誕生日の祝いの席には、ロゴージンも姿を見せていた。公爵はすでにロゴージンにたいし、ホテル「天秤座」での事件について許すことを約束し、改めて兄弟の契りを確認していた。

祝いの席には、結核を病んでいるイッポリートの姿もあった。彼は、自分はじきに死ぬが、おとなしく死を待つつもりはないと宣言し、徹夜して書き上げた「告白」の朗読に入る。その告白の終わりには、人間の存在を愚弄する死にたいする抗議のしるしとして自殺する旨《むね》が記されていた。そして、夜が明けて太陽が昇るのを確認すると同時に、持参したピストルで自殺を図るが、雷管を仕掛けるのを忘れ、未遂に終わる。

誕生日の祝いがお開きとなったあと、ひとりになった公爵は公園に向かう。やがてアグラーヤが指定した緑色のベンチの前まで来るが、疲労のあまり、不覚にもその上でうたた寝をしてしまう。アグラーヤは寝入っている公爵を起こし、自分の偽らざる気持ちを打ち明けると同時に、いっしょに外国に駆け落ちしてほしいとの願いを伝える。だが、公爵は彼女を優しくなだめようとするだけで、その懇願をまともに受け入れない。アグラーヤはそこで、ナスターシヤから送られてきた三通の手紙を手渡す。その手紙には、アグラーヤにたいする切々たる思いと同時に、公爵と結婚してほしいという願い、二人が結婚したあとに自分もロゴージンと婚礼を挙げる旨が記されていた。

別荘にもどった公爵を、レーベジェフが待ち受けていた。書斎の椅子にかけておいたフロックコートから四百ルーブルの現金が消えたという。レーベジェフは、朝早く別荘を出たフェルディシチェンコに疑いをかけるが、その説明はどことなく曖昧で、彼自身、別の犯人を想定していることが暗示される。気分を害した公爵はふたたび散歩に出る。するとそこにとつぜんナスターシヤが姿を現わし、公爵の足元にひざまずいたまま、「あなた、幸せ?」と尋ねる。最後に公爵に別れの言葉を吐くが、そこで彼女は、とつじょ姿を現わしたロゴージンによって連れ去られる。

3　第四部の構成

『白痴』は、個々の鮮烈なエピソードの存在とは裏腹に、前作『罪と罰』、次の『悪霊』『カラマーゾフの兄弟』と比較して、全体としては動きの少ない小説であるのと、謎かけのセリフや記述が多いため、物語の流れをつかむことが困難である。そのことは、第四部についても少なからず言える。以上の理由を考慮し、この読書ガイドでも第四部全体のアウトラインをたどっておくことにしよう。ちなみに、舞台は、第11章と第12章を除いて、すべてパーヴロフスクである。

●第1章（イヴォルギン家）
ナスターシヤとの結婚にやぶれ、アグラーヤからも見捨てられた失意のガヴリーラ（ガーニャ）をめぐる人物論に発して、エパンチン家とイヴォルギン家の内情の説明がなされる。

●第2章（イヴォルギン家）
イヴォルギン家に引っ越してきたイッポリートとガヴリーラの内的葛藤が描かれる。

●第3章（ムイシキン公爵の別荘）

公爵の住居に、レーベジェフと飲み明かしたイヴォルギン将軍が、続いて当のレーベジェフが訪ねてきて、一時、消失した四百ルーブルが発見された経緯について、公爵に説明する。

●第4章（ムイシキン公爵の別荘）

公爵のもとにイヴォルギン将軍が再び訪れ、レーベジェフ家を出ていく決心をしたことを報告し、将軍がまだ十歳のとき、一時《いっとき》ながらナポレオンの小姓《こしょう》として可愛がられたときの思い出や、ナポレオン軍のモスクワ脱出のエピソードを物語る。

●第5章（エパンチン家の別荘）

約束の時間から三時間遅れてエパンチン家を訪れた公爵とアグラーヤとの間に小さな悶着が生じる。コーリヤがハリネズミを携えてエパンチン家に立ち寄り、仲直りを求めるアグラーヤのたっての願いで、そのハリネズミを公爵の家に届けるエピソードが語られる。公爵は気分を直してエパンチン家を再度訪問すると、一家では、二人の結婚話がようやく具体的なかたちで話題に上り、公爵にたいするアグラーヤの真剣な思いが明らかになる。その後の数日にわたる描写が続く。

●第6章（エパンチン家の別荘、ムイシキン公爵の別荘、エパンチン家の別荘）
エパンチン家の別荘で、アグラーヤの婚約者である公爵の紹介を目的とした夜会が開かれる。公爵の失態や、病気の発作を恐れるアグラーヤは、公爵に発言しないようにと事前に釘を刺す。それがきっかけで、公爵は熱に浮かされたような悩ましい一夜を明かす。そこへレーベジェフがやってきて、たった今エパンチン家を訪ねてきた理由を説明する。その後、駆けつけたコーリャの口を通して、イヴォルギン将軍が発作を起こして倒れた旨の通知を受け取る。公爵は、昼から夜にかけてニーナ夫人のもとで付き添う。そしていよいよ夜会の場面となる。
●第7章（エパンチン家の別荘）
社交界の面々に囲まれて有頂天になった公爵は、初めのうちは戦々恐々として大人しくかまえていたが、恩人のパヴリーシチェフがカトリックに改宗したという話を聞いて興奮し、前後を忘れて、ロシアの無神論に関してかねて抱いていた信念や、カトリックの本質を批判して滔々《とうとう》と弁じたてる。その途中、軽い発作が起こり、エパンチン家の家宝である中国製の花瓶を倒してしまう。
●第8章（ムイシキン公爵の別荘、ダーリヤ宅）

一夜が明け、公爵は見舞いにやってきたレーベジェフの娘ヴェーラの口を通して、瀕死の状態にあるイヴォルギンの病状も含め、あれこれ情報を入手する。エパンチン一家も見舞いにやってくる。一行が帰宅後、ヴェーラから「一日、外出しないでほしい」という内容のアグラーヤの伝言を受けとる。続いて訪問してきたイッポリートの口を通して、今夜、アグラーヤとナスターシヤの面談が行われることを知らされる。夜七時すぎ、アグラーヤが現われ、いっしょに知人であるダーリヤ宅に向かう。公爵、ロゴージンを交えた二人の会見は激しい言いあらそいと化し、破局が訪れる。

●第9章(ムイシキン公爵の別荘)

公爵とナスターシヤの結婚式までの二週間の様子が描かれる。公爵は、ラドムスキーにその真情を吐露する。

●第10章(ナスターシヤ宅、ムイシキン公爵の別荘)

イヴォルギン将軍の死、ムイシキン公爵を禁治産者に仕立てようとしたレーベジェフの失敗のエピソードが語られたあと、結婚式当日の経緯が綴られる。

●第11章(ロゴージン家)

公爵は、行方知れずとなったナスターシヤとロゴージンを探すためにペテルブルグに出てくる。ロゴージン家、教師未亡人宅を訪ね、消息をたどろうとする。ホテルに部屋をとり、外に出ようとしたところで、ロゴージンが姿を現わし自宅へと誘導する。ナスターシヤの死を確認した公爵は、癲癇《てんかん》の発作に襲われ、意識を失う。ロゴージンは熱病の状態で逮捕される。

●第12章

後日談。ロゴージンは二カ月間、病に臥したあと裁判にかけられ、十五年のシベリア流刑が下される。ムイシキン公爵は、ラドムスキーの尽力で、スイスのシュナイダー博士のもとに送り返される。アグラーヤは、亡命中のポーランド貴族と結婚したあげくカトリックに改宗したらしいが、今はその消息も定かではない。

4 「悲劇的なもの」と「コミカルなもの」

『白痴』の構成を交響曲になぞらえるなら、ムイシキン公爵のロシア到着で始まりナスターシヤの夜会の場面で閉じられる第一部は、「アレグロ・コンブリオ（快速に輝かしく）」と名づけるにふさわしい、怒濤《どとう》のごときドラマティックな展開を見せている。次に、別荘地パーヴロフスクを中心とする第二部は、「アンダンテ（ゆっくり）」。ロゴージンによる殺人未遂というドラマティックな事件が起こるものの、総じてゆるやかなテンポ感に統一されている。続いて、「イッポリートの告白」や、ナスターシヤの手紙などのモチーフを含む第三部（第三楽章）は、人間の生と死をめぐる道化芝居のごとき様相を見せる点で、スケルツォ楽章になぞらえることができる。そして第四部をあえて名づけるなら、悲劇的なものとコミカルなものが、対位法的に絶妙なかけあいを見せるパッサカリア（変奏曲の一種）。そこでは、壮大なトラジコメディ（悲喜劇）の空間が現出する。

『白痴』全体をとおして言えることだが、ドストエフスキーは、このドラマを悲劇一色に塗りこめるまいとして、最大限の配慮を示している。おそらくそこには、『罪と罰』では気づかなかった作法上の発見があったのではないかと思われる。すなわち、悲劇的なモメントとコミカルなモメントを、どう上手に按配《あんばい》するかという発見である。作者はそれら二つのモメントを、対位法的かつ有機的に絡ませることで、より大きな物語空間を創造することに成功した。逆に、「イッポリートの告白」やエパンチン家での夜会にみられるカーニバル的空間は、『罪と罰』（マルメラードフの追善供養の場面）での経験が、大いにものを言ったのではないだろうか。

悲劇的なものとコミカルなものの按配は、ドストエフスキーが『白痴』を構想するさいに念頭に置いた、二つのプレテクストとも関連づけられる。すなわち、作家が「完全に美しい人」であるムイシキン公爵を造形するために参照した福音書（「公爵キリスト」）とセルバンテス『ドン・キホーテ』の、二つのプレテクストである。しかし同時に、これら二つの要素の対位法的なからみあいは、ムイシキン公爵＋ロゴージンの悲劇的な葛藤と、レーベジェフ＋イヴォルギン将軍のコミカルな友情、といったバリエーションをも生み出している。他方、ムイシキン公爵とイヴォルギン将軍がナスターシヤ邸に赴く場面などは、まさにドン・キホーテとサンチョ・パンサの道行きをも彷彿させるもので、ドストエフスキーがいかに二つのプレテクストの、有機的な連関に心を砕いていたかが明らかである。

さて、第四部におけるもっともドラマティックな場面は、ムイシキン公爵、ナスターシヤ、アグラーヤ、ロゴージンの四者が一堂に会しての「対決」の場面だろう。アグラーヤはこの場面をきっかけに物語のメインストリームから外部に放り出されることになるが、作者はここに来て、あらずもがなの視線を紛れこませ、作品全体に軽みを与えようと腐心している。そうした作者の意図を体現しているのが、ラドムスキーである。彼は、この四角愛そのものを一種の偶発的なものであるとみなして、次のように発言する。

「あの事件は、べつに深刻といえるものではありませんでした！　たんに頭が熱くなって起こった絵空事です、妄想です、いわば煙みたいなものです」

「あなたたちの関係は、嘘ではじまったのです。嘘ではじまったために、嘘で終わらざるをえませんでした」

『罪と罰』にしろ、次作の『悪霊』にせよ、作者はここまで重さの回避にこだわることはなかったし、ましてや『白痴』において、その演出が成功しているという保証もない。しかし『白痴』が、戦略的にコメディを念頭において書かれていることは、まぎれもない事実である。ドストエフスキーは逆に、重さの回避を課題としてみずからに課し、その課題をみごとにやりおおせた、ということができるかもしれない。

その成功例として挙げられるのが、右にも述べた、イヴォルギン将軍の一連の言動である。大酒飲みで、大嘘つきで、自己破滅型の人間である将軍は、『罪と罰』以来ドストエフスキーの作品に登場する典型的な道化タイプの一人であり、『悪霊』のレビャートキン大尉、部分的には『カラマーゾフの兄弟』の父親フョードル・カラマーゾフを先取りする重要なキャラクターといえるだろう。ただし、その二者のいずれとも異なる独特の個性を醸しだしている。とりわけ「嘘つき」（lier）としての性格は、唖然《あぜん》とするほどの痛快感を演出し、『白痴』の大きな魅力の一部をなしていることは、否定しがたい事実である。改悛したはずの将軍が恥ずかしげもなく自分の経歴を偽り、「ナポレオンの小姓」として自分の幼年時代を描き出すくだりは、一口話《アネクドート》としても絶品の仕上がりを見せている。

と同時に、このエピソードは、『白痴』という小説全体のもつファンタスマゴリック（幻想的）な雰囲気をも浮き彫りにするもので、ラドムスキーがムイシキン公爵の「恋」について語った「嘘で始まったものは、嘘で終わる定めである」世界の内実を裏書きするものといってよい。はたまた、イヴォルギンのほら話に刺激されたレーベジェフの「義足」にまつわる小話も、この小説のもつ悲喜劇的な性格をよりいっそう強めるもので、読者として、その嘘つき合戦の面白さをも堪能できなければ、『白痴』の醍醐味を味わったことにはならないだろう。

5 境界線のテーマ　ポーとの関連

第四部は、基本的には二つの中心をもっている。一つは、エパンチン家での夜会の場面であり、もう一つが、第11章、ロゴージン家での大団円である。後者についてはのちほど改めて詳しく述べることにするが、前者の場面で、とくに注意すべき点が一つある。ムイシキンがみずから宗教的、思想的な信条を吐露するくだりである。ムイシキンのこの思いもかけぬ長広舌《ちょうこうぜつ》には、読者の多くがとまどいを覚えるはずだが、ここで述べられるカトリシズム批判は、作者の信条の代弁という以上に作品のイデオロギー性をみずから保証するため、作者があえて書き込んだ部分とみなしていい。

しかし、私がここでとくに注意したい点は、ムイシキンの長広舌そのものの意味である。卓越したロシア文化論『果てしなき袋小路』の著者ドミートリー・ガルコフスキーが『白痴』のもつ「ロシア的性格」について面白いことを言っている。「ロシアの文学は沈黙の才を有しているが、黙り込みの才がない。ロシア人はうまいタイミングで話を止めることができず……いったん話しはじめると、ロシア人は途中で話を断ちきることができず、最後まで話をせざるをえなくなる……。これらはすべて罪の感覚の具体的な表われである。……ここから〈私〉の不幸なロシア的性格が理解できる」

　長広舌における「罪の感覚」というのは、一種の原罪感覚のようなものであり、最後まで語り切ることによって、はじめて自己の無謬性《むびゅうせい》が証明されるということを意味している。これをロシア人の「私」の不幸ととらえる点は、ドストエフスキーにおける原罪感覚そのものを考える上で、きわめて重要な視点だと思われる。

　ガルコフスキーは、このロシア人の特質と、ムイシキン公爵の長広舌の意味、さらにはアグラーヤの事前の説教と「中国製の花瓶」のエピソードなどについて、「ロシア的性格」という観点から、次のような洞察力あふれる主張を展開する。

「ムイシキンは、最後まで話しきるという閉ざされた空間のなかにはまりこんでしまった。そしてその空間が花瓶の周囲に撓《たわ》みを作ったのである。彼がその花瓶からできるだけ遠く離れて座ろうとしてもそれは無駄なことだった。いったん話しはじめると、（中略）哀れな公爵は意味の中心に向かってぐるぐる螺旋を描きながら巻き込まれていくのである」

ガルコフスキーは、ムイシキンの長広舌（最後まで話しきりたいというやみがたい欲求）と、花瓶を割るという行為に、「言葉と存在様式の混乱」を見る。しかし、この「中国製の花瓶」をめぐっては、より病理学的な側面からの説明も不可欠だと思われる。まだ私見の域を出ないが、私はここに、彼が愛読したエドガー・アラン・ポーの影響を見てとる。

ドストエフスキーは、ポーについて「奇妙な作家」という表現を繰り返しながら、「彼はほとんどつねに、もっとも例外的な現実を選びとり、その登場人物をもっとも例外的な、外的ないし心理的状態に置く。そうして彼は、すばらしく強力な洞察力と、じつに驚くべき正確さでもって、その人物の精神状態を物語る」と述べ、「ポーは、ただ、不自然な出来事の外面的な可能性を設定しているにすぎない。こういう出来事を設定しておきながら、その他すべての点では、きわめて現実的なのである」（「エドガー・アラン・ポーの三つの短編」）として、幻想文学の系譜におけるE・T・A・ホフマンとの違いを強調している。要するに、現実と幻想の境界がきわめて截然《せつぜん》としているにもかかわらず、その幻想性がきわだってリアルな感覚を帯びているのが、ポー文学の特質だというのである。

周知のように、極度のアルコール依存症だったポーは、その作品の多くで、自己コントロールを完全に喪失する人間の意識の世界を、倦《う》むことなく描きつづけた。その状態をはっきりと定義づけた作品の一つが、『天邪鬼(The Imp of the Perverse)』という小品だった。

物語は、毒入りの蠟《ろう》を用いて完全犯罪をたくらみ(「あれ以上完全な計画をもって遂行することはまず不可能であったろう。何週間も、何カ月も、私は殺害の方法について考えぬいた」)、それに成功した一人の男が、犯行から数年後(「彼の財産を相続して、数年間は万事めでたく経過した。発覚するなどということは、一度として念頭にも浮かばなかった」)、とつじょとして正体不明の衝動にかられ(「その時だった、私はなにか見えない悪魔が、大きな掌でポンと一つ私の背中を叩いたように思った」)罪を告白する物語である。

ポーは書いている。

「してはいけないというただその理由だけで、人はそれらの行為を犯しつづけているのである。これ以上、このほかに、理由らしい理由は考えられない。しかもそれがせめて時たまなりと善の促進に役立つことがないとすれば、まさしく悪魔の直接使嗾《しそう》であると考えるよりほかないだろう」(ポー『黒猫、モルグ街の殺人事件』、中野好夫訳、

岩波文庫）

「天邪鬼」とは、自分の意志に逆らって、身体が勝手な動きを開始しはじめる状態へと導く（「使嗾する」）謎の正体、謎の衝動をいう。たとえば、『黒猫』にしても『天邪鬼』にしてもそうした精神状態が詳しく描かれるが、ドストエフスキーは、そうした自我を超越した力に翻弄される人間の精神状態を、一方において一種の自己超越というプラスの面で描き、他方、自己喪失というマイナス面の双方で描きつづけた。

思うに、スイスから帰還したムイシキン公爵とは、プラスとマイナスの双方のベクトルにおいて、意志や意思を超えた世界をみずからのうちに予感し、経験し続けた存在ということができる。とほうもなく寛容で寛大な精神性は、逆に病的な自己喪失の恐怖と表裏一体である。彼の精神を蝕《むしば》んでいたのは、たんに癲癇の持病だけではなく、それ以上に病的な何かである。その典型的な事例が、「中国製の花瓶」のモチーフに、凝縮したかたちで描かれる。問題は、中国製の花瓶が倒されて砕け散る、という事件そのものではない。むしろ、アグラーヤの暗示（「それじゃ、せめて、客間のあの中国製の花瓶、壊すくらいしたら！」）に乗せられた彼が、極度の神経的不安に脅かされるプロセスこそが問題である。

「ひょっとしたら……花瓶だって……割ってしまうかもしれません」

意志のコントロールがきくかきかないかという問題は、むろんムイシキンの病的な側面を端的に示している。ここで思いだしていただきたいのは、「中国製の花瓶」のモチーフが、じつはムイシキンの癲癇と深く結びつけられているということだ。第二部第5章、ムイシキンの次のセリフに注目しよう。

「癲癇持ちだったムハンマドが、ひっくり返した水差しから水が流れでる一瞬のうちにアッラーの棲家《すみか》を残さず見てまわったという、あの一瞬と同じなんだよ」

こちらは、むしろ意志や意思を超えた世界の暗示ととらえることができるが、思うに癲癇と結びつけられたこの境界線上の病は、『白痴』に登場する主要人物のすべてが病んでいる病、ということができるのかもしれない。興味深いのは、ほかのだれでもない、中国製の花瓶を割るよう冗談半分にけしかけたアグラーヤその人こそ、まさにこの境界的な人格の持ち主だということだ。過剰な自意識の結果としてそれが生じるという意味において、この病は、ほとんど『地下室の手記』の主人公に起源をもつとみることができるが、のちの『悪霊』の主人公ニコライ・スタヴローギンの一連の奇怪な行動も含め、ことによると作者自身においても、この病は、癲癇以上にのっぴきならぬ意味を帯びていた可能性が大いにある。

6 「ハリネズミ」の効用

ドストエフスキーの小説では、しばしば生きものが、物語の展開に重要な役割を果たす。『白痴』では、「イッポリートの告白」に登場する「蠍《さそり》に似た生き物」が典型的な例である。しかし、これはあくまで空想上の、しかもネガティブな意味を与えられた生物だった。それにたいし、物語を駆動し、肯定的な働きをする動物も登場する（『カラマーゾフの兄弟』に登場する犬ペレズヴォンを思いだしていただきたい）。『白痴』では、「ハリネズミ」がその役割をになわされている。ドストエフスキーがこのハリネズミに、破綻しかけたアグラーヤとムイシキンとの間柄を、劇的に修復させる重要な役割を与えた理由について考えるのも一興だろう。ご存じのように、仲むつまじいカード遊びから口論になり、残酷な言葉でムイシキンを傷つけたアグラーヤが、「深い深い尊敬のしるし」として公爵にハリネズミをプレゼントする場面は、小説の数あるエピソードのなかで、もっとも微笑《ほほえ》ましいもののひとつである。自意識と自意識

〈ムイシキンもまた自意識の犠牲者である〉が、角を突き合わせるようにして展開するこのドラマに一陣のさわやかな風を吹きこむこの場面について、デボラ・マルティンセンが巧みな解説を施している。

「他の作中人物が困惑するなか、ムイシキンは、ハリネズミが友情と和解のしるしであり、さらにはアグラーヤ自身のメタファー〈とげだらけの外面に、底面は柔らかい女性〉であることを理解する。同情的なコーリャの言葉とともに届けられたハリネズミは、とげとげしい態度をアグラーヤが後悔していることをムイシキンに教えているのだ。

ハリネズミがムイシキンに及ぼす効果──「公爵はまるで死者が甦ったかのようだった」（第四部第5章）──を語り手に報告させ、ドストエフスキーはハリネズミの比喩的な意味を強調する。〈甦える〉という強い言葉は、テーマに関わるだけでなく、許された人がどうなるのかを見せてくれる。宗教的含意のある〈甦える、再生する〉という動詞は、この世俗的文脈において、ムイシキンにたいしてアグラーヤがもっている象徴的役割を示す」

卓見である。しかしマルティンセンの指摘との関連で改めて補足しておきたいのは、ハリネズミが、歴史的に、「太陽」「火」のシンボルイメージをになわされて、ヨーロッパでは「生垣のブタ」（Hedgehog）と呼ばれ、幸運な出会いのシンボルとされている事実である。また、「悪にたいする勝利」「死の克服」など、もろもろの意味をになわされてきた。他方、ハリネズミについては、さらに新たな視点からの考察も可能である。アグラーヤは、「深い深い尊敬のしるし」にハリネズミを贈ったわけだが、ハリネズミと「尊敬」がどう結びつくのか、ということである。結論から先に言うと、ドストエフスキーはおそらく、古代ギリシャの詩人アルキロコスの詩を念頭に置いていたものと思われる（「狐はたくさんのことを知っているが、ハリネズミは、大きなことをひとつだけ知っている」）。傷ついたムイシキンへの「尊敬のしるし」として、これ以上にふさわしいプレゼントはなかったことになる。

同時にまた、作者の立場からすると、次のような謎解きも可能だろう。第1巻の読書ガイドで紹介したように、ムイシキン公爵の姓は、「ネズミ」（ムイシ＝мышь）を語源としている。ハリネズミにとって、ネズミは格好の獲物であり、逆にネズミからすると、ハリネズミは天敵である。アグラーヤはまさにそのとげとげしい性格によって周囲の人々を混乱におとしいれるが、その最大の犠牲者が、ムイシキンだったわけである。アグラーヤは、そうしたハリネズミとしての自分の性格を、運命であるので受け入れてほしいという願いを込めて、急なプレゼントを考えだしたということもできる。ハリネズミの解釈におけるこの可能性は、じつのところ、ロシア人であればだれもが知る、レフ・トルストイの民話「ヤマカガシとハリネズミ」に起源を置いている。ある日ハリネズミはヤマカガシのもとにやってきて、一夜の宿を求める。ヤマカガシはそれに応じるものの、ヤマカガシの一家は、ハリネズミの針が体にあたって同居できず、ハリネズミに退去をお願いする。すると、ハリネズミは厚かましくも次のように答える。

「痛がるものはここから出ていくがいい。ぼくにはここが快適なんだから」

トルストイの民話はこれですべてだが、ここには「恩を仇《あだ》で返す」「庇《ひさし》を貸して母屋を取られる」の寓意が連想される。しかし必ずしもそこに留まるわけではない。また、体表が針だらけのハリネズミと、逆に体表が滑らかなヤマカガシという動物の性格的な対比も興味を引くが、歴史的には、ハリネズミが毒ヘビなどのもつ分泌物にたいする抗体として意味づけられている点も、注意すべきである。すなわち、先にも述べた「悪にたいする勝利」の寓意を、おのずからおびき寄せるということだ（他方、ハリネズミもヤマカガシも、ネズミを格好の餌食としているという自然界の掟がある）。『白痴』におけるハリネズミの役割について、作者からの具体的な説明はいっさいないが、ロシアの一般読者は、物語にこの小動物が登場した瞬間から、さまざまな連想の輪を広げていたことはまちがいのないところだろう。

7　『ボヴァリー夫人』のディテールは、何を意味しているのか？

ドストエフスキーは、謎かけを好んだ作家である。小説作法上のそうした趣味は、彼が十代から親しんできたヨーロッパのゴシックロマンや、エドガー・アラン・ポー、チャールズ・ディケンズらの影響が考えられる。ドストエフスキーのあまたある作品のなかで、とくにミステリー性に優れているのが、『永遠の夫』『罪と罰』『白痴』『カラマーゾフの兄弟』である。ミステリーの定義はむろん一義的ではないが、端的には、犯人探しのひとことに尽きるだろう。

『白痴』という作品それじたい、犯人探しを目的にして書かれたわけではないものの、全体として、ミステリー仕立てにしようという作者の意図が、いたるところに見え隠れする。では、どこが具体的にミステリー仕立てなのか。若干、返答に窮するが、少なくとも言えることの一つとして、登場人物たちのセリフがしばしば中途で断ち切られている点に大きな特色がある。グリゴーリー・ポメランツの意見を引用しよう。「最後まで言わないということ、暗示が本質的な役割を果たしている。もっとも肝心なことは、ついでのように言われ、どうかすると口にされないこともあるし、副次的な主人公が、ムイシキンがこう言ったということを思い起こしたりする……。これはドストエフスキーにとってきわめて固有のものである」

ポメランツの指摘する「言い残し」は、個々のディテールにおいても微妙な効果を発揮する。すなわち、一般的に「チェーホフの銃」(「誰も発砲することを考えもしないのであれば、弾を装填したライフルを舞台上に置いてはいけない」)と呼ばれる、伏線の手法である。では、『白痴』第四部で示されるもっとも印象的な伏線のひとつ『ボヴァリー夫人』は、どのような効果をねらって持ちだされてきたものだろうか。

読書家のナスターシヤは、物語のなかでなんどか書物を話題にし、ロゴージンにその手ほどきまでしてみせるが、印象深いもののひとつに、黙示録に対するこだわりがあった。また、「カノッサの屈辱」をテーマにしたハイネの詩「ハインリッヒ」への関心、さらには、セルゲイ・ソロヴィヨフの『歴史』への言及などを記憶する読者も少なくないと思う。とくに「カノッサの屈辱」は、ロゴージン対ナスターシヤの力関係をめぐる心理戦争を如実に浮き彫りにするという点で、『白痴』全体のプロットにたいして暗示的な役割を果たしており、読み過ごすことのできない重要な意味を含んでいる。では、ナスターシヤが一時寝泊まりしていた教師未亡人宅の部屋に置かれたフローベールの『ボヴァリー夫人』のモチーフ（第11章）はどうだろう。

大のドストエフスキー嫌いで知られたウラジーミル・ナボコフは、本好きなナスターシヤに言及して、彼女を「夢想的なものの見方に秀で、主として文学から借用されたあざやかなファンタジーに夢中になっているロマンティスト」と表してみせたが、ロシアの研究者ヴェーリナはこの伏線について、ボヴァリー夫人の夫シャルルが願う、「婚礼のドレスを身につけ、白いサンダルをはき、花冠をかぶった姿」（『ボヴァリー夫人』、芳川泰久訳、新潮文庫）と、現実に殺された夜のナスターシヤの姿を暗示するものだと指摘する。たしかにナスターシヤは、婚礼の白いドレスを脱いでベッドに体を横たえた。では、たんにそれだけのために、作者はわざわざ『ボヴァリー夫人』のモチーフを持ち出してきたのだろうか？　そこになにがしか、ナスターシヤの特別の運命を暗示しようというたくらみはなかったのだろうか。この問いは、『白痴』全体の読みにかかわる重要なテーマを、おのずからおびき寄せてくるように思われる。もしもこの伏線を拡大解釈するなら、ナスターシヤの死は、ボヴァリー夫人のそれと同様、「自殺」として意味づけることも可能となるからである。

8　性の問題(1)　ナスターシヤの場合

さて、絶妙のタイミングにおけるハリネズミの登場にもかかわらず、けっきょくのところ、ムイシキン公爵とアグラーヤの関係は最終的に実を結ぶことがない。四人の登場人物による大団円の場が暗示するのは、空想と現実との断絶である。空想のなかで自己犠牲を夢見ながら、現実ではかぎりなく自己の欲求に忠実な登場人物たち。だが、引き裂かれているのはじつはナスターシヤひとりで、アグラーヤはむしろ首尾一貫しているとさえいえるかもしれない。ナスターシヤのその二重性は徹底しており、それが、引き裂かれていない登場人物を破滅に追いやる構図である。その意味でこの小説は、深くナスターシヤを中心に作られた物語であることが明らかである。しかし、その異常な引き裂かれ方を前にして、一種、アンチクライマックス的な行動に終始するのがムイシキンである。ナスターシヤとの対決に耐えきれず、逃げだしたアグラーヤの気持ちを斟酌《しんしゃく》することなく、ムイシキンはなんどもエパンチン将軍家に足を運ぶが、その傍若無人ぶりを支えているのが、「結婚は、意味をなさない」とする公爵自身の説明である。では、結婚にほとんど意味を認めていない公爵の真意とは、何なのであろうか。その真意と性の問題は、この物語がはらむ深い悲劇性とどのように深くかかわっているのだろうか。

結婚式の夜、「ハンケチのように」青ざめた顔をしてダーリヤの家を出たナスターシヤは、「わたしを助けて!」のひとことで、ロゴージンのもとに走り去る。白夜の季節も終わろうとする蒸し暑い夜、ベッドのなかで死ぬ前のナスターシヤがしきりにつぶやいていたひとことを、ロゴージンはムイシキンに告げている。

「そのあとオリョールかどっかに行きたい、なんてさ。横になってからも、ずっと言ってたよ、オリョールに行こうって……」

ロゴージンを連れて、オリョールに赴こうとしたのは、深い理由がある。結論から先に述べると（といってもまだ仮説の域を出ないが）、モスクワの南三六〇キロに位置するオリョールとは、文献的には去勢派《きょせいは》の存在がはじめて言及される場所である。ナスターシヤは、これまでおおむね鞭身派《べんしんは》のイメージとの関連で述べられてきた。たしかにそれはまちがっていない。ただし彼女は、「鞭身派」＝性＝堕落した女というレッテルを貼られていることに、つよい恥辱を感じていたことも確かである。だからこそ、自分にたいして「清らかな」というひとことを発したムイシキンを、真の「人間」と認めたのである。周囲の人間が彼を「白痴」として見ていたのに、物語のはじめからして彼を「聖痴愚」と直感したのが、ナスターシヤということになる。

ではそもそも、ナスターシヤはなぜ、結婚式の当日ムイシキンから逃げだしたのだろうか。第一に考えられるのは、深い罪の意識である（「わたし、あなたにたいしてなんてことをしているの！」）。しかしその自問は、意識のかなり深い部分から突発的にほとばしった言葉だった。他方、ムイシキンは、ナスターシヤがロゴージンのもとに走った理由を、「狂気」のゆえとみなしている。作者はここで、しきりに「錯乱した」の意味をもつ「помешанная」という言葉を用いて、彼女の「狂気」の正体を説明しようとしている。ロシア語で一般的に使用される「безумная」は、端的に「知恵がなくなる」状態を意味するが、前者の「狂気」は、一切の判断力がなくなる状態を意味している。

むろん、ナスターシヤの「知恵」を信じるムイシキン公爵としては、口が裂けても「безумная」とは言えなかったはずである（ラドムスキーはこの形容詞を用いている）。では、どのような意味で「狂気」なのだろうか。ここで注目したいのは、ナスターシヤにおける恐怖の対象がロゴージンからムイシキンに移っており（「わたしを助けて！」）、なおかつナスターシヤが、ほとんど嬉々《きき》としてロゴージン邸に赴いている事実である。

まず、公爵の側に恐怖（「ぼくはあの人の顔が怖いんです！」）がある。その理由をラドムスキーに聞かれた公爵は、こう答える。

「ええ、あの人は、くるっていますから！（сумашедшая）」

そしてロゴージン邸での彼女の行動を、ロゴージンはこう解説する。

「ところがどうだい！　やつのほうからひそひそ声になって、忍び足で歩くし、音を立てないようにってんでドレスの裾を両手で持ち上げるし、階段を上るときなんか、自分から指でしいって脅しにかかったくれえだ——それもみんな、あんたが怖いからよ」

ここで注意すべき点は、この瞬間、ナスターシヤの心からロゴージンにたいする恐怖が、完全に消え去っているかのように感じられることである。これは果たして、たんにロゴージンが抱いた印象であって、ナスターシヤ自身はロゴージンの前で演技をしていただけのことだろうか。狂気なのか、解放なのか。

読み手の印象は、その双方である。つまりナスターシヤは、錯乱することで、狂気から解放されたということではないだろうか。しかし解放されたということは、彼女のなかに新しい希望が芽生えていたことを同時に意味する。

では、その希望とは何なのか。

そこで、改めて問わなくてはならない。ナスターシヤが最後に行きたい「オリョール」とは何を意味するのか。物語の冒頭で明らかにされるように、父親に勘当されたロゴージンが逃げのびた先は、エストニアとの国境に近い宗教都市プスコフだった。十四世紀以来、プスコフは過激な異端派が生まれた土地として知られ、十九世紀後半には、セラフィーム派と呼ばれる終末的気分に侵された異端派が誕生している。つまり、『白痴』におけるロゴージンの物語は、じつはプスコフから始まり、暗示的なかたちながらオリョールで終わる可能性があったということである。ここはもはや、この小説全体につねに伏線として言及されてきた異端派との関連で、このトポロジーを意味づけることなしに解読は不可能である。

オリョールはしばしば鞭身派と関連づけられることの多い土地の一つであり（始祖は、ダニール・フィリッポヴィチ）、なおかつ鞭身派の性的放縦に抗議するため、コンドラーチー・セリヴァーノフが、去勢派のセクトを設立した地として知られている。すなわち、鞭身派と去勢派の双方に関係している土地なのだ。

ナスターシヤが、その事実にどこまで通じていたか分からないが、しかし少なくともムイシキンを忌避したという事実から見えてくるのは、ナスターシヤにとってオリョールが、去勢派ではなく、あくまでも鞭の悦びの故郷として意味づけられていたということではないか。そのことを裏づけるのが、ナスターシヤの父親が、鞭身派ともつながりのある「フィリップ」という名前をもっていたことである。それこそはまさに謎解きを誘導する命名法といってよい。

鞭身派の悦びは、むろんムイシキンとの個別的な結びつきのなかでは、絶対に得ることのできない何かである。共同体に帰ること。そのなかでは、みずからの個を捨て去り、永遠のヒステリーから逃れ、トラウマを癒やすことができる。ロゴージンとムイシキンという二人の「不能者」に縛りつけられていた彼女は、そのいずれの支配からも逃げだしたかったのではないか。

片や物質的な観念としての支配（ロゴージン）、そして片や聖性という支配（ムイシキン）。すなわち、オリョールで彼女が望んでいた「脱出」こそ、みずからの「復活のナスターシヤ」の実現、すなわち新規まき直しではなかったろうか。

少し話はそれるが、そのように考えることではじめて、彼女のライバルだったアグラーヤがカトリックに改宗する意味も明らかになる。すなわち、二人ともにムイシキン公爵からの自立を実現しようとして、ついには破滅に導かれるのである。

9　性の問題(2)　ロゴージンの場合

オリョール行きを口にしたナスターシヤの真意を、ロゴージンは知ることができなかった。しかし作者は、この物語に解釈をほどこしていた。すなわち、原始的な支配にならない躊躇《ちゅうちょ》するところのないロゴージンが、ナスターシヤのオリョール行きを許せなかったのは当然だろう。たとえ、彼が去勢派の末裔でないとしても。他方、共同体のなかでの法悦を求めてのたうつナスターシヤにとって、かりに「鞭の悦び」の実現が不可能であるなら、残されているのは、おそらく死しかない。逆に、永遠にロゴージンの監視と支配、そしてカード遊びという、それこそ去勢された日常から逃れられないのなら、みずから死を求めるほかはない。

では、ロゴージンはどうなのか。最後の夜、ロゴージンはみずからの性を回復することができたとする解釈もあるが、そうした解釈に与《くみ》することはいささか困難である。なぜなら、性的行為の完成においてはじめてナスターシヤを所有できると、ロゴージンは考えてはいないからである。まして、ナスターシヤを永遠に独占することが可能だなどと、ロゴージン自身、はなから信じてはいなかった。

にもかかわらず、この浅黒い顔をしたにわか成金が願っていたのは、まさに「永遠の所有」だった。「永遠の所有」のためには、ナスターシヤの死が必要であり、その所有をより完全なものとするためには、ナスターシヤがいまもなお愛しているかもしれない公爵を、みずからのうちに取りこみ、支配下に置く必要があった。ナスターシヤの分裂した魂を一つに統合するには、ムイシキン公爵とロゴージンがみずから、一つの統合的なかたちをなさなくてはならなかったということもできる。では、いかにして二人は、「一」になることができるのか。『白痴』のラストが示しているものこそ、もっとも悲劇的なかたちで実現した「一」への統合ではなかったろうか。

さて、ムイシキンは、最終的にロゴージンに花嫁を寝取られた「コキュ」の役どころを演じることになった。しかし、ムイシキンにとって、男女の性がいっさいのリアリティを欠いている以上、逆にムイシキンはかぎりなくコキュからかけ離れた存在でもある。すくなくとも彼のうちに「コキュ」としての屈辱はない。なぜなら、彼においては所有と支配の意識が完全に欠落しているからである。むしろ、性にたいするきわめて屈折した欲望を抱くロゴージンに、つねにコキュの影は落ちている。

そもそもロゴージンという名前の最初の三文字には、「角」(ローク рог)の意味が与えられている。つまり彼こそが、運命的に角の生えた存在、すなわち永遠の夫、寝取られ亭主の役割をになわされているということだ。

さて、エウゲニー・スリフキンという研究者によれば、ロゴージン(Рогожин)の名前そのものに、「角(рог)」と「ナイフ(нож)」のアナグラムを見てとることができるという。これは卓見である。思えば、寝取られ亭主であり殺人者でもある彼の役割は、すでに「ロゴージン」という姓のなかに刻印されているということだ。そしてロゴージン邸の寝室で、ムイシキンが殺人事件の謎を解こうとして問いかける質問は、まず第一に何が凶器かということだった。

「きみは何であの人を？　ナイフかい？　あのときの？」

ロゴージンは、その問いにたいして、「あれさ」と答える。このディテールは、意味深長である。なぜなら、同じナイフがムイシキン公爵とナスターシヤの双方に向けられ、その殺意の対象になるからである。結果的にこのナイフが切り裂いたのは、両者の運命的な絆であったが、この運命的とは何を意味するのか……。

第二の質問は、時刻である。ロゴージンは、自分がナイフを手にした時刻が「午前三時すぎ」と答え、結婚式直前の殺意を否定する。

「なぜかって、すべてが起こったのは朝の三時すぎだからな。あのナイフはおれの本のあいだにずっと挟まっていたんだ」

このディテールが暗示するのは、ロゴージンが殺意をもってその日の夜に臨《のぞ》んではいない、ということである。そのように考えると、午前三時すぎに、ロゴージンの殺意を駆り立てる何かの事件があったと想像されるが、それが何か性的な問題に起因するのか、あるいはそれよりはるかに深刻な精神的なドラマがあったのかは、完全に読者の想像に委《ゆだ》ねられている。その想像のヒントとなるのが、ナイフそのものの形状である。鹿革の柄であれ角であれ、ナイフであれ、一般の読者がそこに男性器を連想したとしても、あながち不思議ではない。

思えば、ナスターシヤがオリョール行きをねがい、鞭身派に身を投じることは、去勢派の末裔（あるいは去勢派の何たるかも知らず、すでに去勢されている）ロゴージンだけでなく、ムイシキンにとっても破滅的な意味をもつものだった。ナスターシヤという屍《しかばね》を共有すること、それは不能者である二人が、ナスターシヤと永遠の三位一体で結ばれることを意味している。

ナスターシヤを異端者の熱狂に譲りわたさない、土俗的な共同性の中に帰さない、普遍的かつ抽象的な「聖母」への昇華を許さない、――それは二人のほとんど盲目的な意志だったと考えられる。

しかし、この期におよんでのナスターシヤの共有は、どこか常軌を逸しているように思える。ナスターシヤ殺害は、いまやロゴージンとムイシキンの共犯のような趣さえ感じられるのだ。そしてそれは、見えざる強大な敵（＝異端者たち）に手渡さないために選ばれた究極の手段——無理心中でもある。「だからせめて、いまのところは、このままあいつをそこに寝かせておこうぜ、おれたちのそばにな、おれとあんたのそばに」。ロゴージンのこの提案に、「そう、そうだね！」と公爵は「熱くなって」うなずき、二人は彼女を絶対に手渡さないと誓いあう。この二人は、ナスターシヤの殺害をとおして、あるいは心臓から漏れでた半さじの血によって、たがいに永遠の結束を誓いあうのである。

10 ピエタ、または聖母ナスターシヤ

『白痴』ラストにおける、ナスターシヤ殺害の個々のディテールをつなぎ合わせていくと、これまで述べてきたこととは別の、象徴劇としてのプロットも浮かびあがってくる。私が注目するディテールは、ロゴージンの次のセリフである。「そう、もうひとつ、妙なことがあったな。ナイフは見た目七センチか、ひょっとして九センチぐらい深く突き刺さった……左胸のすぐ下だ……ところが、血は、せいぜい小さじ半分ぐ

らい、下着にちょこっと染みだしただけで、それっきりだったぜ……」ロゴージンの言葉にたいして、ムイシキンは「おそろしい興奮にかられて」、「それって、内出血っていうんだよ……。一滴も出ないときもあるんだ。刃が心臓にまともに突き刺さったりしたばあい……」と答え、その理由として「内出血」を挙げている。なぜムイシキンは、ほとんど不要とも思える、ある意味で間のぬけた説明を行ったのか。ここにも、ドストエフスキーの謎かけが潜んでいるように思われる。

まず、心臓の位置、すなわち「左胸のすぐ下」に心臓があるというのは、きわめて不自然である。あえていうなら、まともに心臓に当たったばあいに生じる「内出血」というムイシキンの説明は、ナスターシヤの死にはまったくあてはまらない。

このモチーフにいま私が注目する理由のひとつは、「小さじ半分ぐらい」の血のイメージが、いやおうなく二つの連想をまねき寄せる点にある。

第一に、作者がバーゼルの美術館でも見たハンス・ホルバインの『死せるキリスト』の絵。読者の多くは、このナスターシヤの「左胸のすぐ下」という位置から、ゴルゴタでの磔《はりつけ》のさい、キリストのわき腹に刻まれた聖痕を連想せざるをえない。ただしその傷は、右胸の真下にあって「左胸のすぐ下」ではない。

おそらくそれは、「聖痕」への連想をあえて断ち切るために用いられた一種のカムフラージュととらえていい。他方、ロゴージンの目から見た場合、相手の左胸が右にくる点にも留意しておこう。ドストエフスキーはそれを承知であえて、「左胸のすぐ下」とした可能性があるのだ。

つまり、ロゴージン（＝ドストエフスキー）は、ナスターシヤの死を語りながら、あたかもキリストの死（＝ムイシキンの仮死）を同時に語っているかのように感じられるのである。絶対的所有という欲望に突き動かされるロゴージンにとって、ムイシキン（＝完全に美しい人＝公爵キリスト）は、この世に存在してはならない存在であり、ムイシキンの死によって、ロゴージンの永遠の愛は完成する。

しかし、かりにムイシキン＝キリスト殺しの代償的な行為として、ナスターシヤ殺害があったとしても、ナスターシヤの死という現実レベルでのプロット、小説としてのリアリティは残る。つまり、それじたいの意味は問われなくてはならないはずである。言い換えると、キリストのわき腹ないし右胸の下に刻まれた傷と、ナスターシヤの傷は、なんらかの合一点を生みださなくてはならない。それを解き明かす最大のディテールが、まさに白いシーツの下に横たわるナスターシヤの遺体ということになる。

ナスターシヤを屠《ほふ》ったのは、柄の部分を鹿の革で覆ったナイフであった。このディテールには、婚礼の夜、すなわち「初夜」との関連がある。白いシーツ、小さじ半分の出血、鹿革のナイフ、この三つのイメージが織りなしているものとは何か。それはナスターシヤの「清らかさ」にたいする暗示である。

なるほどナスターシヤは、巷《ちまた》に流されている噂どおり「トーツキーの囲いもの」であったかもしれない。しかしそれは、あくまで世間の噂に同調するかたちで、ナスターシヤが自虐的にそう見せかけていた可能性も大いにあり、彼女が「高級娼婦」であったと断定することにはむしろ無理がある。彼女を「性」に近づけていたのは、性そのものであるよりも、性的なトラウマではなかったかと思われるふしがあるのだ。ナスターシヤがムイシキンに救いを求めようとするのも、彼が非性的人物だからである。では、小さじ半分の出血が暗示する内容とは何なのか。それこそは、ナスターシヤの隠された人生そのものではないのか。結論を述べるなら、トーツキーから受けたもろもろの「教育」のなかで、ナスターシヤの「清らかな」肉体は、最後まで守り通されたにちがいないということである。

11 鞭身派の聖母ナスターシヤ

では、作者であるドストエフスキーは、ナスターシヤが処女であるという事実に、どのような意図を込めようとしたのか。これに類したディテールは、次作『悪霊』にも見出すことができる。すなわち、スタヴローギン（名の語源は「十字架《スタヴロス》」であり、「角を立てる」の意味がある）の正妻マリア・レビャードキナが処女であるという事実である。マリアとスタヴローギンとのあいだには、いっさいの性的交渉がなかったにもかかわらず、彼女は「嬰児」懐胎の幻想に酔いしれる。そこに暗示されていたのは、まさに処女懐胎の主題だった。そればかりか、マリアの住んでいる館《やかた》は「フィリッポフの家」と名づけられており、『白痴』のナスターシヤ・フィリッポヴナ・バラーシコワの父親と同じフィリップを語源としていた。すでに述べたように、まさにダニール・フィリッポヴィチを始祖とする「鞭身派」との関わりを暗示する巣窟なのである。

もしも、ナスターシヤの心臓に突きたてられたナイフがロゴージンの性器のシンボルであるなら、その傷口から流された血は、おのずから初夜に流される血のアナロジーを引き寄せるだろう。つまり血が流されたという事実は、そのことじたいが逆に、ナスターシヤの「処女性」を暗示するのだ。この傍証となるのが、第一部でイヴォルギン家を訪れたナスターシヤが、ニーナ夫人にたいして口にする次のセリフである。「わたし、こんな女じゃありませんから、あの人が言ったとおりです」(第一部第10章)

また、フィナーレ直前に、ラドムスキーとムイシキンのあいだで交わされる微妙な会話も示唆的である。「ええ、いまの彼女が純潔であるとしましょう――べつに争う気はありません、だってそんな趣味はありませんから――」。つまりラドムスキーは、ナスターシヤの「純潔」さに、ある程度まではその意味するところに気づいているふしがうかがえるのである。私はそこで、ひとつ仮説を提示したいと思う。

ドストエフスキーは、ナスターシヤに、イエス＝ムイシキンの母、すなわち聖母としての役割を与えたかったと考える。そのとき初めて、ナスターシヤがアグラーヤ宛ての手紙で告白した一枚の絵の意味も明らかになる。純潔のままであったからこそ、彼女には「バラーシコワ(子ヤギ)」の姓が与えられ、生贄《いけにえ》としての価値もまた生じたということができるのである。

ここでもういちど思い出していただきたいのは、ナスターシヤ二十五歳の誕生日の夜会で、ムイシキンが放った次のひとことである。「あなたは苦しみぬいて、それでもあの地獄から清らかなまま出てこられた」（傍点筆者）。ムイシキンは、けっして抽象的な意味でこれを口にしたわけではなかった。いや、ムイシキンほど、その発言において即物的な内容しか語れない人物はいない。そうした彼の特質を考えれば、この言葉は、彼女の「処女性」を示唆した生々しい予言でもあったといえるのである。ナスターシヤとムイシキンの愛が、聖母マリアと子イエスのそれのように宿命的であるとすれば、まさにそこに「処女性」のテーマが存在していたからに他ならない。二人の結婚から何が生まれるのかは、おのずと明らかである。イヴは、アダムを禁断の実へと誘うだろう。優れた『白痴論』を書いたエフィム・クルガーノフが、ナスターシヤとムイシキンの関係性のなかに、ある種の近親相姦的な匂いを嗅ぎつけるのもそのためである。

12 カインとアベル、旧約聖書の影

さて、この『白痴』を考えるうえで注意しなければならないのは、その象徴レベルでの物語の進行と、現実レベルでの物語の進行である。何よりも、象徴レベルでのこの物語の基本構造として注目したいのは、旧約聖書との関連である。サラ・J・ヤングはその論文で、ムイシキンとナスターシヤの関係性、すなわち二人の出会いのもつ意味について触れ、これをアダムとイヴの楽園追放の物語に重ねながら、最初の出会いで二人が奇妙な既視感に襲われる点に着目する。

「ナスターシヤは自分が、堕落したエヴァであることを知っているので、自分のアダムを自分に引きしたがわせ、それゆえに彼を避けるのである」

ヤングはさらに、旧約聖書との関わりにおけるカインとアベルの神話、新約聖書でのキリストとマグダラのマリアの神話にも言及している。マグダラのマリアについては、ムイシキン公爵がスイスで出会った「マリー」とナスターシヤのダブルイメージ化にそれがはっきりと見てとれるし、事実、ムイシキンはナスターシヤへの理解を求

めて、アグラーヤに次のように説明している。

「あの不幸せな女性は、深く信じこんでいるんです。自分はこの世でもっとも堕落した、もっとも悪にまみれた人間だと。ああ、どうかあの人をおとしめないでください、石を投げたりしないでください。いわれもない恥辱を受けたという意識で、それこそもう自分をさいなみつくしているからです！」（第三部第8章）

ここでとりわけ注目に値するのは、前者のカインとアベルの伝説である。ナスターシヤの姓バラーシコワは、「子ヤギ」を意味する「バラーシェク（барашек）」が語源であり、なおかつ彼女は物語の終わりで殺される運命にある。

そもそも、創作プランの段階の一時期、ロゴージンとムイシキンは、ひとりの人物の二つの内面的個性として、いわゆる分身として構想されていた。

小説の冒頭ですでに、対照的ながらも二つの分身関係が暗示されている。

ロゴージン	ムイシキン
中背（上背《うわぜい》がない）	平均より少し高め
縮れ毛、ほとんど真っ黒	ブロンド
頬骨が張った	（卵型の）

パーヴェル・フォーキンは、ロゴージンの外見に「ナショナルな性格」を、たいするムイシキンには「ヨーロッパ的な外貌」を与えているという。ただし、彼らにほぼ同じ年齢（二十七歳）を設定することで、両者の分身、ないし義兄弟の関係をつよく暗示しているが、それらをさらに象徴的なレベルで補強しているのが、言うまでもなく両者による十字架交換である。なぜなら十字架交換は、ロシアの民衆において義兄弟の契りを交わすことを意味するからである（「かあさん、この人のために十字を切ってやってくれ、実の息子を祝福するみたいにな」）。

この十字架交換以降、カインとアベルの神話が小説全体に暗い影を落としはじめる。近親者であるがゆえの愛と憎しみ――。

もはや明らかだろう。かりに、彼らの関係性にカインとアベルの神話が投影されているならば、当然、兄弟殺しのモチーフが前面に立ち現われてこなくてはならない。しかしこの兄弟殺しのモチーフは、原典である旧約聖書とは異なり、おのずから両義的で、曖昧なものとならざるをえない。というのは、何よりも二人の間には血の繋《つな》がりがないからである。しかもムイシキンみずからが、しきりにロゴージンに「殺人」

をそそのかし、つまり自分を殺すように相手をそそのかし、試練を与えているようにみえるからである。

そもそもムイシキンは、死について語ることが大好きな人であり、残酷なゲームに見入る子どものように、無邪気に死にまつわるエピソードを撒《ま》き散らしていく。それらの言葉は、人々の心をしだいに麻痺《まひ》させていく。そうした無邪気なムイシキン像に、なにかしら悪魔性のようなものを感じる読者もいるにちがいない。

カレン・ステパニャーンは、まさにレフ・ムイシキンの名前レフ（лев「ライオン」）とは、キリスト教の象徴体系においては、キリストないし「復活」の象徴であると同時に悪魔のシンボルでもあることを示唆した。そうした両義的な役割を最初から帯びて、物語のなかに登場しているということだ。

ムイシキン公爵がいかに善意の人であるとはいえ、彼はそもそもナスターシヤにたいして、「誘惑者」として登場したのではなかったろうか。じっさい、公爵が結婚を申し込んだ瞬間から、ナスターシヤは狂気の世界におとしいれられた（「のちに一同は、ナスターシヤが狂ったのは、まさにこの瞬間だったと主張しあった」）。

13 ムイシキン公爵の両義性

ロゴージンとムイシキンの十字架交換、つまり兄弟の契りとの関連で、いくつか推理を重ねてみよう。まずは、ナスターシヤを殺害することの意味である。彼女の姓「バラーシコワ」が、「バラン（羊）」の指小形で、「子ヤギ」を意味する「バラーシェク」に由来しているのは、けっして偶然ではない。ロゴージンのナイフによって屠られるナスターシヤに、アベルによって神に捧げられた、犠牲の子羊のイメージを重ねることが作者のねらいである。では、神とカインはそれぞれだれであり、ナスターシヤはだれのための犠牲なのか。そして作者は、ナスターシヤの死によって何を暗示したかったのか。

「象徴的な」レベルでこの問題を考えたさい、犠牲の供物たるナスターシヤを殺したのは、けっしてロゴージンひとりとはいえない。注意したいのは、ムイシキンがロゴージンに向かって次のように言う場面である。

「きみの愛情っていうのは、憎しみと区別がつかないんだ。（中略）もしその愛情が

なくなってしまったら、たぶん、もっとたいへんなことになる」（第二部第3章）
それにたいしてロゴージンは、こう答えている。
「なに、殺しちまうとでも……」（同）
『白痴』のラストにおけるナスターシヤ殺害を考えるときは、つねにこの二行が出発点とならなくてはならない。かりにこれを伏線ととらえ、その延長上で考えるなら、ナスターシヤ殺害は、ロゴージンがナスターシヤへの愛を失ったことを暗示している。かりにそうだとして、「愛情」の喪失にはいったいどのような事実、ないしは事態が想定されていたのだろうか。ここに重要なヒントがある。
まず、征服の問題がある。ナスターシヤが、おそらくはもっとも恐れている事態である。ロゴージンは、求めるという行為そのものにすべての情熱を傾けていたのであって、受け入れられるということには興味がなかった。あるいは、受け入れられた瞬間に、彼の「愛情」は消える宿命にあった。ナスターシヤが「カノッサの屈辱」を口にしたのは、ロゴージンを受け入れることがロゴージンの愛の喪失を招き、それが自分の死をもたらすことを確信していた証《あかし》であるように思われる。その意味で、ナスターシヤは、完全に八方ふさがりの状況にあった可能性がある。つまり、彼女は死を運命づけられた存在だということである。さらにこれをロゴージンの側から見るならば、征服を永遠のものとするための殺害——。

私がここで指摘したいのは、ナスターシヤはあくまで仮の犠牲者だということである。おそらくは、ロゴージンの一途な愛に割って入るムイシキンこそが、彼の殺意の真の対象だった。そしてそのことを知ってか知らずか、ムイシキンはそそのかしつづけた。

未来を予言するということは、未来を現在へ導きいれることを意味する。すでにイッポリートが指摘してきたように、ムイシキンは即物的な人間である（「自分はいつだって唯物論者でした」）。いや、少なくとも「神がかり」としてのその予言は、強烈な即物性に貫かれている。過去をなまなましく語り、未来をなまなましく予言する。それがムイシキンの言葉である。そしてムイシキンの予言どおり、ロゴージンの「愛情」は消え、「子ヤギ」の名を負ったナスターシヤは犠牲者となった。

儀式性という視点に軸足を置くなら、ナスターシヤは、儀式をつかさどる祭司たるロゴージンへの生贄ではない。ならば、だれへの？　ムイシキンへの犠牲である。供犠をつかさどるロゴージンと、それを受け入れるムイシキン——。その意味でナスターシャ殺害は、じつはロゴージンとムイシキンの共犯であり、両者はどこまでも分身関係にある。

ロゴージンとムイシキンは、たがいの無意識を共有し、体現しあう人物たちであり、少なくともそのように見える共同体意識がロゴージンにはあり、それをムイシキンが許しているということだろうか。ドストエフスキーがムイシキンの人間像のなかに見ていたのは、「完全に美しい人」という理想ないし説明とは裏腹な、驚くほど深く両義的な存在であった。

本文中の訳注

8ページ「ポドコリョーシン」――ニコライ・ゴーゴリの喜劇『結婚』に登場する小心の中年男で、結婚直前に、窓から飛び降りて逃げ出す。ポドコリョーシンは、「車に轢《ひ》かれた人」の意味がある。『白痴』におけるムイシキンとナスターシヤの結婚式の顛末《てんまつ》を暗示する。

8ページ「Tu l'as voulu, George Dandin!」――モリエールの喜劇『ジョルジュ・ダンダン―またはやりこめられた夫』（一六六八年）第一幕第九場のセリフ。より正確には「Vous l'avez voulu, George Dandin!」。結婚によって貴族の称号を得たものの、悪妻につかまった男のセリフ。

12ページ「ピロゴーフ中尉」――ゴーゴリの短編小説「ネフスキー大通り」の登場人物。美女につきまとい、ついにはドイツ人の職人たちから袋叩きにあう。

38ページ「ノズドリョーフ」――ゴーゴリの長編小説『死せる魂』に登場する大ボラ吹きの田舎地主。

47ページ「カピトーシカ」――カピトンの愛称形。

60ページ「アントルシャ」――バレエで、ジャンプの際に両足を打ち合わせる動作。

89ページ「ある老兵が目撃した実話」――雑誌『ロシアのアーカイヴ』（一八六四年四号）に掲載された「一八一二年のモスクワ・ノヴォデヴィチー修道院――目撃者・専任職員セミョーン・クリムィチの話」を念頭においている。95ページに出てくる『アーカイヴ』も本誌をさしている。

93ページ「愛しき遺骸よ、喜びの朝まで、」――ニコライ・カラムジンの墓碑に刻まれた一句。この句は、ドストエフスキーの願いで、一八三七年に死去した母マリアの墓碑にも刻まれた。

94ページ「チェルノスヴィートフ」――ラファイル・チェルノスヴィートフ（一八一〇～六八）は、ドストエフスキーと同じくペトラシェフスキーの会に関わり、流刑となるが、義足の研究・開発に携わり、一八五五年に『義足製作の手引き』を出版した。

96ページ「ロシアのある自伝作家なんて」――『過去と思索』の著者アレクサンドル・ゲルツェンを示唆している。

97ページ「時計が原因で起こったほんものの殺人事件」――一八六七年十月にペテルブルグで起こった「商人スースロフ殺人事件」をさす。詳しくは、第2巻の読書ガイドの解説386～387ページ参照のこと。

100ページ「バロン・ド・バザンクール」――ジャン・バチスト・バザンクール（一七六七～一八三〇）。フランスの将軍。ナポレオンのロシア遠征に従軍した。

104ページ「シャラース」――ジャン＝バティスト・アドルフ・シャラース（一八一

〇〜六五）。フランスの軍事史家。ドストエフスキーは、『白痴』を執筆中、一八六四年に出た『一八一五年　ワーテルロー戦史』を、一八六七年にバーデンで読んでいる。

105ページ「ジョゼフィーヌ皇后」――正しくはジョセフィーヌ（一七六三〜一八一四）。ナポレオン一世の皇后。一七九六年、ナポレオンと結婚して皇后となったが、子どもが生まれなかったために離縁された。

106ページ「ダヴー」――ルイ・ダヴー（一七七〇〜一八二三）は、ナポレオン一世の将軍で士官学校時代の同級生。モスクワ遠征の際には、第一軍団の指揮官を務めた。

109ページ「ルスタン」――ナポレオンのお気に入りの護衛役コンスタンは、小姓。

110ページ「le roi de Rome」――ナポレオン二世フランソワ・シャール・ジョセフ・ボナパルト（一八一一〜三二）。ナポレオンの退位後、その後継者に指名されたが、連合国に拒否された。

115ページ「わが青春よいずこ、わが輝きよいずこ！」――ゴーゴリ『死せる魂』第一部第六章に「おお、わが青春！　おお、わが輝き！」の一節がある。

116ページ「おい、グリーシャ、アンナ勲章はどこで手に入れたのか、ひとつ聞かせてもらおう！」――「アンナ勲章」はロシアの女帝の名前を冠した勲章の一つで、一七九七年にパーヴェル一世によって国家的な顕彰として導入され、宗教界、軍人などで勲功のあったものに授与された。

118ページ「乳母よ、おまえの墓はいずこ！」――ニコライ・オガリョーフの未完の物語詩『ユーモア』の一節。

129ページ「『ばか』ゲーム」――手持ちのカードを次々と場に捨てていき、その速度を競い合うゲーム。前の人が捨てたカードよりつよいカードが出せない場合は、その前のカードを拾うというルールで、最後に手持ちのカードが残った者が負けとなる。

131ページ「シュロッセル」――フリードリヒ・シュロッセル（一七七六～一八六一）。ドイツの歴史家で『世界史』の著者。一八六二年にドストエフスキーはこの著書を手に入れている。

159ページ「ステパン・グレーボフ」――ピョートル大帝の最初の妻エヴドキヤ・ロプヒナーの警護隊長で愛人。ピョートルの息子アレクセイを擁立しクーデターを企図したとして、拷問の挙句、赤の広場で串刺しの刑に処せられた。

160ページ「オステルマン」――アンドレイ・イワーノヴィチ（一六八六～一七四七）。ヴェストファーレン出身の外交官としてピョートル大帝に仕え、その死後、エカテリーナ一世、ピョートル二世、アンナ女帝に重用された。権勢をふるったが、エリザヴェータ女帝が即位するとシベリアに家族とともに追放され、没した。

181ページ「心を罰し、ひげはご容赦を……」――『ユートピア』の著者トーマス・モア（一四七八～一五三五）は、ヘンリー八世の離婚に反対したため大逆罪に問われ、処刑された。死の直前「ひげには罪はないから、ひげのほうはご容赦ください」と執行人に頼んだという。

212ページ「Non possumus!」――（われら、それにあたわず！）ラテン語。ローマ法王が、国家元首の要請を断るさいの常套句とされる。

215ページ「二百万の首を斬れ！」――アレクサンドル・ゲルツェン『過去と思索』（第五部三十七章）に登場する士官グスタフ・シュトルーヴェの言を踏まえる。「多血質で不器用な彼は、腹立たしそうに頭ごしにあたりを眺めまわしていたが、口数は少なかった。後になって彼は、地球上の人間を二百万人ほど殺してしまえば、革命の事業は円滑に進行するだろうと書いたが、一度でも彼を見たことのある人間は、彼がこういうことを書いたからといって驚くことはないだろう」(『過去と思索2』、金子幸彦、長縄光男訳、筑摩書房、一九九九年、二四六頁)

215ページ「その行いによって彼らを知る」——『マタイによる福音書』第七章第十五〜十八節を踏まえている。「偽預言者を警戒しなさい。彼らは羊の皮を身にまとってあなたがたのところに来るが、その内側は貪欲な狼である。あなたがたは、その実で彼らを見分ける。茨からぶどうが、あざみからいちじくが採れるだろうか。すべて良い木は良い実を結び、悪い木は悪い実を結ぶ。良い木が悪い実を結ぶことはなく、また、悪い木が良い実を結ぶこともできない」

218ページ「ぼくたちのロシアでは、もっとも教養ある人間が、鞭身派《べんしんは》に身を投じたりしているわけですよ」——「鞭身派」は、十七世紀の後半、エカテリーナ二世の派遣する調査隊によってオリョール付近で発見された異端宗派の一つで、たがいに体を鞭やタオルなどで打ち合いながら悪魔を払い、「イエスを探しもとめる」儀式からこのような名称で呼ばれた。

227ページ「学生のポドクーモフと役人のシュワーブリンを流刑から」——ちなみにシュワーブリンは、アレクサンドル・プーシキン『大尉の娘』に登場する腹黒い悪人で、決闘を行った罪で流刑される。

237ページ　「下僕《しもべ》となりましょう」——『マルコによる福音書』第九章第三十五節を踏まえている。「イエスが座り、十二人を呼び寄せて言われた。『いちばん先になりたい者は、すべての人の後になり、すべての人に仕える者になりなさい』」

238ページ　「ひきつけさせ、地に倒れさせた霊」——『マルコによる福音書』第九章第二十～二十三節その他、福音書のイエスが悪魔にとり憑かれた青年を癒やす場面を踏まえている。「人々は息子をイエスのところに連れて来た。霊は、イエスを見ると、すぐにその子を引きつけさせた。その子は地面に倒れ、転び回って泡を吹いた。イエスは父親に、『このようになったのは、いつごろからか』とお尋ねになった。父親は言った。『幼い時からです。霊は息子を殺そうとして、もう何度も火の中や水の中に投げ込みました。おできになるなら、わたしどもを憐れんでお助けください』イエスは言われた。『〈できれば〉と言うか。信じる者には何でもできる』」

258ページ　「かくして、わが哀しき落日に」——プーシキンの詩「エレジー」（一八三〇年）の末尾を踏まえている。

306ページ　「かつて、これと同じひとりの女性が、神殿で……」『ヨハネによる福音書』第八章、姦通をおかした女への許しのエピソードを踏まえており、「マグダラのマリア」とは異なる。

「イエスはオリーブ山へ行かれた。朝早く、再び神殿の境内に入られると、民衆が皆、御自分のところにやって来たので、座って教え始められた。そこへ、律法学者たちやファリサイ派の人々が、姦通の現場で捕らえられた女を連れて来て、真ん中に立たせ、イエスに言った。『先生、この女は姦通をしているときに捕まりました。こういう女は石で打ち殺せと、モーセは律法の中で命じています。ところで、あなたはどうお考えになりますか』。イエスを試して、訴える口実を得るために、こう言ったのである。イエスはかがみ込み、指で地面に何か書き始められた。しかし、彼らがしつこく問い続けるので、イエスは身を起こして言われた。『あなたたちの中で罪を犯したことのない者が、まず、この女に石を投げなさい』。そしてまた、身をかがめて地面に書き続けられた。これを聞いた者は、年長者から始まって、一人また一人と、立ち去ってしまい、イエスひとりと、真ん中にいた女が残った。イエスは、身を起こして言われた。『婦人よ、あの人たちはどこにいるのか。だれもあなたを罪に定めなかったのか』。女が、『主よ、だれも』と言うと、イエスは言われた。『わたしもあなたを罪に定めない。行きなさい。これからは、もう罪を犯してはならない』」

323ページ「自分はタレーランとなるべく生まれたはずが……」――シャルル＝モーリス・ド・タレーラン（一七五四〜一八三八）は、フランスの外交官。

338ページ「わが命とひきかえに、せめて一夜を！」――プーシキンの散文詩「エジプトの夜」（一八三五年）で、エジプト女王クレオパトラが自分と一夜を過ごすために命を捨てる覚悟があるかと相手に迫る場面を踏まえている。

344ページ「賢く知恵ある者に隠して、幼児に示したもう」――『ルカによる福音書』第十章第二十一節からの引用。「そのとき、イエスは聖霊によって喜びにあふれて言われた。『天地の主である父よ、あなたをほめたたえます。これらのことを知恵ある者や賢い者には隠して、幼子のような者にお示しになりました。そうです、父よ、これは御心に適うことでした』」

388ページ「ポーランド再興在外委員会」――十八世紀のロシア帝国などによる国土分割の結果失われたポーランド国家を再建しようとする人々の運動。

【参考文献】読書ガイドに使用した文献一覧

Роман Ф. М. Достоевского «Идиот». Современное состояние изучения, ред. Т. А. Касаткиной, М., 2001.

Курганов, Э., Роман Ф. М. Достоевского "Идиот". Опыт прочтения, СПб: изд-во журнала «Звезда», 2001.

Фокин, П., Достоевский. Перепрочтение, СПб., 2013.

Верина, У., Анализ сцен и эпозодов в романе Ф. М. Достоевского «Идиота», https://cyberleninka.ru/article/n/analiz-stsen-i-epizodov-v-romane-f-m-dostoevskogo-idiot

Померанц. Г., Открытость бездне: Встречи с Достоевским, М.: Советский писатель, 1990.

Сливкин, Е., «Танец смерти» Ганса Гольбейна в романе «Идиот». — «Достоевский и мировая культура». №17. М., 2003.

Степанян, К., Юродство и бузумие, смерть и воскресение, бытие и небытие в романе «Идиот», Роман Ф.М. Достоевского «Идиот»: современное состояние изучения, под ред.

Т. А. Касаткиной, М., Наследие, 2001.

Янг, С., Библейские архетипы в романе Ф. М. Достоевского «Идиот» Текст научной статьи по специальности «Литература.Литературо-ведение. Устное народное творчество», КиберЛенинка: https://cyberleninka.ru/article/n/bibleyskie-arhetipy-v-romane-f-m-dostoevskogo-idiot

Martinsen, D, The Idiot: A Tragedy of Unforgiveness, International Symposium on F. M. Dostoevsky, Nagoya, March 10, 2018.

コンスタンチン・モチューリスキー『評伝ドストエフスキー』、松下裕、松下恭子訳、筑摩書房、二〇〇〇年。

サラ・J・ヤング「『白痴』とホルバイン『墓の中の死せるキリスト』」（乗松亨平訳、『現代思想』、二〇一〇年四月臨時増刊号所収）。

亀山郁夫『ドストエフスキー 父殺しの文学』（上・下）、日本放送出版協会、二〇〇四年。

亀山郁夫「復活と死の境界にて―ドストエフスキー『白痴』をめぐるメモランダム―」（滝澤雅彦、柑本英雄編『祈りと再生のコスモロジー―比較基層文化論序説―』、成文堂、二〇一六年所収)。

Animal Symbolism: Meaning of the Hedgehog http://www.whats-your-sign.com/animal-symbolism-hedgehog.html

【翻訳に使用した原典】

Ф. М. Достоевский, Идиот, Полное собрание сочинений в 30 томах, Том 9, Л., Наука (Ленинградстое издание), 1974.

ドストエフスキー年譜

一八二一年

一〇月三〇日（新暦一一月一一日）、軍医の父ミハイル・アンドレーヴィチ（一七八九～一八三九年）、母マリヤ・フョードロヴナ（一八〇〇～三七年）の次男として生まれる。兄弟姉妹は長男ミハイル（一八二〇～六四年）ほか、四男四女。

一八三一年　一〇歳

父がトゥーラ県にダロヴォーエ村を買い、以後、夏の休暇をこの村で過ごすことになる。このころシラー作の芝居『群盗』を見、決定的な感銘を受ける。翌年、父は隣村のチェルマシニャーを買う。

一八三四年　一三歳

兄ミハイルとフョードル、モスクワのチェルマーク寄宿学校に入学。

一八三七年　一六歳

一月、プーシキン、決闘で死去。二月二七日、母マリヤ、肺結核で死去。三月、プーシキンの死の知らせに接する。兄ミハイルとフョードル、ペテルブルグの予備寄宿学校に入学。父ミハイル、病院を辞職。

一八三八年　一七歳
一月、中央工兵学校に入学許可。不合格となった兄は四月にレーヴェリ（現在のターリン）に移る。一〇月、試験の成績優れず原級にとどまる。この年、イギリスの作家アン・ラドクリフの影響のもと、「ヴェネツィアの生活の小説」を書く。グーベル訳のゲーテ『ファウスト』第1部が出版され、この時期に読んだ形跡がある。

一八三九年　一八歳
六月、父ミハイルがチェルマシニャーのはずれで農奴たちに殺害される（八日＝推定）。父はその直前、隣の領地の女領主アレクサンドラ・ラグヴィヨーノワと結婚する意志があった。父の死の知らせを受けたあと、初めての癲癇の発作を起こしたという家族の証言。

一八四〇年　一九歳
一一月、下士官に任命される。読書に熱中。この年から翌年にかけ、史劇「マリア・スチュアート」「ボリス・ゴドゥノフ」を創作（散逸）。

一八四三年　二二歳
八月、中央工兵学校を卒業、陸軍少尉に任命される。工兵局製図課に勤務。バルザックの『ウージェニー・グランデ』をロシア語に翻訳。

一八四四年　二三歳
二月、遺産相続権を放棄。一〇月、工兵局を退職、『貧しき人々』の執筆に専念する。作家グリゴローヴィチと共同生活。

一八四五年　二四歳

五月末、『貧しき人々』完成。評論家の大立者ベリンスキーに絶賛される。

一八四六年　二五歳

一月、『貧しき人々』が詩人ネクラーソフの総合誌「ペテルブルグ文集」に掲載される。その後、『分身』(二月)、『プロハルチン氏』(一〇月)を雑誌「祖国雑記」に発表するが不評。一〇月末、詩人ネクラーソフと口論、雑誌「現代人」と決別する。

一八四七年　二六歳

二月、社会主義者ペトラシェフスキーの会への接近。ベリンスキーと論争し、不和となる。秋から暮れにかけて、『家主の妻』を「祖国雑記」(一〇月、一一月)に発表。

一八四八年　二七歳

二月、『弱い心』を「祖国雑記」に発表。五月、ベリンスキー死去。秋から冬にかけ、ペトラシェフスキーの会に頻繁に出入り。一二月、『白夜』が「祖国雑記」に掲載される。ほかに『ポルズンコフ』『クリスマス・ツリーと結婚式』などを発表。

一八四九年　二八歳

一月、二月、『ネートチカ・ネズワーノワ』の最初の部分を「祖国雑記」に発表。春、ペトラシェフスキーの会が分裂する。四月一五日、ベリンスキーがゴーゴリに宛てた「手紙」を朗読。四月二三日、皇帝直属第三課による捜査が入り、ペトラシェフスキーの会のメンバー三四名とともに逮捕され、ペトロパヴロフスク要塞監獄に収監される。一一月一六日、有罪判決を受ける。一二月二二日、セミョーノフスキー練兵場に連れ出され、死刑を宣告されるが、執行の直前に皇帝の恩赦が下り、同月二四日、シベリアの流刑地に向けて旅立つ。

一八五〇年　二九歳

一月、トボリスク着、一二月党員《デカブリスト》（ムラヴィヨフ、アンネンコフら）の妻たちから『聖書』を贈られる。同二三日、シベリアのオムスク監獄に到着。その後の監獄体験がのちに『死の家の記録』として結実する。

一八五四年　三三歳

二月、刑期満了。三月、セミパラチンスクのシベリア守備大隊に配属される。県庁書記イサーエフと知り合い、その妻マリアに恋をする。

一八五五年　三四歳

八月、イサーエフ死去。

一八五七年　三六歳

二月、クズネーツクでイサーエフの未亡人マリアと結婚。貴族としての権利を回復する。『小さな英雄』を執筆。

一八五八年　三七歳

一〇月、兄ミハイルの雑誌「時代《ヴレーミャ》」誌の発行許可が下りる。

一八五九年　三八歳

三月（四月？）、『伯父様の夢』を雑誌「ロシアの言葉」に発表。七月、セミパラチンスクを出発し、八月、トヴェーリに着く。一一、一二月、『スチェパンチコヴォ村とその住人』を「祖国雑記」に発表。一二月、一〇年ぶりにペテルブルグに帰還する。

一八六〇年　三九歳

九月、『死の家の記録』の連載が週刊誌「ロシア世界」で開始される。連載は翌年「時代」に移る。

一八六一年　四〇歳

一月、兄ミハイルが「時代」を発刊。「時代」に『虐げられた人々』を連載する。二月一九日、農奴解放令発布。九月、作家志望の若い女性アポリナーリア・スースロワを知る。

一八六二年　四一歳

六月、最初のヨーロッパ旅行に出発。パリ、ロンドン、ジュネーヴ、フィレンツェなどを訪ね、九月に帰国する。『死の家の記録』第2部、『いやな話』などを執筆。

一八六三年　四二歳

五月、「時代」が発行停止となる。八月、アポリナーリア・スースロワとヨーロッパ旅行に出発。イタリア各地を旅し、一〇月中旬に帰国。賭博に熱中する。

一八六四年　四三歳

一月、兄ミハイルが雑誌「世紀《エポーハ》」を発

刊する。三月、四月、『地下室の手記』を「世紀」に発表。四月一五日、妻マリア、結核のためにモスクワで死去。七月一〇日、兄ミハイル、急病で死去。兄の遺族の面倒をみる。九月、友人のグリゴーリエフが死去。

一八六五年　四四歳

三月、「世紀」廃刊となる。この時期、コルヴィン・クルコフスカヤに結婚を申し込む。七月、三度目のヨーロッパ旅行に出発。一〇月中旬に帰国。『鰐』執筆。

一八六六年　四五歳

一月、『罪と罰』の連載を「ロシア報知」で開始（一二月号で完結）。一〇月、速記者のアンナ・グリゴーリエヴナ・スニートキナの助けを借り、口述で『賭博者』を完成させる。一一月八日、アンナに結婚を申し込む。以降、口述執筆のスタイルがとられる。

一八六七年　四六歳

二月一五日、アンナと結婚。四月一四日、アンナとヨーロッパ旅行に出発、ベルリン着。その後、ドレスデン、バーデン・バーデン、バーゼルを経て、八月にジュネーヴに到着。ドレスデンではラファエロ『サン・シストの聖母』を、バーゼルでは『死せるキリスト』を見る。バーデン・バーデンでは賭博に熱中。『白痴』の執筆。

一八六八年　四七歳

一月、『白痴』の連載が「ロシア報

知」で始まる（翌年二月号で完結）。二月二二日、娘ソフィアが誕生するも、五月一二日に死亡する。九月にミラノに移り、さらにフィレンツェに向かう。

一八六九年　四八歳

ヴェネツィア、ボローニャ、トリエステ、ウィーン、プラハを経て、八月、ドレスデンに戻る。九月、娘リュボーフィ誕生。一一月、モスクワで社会主義者ネチャーエフらによる内ゲバ殺人事件。

一八七〇年　四九歳

一月、二月、『永遠の夫』を雑誌「朝焼け」に連載。一〇月、「ロシア報知」編集部に『悪霊』の冒頭部を送る。

一八七一年　五〇歳

一月、『悪霊』の連載を雑誌「ロシア報知」で開始。三月～五月、パリ・コンミューン。否定的な態度をとる。七月、ドレスデンを発ち、ペテルブルグに着く。出発の前に、国境での検閲を怖れ『白痴』『悪霊』の草稿を焼く。このとき、妻アンナ「創作ノート」を別便で帰る母親に託して救う。七月一日、ネチャーエフ事件の審理開始。発表された「革命家のカテキズム」を熟読。七月一六日、息子フョードルが誕生する。年の暮、モスクワに滞在し、イワーノフ（＝シャートフ）殺害現場を検分。一一月、『悪霊』第二部完結（一月、二月、四月、七月、九月、一〇月、一一月号に連載）。以後、一年間にわたって休載となる。

一八七二年　五一歳
五月、スターラヤ・ルッサに行く。九月、ペテルブルグに戻る。一一月、一二月、『悪霊』第3部が「ロシア報知」に発表され連載完結。一二月、週刊誌「市民《グラジダニーン》」の編集を引き受ける。

一八七三年　五二歳
一月、ドストエフスキー編集による「市民」の刊行開始。『作家の日記』を連載。「ボボーク」（『作家の日記』第6章）などを執筆。

一八七四年　五三歳
四月、「市民」の編集を離れる。五月、スターラヤ・ルッサに行く。六月、ドイツの保養地エムスに向かう。この冬はスターラヤ・ルッサで過ごす。

一八七五年　五四歳
一月、『未成年』の連載を「祖国雑記」で開始、一二月号で完結。五月末、病気療養のためにエムスに行き、七月にスターラヤ・ルッサに戻る。八月一〇日、次男アレクセイ生まれる。

一八七六年　五五歳
二月、雑誌「作家の日記」の刊行を始める。三月、ペテルソンからの手紙でニコライ・フョードロフの思想を知り、衝撃を受ける。五月から六月までスターラヤ・ルッサで過ごし、七月、ドイツのエムスに向かう。一一月、「おとなしい女」を「作家の日記」に発表。他に「キリストのヨールカに召された少年」「百姓マレイ」「百歳の老婆」など。

一八七七年　五六歳

四月、「おかしな男の夢」を「作家の日記」に発表。七月、ダロヴォーエ、チェルマシニャーを四〇年ぶりに訪問。チェルマシニャーでは、スメルジャコフの母リザヴェータのモデルになった「神がかり女」アグラフェーナ・チモフェーエヴナにも会う。一二月、ネクラーソフ死去。

一八七八年　五七歳

一月二四日、女性革命家ヴェーラ・ザスーリチがペテルブルグ特別市長官トレーポフ将軍を狙撃、重傷を負わせる。三月、ザスーリチの裁判に出席。五月一六日、次男アレクセイが癲癇の発作で死去。六月、哲学者ウラジーミル・

ソロヴィヨフと、オプチナ修道院を訪ね、アンブローシー長老と面談する。

一八七九年　五八歳

一月、『カラマーゾフの兄弟』の連載を「ロシア報知」で開始（第1編、第2編）。このあと各地で、進行中の『カラマーゾフの兄弟』の朗読をたびたび行う。七月、エムスに向かう。九月、ロシアに戻る。

一八八〇年　五九歳

六月、プーシキン記念祭で講演（「プーシキン講演」）、聴衆に異常な興奮を巻き起こす。その後、スターラヤ・ルッサに戻る。夏、子どもたちにシラーの『群盗』を読んできかせる。一一月、『カラマーゾフの兄弟』完結。一二月、

『白痴』連載と単行本
「ロシア報知」
一八六八年一月号～一二月号
単行本化は、一八六九年。

単行本『カラマーゾフの兄弟』二分冊
で刊行。

一八八一年
一月二五日、転がったペンを拾おうと
棚を動かしたさいに咽喉から出血。二
八日、肺動脈破裂、妻、子どもたちに
別れをつげる。午後八時三八分、絶命
する。享年五九。

一九一八年
アンナ夫人、死去。

訳者あとがき

若い霊的力と成熟した知性と

世界文学のなかでも屈指の恋愛小説として知られるドストエフスキーの『白痴』は、青春時代のわたしの胸に小さからぬ傷をもたらした作品でもある。

一九六八年六月、希望に燃えて大学に入学してまもなく、わたしは『白痴』を初めて手にし、受験戦争からのほんものの解放感を味わった。約二週間にわたる熱読のなかで、心から主人公ムイシキンの素晴らしさに憧れ、ムイシキンのような清廉な人でありたいと願った。その一方、物語のヒロイン、ナスターシヤ・フィリッポヴナの謎めいた言動が理解できずに、これからの人生に何かしら得体の知れない不安を覚えたことも記憶している。思い返せば、当時のわたしのナスターシヤ理解とは次のようなものだった。

人間とは、根底において、「三角形的な」欲望の奴隷であり、女性はとくに、二つの価値観の間で永遠にゆらぎ続ける、か弱い存在である。二つの価値観とは、一つに、「完全に美しい人」ムイシキン公爵に見られる王子様タイプ、そしてもう一つは、彼女たちの繊細な心を暴力的に支配するロゴージン似のマッチョ・タイプ。あるいは、精神と欲望の間の葛藤と言ってもよい。こうした理解は、まだ世間ずれしていない大学一年生にとってはかなり苦しい「発見」だった。かりに、世の女性のすべてがこのように引き裂かれ、なおかつ現実の恋がつねにこうした二重性をはらむものであるとしたら、人一倍気の弱い自分には、永遠に恋愛などできそうにない。そもそも自分にはムイシキンに憧れる力こそあれ、ムイシキンになれるだけの大らかさもなければ、逆にロゴージンのような強さも持ち合わせていない。そんな切羽詰まった失意とともに、わたしの胸の奥にはやがて、女性の存在そのものに対する強烈な不信が住みついてしまった。この「あとがき」のはじめに、「小さからぬ傷」と書いたのは、まさにこのことを言っている。

『白痴』との出合いから三ヶ月後、大学は突如として学園紛争の渦に呑みこまれ、わたし自身、大事な友人とも決別して、孤独な二年間を過ごすことになった。時代は、まさにドストエフスキーが『悪霊』で描いた世界を地で行くかのような不穏な空気に包まれていた。そんな時代に背を向けるようにして、改めて『白痴』の世界に原文で立ち向かったのが、一九七一年、すなわち大学三年の秋のことである。もっとも、原文への挑戦は、語学力の不足であえなく挫折し、結局のところは原文と翻訳をリレー方式で読むという中途半端な読書に終始してしまった。

だが、二度の読書をとおして変わることのない感銘を受けた場面があった。第四部第十一章、ロゴージンによるナスターシヤ殺害の後、ムイシキンと彼が互いに体を寄せ合い、夜を明かす場面である。ドストエフスキーが絶大な自信とともに書き上げた場面とされるだけあって、そこに立ち上がるオーラは、何度も反復して経験できる性質のものとはおよそ異なる、底深い霊妙な音楽に満たされていた。二十歳を過ぎたばかりのまだ若い感性は、確実にそのオーラをとらえ、それをかけがえのない世界の真実として受け止めていたのだった。

それから三十数年が経ち、ドストエフスキーへの新たなる関心を持って三度目の『白痴』に挑戦したとき、そこから感じとれた世界の雰囲気は一変していた。わたしが書いた最初のドストエフスキー論『ドストエフスキー　父殺しの文学』（ＮＨＫ

ブックス）で、もっとも力を注いだのが、『白痴』に関する二つの章である。「聖なるものの運命」「犠牲、欲望、象徴」と題されたそれらの章を書くため、わたしはわざわざスイスのバーゼルからイタリアのミラノまで足を延ばし、ドストエフスキーが実際に観たとされる何点かのキャンバスとじかに向き合った。そしてその間、わたしの脳裏では、ある一つの仮説が、少し大げさに言えば、ある決定的ともいえる仮説が徐々にかたちをなしはじめていた。それは、いうなれば、「非・性的悲劇」としての『白痴』理解である。『白痴』は、もはや世界文学史に光り輝く恋愛小説ではない。いや、そもそも恋愛小説ですらないかもしれない。かりに雑駁な言い方を許していただけるなら、ある種の性的「傷《トラウマ》」を抱えた人々が織りなす運命劇――。おおよそそんな理解である。そしてその理解をベースに構築したいくつかの仮説は、最終巻の読書ガイドでも詳しく記したとおり、いまにいたるもまったく揺るがずにいる。

過去五年、『白痴』の翻訳に携わりつつ、大学生時代にはほとんど理解の及ばなかったこの小説の圧倒的な深さと複雑さに慄《おのの》きつづけていた。悲劇というよりも、むしろ悲喜劇としての驚くべき深さ、登場人物たち、とりわけ道化的な脇役たちの複雑きわまる個性、ミステリーの趣向を意識した片言隻句《へんげんせっく》の多さ、わざとらしい暗示や謎かけ、癲癇の発作に苦しむ作者の不安定な精神状態を暗示する不安な文体、その他もろもろ……。大学生時代、自分はいったい『白痴』の何を読んでいたのか、と根本的な疑いさえ起こさせるような発見が続いた。そしてその発見は、わたし自身が年老い、人生に対する新鮮な印象を失った結果、得られたものなのか、それとも、世代や性別を問わず、『白痴』の読者がおしなべて経験する何ものなのか見定めがつかず、苦しんだ。現在、わたしが抱いている結論とは概《おおむ》ね次のようなものである。『白痴』は、世界をある神秘的なヴェールをとおして経験できる若い感性と霊的力、そして成熟した人間がもちうる批判的な知性と精緻な分析力、この双方なくしては読解不可能である。若さだけではだめであり、むろん老獪さだけでもだめである。

事実、わたしの『白痴』理解は大きく変化し、ナスターシヤの繊細きわまる心の襞《ひだ》を理解できるだけの大人らしい洞察力も生まれた。また、小説の執筆に携わる作家の内面の苦闘もいきいきと読みとれるようになった。わたしがいだいた感触とは次のようなものだ。すなわち、作者は、物語を形作りながら読者に対して何かを隠そうとしている(何かを隠そうとするその理由もはっきりと見えてきた)。第一の理由として、作者自身、何かしら危険を察知し、物事の表裏をすべて顕在化させて語ることをタブーとみなしている。第二の理由は、ミステリー風の外観に仕立てることで読者の注意をどこまでも引き付けておきたいという狡猾な戦略に発している。それらのうち、作者にとってどちらの理由がよりリアルであったかその見極めは困難だが、ことによるとドストエフスキーは意識的にその境界線上に身を置きつつ、物語の組み立てに没頭していたのかもしれない。

再び、第四部第十一章について触れよう。

すでに述べたように、ドストエフスキーはとことん曖昧さを好む作家である。文学の生命力とは、みずからの曖昧さのうちに、すなわち解釈の多様性を生むポテンシャルな力にあると考えていたのではないかとさえ思えるほどである。その結果、『白痴』は、『カラマーゾフの兄弟』に勝るとも劣らないミステリアスな雰囲気を湛《たた》えるにいたった。だが、本来ならば最後に示されるべき謎の答えは、『白痴』においてはついに明かされることがなかった。つまり、オープンエンドの形をとった。果たして作家は、結論をもちながらそれを公にすることをためらったのか、それとも彼自身何ら結論をもたないまま、ディテールのみを提示して読者にその解決を委ねようとしたのか。そのどちらかを判断する鍵も、じつのところ作者ではなく、読者の一人一人の手に委ねられている。わたしは、あくまで前者の立場に立って読解に努めてきたが、その読解法が唯一という保証は、じつはどこにもない。

『白痴』の翻訳が完成を迎えるまで、じつに五年の歳月を経ることになった。第一部が刊行されたのが、二〇一五年十一月、刊行の期間だけで何と三年もの月日を費やしている。理由はかんたんである。わたしのうちで集中力が切れたからということではなく、むしろ『白痴』はつねにわたしの傍にあったというのが正しい。ただ、わたし自身のうちに次々と沸き起こるアイデアや好奇心に勝てず、しばしば脇道に逸れる結果になったということだけは正直に伝えておきたい。ある時期、本書の仕事と並行して、わたしにとって初めての小説である『新カラマーゾフの兄弟』（河出書房新社）の執筆が重なるという異常事態も経験した（その小説は、なんと『白痴』第一巻と同月に刊行された）。本書のいち早い完結を待たれていた読者のみなさんには、たいへんなご迷惑をおかけするかたちとなったが、どうか、ドストエフスキーへの献身というわたしなりの真率な思いに免じてお許しを願えればと念じている。

翻訳にあたっては、米川正夫、北垣信行、工藤精一郎、望月哲男の四氏による既訳を参照させていただいた。とくに望月哲男訳（河出文庫、全三巻）は、これまでの

『白痴』読解を根本から変える画期的な仕事であり、わたし自身、その恩恵に浴したことを感謝の思いとともに記しておく。

また、六年の長きにわたる翻訳の作業にあっては、『カラマーゾフの兄弟』以来の担当編集者である川端博氏、光文社古典新訳文庫編集長の中町俊伸氏、昨年四月に光文社を退職され、現在、光文文化財団理事の職にある駒井稔氏にたいへんお世話になった。ここに記して感謝の意を表する次第である。

しかし最後は、何と言っても、わたしの次なる挑戦『未成年』の翻訳に向けた新たな決意表明で締めくくりたい。ドストエフスキー五大長編の新訳完成を心待ちにしてくださっている読者のみなさんの期待に応えるためにも、できるだけ早い完成をめざそうと思う。しかしまだ一度の通読の経験しかない小説の翻訳は、きっと『カラマーゾフの兄弟』以上に苦しい闘いになると予感している。読者のみなさんの温かい応援を期待するゆえんである。

亀山郁夫

二〇一八年八月十日

kobunsha classics
光文社古典新訳文庫

白痴《はくち》4

著者　ドストエフスキー
訳者　亀山《かめやま》 郁夫《いくお》

2018年9月20日　初版第1刷発行

発行者　田邉浩司
印刷　萩原印刷
製本　ナショナル製本

発行所　株式会社光文社
〒112-8011東京都文京区音羽1-16-6
電話　03（5395）8162（編集部）
03（5395）8116（書籍販売部）
03（5395）8125（業務部）
www.kobunsha.com

ISBN978-4-334-75387-0 Printed in Japan

いま、息をしている言葉で、もういちど古典を

長い年月をかけて世界中で読み継がれてきたのが古典です。奥の深い味わいある作品ばかりがそろっており、この「古典の森」に分け入ることは人生のもっとも大きな喜びであることに異論のある人はいないはずです。しかしながら、こんなに豊饒で魅力に満ちた古典を、なぜわたしたちはこれほどまで疎んじてきたのでしょうか。

ひとつには古臭い教養主義からの逃走だったのかもしれません。真面目に文学や思想を論じることは、ある種の権威化であるという思いから、その呪縛から逃れるために、教養そのものを否定しすぎてしまったのではないでしょうか。

いま、時代は大きな転換期を迎えています。まれに見るスピードで歴史が動いていくのを多くの人々が実感していると思います。

こんな時わたしたちを支え、導いてくれるものが古典なのです。「いま、息をしている言葉で」——光文社の古典新訳文庫は、さまよえる現代人の心の奥底まで届くような言葉で、古典を現代に蘇らせることを意図して創刊されました。気取らず、自由に、心の赴くままに、気軽に手に取って楽しめる古典作品を、新訳という光のもとに読者に届けていくこと。それがこの文庫の使命だとわたしたちは考えています。

このシリーズについてのご意見、ご感想、ご要望をハガキ、手紙、メール等で翻訳編集部までお寄せください。今後の企画の参考にさせていただきます。
メール　info@kotensinyaku.jp

★続刊

いま、希望とは　サルトル、レヴィ／海老坂武・訳

二〇世紀を代表する知識人サルトルの最晩年の対談企画。ヒューマニズム、暴力と友愛、同胞愛などの問題について、これまでの発言、思想を振り返りながら、絶望的な状況のなかで新しい「倫理」「希望」を語ろうとするサルトルの姿がここにある。

三つの物語　フローベール／谷口亜沙子・訳

純粋な心を持った女性の慎ましい人生を描く「素朴なひと」。教会のステンドグラスに象られた人物の数奇な運命を綴った「聖ジュリアン伝」。サロメの伝説をモチーフとした「ヘロディアス」。作家の想像力と技量が存分に堪能できる短篇集。

チャンドス卿の手紙／アンドレアス　ホーフマンスタール／丘沢静也・訳

「ウィーン世紀末」を代表する作家が、ことばの不確かさ、頼りなさについて考え、自らの文学活動をやめるにいたった精神的な変化を、架空の友人宛ての手紙として綴った「チャンドス卿の手紙」、未完の小説「アンドレアス」を含む5作を収録。